Le goût d'écrire est venu à ***Mireille Pluchard*** *lors de ses recherches généalogiques. Est née alors une trilogie, la saga des Teissier, narrant la vie de sept générations de ses ancêtres. Passionnée d'Histoire et d'histoires, Mireille Pluchard brosse les portraits de personnages attachants et sait entraîner le lecteur dans des intrigues palpitantes.*

Les Diamants noirs

Du même auteur

Aux éditions De Borée

Halix de Bagard, Terre de poche
La Tresse d'or
Le Mas de la Sarrasine
Le Petit Bâtard
Le Puits Sans-Nom, prix de la ville d'Hagondange 2011

Mireille Pluchard

Les Diamants noirs

De Borée

Écrire, c'est pour moi une autre façon d'aimer.
C'est aussi espérer que les mots protégeront ceux que j'aime.
C'est enfin remercier ceux qui me font confiance.

À mon bien le plus cher : ma famille.

Première partie

MARIA

I

L'ascension sociale de Jean Palade

Marie-Antoinette Palade devait son royal prénom à son père, monarchiste nostalgique et convaincu, d'autant que la naissance du bébé avait ravivé les sentiments fleurdelisés de son géniteur. Coïncidence du calendrier ou clin d'œil du destin ? L'adorable fillette avait émis son premier cri le jour anniversaire où l'idole paternelle avait poussé son dernier râle sous le couperet de M. Guillotin.

Là, cependant, s'arrêtait la ressemblance entre feu la reine de France, la vilipendée « Autrichienne » aux yeux d'aigue-marine et à la chevelure d'un blond cendré, et la petite Marie-Antoinette Palade qui, en pur produit cévenol, était sortie du ventre de sa mère le visage déjà bronzé, éclairé de deux beaux yeux couleur d'onyx et surmonté d'un abondant toupet de cheveux d'un noir de jais.

À n'en pas douter, cette naissance faisait de Jean Palade un homme heureux ; comblé, il l'aurait été si son épouse avait eu le tact de lui donner un fils ! Gageons que celui-ci aurait été prénommé Louis-Auguste, pour faire bonne mesure !

Mais Marie-Antoinette était là, belle et robuste enfant, et, en homme raisonnable, il s'en contenta, d'autant que ni lui ni sa femme n'étaient de prime jeunesse pour espérer une abondante progéniture ; en père responsable, il se jura d'élever sa fille en petite princesse… et de la caser de même !

Si l'on devait résumer l'enfance et l'adolescence de Marie-Antoinette, on pourrait le faire en deux mots, l'un n'allant pas forcément à l'encontre de l'autre : douceur et soumission.

La félicité qui était au rendez-vous de cette naissance fut l'une des dominantes des vingt premières années de la vie de Marie-Antoinette, bien vite surnommée Maria. Irréductible gaulois, seul Jean Palade, irrémédiablement épris du fantôme de la belle Autrichienne, s'entêtait et se gargarisait du prénom chéri, en son entier, le dégustant comme une savoureuse viennoiserie.

Moelleuse était la couche qui accueillit le bébé, un berceau d'*abarine*[1] habillé de mousseline, garni d'une paillasse de bonne laine et d'une couette de boutis, un ouvrage méticuleux à la confection duquel Marguerite Palade, l'heureuse maman, avait excellé.

Non moins douillet le nid où vivait cette famille aisée. Une haute cheminée, alimentée jour et nuit par grand froid, distribuait sa bienfaisante chaleur et sa clarté diffuse dans la salle principale, la chambre des parents et celle de l'enfant, attenante, où la petite Maria s'endormait dans la musique apaisante et joyeuse du bois se consumant.

Tendres et sécurisants les bras de la maman auxquels se substituaient parfois ceux d'Emma, la servante, toute dévouée à ses patrons.

Et plus l'enfant grandissait, plus le cocon familial lui apportait de joies. Quel bonheur d'être réveillée par un subtil parfum de fleur d'oranger qui vous chatouille les narines !

– La petite demoiselle peut se lever, je lui ai réservé une belle part de brioche ! Levez-vous vite, mademoiselle Maria !

1. *Occitan : osier.*

– Emma, tu es ma maman gâteau !

– Et si je vous sers un bol de lait fumant, je suis votre maman chèvre ? plaisantait Emma, plus émue qu'elle ne voulait paraître aux compliments de l'enfant.

La petite partait dans de grands éclats de rire tandis qu'Emma approvisionnait, sans compter, la gourmande.

Ce bien-être d'enfance si tendrement choyée se prolongea dans l'adolescence de la jeune Maria grâce à la bienveillance dont sa famille l'entourait et qu'elle leur rendait par un amour filial sans bornes.

Elle refrénait inconsciemment son impulsivité et son exubérance naturelles en calquant son comportement sur celui de sa mère, une femme raffinée, aux gestes harmonieux et sans aucune brusquerie, à la voix miellée et au regard plein de mansuétude, attitude de paisible soumission qui convenait au maître de maison, lequel tenait alors sa famille hors de tout souci. Point n'était besoin, en effet, d'être grand clerc pour deviner qu'en sa maison Jean Palade était le maître incontesté.

Tous les jours, les ouvriers agricoles venaient prendre leurs ordres ou rendre des comptes à M. Jean qui les recevait dans le vestibule, autrement dit entre deux portes !

– Emma, faites en sorte que les fermiers patientent dans la cour. Je les recevrai, tantôt, dans le vestibule !

Ainsi, personne ne venait troubler l'ambiance feutrée et la quiétude du logement des époux Palade.

On pourrait imputer, à cette douceur de vivre étale comme une mer d'huile, un ennui incommensurable pesant sur la famille comme une chape de plomb, mais il n'en était rien ! Si Emma délestait la mère et la fille des travaux ménagers et de la cuisine, Marguerite et Maria occupaient leurs journées, les aiguilles en main, affairées à « leurs œuvres » pour les nombreux nécessiteux que signalait, dans ses prêches, le pasteur.

Les Palade recevaient peu mais, dans les rares occasions où M. Jean annonçait des visites, mère, fille et servante, fébriles et tatillonnes, ne songeaient qu'à satisfaire le maître des lieux, lequel se rengorgeait de la réussite de sa réception. Son regard satisfait remplissait alors de joie le trio féminin : elles avaient fait honneur au chef de famille !

– Votre nappe brodée à notre chiffre est une merveille de raffinement apprécié par nos invités, ma chère Marguerite.

L'encensée baissait les yeux avec modestie.

– Et toi, Marie-Antoinette, je n'ai que des compliments à te faire pour ta toilette. C'est ainsi qu'une jeune fille de ta condition doit se vêtir : avec une élégance discrète.

– Quant à vous, Emma, vous m'avez fait des cachotteries !

L'interpellée rappliquait dare-dare de la cuisine, l'œil éperdu, les mains tremblantes enfouies sous le tablier. Pourtant, le regard pétillant de M. Jean démentait une quelconque semonce.

– Eh oui, ma bonne ! Vous ne m'aviez pas dit que vous réussissiez si bien les poires au vin de Xérès ? Un pur délice. Ce sera, désormais, notre dessert du dimanche.

Emma pouvait repartir en cuisine, le rouge du plaisir sur ses pommettes en feu, elle avait complu au maître sans trop écorner ses finances sur lesquelles il veillait rigoureusement.

À la chaleur enveloppante des veillées d'hiver près de la cheminée succédaient les soirées d'été qui s'éternisaient quand la légère brise du soir tentait de faire oublier la touffeur écrasante des journées. Le ciel constellé de mille étoiles était alors, à lui seul, un objet de contemplation et de rêverie. Pour un temps d'observation pensive, les mains des femmes s'immobilisaient, oubliant enfin fil et aiguilles.

Bavardages futiles, anodins, petites nouvelles locales triées sur le volet pour ne pas heurter les oreilles fragiles suffisaient à remplir une vie simple et tranquille, à nourrir le calme des soirées cévenoles et préparaient leur jeune Maria à des nuits peuplées de songes roses.

Il ne s'agissait pas encore de rêves d'avenir, pas dans sa jeune tête... peut-être dans celles de son père... son présent la comblait au point même qu'elle souhaitait qu'il se prolongeât indéfiniment.

Ainsi donc se résumait l'obéissance totale qu'attendait de ses trois « femmes » le chef de famille, moyennant quoi elles vivaient hors de tout souci ; une attitude si naturelle que Marie-Antoinette n'avait pas eu de peine à prendre en cours de route, en cours de vie.

Oh, il ne s'agissait en rien d'ordres aboyés aux ouvriers, de directives coupantes adressées à la servante, ni de commandements impératifs réservés à sa femme ou à sa fille ! En toute chose, Jean Palade affectait la mesure.

Non. Toute cette soumission s'était mise en place sans heurts ni rébellion, mieux encore sans servilité, certainement en vertu du charisme et de la personnalité de M. Jean. L'homme connaissait la valeur du travail, la respectait et, par là même, ceux qui l'accomplissaient. Tout juste ne se fiait-il qu'à son propre jugement et, d'une phrase sans détour et sans hausser le ton, expliquait-il à chacun ce qu'il en attendait.

Son autorité s'exerçait au sein même de la vie quotidienne. Lui seul détenait les clés de la resserre et des armoires à linge, une prérogative que son épouse n'avait jamais songé à lui contester et qui n'était pas sans contrainte, car elle l'obligeait à tout prévoir.

– Emma, je pars très tôt demain matin pour la foire de Beaucaire où je passerai trois jours ; je vous ouvrirai la resserre à 6 heures. Établissez donc les repas et retirez tout ce dont vous aurez besoin pour ne point me retarder.

– Monsieur peut compter sur moi, je vais faire diligence.

Il va sans dire que, si Emma composait les menus à sa convenance, elle devait puiser avec mesure dans les provisions scrupuleusement comptabilisées par M. Jean, qu'il s'agisse de viande mise au saloir, d'huile d'olive conservée dans des jarres vernissées ou de farine à pain ou à pâtisserie. Les légumes du jardin, entretenu par ses soins, lui procuraient une plus grande fantaisie d'utilisation, sans jamais s'oublier au moindre gaspillage.

Envers son épouse, les ordres de Jean Palade prenaient la forme de souhaits habilement déguisés et se traduisaient par des phrases empreintes d'un profond respect.

– Ma chère Marguerite, j'ai pris la liberté de commander les *bugadières*[1] pour ce début de mars où le temps, nous promet-on, permettra de sécher les grandes lessives. Vous m'obligeriez beaucoup en ouvrant, demain, les armoires à Emma pour qu'elle change draps et serviettes ; je vous en confie les clés.

– Vaquez, vaquez, mon ami, je ferai le nécessaire. Si le temps nous le permet, nous rentrerons le linge le soir même et je vous rendrai derechef le trousseau.

Comment, dans cette atmosphère de subordination consentie, la jeune Maria aurait-elle eu un autre choix que d'être la fille obéissante, respectueuse et attentive à faire ce que l'on attendait d'elle ?

– Marie-Antoinette, la femme de notre fermier de la Basse Prairie va avoir son premier enfant, je compte sur toi pour confectionner un trousseau de nourrisson pour cette brave femme. Tu feras œuvre pie, ma fille.

– Je m'y emploierai, père, et dès ce soir. J'adore broder de petites chemises et crocheter burnous, chaussons et bonnet.

Rien d'extraordinaire, en fait, qu'en ce début du XIXe siècle, dans ce village de la plaine cévenole comme partout ailleurs, l'autorité patriarcale s'exerçât en façon absolue ! La tyrannie domestique comme la domination maritale, et plus encore la subordination filiale, réminiscence d'un patriarcat féodal, étaient dans l'ordre des choses.

1. *Occitan : lavandières.*

Oui. Heureux qu'en cette maison épouse, fille, servante vivent dans un esprit de reconnaissance et non de rébellion envers M. Jean, leur mari, père, employeur, bon homme assurément qui leur procurait en retour une vie calme et confortable, dénuée des soucis qui accablaient certains.

* *
*

Dans son enfance, Jean Palade, fils d'un paysan né au siècle des Lumières, avait eu à souffrir de l'autoritarisme paternel, heureusement compensé par un amour passionné et passionnel qui l'unissait à sa mère.

La brave femme s'escrimait à adoucir la rigidité du père par une affection démesurée et une indulgence totale à l'égard du jeune garçon qui, en échange, avait juché la sainte femme sur un piédestal. Il lui vouait adoration et admiration et se promettait de la chérir et de la protéger toute sa vie.

Il n'eut pas, hélas, ce doux contentement, la tendre mère quittant ce monde en 1775, alors qu'il n'avait que dix-sept ans. On l'eût dit, à son dernier souffle, soulagée de remettre son âme à Dieu… et son corps au repos.

– Ton père, suppliait-elle en ses derniers instants, sois patient avec lui, mon Jean. Il n'aura plus que toi, désormais.

– Et moi, mère, je n'aurai plus personne à aimer ! se rebellait le presque orphelin.

– Un bon fils doit aimer son père, Jean ! gronda dans un dernier râle la pauvre femme.

Privé d'amour, peut-être, mais pas d'éducation ! Nourri de lectures bibliques et d'idées en avance sur son époque, le père de Jean Palade procura à son seul rejeton une solide instruction… du moins pour son époque. Exigeant quant aux résultats, il ne laissait aucun répit au gamin et, traitant par le mépris ses yeux rougis par d'interminables lectures à la bougie, il martelait sans cesse :

– Tu me remercieras plus tard !

À ce rythme, le jeune garçon acquit une écriture appliquée, une lecture fluide et surtout un goût particulier pour les chiffres qu'il alignait en rectilignes colonnes d'additions d'une exactitude surprenante. Il n'était pas quitte pour autant.

– Dès la sortie de l'école, je t'attends dans la vigne, Jean, tu maintiendras l'araire !

En bon émule de Rabelais, le père de Jean Palade ne se contentait pas pour son fils d'une tête bien pleine, il la voulait aussi bien faite, c'est-à-dire vaillante. Et il s'en expliquait :

– Tout homme rêve pour son fils un sort meilleur. Mais qui peut commander le travail s'il ne sait pas, lui-même, convenablement l'exécuter ?

Bien lui en avait pris, à cet homme despotique et impitoyable, de joindre à une instruction si rare en ces temps, et si peu souvent réservée aux petites gens, une initiation sans complaisance du métier de la terre, le seul qu'il sût faire !

Trois années seulement d'un veuvage exemplaire – les filles à caser pourtant ne manquaient pas dont le père venait vanter, tout crûment, les mérites –, et le voilà qui rejoignait son épouse dans leur dernière demeure, en l'occurrence un tombeau familial dans leur modeste propriété, à la mode huguenote. Encore qu'il peut être choquant de parler de mode quand il s'agit d'une triste obligation pour les protestants qui se voyaient interdire le cimetière communal.

Jean Palade se retrouvait, à vingt ans, seul et unique héritier d'une modeste propriété foncière située en limite d'Alais[1] et de Saint-Christol-de-Vermeil[2].

---

1. *Ancienne graphie d'Alès.*
2. *Ancienne appellation de Saint-Christol-lès-Alès.*

* *
*

Les quinze années qui suivirent, Jean Palade ne les vit pas passer tant il se jeta à corps perdu dans le travail avec, pour objectif, d'agrandir inlassablement son patrimoine.

Craignait-il inconsciemment les foudres paternelles, fussent-elles d'outre-tombe ?

Peu versé, cependant, à l'art d'arpenter ses terres, il les mit en fermage, se réservant la gestion et la commercialisation des fruits bénis du sol, céréales, raisins de table, vin et fruits de ses arbres, une olivette, une châtaigneraie et une noiseraie de belle production. Occupation à plein temps qui le menait sur les lieux de grandes foires où il faisait la promotion de ses produits, habile flatteur de sa marchandise.

– Ce vin issu de nouveaux cépages n'enchante-t-il pas le palais ? Et cette couleur de rubis ne jettera-t-elle pas de merveilleux éclats sur une nappe blanche ? N'oubliez pas, conseil d'ami, de le laisser décanter en carafe...

– Avez-vous goûté huile d'une telle ardence que celle-ci, issue de capélens qui valent largement les picholines ? Une huile vierge sans défaut. Et cette couleur, *té*, on dirait de l'or qui coule !

Ses envolées lyriques auraient pu faire passer le jeune homme pour un jeune chien fou s'il n'avançait, chaque année, pragmatiquement ses pions sur tous les fronts. L'achat d'une vigne par-ci, d'une pièce de céréales par-là ; bref, il faisait feu de tout bois, en particulier grâce à une amitié née sur les bancs de l'école, perdue de vue puis retrouvée pour le plus grand plaisir des deux anciens potaches.

Jean Palade et Jean Caylet avaient usé leur fond de culotte courte sur le même banc et tâté de la même baguette agitée en tous sens par un maître féroce. « La Férule », comme ils l'avaient surnommé, ne faisait pas de quartier et sa longue badine de roseau, prolongement d'un bras de fer, frappait indifféremment sur les mains, sur les têtes des étourdis ou des bavards, plus violemment encore sur ceux qui, disait-il, « gâchaient l'encre et le papier ». Une époque de leur vie qui, quelque vingt ans plus tard, faisait sourire les deux Jean sur le chemin des retrouvailles.

La vie, bien sûr, les avait séparés, Jean Palade relayant son père dans le statut de paysan, Jean Caylet poursuivant des études de droit à Montpellier jusqu'à ce que, diplôme en poche, il vînt installer son étude d'avoué en sa ville d'Alais.

Renouée fortuitement, leur amitié prit un cours nouveau quand l'avoué se voulut le mentor du paysan.

– Serais-tu intéressé, ami, par une belle terre plantée d'un vignoble généreux ? J'ai connaissance de cette affaire unique voisine du domaine de mon père, sur le village de Bagard.

– Plutôt deux fois qu'une, camarade ! Encore que le lieu soit éloigné de mes autres possessions…

– Je te parle d'une vigne aujourd'hui, qui te dit que demain il n'y aurait pas une oliveraie ou un champ de blé ?

Ainsi, le 24 thermidor de l'an II, sur les conseils de Jean Caylet, Jean Palade devint-il propriétaire, au lieu dit la Tour de Billot, à Bagard, d'une pièce de vigne la Combe-Delmas, au nez et à la barbe d'un certain Jacques Pujol qui convoitait cette terre contiguë à la sienne depuis le décès de sa propriétaire. Hélas pour lui, les deux Jean, conjuguant rapidité et liquidité, avaient traité rondement et honnêtement avec les héritiers. Les deux amis étaient certes des hommes d'argent, mais des hommes intègres avant tout.

Des affaires comme celles-ci, l'avoué n'en manqua pas à proposer au paysan qui endossait, d'année en année, le titre de propriétaire terrien, autrement plus valorisant à ses yeux.

Quand vint le temps des établissements familiaux, Jean Caylet fut le premier à convoler, l'ami Jean avouant ne pas avoir la tête à « ça ».

Le désir, pourtant, de fonder une famille, de transmettre un jour ses biens à des enfants, titilla fortement Jean Palade, conscient enfin de la fuite du temps. Il se permit, nonobstant, d'y réfléchir encore deux longues années, redoutant l'intrusion d'une femme dans sa vie de célibataire endurci qui s'apprêtait à franchir le cap de la quarantaine.

L'ami Caylet, encore lui, mit à son camarade le pied à l'étrier en lui présentant une amie de pension de son épouse.

– Nous t'attendons samedi, Jean, et nous te présenterons Marguerite Veyrun, une jeune fille bien sous tous rapports.

La formule était belle et cadrait avec la personne. La petite trentaine, bonne éducation, dot rondelette, caractère égal, Marguerite, en fille de commerçants alaisiens passablement embourgeoisés, agréait le propriétaire terrien dont on lui avait parlé… pourvu que ses parents bénissent cette union.

Une sujétion filiale de bon aloi qui ne pouvait que se prolonger dans le mariage !

– Pourvu que ma fille ne soit pas contrainte à aller dans les champs ! s'était récriée madame mère.

– Pas plus les corvées des champs que les travaux domestiques, chère madame ! Nous aurons servante en notre ferme comme en maison bourgeoise, avait affirmé Jean en toute modestie.

Encore une hésitation – feinte ? – de la mère :

– Es-tu sûre, Marguerite, de ne pas t'ennuyer à la campagne ? Notre Grand-Rue est tellement animée !

– Je vous assure, mère, que je me fais une joie de vivre sur les terres de M. Palade.

– Alors, ma fille, tu as notre accord et notre bénédiction, conclut M. Veyrun en baisant le front de sa fille.

II

Un si beau mariage

APRÈS LA MORT DE SON PÈRE survenue en 1790, puis celle d'Auguste, son frère cadet décédé treize ans plus tard, Jean-Jacques Destremx se retrouva seul à la tête d'une énorme propriété couvrant la majeure partie de la commune de Saint-Christol, incluant les domaines de Montèze et de Montmoirac, les terres et les fermes disséminées en satellite autour du pôle principal représenté par le château du village et ses nombreuses dépendances.

Tout un petit monde paysan vivait sur l'étendue domaniale de M. Jean-Jacques, seul maître à bord de ce vaisseau terrestre ; certains se familiarisaient avec la pension fermière, d'autres s'étaient vu octroyer une métairie ; partout ouvriers agricoles, journaliers et *mésadiers*[1] travaillaient les terres du domaine comme au temps de l'Ancien Régime, passé très peu lointain, en somme.

Depuis l'année 1796 qui avait vu un certain général Bonaparte, nommé chef de l'armée d'Italie, porter en ce pays la gloire de la France, Jean-Jacques Destremx s'était contenté des bonheurs familiaux que lui offraient une épouse avenante et un fils prénommé Gabriel, en souvenir de sa grand-mère

1. *Occitan : saisonniers.*

paternelle. Celui-ci, l'enfance bercée par les faits d'armes des généraux du nouvel empire, rêva très jeune d'embrasser une carrière militaire. Ce qu'il fit, rompant avec la tradition familiale, vieille seulement de deux générations. Après des études à Genève auxquelles son père avait consenti, quoiqu'avec réticence, Gabriel obtint un poste de mousquetaire gris, un corps d'armée restauré en même temps que la monarchie par Louis XVIII le Désiré.

En effet, le 3 mai 1814, un homme podagre et obèse, vêtu d'un habit bleu à la française et coiffé d'un énorme bicorne, avait fait son entrée dans Paris, vautré plus qu'installé dans une somptueuse calèche tirée par huit chevaux. Les Parisiens curieux peinaient à reconnaître, dans ce vieil impotent, le fringant comte de Provence, frère du malheureux Louis XVI et compagnon de jeu de la non moins sacrifiée Marie-Antoinette. Sous le titre de Louis XVIII, il venait restaurer la royauté et poser son imposant postérieur sur le trône laissé vacant.

Le trône certes, mais aussi le fauteuil roulant, deux éléments indissociables de la vie de cet homme, tout du moins en public, telle était l'image que donnait Louis le dix-huitième par défaut.

Par chance, l'esprit beaucoup plus épargné que le physique, le nouveau roi étonnait et impressionnait par sa finesse de jugement, sa culture profonde. Faute de ne pouvoir inspirer l'amour à son entourage, du moins obtenait-il du peuple français les égards dus à son ascendance capétienne et avait-il la sagesse de s'en contenter.

Respectueux jusqu'au bout du choix et des engagements de son fils au service d'un monarque qui naviguait à vue et pratiquait une politique d'ukases et de compromis, Jean-Jacques Destremx continuait, malgré l'âge qui se faisait sentir, à assumer la gestion d'un domaine en pleine expansion.

– Pourquoi ne pas rappeler Gabriel ? Vous vous épuisez, mon ami ! faisait remarquer son épouse, navrée devant le teint terreux et la maigreur de son époux.

– Et briser sa carrière ? Il me coûte, ma chère, d'imposer ce choix à notre fils, moi qui ai connu cette obligation.

– Avouez que votre vie aurait pu être pire !

Mme Destremx prêchait pour sa paroisse. Son fiston lui manquait et, avec lui, l'espoir d'être belle-mère et grand-mère, une finalité qui passait, à ses yeux, par un retour au bercail.

– Je caresse un autre projet, avoua son mari.

– Peut-on savoir ?

– Un régisseur, un bras droit en quelque sorte, une solution que m'a fait entrevoir maître Caylet et pour laquelle il a une personne de confiance à me proposer.

– Un régisseur ? Il logerait ici ?

Voilà qui dérangeait la vie quiète de Mme Destremx.

– Nous n'en sommes pas, madame, à savoir où il va loger. Laissez-moi d'abord rencontrer ce M. Palade et me faire un jugement.

Maître Caylet avait assurément du flair et l'affaire fut rondement menée tant le sieur Palade présentait toutes les qualités d'un régisseur intègre ; il connaissait le travail de la terre pour l'avoir pratiqué et ne le reniait pas ; il jonglait avec les chiffres, connaissait tous les arcanes des marchés locaux et des foires régionales, bref un meneur d'hommes doublé d'un fin négociateur.

– Topez là, Jean Palade, vous êtes mon homme ! J'augure favorablement de notre collaboration.

– Je fais une affaire d'honneur, monsieur Destremx, que de répondre à la confiance que vous m'accordez.

– Il vous faut un logement sur le domaine. Vous logerez au château !

– Ici même ? s'étonna Jean Palade en se gobergeant à l'idée de partager le toit du gentilhomme.

– Non, je songeais à notre château de Montmoirac où je ferai aménager un logis digne de votre famille. Vous avez femme et fille, m'avez-vous dit ?

Marie-Antoinette avait dix-sept printemps quand elle s'installa, avec ses parents, dans l'appartement de fonction mis à leur disposition par M. Destremx.

– Alors, ma chère enfant, ce nouveau logis a l'air de te convenir et l'environnement de te plaire.

– Tout me plaît ici, père. Ce hameau est charmant, les gens sont accueillants, ces vieux murs racontent des histoires...

– Tu es un peu trop romantique, Marie-Antoinette. Et vous, Marguerite, cela vous convient-il ?

– Au point de me prendre pour une châtelaine, mon ami !

– Certes, certes, madame, mais n'oubliez pas, nous avons trouvé gîte dans les communs du château de Montmoirac, non dans ses pièces nobles !

Un souhait, certainement, de ne pas hisser trop haut son employé, fût-il lui-même propriétaire terrien, que cette décision de Jean-Jacques Destremx. En effet, le château de Montmoirac délaissé au profit de celui de Saint-Christol aurait pu faire office pour la famille Palade. Mais voilà, il en fut ainsi et personne ne s'en plaignit.

Maria se plus effectivement à Montmoirac où, tout en vivant paisiblement, elle trouvait conviviale la promiscuité de la vie du hameau et, mieux encore, l'animation du village de Saint-Christol à dix minutes de marche.

Elle crut avoir trouvé son paradis quand le retour inopiné de Napoléon balaya la première Restauration, renvoya en exil le roi nouvellement installé et rendit à la vacuité le régiment de mousquetaires gris, ce qui expliqua le retour dans sa famille de Gabriel Destremx, un bel officier.

D'autant que le soldat en rupture d'unité se plaisait à retrouver le terrain de jeu de son enfance qu'était le château de

Montmoirac, son point de vue panoramique, ses tourelles et ses armoiries. Quand, de plus, une brune aux yeux d'obsidienne hantait ces lieux, ils n'en devenaient que plus enchanteurs, que plus attrayants.

– Mademoiselle Palade, oserais-je vous demander de m'accompagner à la foire de la Saint-Barthélemy ? Père me laisse tout loisir de prendre la calèche.

– Ce sera avec joie, monsieur l'officier, si mon père répond favorablement. Il faut lui demander l'autorisation.

Il va sans dire que le père n'avait rien à refuser au fils de son employeur. En outre, l'intérêt qu'il portait à sa fille flattait son orgueil et faisait naître les espoirs les plus fous.

« Ma fille n'a rien d'une paysanne, se disait-il. Elle n'aura pas à rougir de sa dot et de ses espérances. Enfant unique et belle de surcroît, Marie-Antoinette est ce qu'on appelle un beau parti. »

L'épopée napoléonienne dura cent jours et se termina désastreusement au soir du 18 juin 1815 dans la morne plaine de Waterloo. Dans un chassé-croisé qui aurait pu être comique, les Français assistèrent au départ de l'Empereur déchu et exilé et au retour ventripotent de la monarchie.

Une des premières décisions de Louis XVIII fut la refonte du régiment de mousquetaires gris, le rappel des hommes et des officiers. Gabriel Destremx prit du grade et plusieurs paires d'yeux ennoyés de pleurs regardèrent partir le bel officier.

Au château de Saint-Christol, son père retenait ses larmes, sa mère donnait libre cours aux siennes tandis qu'à Montmoirac Marie-Antoinette écrasait une perle d'amitié puisque son père l'y avait autorisée. L'amour ? Son cœur n'avait pas tressailli, mais un cœur obéissant peut-il se livrer sans le consentement paternel ?

* *
*

Le terrible hiver 1820, qui réveilla de tristes souvenirs dans la mémoire des anciens, gela une grande partie des oliviers comme le constatèrent Jean-Jacques Destremx et son régisseur en parcourant les oliveraies du domaine.

– Il faudra arracher… soupirait le propriétaire désabusé.

– Arracher, monsieur, et replanter avec plus de circonspection, si vous permettez.

– Qu'est-ce à dire, mon bon Palade ?

– Qu'il serait bon, monsieur, de redistribuer les plantations en fonction de l'exposition des terres, peut-être même d'en laisser certaines en *devèse*[1] pendant un certain temps puis de les ensemencer en conséquence.

– Je me suis pris à penser à de grasses prairies ?

– Bien trop raffinées pour de rustiques mérinos !

– Mais idéales pour y faire paître des vaches ! De belles laitières grâce auxquelles nous fournirions les gens de la ville qui tordent le nez devant le lait de chèvre. Tout juste bon pour les paysans, disent-ils avec dédain.

– Savez-vous, monsieur, que c'est une fameuse idée ! s'écria Jean Palade. Et si vous voulez bien me laisser carte blanche, je crois connaître l'homme qui saura nous conseiller.

Ce n'était pas, chez Jean Palade, vaine flagornerie. Il avait lié connaissance, lors d'une foire, avec un Suisse, éleveur de pure race laitière à rendement inégalé. L'idée lui vint de prendre son avis, tandis que M. Destremx soliloquait.

– Je pense que les aubracs feraient l'affaire. Une douzaine pour commencer…

– Mieux que des aubracs, monsieur Jean-Jacques ! s'enflamma Palade. La simmental ! Je vous donne mon billet que

1. Occitan : pâture interdite.

Martin Burgey se fera un plaisir de commercer avec nous. Ce sera, pour lui, comme un clin d'œil adressé à ses aïeux.

Le maître des lieux ouvrait les siens tout ronds et tendait l'oreille. Il attendait une explication.

Plus d'un siècle auparavant, comme la chronique de désordres annoncés, la révocation de l'édit de Nantes avait soufflé sur les braises d'un conflit loin d'être apaisé. Interdits de culte, traqués, persécutés, les protestants de France vécurent les heures les plus noires à cause de leur foi.

Les dragonnades, triste fléau s'abattant sur les Cévennes réformées, contraignirent de nombreuses familles à abdiquer, du bout des lèvres, leur religion jugée blasphématoire et si peu conforme aux désirs de Louis le quatorzième, à savoir « un seul roi, une seule loi, une seule foi ».

Les plus entêtés ou les plus fous préférèrent l'exil. Par toutes les façons, ils tentèrent de fuir la France, se réfugiant en Suisse, en Allemagne, en Hollande, les plus téméraires n'hésitant pas à franchir mer et océan pour rallier l'Irlande, l'Angleterre et les lointaines Amériques.

Abraham Bourguet était, en ces temps, *bayle* d'un grand domaine des hautes Cévennes. Tout en régissant la propriété de son maître, il faisait paître un important troupeau de moutons, élevait sa nombreuse progéniture et n'omettait jamais un prêche clandestin, même si pour cela il devait traverser bois et genêts et se jouer des pièges et de la délation.

Échappant miraculeusement à une échauffourée qui agita devant lui le spectre des galères où furent précipités nombre de participants, il prit une décision aussi soudaine qu'irrévocable : la fuite éperdue avec femme et enfants.

Grossissant la troupe du prédicateur Brousson qui convoyait régulièrement ses coreligionnaires, il partit avec tout son bien sur le bât d'une ânesse. Composée au maximum d'une trentaine de personnes pour plus de discrétion, la petite troupe franchit les monts du Vivarais, ceux du Mézenc, passa le Rhône de nuit, à Lyon, *via* le pont de la Guillotière, pataugea dans les Dombes du pays de Bresse, manqua périr dix fois dans la terrible cluse de Nantua avant de réciter le psaume du juste persécuté en atteignant Genève.

Or le havre de paix, atteint après mille angoisses et périls, était une ville surpeuplée, inapte à faire vivre dignement tous ces exilés ; les plus courageux poursuivirent leur route à la suite de Claude Brousson attendu à Delft, alors qu'Abraham Bourguet, conscient de l'état d'épuisement physique et moral de sa famille – la plus jeune de ses filles était morte en cours de route –, décida de poser son bagage dans les montagnes suisses, propres, affirma-t-il, à leur rappeler les chères Cévennes, laissées derrière eux sans espoir de retour.

Cent trente ans après ce douloureux épisode de sa famille, un descendant d'Abraham Bourguet, qui, entre-temps, avait vu son nom « helvétisé » en Burgey pour faire plus couleur locale, faisait la connaissance dans une foire de Jean Palade, un gars qui avait l'accent du pays de ses ancêtres.

– Traiter avec Martin Burgey est un gage de bonne affaire, monsieur, je vous en donne ma parole, concluait le régisseur du domaine Destremx.

– Eh bien traitez, mon bon ! Traitez mais, auparavant, faites préparer une étable pour les recevoir, des pâturages pour les nourrir. Un bon ensemencement…

– Et pas n'importe lequel, monsieur, coupait Palade, sûr de son fait. Burgey me conseillera sur les semences à utiliser pour rendre la nourriture des simmentals le plus proche possible de leur alimentation naturelle.

Les écuries du château de Montmoirac, trop longtemps laissées à l'abandon et désormais destinées à servir d'étables, eurent droit à une sérieuse remise en état sous l'œil attentif de M. Jean, tout autant indispensable qu'omniprésent. Sous les regards curieux aussi des habitants du hameau qui, renseignés sur le devenir des écuries, ne manquaient de supputer sur l'espérance d'adaptation d'un troupeau de bovins en terre cévenole, depuis toujours vouée aux chèvres et aux moutons.

Un autre regard se mêlait, de temps en temps, à celui des villageois, deux yeux tout pétillants d'admiration et d'amour, deux yeux d'un beau gris-vert, auxquels il importait peu qu'on logeât, en ces lieux, des vaches ou des moutons.

Le jeune Étienne Teissier, dont le père, cultivateur à Montèze, possédait dans le hameau la vieille maison de ses parents défunts, faisait mine de s'intéresser aux travaux en cours, en particulier lorsqu'il savait croiser le chemin d'une jolie fille brune qui, au bras de son père, arpentait le chantier bruyant et poussiéreux.

Étienne était littéralement tombé sous le charme de ses yeux noirs et brillants comme des diamants, de sa démarche aérienne, presque éthérée et, bien que la jeune fille ne lui eût jamais accordé un regard, il se prenait à rêver de lui adresser la parole, de lui prendre la main, de plonger ses yeux gris-vert dans ses lumineuses obsidiennes. Audacieuse jeunesse !

Passés la robe froufroutante, le délicat parfum de chèvrefeuille et le déhanché obsédant de son corps de déesse grecque, Étienne retombait brutalement sur terre, baissait les yeux sur son grossier pantalon de velours côtelé et sur ses *esclops*[1] crottés.

« Pourrait-elle s'éprendre un jour d'un paysan aussi mal fagoté ? » soupirait-il, lucide sur le fossé qui les séparait.

Pourtant, il s'entêtait et revenait souvent sur le lieu de ses délices. L'amour, puisqu'il faut appeler ainsi cette attirance irrésistible qui le faisait courir à Montmoirac après ses interminables journées de travail, l'amour donc lui donnait, outre des ailes, toutes les audaces dans ses prétextes pour filer droit sur le hameau.

---

1. Occitan : sabots.

Sa tante Jeanne et ses nombreux cousins n'y vivaient-ils pas, qui s'inquiétaient pour la santé de son père et à qui il se devait d'apporter régulièrement des nouvelles ? La cave de la vieille maison familiale n'était-elle pas le lieu idéal où l'on entassait quelques fûts de vin dont il fallait surveiller le bon vieillissement ? La tombe enfin, bâtie au cœur de l'olivette à la coutume huguenote et où dormaient Anne et Estienne, ses grands-parents dont il gardait un si cher souvenir, ne méritait-elle pas, de façon régulière, entretien et recueillement ?

Autant de raisons, d'excuses, d'obligations auxquelles Étienne disait ne pas pouvoir se soustraire et qui provoquaient les sourires sous-entendus de sa famille.

– Notre fils regretterait-il à ce point Montmoirac où il ne vécut pourtant que les quatre premières années de sa vie ? faisait remarquer Isabeau, sa mère, tout en présumant des vraies causes.

– Il aimait surtout mes parents qui le lui rendaient bien, rétorquait son époux. Nous avons été sages de garder la maison. Peut-être voudra-t-il, un jour, y installer son ménage. Si c'est le cas, nous lui donnerons la maison en avancement d'hoirie. Crois-moi, il l'aura bien méritée à trimer pour remplacer son vieux père.

Isabeau posait un doigt sur les lèvres de son mari.

– Chut, tu déparles, Tiennou ! Laissons faire le temps, lui seul nous dira si c'est la nostalgie du passé ou une perspective d'avenir qui attire, comme un aimant, notre Étienne à Montmoirac.

* *
*

La maladie de Jean-Jacques Destremx, un temps latente mais néanmoins évolutive, faisait inexorablement son œuvre de sape à l'intérieur du corps d'apparence indestructible de l'homme qui approchait la cinquantaine.

Les longues heures d'insomnie, que lui causaient de sourdes et constantes souffrances, soumettaient son esprit à l'épreuve de l'angoisse solitaire. Il ne cessait de penser à son domaine, bien géré certes par Jean Palade, mais auquel il manquerait, lui parti, le moteur pour entraîner les rouages.

Il songeait à sa femme, trop insignifiante pour suppléer son absence, à son fils si loin, physiquement et par le peu d'intérêt qu'il prêtait aux valeurs de la terre. Il s'en étonnait même car ne claironnait-on pas, dans la sphère dirigeante du pays, celle qui tournait encore le dos à l'ère industrielle en gestation, que le XIXe siècle verrait l'apogée de la paysannerie française ?

« Au nom d'une telle idéologie, suis-je en droit, se disait-il, de briser une carrière à laquelle Gabriel semble si attaché ? Quand bien même il reviendrait, au fait de mon état de santé, n'est-ce pas lui jouer d'un odieux chantage ? »

Car il le savait, en bon et loyal fils, Gabriel reviendrait au triple galop pour l'amour de ses parents ! Celui de la terre, en revanche, suffirait-il à le retenir au domaine ?

Une épouse ! L'idée lumineuse éclaira une de ses nuits de sempiternelles cogitations. Il fallait lui trouver une épouse capable de le retenir au logis, ce qui ne devait être, en aucun cas, une cause perdue, le jeune et séduisant officier n'étant pas en peine de faire battre les cœurs.

En effet, quand il venait, quoique trop rarement, en permission, ce qui donnait lieu à des soupers fins, des bals et des réceptions champêtres, les pères considéraient d'un œil gourmand l'étendue du domaine qui tomberait dans l'escarcelle de Gabriel Destremx tandis que leurs jeunes filles en fleur ne rêvaient que d'un pas de danse dans les bras du jeune homme racé aux longs favoris moussant sur ses joues.

« Allons, se confortait Jean-Jacques, la bru idéale ne sera pas trop difficile à trouver, frais minois et cœur tendre, jolies mirettes et bras ronds qui sauront attacher Gabriel au domaine, plus sûrement qu'un licou. »

Il s'ouvrit à son épouse du résultat de ses méditations, sans pour autant l'alarmer quant à son état de santé.

– Très chère Marthe, notre fils ne vous manque-t-il pas ? Pour ma part, je serais soulagé de pouvoir partager avec lui les soucis de la gestion du domaine qui, soit dit en passant, lui reviendra un jour, et en totalité. Que diriez-vous de lui dénicher une épouse suffisamment gironde pour le retenir dans ses filets ?

– Vous m'écoutez enfin ! Une épouse, n'est-ce pas ce que j'espérais tant ? De la jeunesse, c'est ce qui manque dans cette grande maison par trop silencieuse. Oui, mais comment ?

– Organisons une réception à l'occasion de sa prochaine permission et ne lésinons pas sur les jolies filles de bonne famille prêtes à lui réserver tout leur carnet de bal.

C'est ainsi qu'au cours d'un bref séjour en Cévennes soigneusement orchestré se décida de la vie de Gabriel Destremx. Il tomba, pieds et poings liés, sous le charme d'une petite porcelaine de Saxe au teint clair, à la vaporeuse chevelure d'un blond presque roux ; il se noya dans les yeux d'émeraude de Julie-Charlotte et plus rien ne compta pour lui.

Dès le lendemain de leur première rencontre où la jeune fille et ses parents, entre autres invités, avaient été conviés au château de Saint-Christol, le fougueux jeune homme, dûment renseigné sur le chemin à suivre, décida de se rendre au château de Calviac qui abritait l'heureuse élue. Là, il n'aurait de cesse d'obtenir de M. Deshours, père de la jeune fille, la permission de faire sa cour à Julie-Charlotte.

Il sella son cheval, l'enfourcha lestement et s'élança sur la route d'Anduze ; moins d'une heure plus tard, il apercevait à travers les frondaisons les tours rondes du château de Calviac planté sur son promontoire rocheux cerné de chênes blancs.

L'imposante et néanmoins élégante bâtisse dominait la vallée de la Salindrenque et se mirait dans le cours d'eau des Combes qu'on aurait cru dévié pour faire office de douves au château qui n'en avait nul besoin. Une longue allée cavalière bordée de jeunes platanes avait été aménagée depuis une quinzaine d'années, autant pour éviter, en s'y rendant, de traverser le village de Calviac que pour rompre avec le côté « forteresse imprenable » du château éponyme.

« Espérons que la jeune fille sera plus accessible que sa demeure digne de *La Belle au bois dormant* », se disait Gabriel, le cœur étreint d'une soudaine incertitude.

Impressionné par la longue façade sud du château, par sa porte fortifiée flanquée de deux échauguettes, par les tours crénelées, Gabriel hésitait à poser pied à terre dans la cour d'honneur ; quand enfin il s'y résolut, ce fut pour être happé par le maître des lieux, introduit dans un luxueux salon tapissé de satin jaune et apostrophé :

– Quel bon vent vous amène, jeune homme ? feignit de s'étonner le châtelain.

Le père de Julie-Charlotte n'était pas tombé de la dernière pluie et supputait une inclination qui allait dans ses vues.

– Une requête, monsieur, et qui me tient à cœur.

– Mais encore ? insista Deshours, jubilant devant la gêne du jeune homme.

– Mlle Julie-Charlotte, votre fille que j'ai eu l'honneur et le plaisir de rencontrer hier chez mes parents, a su conquérir mon cœur…

– Si prestement ? Quelle effrontée !

– Ne vous méprenez pas, monsieur, sur l'attitude de Mlle votre fille. C'est moi, c'est mon cœur qui s'est affolé pour elle, mais je ne saurais dire si le sien répond à mes attentes. Seule une cour vertueuse… et assidue… si vous le permettez…

Le fringant soldat en perdait ses moyens d'autant qu'un bruissement furtif, derrière un paravent, trahissait une présence féminine : la belle écoutait aux portes !

Et si c'était pour se moquer ? Il n'en fut rien.

– Demandons à l'intéressée ! dit Calviac, mettant Gabriel au comble de la confusion.

De mémoire de Saint-Christolens, personne n'avait vu mariage aussi romantique, aussi distingué, aussi festif et harmonieusement coloré.

La belle allée cavalière, menant de la Pyramide à la grille du château, habituellement tunnel de verdure, s'était transformée en féerie de neige par une profusion de tulle accroché aux arbres tandis que le sol était recouvert d'herbe fraîchement fauchée pour éviter toute poussière. Calèches et chevaux n'étaient pas moins parés.

Afin de ménager la susceptibilité des deux belles-mères, l'organisation du mariage avait été soigneusement dosée et scindée en deux parties. À Saint-Christol, le repas de fête et le grand bal ; à Lasalle, le passage en mairie et la cérémonie au temple.

Ainsi fut consigné, pour la postérité, que « *L'an 1820 et le vingt-neuf du mois de février, noble Jean-Gabriel-Émile Destremx, fils de noble Jean-Jacques Destremx et de dame Marthe-Sophie Pauc, s'unissait à demoiselle Julie-Charlotte Deshours de Calviac, fille de noble Louis Deshours de Calviac et de dame Marguerite-Julie Farel* ».

Pour tout son petit monde paysan venu de Saint-Christol, de Montèze, de Montmoirac, des Astries, de Vermeil et de l'Hospitalet applaudir au cortège nuptial, Jean-Jacques Destremx avait fait installer, sur le foirail, quantité de boissons et de victuailles. Clinton et jus de pommes, fougasses et fruits secs réjouissaient grands et petits, distraits, pour ce grand jour, du labeur quotidien.

Une tout autre table, digne elle des plus raffinées du bassin alaisien, attendait les invités à la noce, autrement dit tout ce que la région comptait de belles fortunes et de hautes fonctions. Il y avait aussi les invités « de politesse », ceux que l'on ne pouvait évincer mais avec qui il n'est pas aisé de faire un plan de table dans les règles de l'art. Jean Palade, son épouse et sa fille étaient de ceux-là qu'on avait conviés seulement au vin d'honneur.

Jean Palade cachait, autant que faire se peut, sa déconvenue, lui qui avait osé rêver de cette alliance ambitieuse pour sa demoiselle accomplie et bien dotée. Pour lui, le regard noir et lumineux de Maria valait largement les yeux verdâtres de Julie-Charlotte et la taille majestueuse de sa fille lui conférait une prestance qui faisait défaut à la petite Deshours de Calviac.

À des lieues des ruminations paternelles, Maria se réjouissait du bonheur de M. Gabriel à qui la liait une sincère amitié et, sans arrière-pensée, félicitait le jeune époux.

– Qu'il me soit permis de vous souhaiter tout le bonheur du monde, monsieur Gabriel !

– Grand merci, mademoiselle Palade.

Petite mais futée, la toute nouvelle Mme Destremx s'était approchée du couple merveilleusement assorti que formaient son époux et cette belle jeune fille à l'aisance naturelle qui accaparait, lui sembla-t-il, Gabriel. Cambrant le buste pour gagner deux malheureux centimètres, elle posa une main gantée et possessive sur le bras de son mari.

– Me présenterez-vous à madame, mon cher ?

– Mademoiselle ! Marie-Antoinette Palade est la fille de notre régisseur. Mademoiselle Maria, je suis heureux de vous présenter mon épouse Julie-Charlotte. Vous aurez l'occasion de lier plus amplement connaissance lors de nos escapades à Montmoirac.

– Il ne faudra pas trop y compter, monsieur mon mari. Mes relations m'attireront plutôt dans les salons alaisiens que dans les cours de ferme !

D'une phrase, Julie-Charlotte annonçait la couleur : elle n'entendait pas mélanger les torchons avec les serviettes, fussent-ils propres et bien empesés.

III

Comme un air d'exotisme

TOUTES LES OCCASIONS SONT BONNES pour poser la binette ou le râteau, pour attirer la marmaille sur les bords poudreux des chemins, pour distraire les lavandières à genoux dans leur caisse de bois, alignées au bord de la rivière, et l'arrivée d'un troupeau d'une vingtaine de vaches n'est pas chose courante, dans ce petit coin du Gard, entre Cévennes et garrigue.

Parties de Juf, un village haut perché du canton des Grisons en Suisse, il y avait de cela plusieurs semaines, les simmentals avaient traversé les verts pâturages du pays d'Ain et brouté dans la vallée de l'Isère. Elles avaient arpenté les contreforts du Vercors contournant les terres maraîchères du Drômois qui ne les auraient pas vues d'un bon œil. Après avoir passé le Rhône à Pont-Saint-Esprit, elles étaient enfin parvenues dans la plaine alaisienne où, disait-on, un climat comparable à celui de leurs montagnes natales les attendait.

En effet, le fœhn, vent partout ailleurs frais et humide, devient sec et chaud sur les pentes nord des Grisons, conférant une tiédeur propre à réguler la température de cette région montagneuse, configuration identique aux variations cévenoles ou, du moins, qu'on espérait telle.

Pour preuve, une brise tiède flottait dans l'azur alaisien en cette fin août 1822, bienvenue après un début de mois lourd, étouffant et moite qui avait explosé en violent orage, noyant les étals des nombreux forains installés pour la foire de la Saint-Barthélemy.

Une courte halte au lavoir communal pour désaltérer le troupeau, un dernier effort pour gravir la colline, et voilà les belles à la tête cornue installées dans les étables flambant neuves de Montmoirac.

– Roldy ! Valky ! Coucher ! Paix, bons chiens !

À cette injonction, haletants, langue pendante et truffe humide, les deux bouviers d'Appenzell, meneurs incontestés du troupeau, s'allongèrent de tout leur long sur la paille fraîche, semblant apprécier ce repos du guerrier qu'offraient quatre murs et un toit. Pour autant, ils ne relâchaient jamais leur surveillance, l'oreille aux aguets et l'œil mobile, hypnotisant les vaches.

Rompus aux terrains les plus accidentés, ces chiens de montagne, gardiens et conducteurs innés de troupeaux, étaient depuis longtemps les auxiliaires efficaces et fidèles des vachers helvètes. Leur corps toujours en mouvement, leur regard perçant et leur ouïe fine en faisaient de parfaits assistants des vachers ; c'est dire si les frères Kopper étaient fiers de leurs chiens et ne manquaient pas de les flatter de la main et de la parole.

Kaspar et Oskar Kopper, respectivement âgés de vingt-six et vingt-trois ans, avaient consenti à quitter leurs montagnes suisses pour convoyer, à la demande expresse de M. Burgey, le troupeau de vaches destiné au domaine Destremx, et ce dans les meilleures conditions de voyage.

– Les bêtes ne doivent pas arriver à destination dans un état de fatigue, de déshydratation ni surtout de privations de quelque ordre que ce soit. Je compte sur vous, les gars, je ne serai pas un ingrat.

– Elles seront fraîches comme des demoiselles au pré ! avaient juré les deux frères, dans un bel ensemble.

La mission de Kaspar et d'Oskar ne s'arrêtait pas au trajet que M. Burgey souhaitait pareil à une promenade de santé ; une fois le troupeau arrivé à destination, les deux vachers avaient pour ordre de rester à la disposition de l'acquéreur pour veiller à l'adaptation des simmentals, s'assurer des lieux de pâture, et par conséquent de leur production laitière quotidienne qui pouvait atteindre quarante litres, à raison de deux traites.

Le troupeau et les chiens ne furent pas les seuls à attiser la curiosité des villageois, les frères Kopper eurent leur part de vedettariat ; il faut dire qu'ils se distinguaient singulièrement des traditionnels bergers cévenols.

Grands de taille, une carrure d'athlète, blonds comme des épis de blé au soleil de juin, le teint laiteux qui se piquetait facilement de curieuses taches de son, leur allure décidée n'accusait aucune fatigue comme s'ils avaient effectué leur périple de plus de cent lieues bien calés dans une diligence.

– *Quantès omenàs*[1] ! murmuraient les gamins plantés au bord du chemin en se poussant du coude.

– Ils en poussent des ces *badaras*[2] à n'y rien comprendre !

Ajoutée à leur corpulence, à leurs cris gutturaux, leur tenue vestimentaire contribuait à en faire des curiosités propres à alimenter les conversations pendant un bon mois.

– Tu as vu leur accoutrement ?

– Tu l'as dit ! C'est pourtant pas carnaval.

Indiscutablement, leur culotte de cuir brun, s'arrêtant au-dessus du genou et retenue par de larges bretelles brodées de motifs polychromes, leur chapeau, du feutre gris qu'on aurait

1. *Occitan : quels colosses !*
2. *Occitan : cris.*

dit moulé sur leur tête et qui s'ornait d'une plume de grand tétras, leurs chaussures mi-sabots, mi-galoches ne pouvaient qu'attirer les regards, ceux de gens habitués à une vêture autrement plus austère, le Cévenol n'étant jamais passé pour un amateur de parures ni d'affiquets.

Après avoir attisé la curiosité des habitants, les vachers purent apprécier leur sens de l'hospitalité. Tout le temps que dura leur séjour en Cévennes, il ne se passa pas une veillée, sur la terrasse ou au coin du feu, où ils ne furent invités à venir choquer le verre de l'amitié.

Qu'il s'agisse de déguster un verre de piquette, ce petit vin de pressoir, peu titré et pétillant au gosier, ou de faire danser la poêle pour une belle *afachada*[1], ils n'étaient jamais oubliés.

Lors, tout en soufflant sur les châtaignes brûlantes ou en faisant clapper leur langue de satisfaction, ils racontaient leurs montagnes et la neige damée dont ils avaient fait un jeu.

– Il suffit de planches bien rabotées, qui relèvent en pointe et qu'on fixe à nos chaussures. Deux bâtons pour pousser ou rétablir l'équilibre, et à nous la glisse ! expliquait Kaspar, sûr de son effet.

– Pour sûr, ça c'est de l'exercice ! renchérissait son frère. Car ce n'est pas tout de dévaler la pente, il faut la remonter.

À moins que, pour varier les plaisirs, ils ne fassent partager leurs recettes culinaires.

– Chez nous, le fromage ne se mange pas comme ça ! disait l'un en dégustant un *pélardon*.

– Ah ça non ! poursuivait l'autre de son accent chantant. Le fromage que nous fabriquons en Suisse, eh bien on le fait fondre lentement dans un poêlon et, dès qu'il « file », on pique un morceau de pain au bout d'une baguette de bois et on la plonge dans la fondue.

---

1. Occitan : poêlée de châtaignes rôties.

L'auditoire dégoûté grimaçait plus encore quand l'un des facétieux croyait bon d'ajouter :

– C'est bien meilleur, pas vrai, arrosé d'une giclée d'eau-de-vie. Ma foi, ça réchauffe le corps en hiver !

Au bout du compte, on ne savait plus si ces deux-là prenaient malice à épater les Cévenols ou bien si ces derniers, loin de gober leurs dires, se gaussaient en silence des mœurs particulières de la blanche Helvétie.

Dans le hameau de Montmoirac, une seule porte ne s'était ouverte pour des soirées de ce genre, celle de Jean Palade. Disons, pour sa défense, que le régisseur prisait peu les réunions de ce genre ; les frères Kopper ne connaissaient, de son logement, que le vestibule où ils prenaient les ordres et rendaient compte de la journée.

Néanmoins, la belle fille brune qu'ils avaient remarquée – Marie-Antoinette ne passait pas inaperçue dans le hameau – ne leur était pas inconnue. Loin de là !

Maria Palade, renvoyée d'un mot à sa place lors du mariage de M. Gabriel, n'avait pas trouvé mieux, pour tromper son ennui à moins que ce ne fût pour s'attirer la sympathie des gens du village, que de prendre part aux veillées paysannes qui animaient le hameau. Pour peu, évidemment, que son père ne mît pas son veto !

Au contraire, il sembla même s'en réjouir :

– Que ne l'as-tu fait plus tôt, mon enfant ! Et vous aussi, Marguerite ! On ne nous ferait pas reproche, à ce jour, de condescendance avec ces paysans qui ne plaignent pas leur peine pour engraisser toujours plus les gros propriétaires.

À l'évidence, Jean Palade avait du mal à digérer le mariage du fils Destremx, lui qui avait laissé planer l'espoir d'une inclination amoureuse pour la belle Maria.

Maria, donc, sympathisait avec les habitants du hameau, prenait goût aux veillées paysannes et, sous le fallacieux prétexte d'avoir brodé un bavoir pour le dernier-né ou crocheté un châle de laine pour une aïeule, elle s'invitait chez l'un et chez l'autre, croquait une châtaigne du bout des lèvres, refusait poliment le verre de piquette et tendait l'oreille au caquetage général, à celui de Kaspar en particulier, dont elle devinait, bien qu'elle tienne son regard sagement baissé, le sourire enjôleur et la pupille ardente.

Peut-on parler de coup de foudre quand il s'agit d'un mauvais coup du diable ? Car le Malin, à coup sûr, y était allé de son influence maléfique afin que la fine Maria fût attirée par les rugueuses épaules de Kaspar Kopper. De même qu'il dut user d'un effet de sorcellerie pour que le géant blond, vacher de son état, osât lever les yeux sur la brune Cévenole.

Aussi, Marie-Antoinette Palade, sage jeune fille qui ne s'était jamais doutée de l'attirance passagère dont elle avait fait l'objet de la part de Gabriel Destremx, qui n'avait jamais soupçonné l'intérêt que lui portaient les regards énamourés d'un certain Étienne Teissier, tombait sous le charme rustique d'un fruste montagnard, gardien de troupeau et homme bien tourné, au demeurant.

Et là, qu'importait l'approbation de papa ! L'émoi, le trouble puis la passion étant allés crescendo, qu'importe ce qu'en pouvait penser le père jusque-là obéi.

– Comme il doit être beau, votre pays, monsieur Kaspar ! Parlez-moi encore de vos montagnes. Des montagnes pointues, dites-vous, et couvertes de neige à longueur d'année ? Peut-on rêver plus féerique décor ? Et vos forêts ? Parlez-moi des forêts qui cernent les villages.

– Épaisses ! D'un vert noir ! Vous vous y perdriez, demoiselle… comme moi dans vos yeux. Savez-vous qu'ils font battre mon cœur ?

Elle regrettait déjà d'avoir provoqué cet aveu et demandait, innocente :

– Êtes-vous bien installés dans l'étable ? Le vent a soufflé si fort cette nuit que je me suis inquiétée pour vous et votre frère. N'hésitez pas à demander d'autres couvertures…

– Ne vous tracassez pas, mademoiselle Maria. Donnez-moi plutôt votre main et je vous apprendrai à traire.

Audacieux garçon ! Candide jeune fille !

– Je… je n'oserai jamais !

Il lui prit la main, elle ne la retira pas ; il frôla son épaule, elle rougit de plaisir ; il lui prit la taille pour l'aider à s'asseoir sur la sellette, elle vibra comme une corde de violon.

Loin de l'offusquer, toutes ces privautés ravissaient Maria… et encourageaient Kaspar à plus de hardiesse.

Un soir de juin étoilé comme pour une fête, la tombée de la nuit avait apporté une brise légère, bienvenue après une journée étouffante qui préfigurait un été caniculaire. Maria s'était attardée plus que de coutume dans la cour intérieure de la maison Bernard où l'on cardait la laine des moutons fraîchement tondus. Malgré le lavage minutieux des toisons, des effluves de suint se mêlaient à celui, plus agréable, d'un chèvrefeuille qui montait à l'assaut du premier étage. Maria éternua plusieurs fois.

– Faudrait voir de pas prendre froid, mademoiselle Maria ! C'est M. votre père qui serait bien fâché, fit remarquer Mme Bernard.

– Voulez-vous que je vous raccompagne, demoiselle ? proposa Kaspar.

Sans répondre, Maria se leva de sa chaise, remonta son écharpe sur ses épaules et salua la compagnie, aussitôt suivie de l'audacieux qui s'instaurait son chevalier servant.

À peine avaient-ils contourné la maison que Kaspar passa un bras autour de la taille de Maria et, plutôt que de diriger leurs pas vers le logement du régisseur, il entraîna la jeune fille vers l'étable.

– Où m'emmenez-vous, Kaspar ?

– Au paradis ! répondit le prétentieux.

En l'occurrence, le coin de paille qui lui servait de couche et sur lequel il l'invita à s'installer. Douce était la couche comme avait été douillet son berceau de bébé, comme avaient été moelleux les bras de sa mère, comme avait été sirupeux le cocon familial ; mais rude fut le corps de l'homme dont le désir trop longtemps refoulé explosait en spasmes brutaux, violente la douleur qui, bien que fugitive, avait la fulgurance des éclairs d'été et poignant, quoique fugace, le dégoût qu'elle eut de son corps supplicié.

La volte-face de Kaspar balaya tout cela. Libéré de sa virile brutalité, il se fit tendre et même prévenant.

– Maria ! Maria ! soupira-t-il. Vous me comblez !

Humble et attentif, son deuxième assaut apporta à Maria la plénitude de l'amour dans le plaisir partagé.

Douceur et obéissance ! Ces maîtres mots, qui avaient bercé l'enfance et l'adolescence de Marie-Antoinette Palade, présidaient à sa vie de femme dans les bras de Kaspar Kopper.

Mois après mois, le vacher suisse se montrait exigeant, violemment possessif, parfois même méprisant et quand, excédée par cette attitude, elle le boudait pendant plusieurs jours, il faisait patte de velours, redevenait tendre, prévenant, attentif et respectueux à l'excès.

Une attitude tout en contraste qui générait chez la jeune fille totalement éprise une ambiguïté de sentiments ; ses nuits agitées et ses journées non moins troublées n'échappaient pas à la perspicace observation d'Emma, la servante.

– Mademoiselle Maria, vous avez des tourments ?

– Que vas-tu chercher là, Emma ? Des tourments alors que la vie est belle !

Sa gaieté forcée sonnait faux, Emma insista :

– Vous êtes pâlotte et vous ne mangez guère, si c'est pas un signe, ça ?

– Un signe de quoi ? Je n'ai rien, je te dis !

Alors, elle s'obligeait à boire tout son lait, à manger sa fougasse et même à rire alors que son cœur saignait, Kaspar l'avait rudoyée la nuit dernière. Parce qu'elle subissait passivement un nouvel et brutal assaut de son amant, il l'avait secouée d'importance en rageant :

– Des mollassonnes, ces Cévenoles ! On m'avait pourtant assuré qu'elles avaient le sang chaud. Sûr, je n'ai pas choisi la bonne.

– Tu as choisi celle qui t'aime ! lui avait-elle répliqué avec des sanglots dans la voix.

Puis elle avait fui la paille de sa honte et pleuré dans son lit le reste de la nuit.

Follement éprise de Kaspar, entièrement soumise à ses désirs, ses rares moments de lucidité lui permettaient cependant de réaliser la situation dans laquelle elle s'enlisait chaque jour un peu plus. Une seule fois, elle avait évoqué, un jour qu'il se faisait tendre, un avenir à leur amour.

– Pourrons-nous vivre, un jour, sans nous cacher ?

– Les passions les plus folles ne s'exposent pas ! lui avait-il répliqué.

Ainsi il le reconnaissait, leur amour était une folie !

Plus jamais elle ne parla d'avenir.

Les premiers frissons d'un automne précoce firent grelotter Maria. Une réalité s'imposait à elle : elle portait l'enfant de Kaspar. Elle portait l'enfant d'un homme qui n'était pas son époux, elle portait l'enfant d'un suborneur.

– Mon Dieu, que vais-je devenir ? se lamentait-elle, incapable d'aborder clairement la situation.

Elle se ressaisit. Il était urgent de mettre Kaspar au courant ; il serait surpris, certes, mais certainement heureux de devenir père. Il saurait parler à Jean Palade, lequel, devant l'urgence de la situation, ne pourrait que leur accorder son pardon et donner son accord pour des épousailles rapides.

Son calcul, quoique simpliste, la réconfortait, lui donnait même un optimisme qui lui faisait défaut l'instant précédent.

– Un enfant ! Un petit-fils dont mon père serait si fier !

Elle éclatait d'amour pour l'enfant et son géniteur qu'elle retrouva, le soir venu. Sa réaction était loin de l'explosion de joie et de fierté à laquelle elle s'attendait.

– Ce n'est vraiment pas le moment ! laissa-t-il tomber.

– Pas le moment ! Pourquoi ?

– Pour rien !

– Mais alors ?

– Alors rien ! J'irai, oui, j'irai demain voir ton père. On trouvera une solution, la meilleure...

– Alors tu es heureux, Kaspar ?

– Heureux ? Oui, rends-moi heureux, Maria !

Et il la posséda violemment mettant dans son étreinte plus de brutalité que d'amour, y dégustant comme un arrière-goût de vengeance. Vengeance de qui ? De quoi ? De l'innocent qu'il avait engendré ? De l'amoureuse qu'il avait bafouée ? Maria, elle, portée par l'amour et la confiance, s'offrit à Kaspar en toute innocence.

Le lendemain, Maria traîna au lit pour celer à Emma ou à sa mère les nausées matinales qui commençaient à la tracasser et les larges cernes gris qui mangeaient ses joues creuses. Cependant, un remue-ménage inhabituel dans le hameau, le meuglement des vaches en détresse dans les étables aiguisèrent sa curiosité.

Au rez-de-chaussée, Emma s'agitait comme un diable dans un bénitier en éclairant la lanterne de Mme Marguerite, elle aussi intriguée par cette anormale effervescence.

– Pensez donc, madame Marguerite, les vachers ont disparu ! Après les avoir cherchés partout, M. Jean est parti avertir M. Destremx.

Partis ! Durant la nuit, les deux Helvètes avaient pris la poudre d'escampette, abandonnant vaches et chiens.

« Abandonnant femme et enfant ! » voulait crier Maria qui avait pâli, puis rougi, avant de se laisser tomber sur un fauteuil où elle restait pantelante.

– Mademoiselle Maria ! Ne prenez donc pas cette affaire à cœur ! Votre papa les aura remplacés dans la journée, ces deux lascars. Pour le moment, il réquisitionne les paysannes pour traire ces pauvres bêtes dont les pis traînent au sol.

– Et ces charrettes qui attendent ? demanda mollement Mme Marguerite, plus curieuse des événements du hameau que du malaise de sa fille.

– Les laitiers alaisiens qui s'impatientent du retard. Ah, m'est avis qu'ils attendront longtemps leurs gages, les vachers suisses. Les sacripants, ils auraient pu avertir M. Jean qu'ils avaient le mal du pays.

Abandonnée ! Le lâche l'avait abandonnée.

Toute la journée, Maria rôda autour des étables, cherchant un signe de Kaspar. Elle ne savait quoi, un petit mot dissimulé sous une pierre, un foulard accroché à un clou, un peu de lui, de son amour, de ses pensées. Elle ne trouva rien. La réalité, dans son effrayante vérité, s'imposa à elle : elle attendait un enfant d'un homme qui s'était enfui. Comment l'avouer à son père ?

Emma la finaude comprit, en un rien de temps, l'état dans lequel se trouvait la fille de ses employeurs. Il y avait urgence à en aviser Mme Marguerite.

– Madame Marguerite, il faut que je vous parle.

– De quoi s'agit-il, Emma ?

– De qui s'agit-il serait plus juste, madame. Je veux parler de Mlle Maria. N'avez-vous pas remarqué sa pâleur, ses cernes, son manque d'appétit ?

– Tu me surprends, Emma. Nous ne voyons pas Maria avec les mêmes yeux. Moi, je la trouve forcie, au contraire.

– Hélas, madame, je crois bien que sur ce point notre opinion concorde. Mlle Maria est enceinte...

– Chut, sotte ! Si monsieur t'entendait ! Ce ne sont pas des sujets sur lesquels plaisanter.

– C'est que je ne plaisante pas, madame Marguerite. Tous les matins, notre demoiselle vomit...

– Que me chantes-tu là ? Puisque je te dis que Maria se porte comme un charme !

Soudain, elle croisa le regard d'Emma qui criait la triste vérité et resta la bouche ouverte sur des sanglots silencieux, les yeux fixes, les gestes paralysés.

Emma l'aida à se rasseoir, lui fit boire un peu de lait chaud et appela Maria pour qu'elle vînt se confier à sa mère. La jeune fille se jeta aux pieds de Marguerite, étreignit ses genoux et, y posant son visage baigné de larmes, elle hoqueta :

– Maman, pardonnez-moi, je vous fais beaucoup de peine, mais je suis si malheureuse !

Les larmes et puis les mots crevèrent comme un orage, elle raconta ses amours, omettant pudiquement les moments d'étreinte et de félicité tout comme ceux, nombreux, où elle se sentait bafouée, salie, méprisée.

Marguerite Palade ne bougeait pas un cil, ne prononçait pas un mot, elle ne parlait pas, ne pouvait pas pleurer : elle était morte de l'intérieur, morte pour sa fille, pour son époux, morte de honte et de déshonneur.

Emma sentait peser sur ses épaules une lourde responsabilité en perspective : Mlle Maria engrossée et abandonnée, vulnérable et désespérée, Mme Marguerite réduite à l'état de momie raidie dans un fauteuil, les mains crispées sur les accoudoirs et M. Jean qui ne tarderait pas à rentrer et demanderait des explications.

Douceur et obéissance. Si M. Jean avait fait de ces deux conditions les bases d'une vie familiale harmonieuse, il en oublia ce soir-là la première.

Blessé dans son orgueil, trompé dans sa confiance, aveuglé de colère et de désespoir, il assena à sa fille chérie une terrible gifle qui la jeta au sol, et l'accompagna de ces mots :

– C'est ma vie qui est là, par terre, à mes pieds ! Une vie d'honnête homme ! Une vie de labeur, certes, de contraintes et de soucis, mais une vie dont je n'avais pas à rougir. Et toi, qu'en as-tu fait, misérable ?

Pris d'une frénésie incontrôlable, il se mit à fouler aux pieds cette vie bâtie au jour le jour et qui soudain s'effondrait. Maria protégeait son visage d'une main et son ventre de l'autre, offrant son dos et ses épaules aux coups de son père qui, aveuglé de colère, ne se contenait plus. La jeune fille ne pleurait pas, ne criait pas, gémissait en s'abandonnant à son sort quand elle se sentit tirée par les épaules.

Bravant les coups de Jean Palade qui pleuvaient au hasard, sur elle et sur Maria, Emma traîna hors de la pièce la fille de ses patrons, la soustrayant ainsi à son père devenu enragé. Vautrées à même le sol, dans un coin du vestibule, la servante et sa protégée suivaient la progression de la colère du père qui s'exerçait maintenant sur les meubles, les tableaux, la vaisselle.

– Pourvu qu'il ne s'en prenne pas à Mme Marguerite ! soupirait la servante.

Vissée dans son fauteuil, la pauvre femme ne risquait rien, elle se faisait oublier tandis que lentement s'émoussait la colère de Jean Palade.

Quelques jours plus tard, il ne restait plus rien des meurtrissures visibles de Maria, ce qui n'était pas le cas des contusions bleuâtres qui pommelaient son dos, ses côtes et ses épaules.

Emma, qui avait craint d'être congédiée à cause de son intervention, avait repris la maisonnée en main avec la bénédiction de M. Jean, lequel, un peu plus voûté, l'œil sombre et le teint gris, vaquait à ses activités coutumières tout en essayant d'échafauder un avenir décent pour Maria.

Marguerite, toujours prostrée dans une attitude de *mater dolorosa*, avait retrouvé un filet de voix, elle émettait des gémissements propres à irriter son époux.

– Il n'est plus temps de se lamenter, Marguerite, il faut agir. Envisager un futur pour notre fille. Cela ne se fera pas sans mal, je vous l'accorde.

Nouveaux geignements. Nouvelles irritations.

– Il suffit maintenant ! Je ne vous accuse point, je suis aussi coupable que vous des errements de notre fille.

Cette dernière, confinée dans sa chambre par ordre du père qui ne supportait pas sa vue, fut sommée, au bout d'une semaine, d'en descendre afin d'affronter les dispositions prises à son égard.

Tête baissée, visage blême, mains jointes sur un ventre qui s'arrondissait légèrement, Maria s'attendait, impassible, à une nouvelle avalanche de violence, mais le temps n'était plus aux coups. Pour Jean Palade, l'urgence était dans l'action. Il maîtrisait maintenant sa colère explosive, restait la rancœur qui lui faisait comme des gorgées de fiel dans la bouche.

Il déglutit, se racla la gorge et, sans poser les yeux sur sa fille, l'informa d'un ton qui n'admettait pas de réplique :

– Ta mère et moi avons longuement réfléchi à la situation dans laquelle ton inconduite t'a menée…

Des accents de fureur s'invitaient dans sa voix. Il toussota une nouvelle fois avant de poursuivre :

– Dès le mois prochain, tu iras t'installer chez la sœur de lait de ta mère qui vit dans un mazet, à flanc de coteau, du côté de Génolhac. Cette pauvre Amélie n'a rien à nous refuser, elle subsiste plus de notre charité que du produit de ses ruches. Au moyen de quelques pièces d'argent, elle fermera les yeux sur ton état.

– Son voisinage… murmura Maria.

– Une lointaine petite-cousine qui, devenue orpheline, se sera réfugiée chez elle… et la quittera, l'ingrate, quelques mois plus tard. Je te pourvoirai de vêtements qui accréditeront cette thèse.

– Votre fille, réduite à l'état de pauvresse ? tenta de se rebeller la malheureuse.

– À l'état de misérable, c'est ce que tu es ! tonna-t-il.

Il serrait les poings pour ne pas céder à la colère qu'il sentait enfler et continua :

– Tu attendras ta délivrance et, le moment venu, Amélie t'assistera comme elle le faisait dans les fermes isolées pour les femmes qui se passaient fort bien du docteur. Le fruit de ta honte sera confié, par ses soins, à une nourrice qu'elle aura dénichée et qui sera payée grassement pour ignorer d'où vient l'enfant. Personne, tu m'entends, personne ne saura d'où il vient ni où il est.

– Je ne pourrai pas… le nourrir… quelque temps…

– Tu ne le connaîtras pas ! Je te conseille pour cela de fermer les yeux à son premier cri et je t'interdis de lui confectionner le moindre trousseau ; la nourrice l'en pourvoira, elle recevra l'argent nécessaire pour ça.

– J'irai le voir… une fois, une seule, avant de partir… pleurnicha Maria.

– Jamais ! brailla Jean Palade. Tu ignoreras où il est, comme ta mère, comme Emma, comme tout le monde ici !

– Vous, père, vous saurez ?

Jean Palade balaya sa question d'une phrase qui sonnait la fin de l'entretien :

– Tu oublieras celui qui t'a engrossée et le bâtard que tu vas mettre au monde. C'est tout !

Le ton était explicite. Maria comprit qu'il était vain d'insister, le temps de la totale soumission reprenait ses droits.

– Un mot encore, et le dernier. Pour nos braves paysans du hameau qui ont parfois la langue un peu trop bien pendue, tu seras partie en convalescence pour te remettre d'une maladie de poitrine. Des amis dans le Var t'auront accueillie pour te faire bénéficier de l'air marin. Ensuite, la vie reprendra, comme si de rien n'était… enfin je l'espère.

Maria ne pouvait qu'être impressionnée par les décisions de son père. Rapide, efficace et circonspect, Jean Palade réglait ses problèmes familiaux tout aussi rondement que ses affaires commerciales ; le cœur n'avait pas voix au chapitre dans ce genre de négociations.

Au fait, Marie-Antoinette avait-elle encore un cœur, ou s'était-il brisé entre les mains d'un ignoble vacher ?

IV

Une naissance clandestine

DÉSOLÉ DE N'AVOIR PAS APERÇU l'élue de son cœur depuis plusieurs semaines, lors de ses fréquentes escapades au hameau de Montmoirac, le jeune Étienne Teissier se décida à questionner innocemment sa tante Jeanne, plus proche voisine de la famille Palade.

– Il y a longtemps que vous n'avez pas vu la fille du régisseur de M. Destremx, ma tante ?

– Mlle Maria ? Tu la connais ?

– De vue seulement. Une bien charmante personne. Je me demandais si elle n'était pas souffrante.

– Pardi qu'elle l'a été ! Et pendant tout un mois elle n'a pas quitté la chambre. Un gros froid, une toux persistante…

– Et maintenant ? coupa le jeune homme, inquiet.

– Elle se refait une santé en bord de mer, chez des amis de sa famille. Ah, ils n'étaient pas fiers, ses pauvres parents, de la voir partir, toute pâlotte et la mine chiffonnée !

Étienne exhala un soupir de soulagement. Son cœur avait bondi à l'annonce de sa maladie, sa convalescence le rassurait, même si elle était source de son éloignement. N'avait-il pas, dans ses grands moments de totale ignorance, évoqué un mariage arrangé par les parents qui l'aurait ravie à son amour sans qu'il ait eu le courage de se déclarer ?

Peu de temps après, croisant le chemin de Jean Palade, il s'enhardit à l'aborder. Triturant son chapeau qu'il avait pris soin d'ôter, évitant de croiser le regard glacial de son interlocuteur, il cherchait ses mots avec circonspection.

– Faites excuse, monsieur, à ma hardiesse. Ma tante, Jeanne Cabot, m'a mis au courant des soucis de santé de Mlle votre fille et cela m'a fait peine. Une si agréable personne !

– Elle va mieux, mon garçon, beaucoup mieux en vérité. Dieu merci, elle va nous revenir bientôt toute ragaillardie, consentit à répondre l'orgueilleux régisseur en toisant ce garçon qui n'était pour lui qu'un « manant ».

Puis, ne pensant pas le connaître, il questionna :

– Qui es-tu donc, jeune indiscret ? Le fils d'un de nos fermiers ?

– Je m'appelle Étienne Teissier et je vis à Montèze où mon père a une propriété.

– Et tu viens traîner à Montmoirac ? Ton père ne te met donc pas derrière la charrue ?

– Plus qu'à mon tour, monsieur, mais je ne m'en plains pas et mon père non plus, qui est satisfait de mon travail. Je ne viens pas « traîner » à Montmoirac, je...

– Oui, c'est vrai, tu m'as parlé d'une tante Cabot...

– Nous avons aussi une maison à Montmoirac, elle nous sert de réserve, la cave est grande et garde sa fraîcheur.

Les questions abruptes du régisseur, son air hautain, sa lippe méprisante n'échappaient pas à Étienne qui prit congé.

– Je suis heureux, monsieur, que votre demoiselle soit bientôt *réquinquilhée*[1]. Je vous salue.

Une légère inclinaison de tête et voilà Étienne qui passe son chemin, laissant le régisseur pantois.

---

1. Occitan : ragaillardie.

* *
*

Une femme sans âge, vêtue comme une pauvresse, attendait la diligence à la halte de Génolhac. Sans attendre que les passagers en descendent, elle passa sa tête à la porte, regarda de ses petits yeux de myope, repéra une jeune fille brune, raidie sur la banquette, pâle et grelottante et qui serrait un sac en tapisserie passablement usagé sur ses genoux.

Elle empoigna le sac en même temps qu'elle disait :

– Vous en avez mis du temps, ma cousine ! Venez vite, il faut arriver au mazet avant la nuit !

Amélie Cassagne ! C'était donc elle ! Sans un mot, Maria descendit de la diligence et emboîta le pas à la pauvresse qui marchait à belle allure.

Empruntant un chemin en lacet, tantôt en terrain découvert, tantôt à travers des châtaigneraies plusieurs fois centenaires, elles arrivèrent, le souffle court et les jambes en flanelle, devant une demeure qui, à l'évidence, avait subi les assauts d'un climat rigoureux.

Des murs de granit gris, de chiches ouvertures, un toit fait de lauzes grossières qui donnait l'impression d'écraser le tout, telle fut l'impression que ressentit Maria à la vue de ce qu'elle prit, d'abord, pour une *clède*[1].

– Pas trop fatiguée, petite ? Nous sommes arrivées !

– Arrivées où ? demanda Maria d'une voix blanche.

– Chez moi, pardi ! Allez, entrez, mademoiselle Marie-Antoinette, venez vous asseoir. Moi, je vais relancer le feu.

Elles entrèrent dans ce que Maria considéra, résignée, comme son tombeau ; une seule pièce qui servait à la fois de chambre et de cuisine, quand ce n'était pas d'écurie les hivers de grand froid ; une cheminée, faite de pierres jointoyées sans

1. *Séchoir à châtaignes.*

finesse, assurait un minimum de chaleur au pauvre logis, mais aussi sa clarté, pour le moins faiblarde au point de laisser dans une totale obscurité les angles de la pièce. C'était aussi, semblait-il, le seul moyen de cuisiner, en témoignaient un faitout culotté de noir posé sur un trépied et une poêle guère plus reluisante qui le voisinait.

Maria révisa son jugement. Ce n'était plus à un tombeau que lui faisait penser cet antre, mais à ces noirs boyaux des mines de charbon qu'évoquaient parfois les amis de son père, possesseurs de quelques actions dans cette activité du bassin cévenol.

Son père ! Une bouffée de haine la submergea : quelle punition humiliante et pernicieuse avait-il imaginée ! Non seulement la maison – ou plutôt la cahute –, mais aussi Amélie Cassagne, échevelée, édentée, toute de futaine grise vêtue, qui la rebutait, lui faisait peur, pire la terrorisait.

Et il lui faudrait vivre ici jusqu'à ce qu'elle soit débarrassée de ce fardeau, cause de son malheur ? Elle mourrait avant... ou alors s'enfuirait. S'enfuir ? Oui, mais où ?

Amélie, pourtant, s'appliquait à traiter son invitée en hôte de marque. N'était-elle pas la fille de Mme Marguerite, cette sœur de lait qui la tenait en considération, la pourvoyait en sabots, vêtements et chandelle ? Le prix du lait, un temps reçu, à moins que ce ne soit ce lien ténu, invisible et sans nom, qu'avaient tissé, à leur insu, les deux « nourrissonnes » tétant au même sein.

Aussi lui proposa-t-elle sa couche, simple châssis de bois duquel elle retira la literie, grise de crasse, pour l'habiller de propre, en l'occurrence des draps jaunâtres de mauvaise toile, une épaisse couverture de laine et une courtepointe aux couleurs vives, seul élément gai de la pièce.

– Voilà, votre lit est prêt, mademoiselle Marie-Antoinette. Il est beau, n'est-ce pas ? L'édredon de mes défunts parents, dit-elle en tapotant la couette aux forts relents d'essence de cade.

– Et vous, madame Cassagne, où dormirez-vous ? demanda machinalement Maria.

– Je vais me faire une litière de paille, là, près de la cheminée.

– À même le sol ? Vous n'aurez pas froid ? ne put s'empêcher d'insister la demoiselle qui frissonnait de froid, de peur et de dégoût.

Elle n'était pas au bout de ses répulsions !

– Je ferai rentrer la biquette, elle se serrera contre moi et nous nous réchaufferons mutuellement.

Maria eut une moue écœurée. Si la soupe de *bajanas*[1] et le fromage en *escudelon*[2], sur lequel Amélie avait fait couler une cuillerée de miel, prenaient pour la vieille femme des allures de festin, Maria ne put que déplorer la frugalité de son hôtesse. Pour autant, elle n'aspirait qu'au sommeil qui, pensait-elle, dispenserait l'oubli.

Elle ne dormit pas de la nuit, attentive au vent qui hurlait dans la cheminée, aux bruissements de la paille quand Amélie se retournait et surtout aux bruits extérieurs, inconnus et donc terrifiants. Étaient-ce des sangliers, des renards... ou des loups qui venaient rôder au plus près des habitations pour trouver leur pitance ?

Outre les bruits, il y avait les odeurs qui agressaient son nez délicat. Relents de soupe au chou, âcres émanations de suie dégoulinant de la cheminée, ajoutés aux puissants et curieux effluves de la chèvre lui donnaient la nausée.

Le petit jour s'infiltra rapidement entre les volets disjoints et Amélie fut sur pied pour les premiers gestes pérennes du matin : faire sortir la chèvre, ouf ! raviver le feu, préparer le petit déjeuner.

1. *Châtaignes séchées cuites dans du lait.*
2. *Occitan : faisselle.*

– Venez boire votre lait, mademoiselle Marie-Antoinette. Pendant ce temps, je ferai ma toilette.

Un coup d'œil circulaire à la pièce laissait la jeune fille dubitative : où Amélie pouvait bien faire sa toilette ?

Tout en faisant tremper des tranches de pain rassis dans son lait – oubliées fougasses et brioches de la servante Emma –, Maria eut la réponse : les vêtements de jour de l'humble Amélie se confondant avec ceux de la nuit, il lui suffisait de leur superposer sa vieille jupe grise et son châle de laine. Ses ablutions ? Il n'était que de voir ses mains sales, ses poignets où la crasse faisait des bracelets et à son cou des colliers. C'est pourquoi sa question passa pour incongrue.

– Où pourrais-je chauffer un peu d'eau, madame Cassagne ? Je voudrais me laver.

Amélie désigna un seau près de la cheminée.

– Elle est tiède et ça suffira bien. On en mettra à chauffer quand viendra l'heure de la naissance. Et puis, appelez-moi Amélie, nous devons passer pour cousines.

– Alors appelez-moi Maria, soupira la demoiselle Palade.

Amélie consacrait ses journées à ses ruches et aux arbres rois, les châtaigniers. Alignées en contrebas du mazet, sur une *faïsse*[1] ensoleillée, les logis des abeilles étaient au diapason de celui de l'apicultrice, rudimentaire et agreste, des troncs d'arbre évidés couverts d'une large lauze de schiste. L'hiver, elles abritaient les essaims endormis qui, dès les prémices du printemps, parcouraient des lieues pour butiner.

S'ils s'en trouvaient de vaillantes et infatigables qui s'en allaient jusqu'aux élégants robiniers des places de village, la plupart se contentaient des fleurs de châtaignier et produisaient alors un miel brun doré à l'odeur puissante, un rien amer. Il arrivait que prédomine un parfum de bruyère.

1. Parcelle cultivable en terrasses.

– Alors là, je n'ai pas de doute ! expliquait Amélie à sa jeune pensionnaire en glissant sous son nez un pot en verre. Elles sont allées papillonner vers les *callunes*. La couleur n'est plus la même, pas vrai, Maria ?

Maria approuvait. C'était une distraction comme une autre. Se méprenant sur l'intérêt qu'elle semblait porter à son miel, Amélie continuait, intarissable :

– Tenez, je vais vous chercher un pot de robinier. Là, j'ai mes clients attitrés et vous ne leur en refileriez pas un autre.

Elle montrait alors sa fierté : un miel limpide et d'une grande finesse, d'un beau jaune clair qui semblait avoir capté les rayons du soleil. Son odeur suave caressait les narines.

Persuadée qu'elle captivait son jeune et restreint auditoire, il lui fut facile d'entraîner Maria trois faïsses plus haut. Sur une aire proprement débroussaillée, une petite construction, bâtie sur le même modèle que le mazet, rendit Maria perplexe. Trop grande pour être un four communal, trop petite pour un logis, elle attendit qu'Amélie fournisse une explication qui lui brûlait les lèvres.

– La clède ! s'exclama cette dernière, visiblement fière de son effet. C'est là où je fais sécher mes châtaignes, les figarettes de préférence ; ça me prend tout un mois, en décembre généralement, pour garnir la clède de bois, de branchages et de feuilles sèches, puis enfumer ma récolte tout doucement.

– Vous faites ça toute seule, Amélie ? Ce n'est guère de votre âge…

– Et qui le fera à ma place ? Pour sûr que je sens plus mes reins, mais il faut bien vivre.

Parce qu'elle vivait de ça ! Maria réalisait à peine l'état d'autarcie minimale dans lequel vivait Amélie. Son miel, ses châtaignes fraîches, puis les sèches qu'elle allait vendre au marché de Génolhac, petite moisson qui lui permettait de remonter au mazet avec une tourte de pain de deux kilos, des œufs, parfois quelques légumes. Grâce à la biquette, le lait et le fromage complétaient sa rustique alimentation.

Pour le reste... son Créateur y pourvoirait et Mme Marguerite aussi qui n'oubliait jamais le 5 février, jour de la Sainte-Agathe. Pour honorer la patronne des nourrices, Mme Marguerite jouait la généreuse et faisait parvenir, *via* la turgotine qui reliait Alais à Langogne, un colis de première nécessité.

– Une bien bonne personne, votre maman, mademoiselle Maria. Une sainte femme.

Maria haussait les épaules. Une sainte femme qui n'avait pas eu un geste, un mot, un pardon pour sa fille. Indifférente à son mutisme, Amélie continuait :

– Pensez bien, ma chère, que je n'allais pas dire non à la demande de M. Palade ! Un homme de devoir, votre papa ! Je ferai tout comme il a dit, faites-moi confiance, Maria. On vous sortira de cette mauvaise impasse. Personne n'en saura rien et vous repartirez avec la blancheur du lys.

Quelle triste ironie ! Pour le moment, loin du blanc virginal, elle était affublée de vêtements de pauvresse dont son père avait eu soin de la pourvoir. On ne pourrait pas clabauder sur une « demoiselle » ayant trouvé refuge chez Amélie Cassagne. Sur une jeune femme en train de dissimuler une grossesse non plus, les repas frugaux d'Amélie et les habits informes ne contribuaient pas à dévoiler un ventre s'arrondissant.

La première partie du plan de Jean Palade se déroulait comme il l'avait prévu.

* *
*

Leur rencontre tout comme le bref échange de conversation auquel ils se livrèrent ne laissèrent pas indifférents Jean Palade ni Étienne Teissier. Chacun, on s'en doute, pour des raisons distinctes.

Étienne se félicitait de sa hardiesse. « Le cran, il n'y a que ça qui paie », se réjouissait-il après avoir abordé le régisseur du domaine Destremx et, qui plus est, pour lui parler de sa fille. Et l'homme, quoique surpris et sur son quant-à-soi, lui avait répondu.

Jean, lui, de prime abord interloqué par l'audace du jeune paysan, s'étonnait lui-même d'avoir répondu à sa curiosité.

« Après tout, se disait-il maintenant, ce garçon m'aidera à accréditer la thèse d'un mal de poitrine qu'un climat imprévisible rendait difficile à guérir. »

À plusieurs reprises, par la suite, la silhouette et le visage du jeune homme s'imposèrent à lui ; il le jugea bel homme, franc de regard, bien bâti et plutôt dégrossi pour un gars de la terre. Ce qui l'amena à se poser cette question :

« Serait-il de bonne famille ? »

Il va sans dire que l'esprit de M. Jean n'était pas au repos tant l'avenir de sa fille lui apparaissait sombre. Certes, il avait paré au plus pressé, restait à caser la pécheresse dans les meilleures conditions.

Depuis le jour terrible des aveux de Maria, c'était un homme torturé que ce régisseur ! Oh, il n'avait rien changé à ses habitudes et menait de front la gestion du domaine Destremx et ses propres biens fonciers, mais redoutait sans cesse que sa honte ne soit inscrite sur son front.

Pour cela, il maudissait sa fille. Et pourtant, il n'avait pas cessé de l'aimer et souffrait d'infliger à sa délicate Marie-Antoinette une vie de recluse dans un lieu oublié. Toutes les nuits, il tremblait pour elle et, tous les matins, il se disait :

« J'ai fait pour le mieux. Le petit bâtard sera logé et nourri dans une bonne ferme. Reste à trouver une alliance honorable pour notre fille. »

Quand cette pensée le tarabustait, et c'était souvent le cas, aussitôt le visage d'Étienne Teissier s'imposait à lui ; il décida de se renseigner discrètement à son sujet.

M. Destremx, son patron, fut le premier à émettre sur cette famille un jugement favorable.

– Je connais bien son père ; avec son frère jumeau, ils ont travaillé pour nous en pension fermière et puis le vent a tourné. Un mariage chanceux pour l'un, un héritage inattendu pour l'autre, les voilà tous les deux propriétaires à Montèze, pourvus en biens, ma foi, et aussi en famille ! Tenez, Palade, parlez-en à votre ami Caylet qui a été en affaire avec eux.

L'ami Jean Caylet confirma, en effet, avoir eu les Teissier comme métayers sur son domaine de Bagard.

– Vous ne les avez pas gardés, Jean ?

– Un héritage inespéré, lui venant de son épouse, a conduit ce brave homme à acheter, sur mes conseils, une propriété à Montèze. Une famille dure au travail, tu peux me croire.

– Des garçons ? Des filles ?

Les questions de Jean Palade fusaient, plus précises, plus insidieuses.

– De nombreux enfants, j'en suis sûr !

Jean Palade n'en tira pas plus de l'ami Jean Caylet.

Restait la tante, cette Jeanne Cabot qui était, à Montmoirac, la mémoire du village.

– Tout va comme vous voulez, Jeanne ?

– Pour le mieux, monsieur Jean. Il en est de même pour Mlle Maria ? Et votre dame qu'on ne voit guère ?

– Ma femme vieillit, ma bonne Jeanne, et ma fille, elle, se ragaillardit. C'est la loi de la vie. Votre neveu, un avenant garçon, m'en demandait nouvelles.

– Étienne ? Un bon garçon, vous pouvez le dire, monsieur Jean ! Pour être l'aîné de la famille, il n'est pas le mieux loti depuis que mon frère est malade. C'est sur les épaules de son fils qu'il se repose, un garçon qu'il a fait instruire et qui ne rechigne pas à s'occuper du domaine.

– Un fils unique ? fit mine de s'apitoyer Palade.

– C'est tout comme ! Un frère qui va épouser sa cousine et qui travaillera les vignes de son beau-père, trois sœurs à marier ! Ah, mon pauvre frère serait bien mal inspiré s'il ne lui faisait pas son droit !

Un fils aîné, un héritier, donc ! De l'instruction ! Famille de bonne réputation ! L'esprit de Jean Palade, toujours en ébullition, retenait ces bribes de phrases qui dressaient un portrait intéressant du jeune homme dont l'aspect physique n'avait rien de rebutant, bien au contraire.

Si l'on considère qu'il avait conscience que sa fille ne pouvait prétendre à une union glorieuse, le jeune Étienne Teissier devenait un parti convenable pour Marie-Antoinette.

« Amoureux comme je le pressens, se disait-il, ce benêt au regard de braise acceptera la fille, ignorera la faute et viendra manger dans ma main, pour peu que je ne lésine pas dans la corbeille de la mariée. »

Dès lors, toute occasion fut bonne à Jean Palade pour converser avec celui qu'il considérait comme son futur gendre.

* *
*

La *bouffade*[1] soufflant avec force sur les hauts plateaux du mont Lozère avait amoncelé la neige en congères, véritables parois qui barraient les chemins.

Confinées dans la seule pièce de la triste maison, Maria et Amélie se serraient en silence devant la cheminée. À travers les carreaux de l'unique fenêtre sur lesquels s'étoilaient des dentelles de givre, on apercevait de fines particules blanches

1. *La tourmente.*

qui voletaient, tourbillonnaient, avant de se plaquer au sol dont elles épaississaient le manteau immaculé.

Dans un coin, la biquette mâchonnait des brins de paille en attendant des jours meilleurs où les jeunes pousses de printemps sortiraient enfin de terre. Le temps s'égrenait lentement, le lendemain pareil à la veille, désespérément morne. Seul le ventre de Maria suivait sa lente évolution, sa grossesse étant désormais apparente.

Depuis quelque temps, son « fardeau » bougeait. Cela s'était produit pour la première fois alors qu'elle cherchait en vain le sommeil. Un bouleversement dans son corps, aussi discret que chargé d'intense émotion, lui avait fait pleinement comprendre la réalité. Elle se confia, le lendemain, à Amélie.

– Je n'ai pas dormi, cette nuit. Mon enfant a bougé ! dit-elle d'une voix caressante.

Toute autre que la rustre paysanne aurait saisi le changement ; le « fardeau » était devenu l'enfant !

La neige fondit enfin, mais les gelées persistèrent et il fallut aux premières fleurs du printemps beaucoup de persévérance pour pointer leurs têtes fragiles et si joliment colorées dans les prés environnants. Amélie passait le plus clair de son temps à s'occuper de ses ruches qui s'éveillaient de leur dormance hivernale. Elle disparut même toute une journée sans que Maria ne s'inquiète de son absence.

Partie au petit matin, la mère Cassagne avait gravi les pentes de la montagne, traversé le plateau balayé par le vent et descendu sur l'autre versant jusqu'au village du Bleymard qu'elle avait pris garde de ne pas traverser, le contournant pour se rendre dans une ferme isolée où une plantureuse jeune femme vint lui ouvrir la porte.

– Bon sang, mais tu l'as déjà eu ton enfant, la Bernarde !

– Elle est née il y a trois jours, mère Cassagne, répondit la Bernarde en désignant, posée à même le sol, une *desque*[1] où dormait un nourrisson saucissonné dans ses langes.

– Celui que tu vas prendre en pension ne va pas tarder à pointer son nez. Je viens t'apporter l'argent pour que tu lui prépares une couche bien garnie, des chemises, des lainages, tout un trousseau de petit bourgeois. Tu m'as bien comprise, il ne doit manquer de rien.

Ce disant, elle déposa une bourse dans la main tendue de la Bernarde qui l'enfouit prestement dans la poche de son jupon.

– Quand je vous dis que l'enfant sera comme un petit prince, mère Cassagne, vous pouvez me croire !

Amélie s'en était revenue en sa maison, sans explication sur son absence prolongée. Tout juste demanda-t-elle :

– Vous avez fait réchauffer votre soupe, Maria ? Et mangé votre fromage ?

À quoi Maria, négligeant de la questionner, répondit par une inclinaison de tête affirmative. Elle avait d'autres préoccupations comme celle, toute nouvelle, de gérer l'agitation de son corps, le bouleversement interne qu'elle pressentait et les petits signaux douloureux et fugaces qu'il lui envoyait. Le moment qu'elle appréhendait ne tarderait pas à venir et, livrée à ses seules pensées, ses seules sensations, elle s'apprêtait à le vivre dans le plus grand dénuement matériel et moral.

Le grand chambardement la saisit alors qu'elle et Amélie étaient à table pour avaler leur repas de midi, tout semblable à celui du soir. Pas un bruit dans la pièce, sinon les crépitements du feu, mais des trombes d'eau à l'extérieur.

1. *Corbeille en éclisses de châtaignier.*

« Le ciel pleure sur mon sort », se dit Maria en réprimant un rictus mi-figue, mi-raisin qui se transforma en grimace sous l'effet d'une violente douleur dans les reins.

Lucide malgré tout, elle se fit encore cette remarque :

« Il est bien le seul ! »

Ce fut tout des pensées de Maria, livrée alors à d'étranges douleurs qui annihilaient toutes perceptions autres que celles émanant de son corps torturé. Parfois, des éclairs de lucidité la faisaient douter de la compétence d'Amélie, mais une houle de souffrance l'emportait à nouveau, reléguant ses craintes, avant qu'un nouveau répit ne vienne semer le doute. Allait-elle mourir en mettant l'enfant au monde ? L'enfant ? Son enfant ! Son enfant chéri qui la punissait de l'avoir repoussé, de l'avoir haï.

La nuit était bien avancée et la pluie redoublait de violence quand, dans un ultime effort, Maria libéra ses entrailles d'un petit d'homme qui poussa un grand cri en respirant la vie.

Les gestes d'Amélie, sûrs, efficaces et qui avaient permis une délivrance sans dégâts, prodiguaient maintenant les premiers soins au bébé. Sans tendresse mais sans brusquerie, elle le réchauffa en le frictionnant vigoureusement, l'enveloppa dans des linges propres, un miracle qu'il y en ait dans cette maison négligée.

Jugeant que le déluge tombant sur la montagne n'était pas prêt de s'apaiser, elle remit son départ au lendemain.

« Je partirai aux premières lueurs de l'aube », se promit-elle.

Un peu lasse, elle s'assit sur une chaise, l'enfant dans ses bras, et s'endormit.

Au milieu de la nuit, Maria s'éveilla, se leva avec mille précautions pour ne pas réveiller Amélie, s'empara de son enfant et retourna à son lit. D'instinct, le petit chercha le sein et, tout naturellement, Maria ouvrit sa chemise, offrant au bébé de quoi le rassasier. Tous deux s'endormirent, unis par les liens du sang, du lait et de l'amour qui venait de naître entre eux.

Une sensation de froid intense réveilla Maria ; dans la cheminée, le feu se mourait, son enfant n'était plus dans ses bras et Amélie avait disparu.

Tout au long du chemin, Amélie Cassagne avait pris soin de protéger son précieux fardeau du dernier baroud d'honneur de l'orage qui portait plus au sud ses lourds nuages gris. Si bien que, enroulé dans une couverture autant pour l'abriter que pour étouffer le moindre de ses cris, le bébé arriva chez sa nourrice encore tout tiède des bras maternels d'où il avait été brutalement arraché.

La Bernarde, pour prouver certainement sa bonne volonté, voulut le mettre au sein. Elle déballa sans pudeur une poitrine gonflée de lait et tenta de fourrer un téton dans la petite bouche qui cherchait l'élixir de vie. La tête de l'enfant tournait de droite et de gauche, il refusait le sein blafard, n'y retrouvant pas la finesse de peau, l'odeur de chair soignée ni la douceur qui avait procédé à son premier contact maternel.

– Prenez pas peine, mère Cassagne, tranquillisa la Bernarde. Le *droulet* s'habituera et, dans un mois, parole, vous le reconnaîtrez pas !

Finaude, la fermière du Bleymard ! Tout en rassurant Amélie, elle lui rappelait l'échéance mensuelle.

À son retour, Amélie trouva Maria recroquevillée au fond de son lit, ses mains croisées sur sa poitrine douloureuse et ses épaules secouées de sanglots convulsifs.

– Mon fils ! hurla-t-elle. Où est mon fils ? Je le veux ! Je veux le voir, je vous en prie, Amélie !

Sa voix rauque ressemblait à celle d'une bête blessée. Prise de pitié, la vieille femme l'enveloppa de ses bras, la berça comme une enfant que l'on veut apaiser.

– Vous le saviez bien, mademoiselle Maria. J'ai fait tout comme m'avait ordonné votre père. Pleurez, pleurez, petite, si ça vous fait du bien. Demain, pour vous, sera un autre jour, une autre vie. Moi, jusqu'à mon dernier souffle, je porterai la croix de ce secret.

– Déposez-le, Amélie ! supplia Maria. Partageons-le et il sera moins lourd. Je vous en prie…

– Votre père ne me le pardonnerait jamais, Maria.

– Alors, c'est moi qui ne t'accorderai jamais le pardon !

Maria se calma pourtant, épuisée de trop de larmes ; elle plongea dans un profond sommeil. Quand elle en émergea, sa poitrine étroitement serrée de bandeaux pour stopper sa montée de lait, elle ressemblait à une marionnette dont on aurait coupé les fils qui servaient à l'animer. Un froid polaire l'étreignait tout entière.

Jour après jour, elle allait du lit où elle s'enroulait dans les couvertures au seuil de la maison où elle offrait aux rayons du soleil son corps meurtri et son âme en lambeaux.

En ce siècle où l'autorité paternelle était un des piliers de la société, que pouvait-elle faire, sinon se résigner et obéir ? Nulle bienveillance, elle l'avait compris, ne lui viendrait d'Amélie. Il lui semblait même que la vieille femme avait hâte de la voir partir.

Son cœur avait volé en éclats, son sourire avait déserté ses lèvres, plus rien ne ferait pétiller les beaux yeux de Marie-Antoinette Palade, devenus deux diamants noirs noyés de larmes.

V

Un mariage bâclé

C'EST EN PÈRE CONFORTÉ dans l'idée d'avoir agi au mieux pour le bien de sa fille que Jean Palade accueillit, un matin de mai 1824, Marie-Antoinette à la descente de la diligence. Arrivé avec un peu d'avance, il avait pris le temps de s'attabler à la terrasse du *Relais alaisien* et d'y siroter un verre de vin de noix-citron, boisson qu'il appréciait entre toutes.

Il ne fut pas déçu de son attente. Sa fille avait bien réceptionné le colis de vêtements destiné à lui assurer un retour, sinon joyeux, du moins pimpant.

Maria n'avait pas prêté d'intérêt à l'ensemble coquet qui lui venait d'Alais, simplement elle avait apprécié de troquer ses hardes de miséreuse, rugueuses et inconfortables, pour ces tissus légers qu'elle avait l'habitude de porter.

Amélie Cassagne, en extase, l'avait regardée se parer de neuf et n'avait pu retenir une appréciation bien fondée.

– Personne ne pourrait se douter que la nouvelle Maria et celle qui a débarqué chez moi ne sont qu'une seule et même personne. Vous avez de la chance, mademoiselle Maria, votre papa est un homme sage et de grande bonté.

Bien sûr qu'elle était belle ! Bien sûr aussi qu'elle était triste ! D'une tristesse résignée qui trahissait une âme blessée.

La popeline d'un jaune printanier, discrètement parsemée de fleurettes bleues, dans laquelle était taillée sa robe avait la fraîcheur d'un bouquet de printemps. Les longues manches froncées bouffaient jusqu'au coude puis moulaient l'avant-bras et se terminaient au poignet par un petit volant plissé qui recouvrait partiellement la main. Le même volant parait l'encolure et soulignait la taille qui avait retrouvé sa juste place perdue pendant les années de mode dite « à l'Impératrice ».

Un petit chapeau de paille finement tressée, retenu par un ruban noué sous le menton, grandissait encore la jeune fille par sa forme Directoire, toujours aussi prisée.

« Plus belle que jamais ! » se dit Jean Palade, plus ému qu'il ne l'aurait cru à la vue de sa fille.

Contrairement à ce qu'aurait pu laisser prévoir son séjour pour le moins rustique et sa vie de recluse dans une misérable masure, sans autre horizon que ses pensées chagrines, Maria arborait un visage moins anguleux, presque arrondi, ce qui lui conférait une certaine douceur, nonobstant son regard noir et perdu dans le vague. L'air vivifiant de la moyenne montagne avait légèrement ocré ses joues et la frugalité de ses repas lui avait permis de retrouver rapidement une silhouette élancée.

– Plus femme qu'avant. Un cadeau royal que saura apprécier, j'espère, ce jeune Teissier ! soupira Jean Palade qui ne se lassait pas de l'observer.

Marie-Antoinette présenta son front au baiser paternel sans prononcer un mot.

– Tu ne me demandes pas des nouvelles de ta chère maman ? La pauvre femme a bien vieilli depuis ton départ.

– Et moi, j'ai bien souffert. Nous sommes quittes ! répliqua Maria, les yeux rivés au sol.

Depuis cet affreux matin où elle s'était réveillée sans son fils, glacée de froid et d'horreur, Maria ne s'intéressait plus à rien ni à personne. Son regard était vide, sa parole rare et, par moments, de petits soupirs de détresse s'échappaient involontairement de sa gorge nouée de sanglots refoulés.

– Le voyage t'a fatiguée, fit remarquer son père. Une bonne nuit de repos et demain il n'y paraîtra plus... du moins c'est ainsi que je l'entends. Ta mère et moi donnons, en l'honneur de ton retour de convalescence, un petit souper sans prétention... Je suis certain que tu auras à cœur de faire bon accueil à notre invité.

* *
*

Depuis qu'il avait appris de Jean Palade lui-même l'imminence du retour de Mlle Marie-Antoinette, Étienne Teissier ne se tenait plus de joie.

« Elle est guérie ! Oh mon Dieu, que son absence a été longue ! » s'enthousiasmait-il à l'idée de la revoir.

Quand, de plus, le régisseur du domaine Destremx le pria pour un souper en toute simplicité pour fêter le retour de sa fille, il ne se sentit plus de joie et vécut dès lors dans une fébrile excitation. Plus que tout, son apparence physique le préoccupait. Il n'avait jamais vu Mlle Maria vêtue en paysanne et refusait de se présenter devant elle en sabots vignerons et *braillo*[1] de velours.

« Daniel ! Bon sang, mais oui ! Mon cousin Daniel va me sortir d'affaire. »

L'idée lumineuse s'était imposée à lui et c'était bien naturel, Daniel Bonnet, le fils de sa tante Claudine, étudiant à Montpellier, était toujours vêtu comme un arbitre de la mode. De plus, ils avaient tous deux la même taille, à quelque chose près, bien qu'Étienne fût largement son cadet.

1. Occitan : pantalon.

Un prétexte pour atteler Drapeau, le mulet de la ferme, et le voilà parti pour Boisset !

– Tiens, essaie ça ! engagea Daniel en posant devant son cousin des bottines de cuir, un pantalon de drap noir et un petit gilet sur lequel était accrochée une montre de gousset.

– Les habits, j'en ai de rechange, cousin ! Pour la montre, j'y tiens parce qu'elle me vient de mon grand-père Bonnet.

– Alors, garde-la, Daniel, j'aurais trop peur de la perdre.

– Ne prends pas la mouche, Étienne ! Je te demande seulement d'en prendre soin.

Malgré leur caractère opposé et leur vie différente, les deux cousins s'entendaient à merveille ; le côté insouciant de Daniel lui faisait passer outre le tempérament ombrageux et solitaire d'Étienne, qui détonnait au sein d'une fratrie ouverte et d'humeur égale.

Pour le coup, ayant enfilé les effets de Daniel, Étienne Teissier se fendit d'un sourire de satisfaction.

– C'est heureux que nous soyons de la même taille, cousin. Jamais je ne te remercierai assez !

– À mon goût, le pantalon est un peu court. Bah, ta belle n'y prêtera guère attention, fit remarquer Daniel, mis dans la confidence.

Une fois l'aspect vestimentaire réglé, restait la question d'un présent à offrir à ses hôtes. Habitué aux réunions familiales où sa mère n'allait jamais sans porter son écot, il ne voulait pas arriver les mains vides. Opterait-il pour une bouteille de vin ? Un panier de légumes ? Des œufs du poulailler ? N'arrivant pas à trancher, il eut recours à sa jeune sœur, au fait de ses amours platoniques.

– Demande à maman de te préparer une bouteille de carthagène. Crois-moi, tes hôtes seront contents ou pas raisonnables.

D'aucuns auraient souri en voyant le fringant Étienne dans le costume de Daniel, un peu étroit et un peu court pour lui. Il sua sang et eau pour enfiler les bottines récalcitrantes, une pointure au-dessus n'aurait pas été du luxe. D'autant que le cousin ne portait que du fil, alors qu'Étienne ne possédait que des grosses chaussettes de laine tricotées par sa mère et auxquelles il dut renoncer. Les pieds nus dans les bottines étroites, son calvaire ne faisait que commencer !

Point de chaleureuse ambiance à la table des Palade ! Des mines compassées, proches de la bouderie, des pas furtifs, des silences oppressants, Étienne était loin du joyeux chahut familial où les repas simples étaient toujours festifs.

Étienne Teissier eut la sagesse de s'en satisfaire, d'autant qu'en quittant ses hôtes il se vit autorisé à courtiser la demoiselle des lieux.

– Revenez, jeune homme, aussi souvent qu'il vous plaira, consentit un Jean Palade des plus patelins. Ma fille, quoique avec la discrétion qu'il sied à une personne bien éduquée, prise votre compagnie… pour autant que vos assiduités soient pour la bonne cause.

Il revint… souvent, portant comme un flambeau l'amour dont il brûlait et qui n'avait d'égal que la passive indifférence de Marie-Antoinette. La bonne éducation des jeunes filles bien nées, sans coup férir !

Fort de cette assiduité qui engageait, au vu et au su, le jeune homme, Jean Palade exigea de rapides accordailles suivies à quelques mois – calendrier des récoltes oblige – d'un mariage bâclé, à la sauvette qui arrangeait, en fait, les deux familles. Jean Palade arguant le décès récent d'un cousin du côté de son épouse, la mère d'Étienne s'empressa de convier la noce à sa table, la maladie de son époux étant une réelle excuse pour empêcher tout déplacement.

Les jeunes époux convolèrent donc le 25 janvier 1825, par une grise journée d'hiver, en osmose avec le cœur glacé de

Maria. Les nuages noirs qui annonçaient la neige n'étaient que le reflet des yeux perdus de la jeune épouse et le silence de la campagne en sommeil, celui de ses lèvres blêmes scellées sur sa muette douleur.

Étienne, tout à son rêve enfin réalisé, ne voyait pas, ou faisait semblant d'ignorer, la tristesse infinie qui navrait les traits délicats de son épouse. Isabeau, sa mère, n'était pas dupe du regard perdu de sa bru.

« Belle et fière, cette jolie Maria, mais aussi habitée d'un chagrin insondable ! Mon fils, mon cher garçon si fort et si vaillant, saura-t-il trouver le chemin de son cœur... ou bien aura-t-il à souffrir de ce désamour ? »

Aussi rondement et aussi méticuleusement calculé avait été le contrat de mariage exigé par Jean Palade. En l'occurrence, les époux Teissier n'avaient que peu de voix au chapitre, n'ayant pu glisser dans la corbeille de mariage que la vieille maison des aïeux à Montmoirac pour y installer leur foyer.

Jean Palade joua les grands princes. Dans un double souci de protéger les biens présents et futurs de sa fille et de pourvoir, dès ce jour, le jeune ménage, il avait fait établir par maître Salagé, notaire royal à Alais, un contrat stipulant que les biens légués à Marie-Antoinette resteraient sa propriété personnelle et inaliénable dont elle pourrait disposer à sa guise. Il la pourvoyait ce jour d'une dot de soixante mille francs en numéraire, somme mise à la disposition de son gendre, lequel n'avait jamais vu autant d'argent de sa vie.

– Tu peux en disposer à ta guise, mon garçon !

– J'aurai souci, monsieur, d'associer mon épouse au bon usage de sa dot.

« Tudieu ! Ce paysan a de la repartie ! » apprécia Palade.

C'en était enfin terminé avec les documents rébarbatifs et les agapes qui, bien que modestes, s'éternisaient. Du moins, Étienne ressentait-il ainsi cette fin de journée qui donnait un sens à sa vie. Il avait hâte maintenant d'une solitude à deux dans l'intimité de leur chambre que ses sœurs, la veille, avaient tenu à préparer, avec l'approbation de leur mère.

– Depuis le temps que la maison de mes beaux-parents n'a pas vu un balai ! Ne plaignez pas votre peine, les filles.

– Pouvons-nous prendre votre encaustique, maman ? Et aussi l'alcool à brûler pour nettoyer les carreaux ?

– Prenez, prenez, mes belles ! N'oubliez pas les draps que j'ai préparés et des fleurs séchées pour flatter l'odorat.

Isabeau et ses fleurs séchées ! En avait-elle fait de ces bouquets champêtres qui parfumaient sa maison ! Elle ne s'en lassait jamais. Ce serait un peu d'elle que son fils emporterait dans son nouveau logis. Ce grand fils tant aimé, rebelle et généreux, fort et fragile, tendre et rugueux !

Étienne et Maria étaient arrivés à Montmoirac et s'engouffrèrent prestement dans la maison tant le froid de la nuit, très tôt tombée, traversait les vêtements. Une chaleur bienfaisante les enroba et le jeune marié eut une pensée reconnaissante envers sa sœur Suzanne qui s'était éclipsée, dans la journée, pour allumer la cheminée et la garnir en conséquence. Les amoureux ne devaient pas souffrir du froid.

La salle était propre, pimpante, douillette et, dans cette intimité soudaine et fort inhabituelle, Étienne se sentit très intimidé, bien que poussé par le désir ardent de prendre son épouse dans ses bras.

Hésitant, les mains tendues dans une quête d'amour, il fit deux pas vers elle. D'un bond, elle se réfugia dans une encoignure de la pièce, les bras croisés sur sa poitrine dans un geste de protection.

– Vous n'avez rien à craindre de moi, Maria, je serai doux, je vous aime tant !

– Moi, je ne vous aime pas !

La réponse, tel un soufflet, cingla Étienne qui resta pétrifié, les bras ballants, interloqué.

Maria poursuivait sa verte philippique ; elle, la silencieuse, déversait son trop-plein de rancœur.

– Non, je ne vous aime pas et ne vous aimerai jamais ! Quant à vous, comment osez-vous galvauder ce mot ? Il vous est inconnu puisque, à ce jour, seul mon argent vous intéresse.

Le premier camouflet l'avait touché au cœur, le second titilla son honneur. Ainsi, sa femme, la femme qu'il adorait en silence depuis des années, à qui il s'apprêtait de prouver sa passion, cette épouse tendrement chérie le prenait pour un vulgaire coureur de dot ?

Douceur et obéissance ! Maria avait obéi une fois de plus. Las ! La douceur n'était pas au rendez-vous. La main d'Étienne, l'instant auparavant tendue en quête d'amour, s'abattit sur la joue de la jeune femme médusée. Réflexe qu'il accompagna de paroles trahissant son courroux.

– Au nom de quoi m'insultez-vous, madame ? Et à travers ma personne, mon nom et ma famille ? Certes, nous ne sommes que des paysans, des gueux à vos yeux, mais nous avons notre honneur. N'en déplaise à votre comportement arrogant, je vous ai épousée par amour…

– Un amour que vous estimez à soixante mille francs ? Une belle somme pour faire oublier des choses pas très jolies, n'est-ce pas ?

Malgré sa joue cuisante et en dépit des paroles outrageantes que les deux époux échangeaient, Maria voulait avoir le dernier mot. De fait, sa dernière phrase, lancée comme un défi, déstabilisa Étienne ; son visage se décomposait, ses yeux gris lançaient des éclairs, sa mâchoire saillait de ses joues glabres. On l'aurait dit prêt à exploser.

Alertée par cette tension douloureuse qui transformait en fauve cet époux qu'elle croyait inoffensif, elle modéra ses accents belliqueux en demandant :

– Mon père ne vous aurait donc rien raconté ? Vous ne savez pas que…

– Quoi ? Que devrais-je encore savoir pour mon malheur ?

Jamais Maria n'aurait pensé que la première personne à recueillir son douloureux secret serait cet époux imposé. Elle mit son âme à nu. En même temps qu'un flot ininterrompu de paroles sortait enfin de sa bouche, s'y mêlaient la haine et la colère, le désespoir et l'accablement. Elle narra tout : sa folle aventure amoureuse, le lâche abandon de son séducteur, la violente colère de son père, l'exil en Lozère sous couvert de convalescence, l'arrachement de ses entrailles puis de son sein et de ses bras du bébé qu'elle n'avait tenu que l'espace de quelques heures et qui, depuis, hantait ses jours et ses nuits.

– Et maintenant ce silence, cette chape de mensonge indigne de vous et de moi. J'ai honte, Étienne, honte de ma famille, honte du malheur dans lequel vous êtes plongé.

Étienne restait planté, écoutant horrifié la confession de son épouse ; à chaque mot, il réalisait l'impasse dans laquelle Jean Palade les avait acculés tous deux. Il déglutit avec effort et déclara d'une voix blanche :

– La honte n'est pas sur vous, Maria, mais sur votre père qui est un malhonnête homme et un mauvais père. Je ne savais rien de tout cela, je vous le jure, il m'a pris pour un pantin, faisant fi de mes sentiments sincères, et vous, sa fille qu'il dit chérir, il vous a vendue comme on cède un champ de blé. Quant à son comportement au sujet de votre enfant, je ne trouve pas de qualificatif à cet acte ignoble.

Maria pleurait à gros sanglots tandis qu'Étienne se détournait pour écraser de lourdes larmes. La douleur et la sincérité appelaient un armistice entre les deux belligérants.

– Je n'aurai pas assez de toute ma vie pour me faire pardonner ma violence, Maria... si tant est que vous souhaitiez rester ma femme.

– Et moi, je n'aurai de cesse d'être une honnête épouse pour autant que vous vous satisfassiez de mon estime.

Le lendemain, quand ils frappèrent à la porte de Jean Palade, on aurait pu miser sur une nuit de noces qui avait tenu ses promesses tant leur visage était las et leurs yeux bouffis alors qu'ils accusaient le constat d'une union ratée.

C'était pourtant après une nuit de rapprochement moral, dans le respect et la complicité, qu'ils avaient pris la décision d'aller dire son fait au père de Maria.

– Heureux de vous voir, mes enfants ! s'écria Palade.

– Plus que nous, assurément ! rétorqua Étienne qui avait perdu toute déférence et toute timidité devant le régisseur. M'avez-vous pris pour un sot, monsieur ? Ou bien un mendiant ? Un traîne-savate ?

– Quelle mouche te pique ?

– C'est l'argent qui me brûle, celui qui devait payer le benêt et apurer votre dette. Tenez, je n'en ai que faire !

Joignant le geste à la parole, Étienne jeta aux pieds de son beau-père les soixante mille francs en numéraire.

– Désormais, mon épouse et moi ne souhaitons pas que vous décidiez de notre vie de quelque façon que ce soit. Ni argent ni visite, à moins que vous ne nous donniez une adresse, celle où votre fille pourra retrouver son fils.

– Jamais ! éructa Jean Palade dont la hargne déformait hideusement le visage.

Il claqua aussitôt sa porte, comme une fin de non-recevoir.

« Mon épouse et moi » ! Un homme amoureux est un homme généreux et l'amour qu'Étienne vouait à Maria ne s'était pas éteint au cours de cette horrible nuit. De plus, par sa restitution de la dot de Maria, il avait retrouvé son honneur, se sentait propre et fier, un geste que n'auraient pas renié ses parents à qui il devait montrer désormais un couple uni.

– Je vous aime toujours, Maria, mais je comprends votre rejet. Je serai patient, j'ai appris à l'être. Voulez-vous de moi pour époux ?

– J'ai dit oui par la force, Étienne, je ne renierai jamais ma parole.

Amour et patience, ces deux vertus conjuguées lui ouvriraient-elles un jour le cœur de Maria ?

La famille d'Étienne Teissier, qu'avait effrayée, rebutée même la réservée Maria, se révéla enveloppante de chaleur humaine et de bienveillance. Isabeau avait donné le ton à toute sa tribu :

– La femme d'Étienne n'est pas de notre monde ; pour autant, nous ne devons pas juger ses manières distantes et ses airs supérieurs.

– Une bru peu causante, en vérité, avait souligné son époux dont la cécité n'excluait pas la finesse de perception, bien au contraire.

– Elle a toujours de si jolies toilettes ! fit remarquer Marie-Mélanie, la petite dernière qui s'éveillait lentement mais sûrement à la coquetterie.

– Quoi qu'il en soit, il faut essayer de l'apprivoiser, je compte sur vous tous. Étienne serait trop peiné qu'on laisse son épouse en dehors de notre cercle familial.

Personne ne se força, tant l'amabilité était leur seconde nature et, petit à petit, la jeune femme lointaine, vaguement méprisante et fermée à toute sollicitude qu'était Maria, se laissa gagner par les attentions affectueuses de cette famille aux antipodes de la sienne.

Tout n'était que simplicité, que générosité dans cet humble foyer où le travail représentait la seule richesse. La table était mise pour tous, oncles, tantes, nièces et neveux, cousins et cousines, à la moindre occasion et en toute convivialité.

Des préceptes de son passé, un seul tenait lieu de référence, maintenant, à Maria : la douceur.

Douceur de son foyer qu'elle avait aménagé avec goût, donnant du pimpant à la vieille maison familiale qui, à l'image de ses habitants, tournait résolument le dos au domicile de fonction du régisseur et de son épouse.

Douceur de sa belle-famille qui l'entourait de prévenances tout en l'associant aux travaux quotidiens, riant gentiment de ses maladresses, applaudissant à sa bonne volonté.

Douceur enfin des égards dont son époux l'entourait et qui trahissaient son amour véritable et plus vivace que jamais. Étienne se prenait souvent à observer Maria ; lentement, la femme désirable et si ardemment désirée s'estompait pour laisser la place à la jeune fille bafouée, puis à la mère dépossédée et son amour se teintait de pitié. Il arrivait aussi qu'il tremblât de colère :

– Maudit soit le méchant homme qui fait souffrir sa fille ! marmonnait-il entre ses dents.

Plus souvent, son regard s'attardait sur son corps aux formes gracieuses, se perdait dans la masse sombre de ses cheveux serrés sur sa nuque, il espérait alors… ce soir… peut-être… Il ravalait son désir quand elle posait son ouvrage, prenait un bougeoir et gagnait l'alcôve attenante où, dès le premier soir, elle s'était installée, lui laissant dans la salle la couche nuptiale, vierge de tout ébat.

La patience et l'amour infinis d'Étienne finirent par triompher de la réticente Maria. Ce fut au cours d'un soir d'orage au mois de mai, tout aussi violent que celui qui avait présidé à la naissance de son enfant, que se réalisa pleinement la fusion des deux époux. Sans qu'il y eût pour cela préméditation de l'un ni de l'autre.

– Qu'avez-vous, Maria ? Quel mal vous torture ?

Les gémissements de son épouse étaient parvenus jusqu'à lui qui n'avait fait qu'un bond à son chevet et assistait, impuissant, à une de ces crises de désespoir qui la prenaient souvent, mais qu'elle avait pu, jusqu'à ce jour, lui taire.

– Un cauchemar ! Un horrible cauchemar ! Pardonnez-moi de vous avoir réveillé, Étienne.

Il ne se décidait pas à regagner sa couche et l'abandonner à ses noirs démons. Il s'assit sur le bord du lit, posa sa main sur son épaule tiède ; d'un élan impulsif, elle se jeta dans ses bras et se laissa bercer jusqu'à ce que son corps crispé s'amollisse enfin, que ses traits se libèrent dans un triste sourire et que ses lèvres, encore humides, ne murmurent innocemment :

– Je suis bien dans vos bras, Étienne. Gardez-moi tout contre vous encore un peu.

– Toute la nuit, si vous le désirez, Maria. Toute la vie, ma chérie !

Dans l'obscurité du réduit, leurs lèvres se cherchèrent, se trouvèrent timidement, puis voluptueusement. Maria répondait à son amour, elle était prête. Il la souleva, la porta jusqu'au lit sur lequel il la déposa avec délicatesse. Les braises incandescentes de la cheminée nimbaient leurs corps de reflets rougeâtres. Dans sa nudité qu'elle n'essayait pas de dissimuler par de fausses pudeurs, Maria se livra corps et âme à cet époux dont l'amour et la patience avaient fait des miracles.

La jeune femme altière et indifférente faisait place à une épouse passionnée, fougueuse et humble dans le don de soi. Si son corps n'était pas mort et réclamait sa part sans réserve, son cœur aussi battait, s'affolait, s'emballait pour ce mari qu'elle découvrait avec les yeux de l'amour.

– Maria ! Maria ! Tu es enfin à moi ! Je t'aime, ma belle brune. Je veux te dire mon adoration chaque jour de ma vie.

– Me croiras-tu, Étienne, si je te dis que je n'ai jamais aimé que toi ? L'amour vrai, c'est par toi qu'il m'est révélé. Dans d'autres bras, je n'ai connu qu'outrage et avilissement. Pourras-tu pardonner à la fille stupide que j'étais ?

Ce lent travail d'approche, de longanimité et d'amour eut pour effet de donner une dernière et grande joie à Tiennou, le père d'Étienne, quand, le 18 février 1826, son fils vint lui annoncer la naissance de leur premier enfant.

– Étienne-Jean est votre premier petit-fils, père ! annonça l'heureux papa.

Tiennou eut un sourire humide, la tradition était respectée : le premier d'une génération recevait le prénom d'Étienne, une coutume à nouveau honorée.

L'annonce de la future naissance avait enfiévré toute la famille. Suzanne et Marie-Mélanie, les deux dernières de la fratrie, avaient descendu la vieille *bressolle* du grenier. Le berceau, fabriqué avec du bois de châtaignier par l'aïeul Estienne, avait depuis plus de cinquante ans accueilli une bonne quinzaine de petits Teissier.

Avec attention, elles l'avaient dépoussiérée, cirée, garnie d'une paillasse fraîche et de draps qu'elles brodaient le soir, à la veillée, sous l'œil vigilant de leur mère qui ne ménageait pas ses précieux conseils. Satisfaites de leur travail de rénovation, les deux sœurs étaient allées porter la couche du futur bébé à destination.

– Quelle jolie bressolle ! s'exclama la future maman. Comment vous remercier, chères belles-sœurs ?

– En nous faisant un joli petit neveu… ou une jolie petite nièce ! plaisanta Marie-Mélanie.

Maria put s'adonner à l'amour maternel pour le deuxième enfant qu'elle mit au monde. Pas question de lui refuser les caresses et les cajoleries dont le premier avait manqué et qu'elle avait emmagasinées. Le bercer, faire un nid de ses bras, lui prodiguer des soins que d'aucuns auraient jugés superflus faisaient son bonheur quotidien.

* *
*

Dans les rues sombres d'Alais, un homme marche en rasant les murs. Nul ne le sait, mais le chagrin et le remords le rongent. Il a appris, par les femmes du hameau, la naissance de l'enfant de Maria, légitime celui-là et dont il pourrait être fier. Un petit-fils ! Mais il ne s'est pas présenté à la porte de son gendre, la sachant fermée pour lui, à moins qu'il se décide à...

Non, malgré son puissant désir de voir sa fille, son petit-fils, il n'ira pas s'abaisser, il ne reviendra pas sur sa décision et continuera à boire le calice de la pénitence jusqu'à la lie.

Depuis des mois, il néglige son travail, essuie les remontrances de MM. Destremx père et fils, sait ce qu'il encourt : son contrat ne sera pas renouvelé. Il s'en moque !

Il délaisse aussi son foyer, peu attirant il faut bien le dire, où Marguerite son épouse n'a à lui offrir que le spectacle d'un chagrin infini. Il sait qu'elle décline, s'éteint doucement dans la honte et la résignation.

Aujourd'hui, il va concrétiser une décision qui a mis longtemps à mûrir et qui vise à soulager sa conscience, cette ombre invisible et maléfique qui ne lui laisse aucun répit. Pour se donner du courage, il a fait une longue halte au *Grand Café de France* où il a avalé, tapi dans le fond de la salle enfumée, de grandes lampées de vin rouge. Le plastron de sa chemise blanche peut en témoigner.

Jean Palade a rendez-vous chez son notaire pour réviser son testament, établi au temps béni des heures claires. Enfin, pas exactement une révision, un ajout, comme on dit dans le jargon notarial, un codicille.

– Maître, commence-t-il d'une voix pâteuse mais encore lucide, je désire donner mon nom à un enfant et le coucher sur mon testament.

– Une adoption plénière ?

– À vous de voir la formule qui convient à la situation. Il portera le prénom de mon père, André. Au jour de mon décès, je lui lègue la somme de soixante mille francs pour en jouir à son vingtième anniversaire.

– Où dois-je domicilier ce légataire ?

– Voici son acte de naissance, enregistré à la mairie du Bleymard en Lozère et portant la mention « né de parents inconnus », il suffira de rectifier…

– Facile à dire, monsieur. Tout cela a un coût…

– Je paierai, maître ! Si je viens à décéder avant sa majorité, la pension alimentaire devra être versée tous les mois à sa famille d'accueil dont je vous demande l'anonymat en toutes circonstances.

– Au-delà de sa majorité, monsieur, quand viendra l'heure de solder l'héritage de ce désormais André Palade, sa curiosité peut être aiguisée…

– L'avenir, maître, ne nous appartient pas !

VI

Le retour d'Emma

UN PETIT ENFANT NAÎT… un homme quitte ce monde… Ainsi va la loi du remplacement, la loi logique de la vie. Mais que de bouleversements dans les familles quand le petit d'homme pousse son premier cri et quand le moribond exhale son dernier soupir !

En ce début de l'année 1826, Estienne Teissier, deuxième du nom, que tous nommaient Tiennou, confiait son âme à Dieu. Son corps, épuisé par plusieurs années de souffrances silencieuses, était porté en terre auprès de ses parents dans la tombe familiale.

Il s'en trouva plus d'un, à suivre son cercueil, rude et peu versé dans la sensiblerie, qui se prit à essuyer un pleur sur une vie exemplaire de travail et de bonheur familial.

– C'est égal, un gars de sa valeur, ça doit pas mourir à cet âge. Ses filles ne sont pas établies…

– Pauvre ! Il n'avait pas la tête à les marier, ses souffrances lui tenaient compagnie plus souvent qu'il ne le méritait !

Tout juste âgé de cinquante-quatre ans, le propriétaire du domaine de Valès à Montèze quittait ce monde de labeur, transporté de savoir qu'à Montmoirac, dans la vieille maison de son père, vagissait Étienne-Jean, son premier petit-fils, gage de la pérennité de son nom et de sa lignée.

Dans le château du village de Saint-Christol, c'est Jean-Jacques Destremx qui, à peu de temps de là, s'éteignait, lui aussi terrassé par une sournoise maladie.

Avant de quitter cette terre et de déposer l'héritage familial dans les mains de son fils Gabriel, malgré sa faiblesse et le peu réjouissant spectacle qu'il pouvait lui donner, il avait tenu à rendre grâce à sa charmante belle-fille. N'avait-elle pas, en quatre années de mariage, assuré la descendance de la famille ?

– Chère Julie-Charlotte, avait-il bredouillé de sa voix qui flottait déjà dans l'au-delà, vous avez embelli mes dernières années. Les deux fils que vous avez donnés à Gabriel sont de charmants bambins. Grâces vous en soient rendues.

Si l'ouverture de son testament n'offrit aucune surprise, il n'en fut pas de même quand maître Salagé fut amené à dévoiler les dernières volontés d'Estienne Teissier, sauf en ce qui concernait Isabeau son épouse, présente au moment de la dictée. En époux et père soucieux de l'avenir des siens, de tous les siens, il souhaitait le partage de ses biens à égalité entre ses deux garçons et ses trois filles, tout en préservant sa femme par un droit de jouissance et une pension consentie.

Chacun, dans le hameau, y alla de son commentaire.

– Morceler un domaine comme le sien ? Quelle idée !

– C'est à croire que sa maladie lui montait à la tête !

– Du coup, les filles n'auront pas de peine à trouver un mari, nanties d'une vigne, d'une pièce de céréales et de quelques têtes de moutons !

De là à s'apitoyer sur le sort d'Étienne, spolié de son droit d'aînesse par les dispositions paternelles, et de réveiller de vieilles rancœurs, il n'y avait qu'un pas que chacun franchissait allégrement.

– C'est souvent que son gamin lui faisait le *mourre*[1] à ce pauvre Teissier, pourtant bon comme le pain.

– *Eh bé*, il n'avait pas tort de lui faire le mourre avant si c'était pour être dépossédé après !

Réflexions simplistes auxquelles Étienne opposait sérénité et indifférence, tout en approuvant du fond du cœur le testament de son père, qu'il jugeait équitable.

Les filles aussi s'étaient récriées, et Petit Jean, son cadet :

– Depuis des années que notre père est malade, c'est toi qui portes le domaine sur les épaules. Père aurait dû…

– Notre père était un homme bon, un père aimant, répliqua Étienne. Ce serait trahir sa propre idée de la famille que de contester ce à quoi il avait mûrement réfléchi.

Leur mère abonda dans ce sens.

– Étienne est dans le vrai, mes enfants. Votre père fait figure de précurseur aux yeux de certains ; moi, je sais combien il appréciait votre bonne volonté et votre entente. Faites en sorte qu'elle ne soit jamais mise en défaut.

Ainsi fut fait : le partage fut organisé sous le signe de la concorde la plus totale.

Petit Jean, pratique, prit des vignes qui jouxtaient la propriété de son beau-père ; pour Jeanne, qui ne tarderait pas à s'unir à Jean Pantel, le berger de son père et de son oncle, il parut évident que lui reviennent la maison et le troupeau ; Étienne, qui avait reçu en avance d'hoirie la maison de Montmoirac, revendiqua, et personne ne songea à lui reprocher, l'oliveraie et des grandes terres de blé ; restaient Suzanne et Marie-Mélanie, la première, promise à un viticulteur de la région, misa sur deux vignes, alors que la cadette, treize ans à peine, se trouvait déjà en possession d'une jeune châtaigneraie.

---

1. *Occitan : groin de cochon. Faire le* mourre, *c'est bouder.*

– Tous ces arbres ? À moi ? Mais qu'en ferai-je, maman ? demanda-t-elle, un peu dépassée.

– Tout d'abord, ils ne seront à toi qu'à ta majorité, mon enfant. Les usages, alors, ne manqueront pas.

Les dispositions testamentaires d'Estienne Teissier qui soudèrent, plutôt que de la diviser, plus étroitement encore sa famille n'avaient certes pas l'aval de tous ; certains les jugeaient iniques, d'autres se contentaient de hausser les épaules avec indifférence, mais il était un homme qu'elles étouffaient de rage, qui se croyait trahi, qui aurait crié en d'autres temps au scandale, mais qui buvait le ciboire de l'humiliation jusqu'à la lie.

Les revers inattendus que lui réservait la vie avaient hâté la descente aux enfers de Jean Palade, son espoir déçu d'avoir établi sa fille dans un mariage où s'imprimait en filigrane le domaine tombant dans l'escarcelle du fils aîné annihilait ses dernières forces. « Un malade à l'esprit vacillant ! », ainsi désignait-il le beau-père de sa fille. Et de rejeter la faute sur les autres : « Marie-Antoinette Palade ! Vous auriez pu épouser Gabriel Destremx et vous n'avez pas su y faire ! Mauvaise fille ! Maudite fille ! Vous méritez votre châtiment éternel ! »

L'homme à l'autorité incontestée, aux capacités de jugement infaillibles, à la notoriété reconnue, négligeait le domaine qui lui était confié, se désintéressait de ses propres biens et abandonnait son épouse à ses lamentations sans fin. Jour après jour, il s'enfonçait dans un alcoolisme terrifiant qui eut raison de son corps habitué à une vie de tempérance. Son épouse le suivit dans la tombe à une semaine d'intervalle, ce qui navra le hameau de Montmoirac.

– C'était quelqu'un, M. Jean ! Sûr qu'un grand malheur peut vous tuer un homme !

– Une brouille avec sa fille et son gendre, à ce qu'il paraît. Une histoire de gros sous, peut-être ?

Ainsi partit Jean Palade, avec son secret, son remords et des questionnements comme oraison funèbre.

Maria, dont une nouvelle grossesse déformait la silhouette juvénile, fut convoquée avec son époux pour recueillir la succession de son père. Elle s'y rendit, l'espoir au cœur, en revint nantie certes, mais sans illusion : elle ne saurait jamais où était son enfant !

Respectant les désirs du testateur, le notaire leur fit lecture des dispositions de M. Palade, mais se garda bien de faire allusion à un codicille.

Tout au plus, l'avenir semblait assuré au jeune couple, pourvu qu'il se mette à la tâche. Jean Palade laissait une petite propriété en fermage en Basse Prairie alaisienne, des vignes à Bagard, quelques liquidités, autant de perspectives qui poussèrent le jeune couple à quitter Montmoirac.

– Ailleurs, nous serons plus heureux ! décida-t-elle, le regard perdu dans le vague.

– Ne peux-tu oublier, Maria ?

– Jamais !

Depuis la nuit mémorable de leurs noces, à plusieurs occasions et en particulier à la naissance de leur premier fils, Étienne se sentit prêt à renouer les liens avec sa belle-famille.

– Avec de la patience, nous saurons amener ton père à plus de mansuétude. La vue de notre fils peut le faire fléchir…

– Il ne mérite pas de connaître notre enfant, lui qui me prive du premier…

La mort de ses parents n'effaça pas le passé, Maria n'était pas en mesure de pardonner.

– Si tu le veux, Maria, nous pouvons aller nous installer ailleurs ? À Bagard, par exemple ? Mon frère se propose de racheter ma part. On vend tout et on se construit une nouvelle vie ? Qu'en dis-tu, ma belle brune ?

– Je n'en dis que du bien, monsieur mon mari. On va chercher un grand domaine…

– Holà, madame Teissier ! Nous ne sommes pas millionnaires…

– Mais on peut emprunter. Le fermage de la propriété alaisienne paiera en partie les mensualités, calcula Maria qui révélait des dispositions de gestionnaire.

Elle ajouta, du bout des lèvres :

– Ici, trop de mauvais souvenirs me poursuivent.

– Il y a les bons aussi, Maria. Ne peux-tu donc en faire table rase et ne conserver que ceux-là ?

* *
*

Il avait bien changé le domaine où le père d'Étienne avait été métayer pendant une dizaine d'années, avant qu'un héritage providentiel ne le fasse basculer dans le camp des propriétaires !

Jean Caylet, l'avoué alaisien, possesseur de ce bien familial, avait été chagrin de ce départ en tous points respectable. Et ce d'autant qu'il avait vu, par la suite, se succéder des fermiers plus ou moins consciencieux ou vaillants qui, loin de valoriser chaque année les terres et le mas, avaient laissé le tout tomber en décrépitude.

Attaché à cette demeure qui l'avait vu naître, maître Caylet s'en désolait, mais qu'y pouvait-il, pris par les affaires de son étude de plus en plus florissante ?

Ce n'est pas son fils, Prosper, exerçant la profession de notaire qui s'embarrassait de sensibleries.

– À chacune de mes visites au mas, quelle désespérance ! Des terres à l'abandon, une maison qui pleure des lézardes, une toiture qui branle à tout vent…

– Un conseil, père, vendez tant que tout cela tient debout. Jamais vous n'irez y finir vos vieux jours, ni moi les miens.

– C'est certainement toi qui as raison, fils, et, bien qu'il m'en coûte de me défaire de ce bien, je vais de ce pas me mettre en quête d'un acheteur. Tiens, si je le proposais à un rejeton de ce brave Teissier ? Il n'a pas fait de mauvaises affaires, le bougre !

Malgré le soulagement qu'elle avait à tourner le dos au hameau de Montmoirac, Maria fut grandement désappointée quand son mari arrêta leur charrette devant ce qu'on pouvait appeler, sans exagérer, une masure.

Les volets battaient au vent, les herbes folles avaient envahi la cour et certaines montaient anarchiquement à l'assaut des façades, le toit de l'écurie attenante menaçait ruine. Et encore ne s'agissait-il que de l'aspect extérieur !

– Tu ne t'es pas emballé un peu rapidement, Étienne ? demanda-t-elle, au bord du découragement.

– Ne sois pas défaitiste, Maria, sermonna gentiment Étienne. On va remédier à tout cela.

Il l'aida à descendre de l'attelage et, muni de tout un attirail de clés, grandes et petites, il ouvrit la porte du logis. Cela suffit pour que Maria retrouve son courage et sa volonté.

Enthousiaste, tout comme sa belle-mère ici même vingt-six ans plus tôt, elle fut séduite par l'imposante cheminée, le bel escalier de bois et la vaste resserre, au point d'en oublier les toiles d'araignées qui frôlaient les visages et les crottes de rats qui jonchaient le sol.

Les souvenirs affluant à sa mémoire et le ramenant aux joyeuses et insouciantes années d'enfance, Étienne se voulut un guide pour Maria.

– Viens voir en haut, si tu veux nous en ferons notre chambre, dit-il en entourant la taille de sa femme d'un geste à la fois tendre et possesseur.

– C'était celle de tes parents ?

– Non, ils ont toujours couché dans la salle, en bas. Les filles aussi. C'était notre chambre à nous, les garçons. Petit Jean et moi, on se disputait à celui qui bassinerait en premier son lit avec l'*escalfeta*[1] que nous montait notre mère.
– Une chambre aussi grande pour deux petits gamins ? On pourrait la séparer en deux... surtout si c'est une fille que je vais mettre au monde.
– On verra, on verra ma belle !
– Et là, derrière cette porte ? questionna Maria.
Étienne fit jouer le loquet et dit :
– Ton domaine, ma femme : la magnanerie !

Seulement deux années séparaient l'état de demoiselle de sa vie de femme, mais quel changement ! La vie douillette de Maria, dorlotée par une servante mais asservie par son père, n'était plus de mise aujourd'hui. L'aurait-il vue, sa fille, son trésor, sa belle Marie-Antoinette, frotter le sol à genoux, se battre contre les toiles d'araignées, souffler sur les brindilles pour rallumer le feu, il en serait mort une seconde fois. De dépit !

Or Maria était fière de son logis qui regorgeait de meubles inusités dans ces humbles maisons vigneronnes. Pressée par Gabriel Destremx, son ex-chevalier servant et désormais parfait inconnu, de vider l'appartement de fonction de Jean Palade, elle avait pu garnir sa cuisine d'une grande table rectangulaire et de ses chaises de paille. Près de la cheminée, deux fauteuils de paille, pourvus de coussins et sur lesquels elle avait toujours vu sa mère, tendaient leurs bras pour des veillées confortables.

Le buffet où Emma la servante rangeait méticuleusement tout ce que Jean Palade tenait sous clé trouva sa place contre le mur du fond en pierres apparentes et mal jointoyées. Tout

1. *Occitan : bassinoire.*

le ménage du jeune couple y tenait, de même que la réserve de bougies et la place du pain, des grosses miches pliées dans des torchons que Maria posait sur une étagère.

Fierté de la jeune femme : le lit de noyer, haut et moelleusement garni, qui occupait un angle de la pièce et donnait à ce coin sans réelle lumière une touche de clarté grâce à son édredon de piquet jaune et bleu. Le berceau d'Étienne-Jean, glissé entre le lit et la cheminée, recevait de celle-ci la chaleur nécessaire à un petit enfant.

– Qu'allons-nous faire de tout ce qu'il reste ? avait demandé Étienne, perplexe devant sa charrette encore encombrée.

– Montons tout cela dans ton ancienne chambre, mon chéri. Il n'y a pas loin le temps où nous l'aménagerons pour les enfants.

C'était dit, Maria ne s'encombrerait pas, comme avait pris plaisir à le faire Isabeau, de ses gosses. Il est des blessures qui ne se referment jamais.

Tandis que son épouse s'occupait du logis, le rendait agréable, Étienne parait au plus pressé. Il réparait la toiture défectueuse, tant l'urgence lui était apparue évidente. Les terres viendraient après, qu'il prendrait à bras-le-corps, avec courage et détermination.

En quelques semaines d'une activité intense, intérieur et extérieur du mas de la Tour de Billot – ainsi se nommait leur nouveau domaine – avaient retrouvé une assez belle prestance et donnaient à ses propriétaires pleine satisfaction.

– L'hiver peut arriver, ma femme ! La maison est étanche et le bois est rentré. Dès demain, je me consacre aux cultures, annonça Étienne, pressé de retrouver le contact de la terre.

Et le lendemain matin, dès potron-minet, il courait demander l'aide d'une voisine : Maria était en couches !

Surmenée par ses grossesses rapprochées, la troisième en cinq ans si l'on comptait l'enfant du péché, et l'intense activité qu'elle avait déployée pour le nettoyage et l'aménagement de leur nouveau logis, Maria n'avait pu aller jusqu'au terme qu'elle supposait. À moins que Louis-Jean ne soit pressé de pousser son premier cri.

Bousculant les projets de son père, irrespectueux du sommeil de son frère qu'il fallut déloger séance tenante et complètement indifférent aux angoisses de sa mère qui redoutait de mettre au monde un enfant trop chétif, il fit une entrée tonitruante dans la vie.

– Qu'est-ce qu'il a, mon Dieu ? Il est malade ? s'inquiétait tout haut Maria, interrogeant la matrone.

– Il a faim, tout simplement, rassura cette dernière qui n'en était pas à son premier coup de main en la matière.

Elle n'avait pas tort. Une fois ses petits poumons remplis d'air, Louis-Jean ne songeait maintenant qu'à satisfaire son besoin de succion. Le lait, heureusement abondant de sa mère, et la douce chaleur que distillait la cheminée eurent raison de ses cris véhéments. La matrone passait à peine la porte qu'il dormait dans les bras de Maria.

Étienne s'étonnait de voir sortir la voisine ; d'une phrase, elle le rassura :

– Un travail mené rondement. Vous voilà père d'un autre garçon, monsieur Teissier. Et vigoureux, le lascar !

Tenant le petit Étienne-Jean un peu perturbé par les événements qui avaient écourté sa nuit, l'heureux papa s'avança près du lit et baisa Maria au front.

– On n'est jamais à bout de surprises avec toi, ma belle brune. Comment l'appelons-nous, celui-là ?

– Louis-Jean, si tu veux bien, répondit Maria.

Du haut de ses vingt et un mois, Étienne-Jean contempla ce petit frère qui lui était donné, petite chose rougeaude et inintéressante. Empêtré encore dans sa chemise de nuit, il écarta légèrement les jambes et l'on put voir une belle flaque s'étaler à ses pieds. On ne sut jamais si c'était l'expression de sa profonde joie ou d'une violente contrariété.

* *
*

Outre les biens matériels non négligeables, Étienne Teissier avait recueilli, dans l'héritage paternel, un engouement particulier pour la culture de la vigne.

Si son frère puîné, Petit Jean, jouait de sagesse ou de frilosité en dosant sur ses terres une polyculture sécurisante autant que passionnée, l'aîné prenait un plaisir viscéral à collaborer au cycle immuable de la culture du raisin.

Tout lui convenait, dans cette activité, depuis les labours d'automne qu'il effectuait croisés pour bien aérer la terre jusqu'au temps béni de la vendange, en passant par la taille, l'épamprage, la satisfaction de l'aoûtement ; jamais travail concernant la vigne ne l'avait rebuté.

Pour cette première année dans son nouveau domaine, il se voulut cependant modeste :

– On se contentera de la récolte de la Combe Delmas et de la Drulhomme qui promettent de beaux fruits. Plus tard, je planterai de nouveaux plants dans la Carrée, la grande terre qui va jusqu'au ruisseau.

Il savait par expérience que la qualité d'un vin dépendait de son terroir, bien sûr, mais aussi du choix des cépages les mieux adaptés au sol.

– Je planterai du carignan, le rendement n'est pas négligeable, même si son degré reste assez faible malgré le bel ensoleillement.

C'était bien vu, et le degré pouvait devenir honorable car le carignan, planté dans un sol caillouteux, recevait à son pied la chaleur des pierres et à sa tête les rayons du soleil. Ce serait le cas de la Carrée… pourvu que la main de l'homme lui permette de se développer, de s'affirmer et de se manifester pleinement. Les mains d'Étienne ne seraient pas chiches pour dispenser tous les soins requis.

Par tous les temps et en toutes saisons, un tour dans ses vignes lui faisait commencer agréablement sa journée. À la table familiale, il faisait ses commentaires à Maria :

– Il a gelé cette nuit. Heureusement que je ne me suis pas précipité pour la taille.

Ou bien :

– Si la grêle nous oublie, on pourra en *embuguer*[1], des tonneaux !

Pour autant, Étienne n'était pas de ces étourdis qui mettent tous leurs œufs dans le même panier. Pas question de négliger les oliviers, qui assuraient la consommation annuelle en huile et souvent même au-delà.

– Il faudra bientôt *oliver*, Maria, et ma foi la récolte ne sera pas négligeable. Peut-être pourrions-nous vendre une *tournée*[2] sur deux au moulin.

Étienne se révélait totalement à son épouse dans cette propriété qui leur appartenait, domaine certes moins étendu que celui de son père, mais qu'il entretenait seul, sans l'aide de journaliers – hormis pour la vendange –, et en cela Maria restait béate devant son potentiel de travail et son insatiabilité, sa permanente marche en avant, son désir d'assurer un avenir à ses enfants.

Béate mais vite débordée par les travaux quotidiens dont elle n'arrivait jamais à bout. Deux bambins, un jardin potager, des chèvres, de la volaille et des lapins, un cochon affamé qui grognait dans la soue, c'était beaucoup pour une jeune femme novice en cette nouvelle vie.

Habituées à des ouvrages de couture raffinés et délicats, ses mains autrefois fines et lisses étaient maintenant crevassées, gercées par les lessives, griffées par les herbes du jardin. Et voilà que se profilait la saison des vers à soie !

---

1. Occitan : préparer les tonneaux en les remplissant d'eau pour assurer leur étanchéité.

2. Charretée d'environ 250 kilos.

– Le moment ne va pas tarder où tu pourras mettre la graine à éclore, lui avait rappelé son époux.

Une perspective qui, loin de la motiver, la plongea dans un état mélancolique, une tristesse permanente qu'elle tentait de dissimuler à son époux. Ses crises de larmes, de plus en plus fréquentes, avaient pour témoin ses deux petits, des enfants faciles qui, loin de la combler, ne parvenaient qu'à lui faire souvenir son premier-né dont elle avait été dépossédée.

– Volé ! se lamentait-elle en sanglotant, la tête dans ses bras repliés. On m'a volé mon enfant.

Parfois, de véritables crises lui faisaient perdre tout raisonnement. Elle errait alors dans la maison, pleurant et criant d'une voix rauque de bête blessée :

– Mon bébé ! Où est mon bébé ?

Étienne-Jean, bien vite surnommé Tiennot, troublé par les gémissements de sa mère, la tirait par un pan de sa jupe, l'amenait vers le berceau de Louis-Jean, qu'il appelait gentiment Louiset, et bredouillait en montrant le bébé :

– Bébé, là ! Louiset dort !

Pris dans ses terres où il y avait toujours du travail à faire, Étienne ne revenait que pour les repas et à la nuit tombée. Si les crises de détresse de Maria lui étaient inconnues, il n'avait pas été sans remarquer son air las, sa faiblesse physique, ses yeux souvent noyés de larmes et ses joues amaigries. Des nuits d'insomnie, ou pire de cauchemars, ajoutaient à l'état dépressif dans lequel elle s'enfonçait inexorablement.

« Maria est épuisée et elle ne m'en disait rien ! »

Il avait fallu qu'elle sombre, un soir, dans le sommeil alors qu'elle allaitait le bébé et que ce dernier manque de lui échapper pour qu'il eût cette révélation.

« Et moi qui lui en demandais toujours plus ! » se morigéna-t-il.

Mais rien ne servait de battre sa coulpe, il devait maintenant trouver une solution. Elle lui vint comme une révélation.

« Emma ! »

Étienne se souvenait de cette femme accorte qui avait voué une grande partie de sa vie à ses patrons. Maria l'avait conforté dans cette appréciation quand, par bribes, elle lui avait narré la colère de son père et le soutien que lui avait apporté Emma.

En fouillant dans sa mémoire, il se rappela les commérages de Montmoirac, rapportant que la servante des Palade s'en était retournée vivre dans sa ville natale, en l'occurrence Anduze. Le lendemain, il frappait à la porte d'une mansarde au troisième étage d'une maison ventrue sise dans la rue Bouquerie. Elle vivait là, ascétique et discrète, d'une petite rente léguée par Jean Palade, reconnaissant de ses dévoués services ou bien soucieux d'acheter son silence. En tout état de cause, Emma vénérait ses malheureux patrons.

– Je vous reconnais ! dit-elle en entrouvrant sa porte. Vous êtes le gendre de notre pauvre monsieur !

– Ma femme est malade, épuisée ; elle a besoin d'aide…

– Mlle Maria, malade ? Et moi qui n'en savais rien ! Qu'a-t-elle, mon Dieu ?

– Enfin… malade… je veux dire fatiguée, tellement lasse qu'elle néglige nos deux petits…

– Deux enfants, déjà ! Pauvre Mlle Maria !

– Et une ferme que nous avons achetée à Bagard ! Tout cela génère du travail auquel elle n'a plus la force ni l'envie de faire face. Si vous pouviez, madame, l'aider à tenir la maison, à s'occuper des enfants. On vous ferait une place dans notre foyer.

– Comme avant ? Comme au temps de M. Jean et de Mme Marguerite ? Je prends mes hardes, monsieur Teissier, et je vous suis !

– Avant tout, je dois vous dire que je ne pourrai pas vous donner de salaire, seulement une chambre et une place à table.

– J'ai ma rente, monsieur, je ne demande rien d'autre que d'aider Mlle Maria. Pauvrette, comme elle a souffert ! Et moi, vieille bête, qui n'ai rien pu faire !

Des larmes silencieuses coulaient sur le visage raviné d'Emma. Étienne lui prit la main.

– Vous avez fait beaucoup, au contraire, en la soustrayant à la violence de son père. Malgré le chagrin qui la ronge, elle n'oublie pas votre compassion... vous étiez la seule... Ne rien savoir de l'enfant qu'elle a mis au monde empoisonne sa vie et je ne sais que faire...

– Mais alors, vous savez ?

– Elle m'a tout dit et c'est encore trop peu pour entamer des recherches ; son père est mort avec son secret, elle ne lui pardonnera jamais.

– C'était pourtant du brave monde que les parents de Mlle Maria, mais M. Jean avait trop d'orgueil ! Croyez-vous qu'elle veuille de moi, monsieur Étienne ?

Si elle voulait ! Comme un orage d'été qui éclate et crève en cataractes bienfaisantes dans la touffeur de l'air, les larmes et les sanglots délivrèrent Maria quand elle s'effondra dans les bras de la vieille Emma. Les souvenirs affluaient, s'étouffant dans sa gorge. Les bons moments de sa jeunesse se mêlaient aux jours sombres de son bannissement.

– Si tu savais, Emma ! Oh, si tu savais ! L'horrible femme que cette Amélie Cassagne !

– N'y pensez plus, mademoiselle Maria. Maintenant, il faut tourner la page.

Emma berçait Maria comme elle l'avait fait tant de fois pour l'endormir et Maria s'amollissait dans ses bras, son corps noué sur son chagrin et ses angoisses accueillait l'apaisante détente et s'allégeait du poids de la mélancolie.

Sans priver Maria de toute activité, Emma prit la maisonnée en main. Jugeant souhaitable que la jeune femme s'aérât, sortît de sa maison, elle s'occupait des enfants qu'elle lavait, qu'elle habillait ; elle mettait la soupe à cuire et emmenait les petits au poulailler où, tout en les surveillant du coin de l'œil, elle jetait le grain aux poules, recueillait les œufs et donnait des brassées d'herbe aux lapins, avant d'entraîner la petite marmaille jusqu'à la porcherie où elle vidait un grand seau contenant la nourriture du cochon.

Étienne-Jean apprenait, avec elle, à travailler tout en jouant.

– On va aux poules, ma Gran ? Et puis au cochon ?

Pendant ce temps, Maria offrait son visage presque souriant à la caresse du printemps, négligeant le chapeau pour sarcler son jardin et mener les chèvres au pré. Le cœur un peu apaisé, elle rentrait enfin et se posait pour nourrir son bébé sous le regard bienveillant d'Emma qui dressait le couvert avec l'aide maladroite d'Étienne-Jean.

– Vite, ma Gran, le père va rentrer !

Il y avait tant d'admiration, tant de respect voués à son père, dans la voix de ce bambin qui s'apprenait à la parole et estropiait chaque mot !

Il fallait penser aux magnans et ce fut Emma qui réchauffa la graine placée dans le *nouet,* un sachet frileusement lové entre chair et chemise, tandis qu'Étienne installait les claies dans la magnanerie.

Les deux femmes, dont la bonne volonté palliait le manque d'expérience en la matière, s'appuyèrent l'une sur l'autre pour mener à bien une « éducation » modeste certes, mais grandement prometteuse.

Avec patience, sans la brusquer, Emma essayait de redonner le goût de vivre à Maria en l'impliquant dans les travaux quotidiens, ne voulant en aucun cas prendre la place où son mari souhaitait la voir trôner. Emma n'en doutait pas, Maria était aimée, passionnément, et maladroitement chérie par un homme qui se serait damné pour seulement la voir sourire. La servante se fit le pari d'y parvenir.

Étienne avait découvert, à l'arrière du mas, un four à pain outragé par le temps ; il l'avait retapé, remis en état de fonctionner, mais jamais Maria ne s'y était intéressée, se réfugiant derrière son incompétence :

– Faire du pain ? Mais tu n'y penses pas, Étienne ? Je ne saurai jamais !

De fait, elle avait trouvé plus commode de se fournir chez une voisine à qui elle donnait double mesure de farine pour la peine de trois grosses miches rondes. Consommant du pain au cours des trois repas de la journée, elle veillait à n'en manquer jamais, quitte à ce que les dernières tranches soient rassises ; dans la soupe ou dans le lait, elles se détrempaient et on n'en gaspillait pas une miette.

L'ultime disette dont avait souffert le pays, par manque de farine, n'était pas si loin qui laissait les familles dans l'obsession du manque et les minotiers dans le rôle d'affameurs.

– Que diriez-vous, mademoiselle Maria, de mettre le four en chauffe ? proposa Emma.

– Le four ? Quel four ?

– Le four à pain, pardi ! C'est M. Étienne qui serait content de vous voir les mains dans la farine !

– Je ne saurai jamais, ma pauvre Emma. Si c'est pour se casser les dents sur des quignons de pain…

– Je vous apprendrai. Et puis, le pain est cher, mademoiselle Maria, quatre personnes à table, bientôt cinq quand votre petit Louis-Jean aura percé ses dents et plus peut-être, vous et Monsieur Étienne êtes si amoureux…

À l'évidence, ils l'étaient ! Mais Maria était-elle faite pour avoir des enfants ? Certes, elle les mettait au monde avec facilité, leur donnait le sein consciencieusement, quant à les mignoter, leur susurrer de petits mots tendres…

Emma bourra le four de branchages secs, de brassées de genêts, gratta une allumette et, petit à petit, le garnit de bûches et de gros bois. Plus tard, quand tout aurait flambé, elle répandrait les braises de façon uniforme avec la gaule.

La veille, elles avaient travaillé la pâte sous l'œil d'Étienne qui retrouvait, ému, les gestes de sa mère. Mise en boule dans des paillassons où, toute la nuit, elle s'étala, gonfla, exhala l'odeur âcre du levain, elle était prête, le lendemain, à être enfournée.

– Ce sera à vous l'honneur de glisser la première miche, mademoiselle Maria.

Emma n'en démordait pas : pour elle, Maria était toujours la demoiselle !

– Quand saurai-je que je peux enfourner ?

– Regardez. Pour connaître la bonne température, j'introduis un épi de blé attaché au bout d'un bâton, il ne doit pas s'enflammer. Avec le *redable*[1], je repousse les braises dans un coin. À vous, maintenant !

Maria se saisit avec application de la *forna*[2] sur laquelle elle démoula l'un après l'autre les paillassons.

Quand Étienne rentra pour le repas de midi, huit gros pains dorés embaumaient la pièce. Debout, les yeux humides, il en trancha un, silencieux, presque méditatif, et Maria crut l'entendre murmurer une prière.

À la fin du repas, Emma fit son petit effet en posant sur la table une fougasse à la fleur d'oranger. En cachette de Maria, elle avait prélevé un peu de pâte à pain, l'avait sucrée et parfumée, puis l'avait mise à cuire lentement dans le four dont la chaleur déclinait.

Tiennot battit des mains, son père sourit, Maria fermait les yeux, envahie des odeurs de son enfance. De sa main droite, elle saisit la main de son époux ; de l'autre, elle caressa la tête de son fils, tandis qu'ouvrant les yeux elle lançait un regard plein de gratitude à la compréhensive Emma.

---

1. Occitan : raclette de boulanger.
2. Occitan : pelle à four.

« Nous sommes enfin sur le chemin du bonheur ! » se dit Étienne en embrassant du regard les chères têtes qui entouraient la table.

VII

Bastardou

ÉTÉ COMME HIVER et quel que soit le temps, que le soleil darde ses rayons à travers son vieux chapeau de paille ou que ses sabots ripent sur la neige et que la *bouffade*[1] s'insinue dans ses châles de laine, le premier jour de chaque mois Amélie Cassagne quittait sa masure, grimpait en diagonale les pentes escarpées du mont Lozère et se rendait au Bleymard.

Elle aurait pu faire le chemin les yeux fermés sans jamais s'accrocher à des ronces ni buter sur des cailloux, encore moins s'égarer du chemin tracé par les troupeaux de chèvres et de moutons. Plusieurs haltes jalonnaient son parcours immuable qui lui permettaient de souffler, tant pour monter que pour redescendre : le pré de la Dame, Bellecoste, le col du Finiels. À partir de là, sa balade atteignant son point culminant à plus de 1 500 mètres d'altitude, la dernière heure de marche lui paraissait plus aisée. Arrivée sur le plateau, toujours balayé par le vent, qui dominait le village du Bleymard, elle s'arrêtait un instant avant d'emprunter le petit raidillon qui menait à la ferme d'En Haut.

– Bonjour la Bernarde ! Comment va le droulet ?

1. *Bourrasque.*

Le droulet ! C'est ainsi qu'elle nommait l'enfant qu'elle avait déposé un matin de printemps et pour lequel elle tenait parole en apportant la pension prévue par Jean Palade.

– Il s'engraisse comme un petit goret, mère Cassagne, ne soyez pas en peine pour notre petit pensionnaire.

Amélie jetait un coup d'œil machinal à la desque dont la Bernarde, attendant sa venue, avait changé les draps et la couverture pour faire bonne impression. Amélie hochait la tête, satisfaite de ce qu'elle voyait, et repartait sans un mot, accompagnée par la voix de la fermière qui lui criait :

– Au mois prochain, la mère !

Un signe de sa main valait réponse qu'elle faisait sans se retourner. On bavarde peu quand les secrets entravent les langues, et celle d'Amélie Cassagne était lourde et amère du rôle dont on l'avait chargée.

« L'enfant est propre, bien nourri, se disait-elle, et je devais bien ça à Mme Marguerite. »

Cela suffisait pour apaiser sa conscience.

* *
*

S'il fallait, à la vieille Amélie de moins en moins alerte, toute une matinée pour atteindre la ferme d'En Haut, le retour se faisait plus rapidement, sauf si la paysanne en bonne fureteuse qu'elle était ne flairait une belle sortie de cèpes.

Les premiers bolets n'échappaient pas à sa sagacité, pas plus que les petites nappes de girolles dont les chapeaux dorés attiraient l'œil. Aux premières gelées, sous le givre qui raidissait les brins d'herbe, elle débusquait les bouquets de charbonniers qui la faisaient saliver à l'avance.

– Une grosse poignée pour faire une omelette et le reste du panier me sera bien payé à l'*Auberge de la Diligence*. J'en serai quitte pour descendre à Chamborigaud ! soliloquait-elle en caressant du regard sa cueillette.

Quand elle ne parlait pas seule pour meubler le silence des bois et de la montagne, Amélie affectionnait de prendre sa chèvre à témoin, surtout quand elle l'accompagnait jusqu'aux arbustes croulant de fruits sauvages.

– Tu te rends compte, Biquette, des belles confitures que je vais pouvoir préparer et vendre au marché ?

Le corps noueux et parfois raidi de rhumatismes mais l'œil vif pour repérer les myrtilles, les groseilles et les airelles, elle soulevait les deux coins de son tablier et déposait sa moisson glanée avec délicatesse dans cette poche improvisée, plus à même qu'une corbeille de recevoir ces fruits délicats.

Cela faisait quatre ans qu'elle faisait ce trajet, le premier jour du mois, accomplissant la promesse extorquée par M. Jean. Quatre ans qu'un notaire alaisien lui faisait tenir, outre le salaire de son silence, la somme due à la Bernarde de la ferme d'En Haut. Quatre années qu'elle voyait grandir le bambin qu'elle avait aidé à venir au monde, puis arraché, sans état d'âme, aux bras de sa mère endormie.

« Il est point malheureux, le petit gars », se disait-elle quand les démons du remords venaient la tenailler.

La Bernarde ne savait ni lire ni écrire, mais elle savait compter ! Compter les jours et les pièces d'argent ! Cette femme au visage ingrat, à la bonne humeur rare, retrouvait le sourire une fois par mois, réjouie à l'avance de la visite d'Amélie et de l'argent frais sur lequel elle ferait main basse en un tournemain.

Son petit pensionnaire, au contraire, faisait grise mine à cette perspective, ne comprenant pas pour quelle raison il devait faire bonne figure à cette vieille femme qui jetait à peine un regard sur lui. C'est que la Bernarde n'employait pas la manière douce.

Rien moins que tendre avec ses propres gosses, c'est peu dire qu'elle rudoyait l'enfant dont on lui confiait la garde ; pire, qu'elle et son fermier de mari le traitaient avec une rudesse dépourvue de la moindre bienveillance, de la plus infime considération. Pour preuve, la façon dont ils le nommaient : Bastardou, oubliant un peu aisément qu'ils l'avaient porté, eux-mêmes, sur les fonts baptismaux.

Fidèle paroissienne, bigote par atavisme et certainement éduquée dans une étroitesse d'esprit qui rendait le sien timoré, la paysanne de la ferme d'En Haut avait été prise de panique à l'idée qu'un être non baptisé vive sous son toit ; aussi présenta-t-elle le nourrisson d'un mois au baptême.

– Quel nom donnez-vous, la Bernarde, à cet oisillon tombé du nid ? avait questionné le curé, attendri par le geste généreux de la femme.

– Ma foi, mon père, j'en sais fichtre rien. Il n'est point à moi, ce drôle !

– Mais tu en as la garde et je vous félicite, toi et ton mari, c'est une bonne action que de mettre cet innocent sous la protection de Dieu. Que diriez-vous de Jean-Baptiste, en souvenir du cousin de Notre-Seigneur Jésus-Christ ?

– Jean-Baptiste ? Pourquoi pas ! Va pour Jean-Baptiste et faites vite, mon père, j'ai du travail, moi !

Elle avait vite oublié, l'acrimonieuse fermière, l'instant béni où l'enfant recevait un nom. Pour elle et pour sa famille, Jean-Baptiste n'était que Bastardou, celui dont on ne s'occupait que le premier du mois afin qu'il fasse bonne impression à Amélie et que les pièces tintent dans l'escarcelle.

Dans ses peurs d'enfant, Bastardou en avait une qui prédominait : cette visite mensuelle pour laquelle on l'étrillait comme un cheval. Le rugueux savon noir lui piquait les yeux et les mains rêches de la Bernarde lui appliquaient de solides claques sur les fesses quand il geignait de trop. Elle le rinçait à l'eau froide du puits qui le faisait grelotter. Tout ça pour trois minutes d'un regard fuyant qui l'effleurait à peine !

Le reste du temps, encore un peu jeune pour qu'on lui confie un travail, il pataugeait dans la cour boueuse de la ferme, courait avec Rosette, sa sœur de lait, en évitant d'entraver la fermière et, qui plus était, son mari, tous deux prompts à distribuer des calottes et des phrases blessantes.

– Bastardou ! Encore dans les pattes ! Y a pas à dire, tu gênes plus que tu ne rapportes.

Dès qu'il eut six ans et qu'il fut à même de se repérer dans les prés vallonnés autour du mont Lozère, le fermier fit comprendre à son pensionnaire qu'à la ferme d'En Haut le temps de l'oisiveté était bel et bien révolu.

– Tu es en âge, maintenant, de garder les vaches, Bastardou, et ne t'avise pas d'en égarer une, si tu ne veux pas goûter à la badine.

La badine du fermier ! Ce n'était pas une menace en l'air et, qu'elle cingle les flancs des bêtes récalcitrantes ou les mollets des gamins turbulents, elle faisait toujours son effet.

On adjoignit tout de même au petit vacher l'aide efficace et sécurisante du gardien de la ferme. Le chien sans nom devint alors le compagnon fidèle de l'enfant sans famille et le suivait partout au point que le fermier ricanait, sardonique, sur leur passage :

– Un Bastardou et un corniaud ! Ils se sont bien trouvés, ces deux-là !

Jean-Baptiste, alias Bastardou, prisait la présence féale et affectueuse du chien, mais ne boudait pas son plaisir quand Rosette venait le rejoindre, vive et joyeuse, courant échevelée dans les verts pâturages. Les yeux noirs du petit vacher brillaient alors d'une joie sans mélange : Rosette était sa seule amie.

Première fille de la fratrie qui s'enrichissait au fil des ans, la sœur de lait de Jean-Baptiste secondait sa mère en s'occupant de la basse-cour, de la maison, parfois du linge et surtout des petits qui s'accrochaient à ses basques. Tourner le dos à la ferme d'En Haut, fausser compagnie aux petits frères en cachette de sa mère, relevait de l'exploit mais, chaque fois qu'elle y parvenait, elle ne boudait pas son plaisir. Bastardou non plus, qui s'exclamait joyeusement :

– Oh, Rosette ! Je ne t'attendais pas ! Je suis bien content que tu sois venue me retrouver.

– Pas pour longtemps, Bastardou ! Juste le temps que la mère est aux champs.

– Comment as-tu fait ?...

– J'ai couché Georget à côté de la petite Ninette. Ils vont bien dormir toute une heure. Et puis regarde, Bastardou, je t'ai apporté une tartine de pain beurrée et une poignée de figues sèches.

– On partage alors, Rosette.

Par un beau matin d'octobre, alors que les arbres commençaient à se teinter de fauve pour parer la nature des couleurs d'automne, le curé Léhier quitta son presbytère, tôt le matin, pour ce qu'il appelait « sa tournée paroissiale annuelle » ; il entendait par là : passer de ferme en ferme, dans les coins les plus reculés de sa paroisse qui étaient nombreux.

Sous les couverts avenants d'une visite de courtoisie, le bon prêtre recensait ses ouailles, repérait les gamins en âge de servir à la messe, ceux qui devaient se préparer à la communion et qui, de ce fait, devraient satisfaire aux cours de catéchisme. Sa charge missionnaire n'était-elle pas d'enseigner la parole de Dieu et de susciter des vocations ?

Le saint homme, profondément versé dans l'amour de son prochain, ajoutait à ces deux messages chrétiens une réalité plus terre à terre et hautement humaniste.

« Une heure de messe et autant de catéchisme, se disait-il, ne peuvent que soulager ces enfants harassés de toutes sortes de corvées que leur assignent les parents débordés. »

Parole de curé étant quasiment parole d'Évangile, tous ces pauvres gens s'y conformaient.

– Ta Rosette est en âge d'apprendre la vie de Jésus et de se préparer à recevoir le corps du Christ. Envoie-moi cette petite au catéchisme, la Bernarde.

– Elle viendra, mon père. Pour sûr, je vous l'enverrai, ne la retenez pas trop, tout de même.

– Mais j'y pense, ton pensionnaire est de son âge. Tu l'as fait baptiser, tu dois l'instruire dans la religion.

– À la messe, lui, ce fils de rien ni de personne ?

– Ne déparle pas, la Bernarde ! gronda le père Léhier.

– Bastardou à la messe ? Au catéchisme ? s'étonna à son tour le fermier. Manquait plus que ça ! C'est qu'il nous coûte en grandissant, tu l'as dit au curé, dis, Bernarde ?

– Dis et répété, mais il n'en démord pas ! C'est pas bon d'avoir un mécréant sous son toit, qu'il a prétendu.

– C'est bon, va pour la messe, la messe seulement ! Et qu'il ne traîne pas en route s'il ne veut pas tâter la badine.

C'était compter sans l'entêtement généreux de ce brave curé de montagne. Ses paroissiens étaient des gens rudes, emportés et hâbleurs, il leur opposait sa douceur de caractère, sa longanimité, mais aussi sa persévérance. Il tenait sa mission de Dieu, l'exerçait avec autant d'humilité que de fermeté et mettait tout en œuvre pour la mener à bien en ménageant les sensibilités des gens frustes dont il était en charge.

– Je n'ai rien à gagner si je m'affronte à ces têtes dures, répliquait-il à la vieille Pélagie, sa bonne, qui lui faisait remarquer combien était ingrat son ministère. Ils sont têtus et moi je suis entêté, continuait-il avec un sourire en coin. Cependant, ils aiment bien leur prêtre, vénèrent consciencieusement leur

Dieu pour peu qu'ils n'amalgament pas trop la foi de leurs pères et leurs superstitions ancestrales.

Tant de mansuétude trouvait cependant ses limites ; ce fut le cas lorsque Jean-Baptiste décampa aussitôt la messe dite. Il hésita un jour ou deux avant de reprendre son bâton de pèlerin et de monter à la ferme d'En Haut.

« Et si le gamin, se disait-il, a préféré dénicher les agaçons alors que sa famille adoptive le croit au catéchisme ? Tel que je le connais, le mari de la Bernarde le ferait gambiller avec sa *ginguelle.* »

N'étant pas homme à ressasser indéfiniment une situation qu'il avait à déplorer, il décida d'utiliser la ruse et de surprendre Jean-Baptiste au pré. Seul à seul, il saurait bien lui tirer les vers du nez. Avait-il préféré débusquer la truite sous les galets du ruisseau ?

Il le surprit qui rêvassait à l'ombre d'une austère croix de granit, guide spirituel mais aussi jalon pratique pour le pèlerin égaré, l'hiver, dans ce désert de neige.

– Bonjour Jean-Baptiste !

Le gamin sursauta. Puis il se leva d'un bond, salua le prêtre et, tournant la tête dans tous les sens et ne voyant personne, il s'étonna :

– Vous cherchez quelqu'un, monsieur le curé ?

– Oui, toi, mon garçon, que je vois trop peu à mon gré.

– Moi ? Mais moi je suis Bastardou, de la ferme d'En Haut, et je ne connais pas de Jean-Baptiste.

– Bastardou, ce n'est pas un nom, mais Jean-Baptiste c'est le tien. Je le sais, c'est moi qui t'ai baptisé.

– Personne ne m'appelle ainsi. C'est beau Jean-Baptiste !

– Pourquoi ne restes-tu pas au catéchisme avec Rosette ?

– Le maître a dit non, il tapait sur la table en disant que j'étais là pour travailler, sinon il ne pourrait pas me nourrir. On n'est pas riches à la ferme d'En Haut.

L'abbé Léhier serra les poings dans les poches de sa soutane puce. Ces fermiers tenaient donc Jean-Baptiste dans l'ignorance d'une pension versée pour son entretien alors que c'était, au Bleymard, le secret de polichinelle ?

Certes, pour lui, c'était facile d'être le récipiendaire des secrets de famille par le biais de la confession ; pour autant, les habitants du village n'étaient pas sots au point d'ignorer la visite régulière de la vieille Amélie et du cheptel bovin de la ferme d'En Haut qui s'agrandissait chaque année.

Le finaud curé se dit qu'il saurait se servir de cet argument, le cas échéant, si la fermière faisait sa récalcitrante. Il l'aborda, dans un premier temps, avec circonspection.

– Eh bien, la Bernarde, qu'avions-nous décidé ? Je n'ai encore jamais vu, pour autant, Jean-Baptiste au catéchisme.

– L'est bien trop occupé, le gamin, avec les vaches ! Le maître lui a dit : c'est ça ou il ira mendier sa soupe !

– Ce serait être bien mauvais chrétien d'affamer un gamin alors que l'étable est pleine de vaches qui donnent du bon lait ! Bien peu chrétien en vérité et surtout malhonnête.

– Vous pouvez pas nous reprocher, monsieur le curé ! Des paroissiens qui versent sonnant à la quête comme nous, c'est pas courant, pas vrai ?

Le terrain devenait glissant, les deux belligérants se tenaient sur leurs gardes. Le curé fit une offre qui eut le mérite d'intéresser la fermière.

– Si je lui fais le catéchisme après la traite du soir et que je le garde à souper pour me tenir compagnie, ça vous irait, la mère ? Entre deux cuillerées de soupe, le *Pater Noster* rentre mieux, ensuite un *Ave Maria* au dessert, et je vous renvoie votre protégé.

– Topez là, monsieur le curé ! Je m'en vais dire son fait à mon homme, il est trop dur avec le Bastardou.

La Bernarde riait sous cape ; une tranche de pain, une louche de soupe et un morceau de lard qu'elle partagerait à ses loupiots, ça n'était pas à négliger ! Et puis, bon sang, ça lui tordait les tripes quand son homme criait après ce blondinet, pas méchant pour deux sous, dont les grands yeux noirs souvent apeurés cherchaient le regard bleu de Rosette en quête d'un peu de tendresse que seule la gamine lui témoignait.

Le « beau livre d'images », ainsi l'abbé Léhier nommait-il la Bible, remplissait beaucoup plus que son Saint-Office grâce à la patience infinie du brave homme. Plus d'un gamin, privé d'enseignement scolaire, y trouvait un apprentissage à la lecture, pour peu qu'il soit enclin à ce dur exercice.

Jean-Baptiste fut de ceux-là qui, avec une bonne volonté évidente et une non moins avide curiosité, ne se lassaient pas de tourner les pages écornées, fripées et pour certaines tachées. Plus d'une fois, il fallut que l'abbé le poussât dehors, le temps passait si vite et si agréablement chez le brave curé.

– Il est tard, Jean-Baptiste. Ne te fais pas attendre à la ferme d'En Haut.

Un jour, jugeant son jeune élève à même de déchiffrer, quoique avec hésitation, il décida de lui faire un magistral cadeau. Sortant d'une housse de feutrine un grand registre relié de cuir, il le posa devant lui. Le gamin n'osait toucher. L'abbé l'ouvrit à une page.

– Quel nombre lis-tu là, Jean-Baptiste ?

– 1824, ânonna le garçon.

– Cela représente une année. Actuellement, nous sommes en 1833 et cette date-là c'est celle de ta naissance. Peux-tu lire ces quelques lignes ? ajouta-t-il en pointant son doigt sur le registre.

L'enfant s'exécuta.

– Bap tê me… de Jean- Baptiste… présenté par Bernarde Meynier, s'appliqua l'enfant qui se surprenait lui-même.

– C'est de toi qu'il s'agit, de ton baptême qui a eu lieu dans notre église et du nom que la Bernarde et moi nous t'avons choisi. Tu peux leur dire, à la ferme d'En Haut, que tu t'appelles Jean-Baptiste et non Bastardou !

– Le chien non plus n'a pas de nom. Je peux lui en donner un ?

– Bien sûr, mais, au contraire des humains, il n'est pas besoin de le mener à l'église. Comment vas-tu l'appeler ?

– Fidèle !

C'était sorti du cœur, l'abbé sourit avec indulgence en approuvant d'un hochement de tête.

Le gosse était émerveillé, ses grands yeux éblouis allaient du père Léhier au registre des baptêmes et sa bouche s'arrondissait sur une question :

– Pourquoi m'avez-vous donné ce nom ? Il est si beau !

– Chacun de nous a droit à quelque chose de beau dans sa vie, c'est Dieu qui le veut ainsi. Ton nom est à toi pour toujours, personne ne t'en dépossédera.

Alors, l'enfant qui grelottait souvent de chagrins informulés se mit à frissonner d'une allégresse inexplicable.

* *
*

Pendant qu'au Bleymard le petit Jean-Baptiste découvrait les délices subtils de l'existence à travers un registre de baptême, une toile de bonheur fragile se tissait, à Bagard, dans le foyer d'Étienne et de Maria.

Enveloppant leur foyer de joies simples et partagées – une bonne récolte, la table suffisamment généreuse, les enfants en bonne santé –, la manne ne les avait pas oubliés, les comblant, depuis le 5 septembre 1829, d'une jolie fillette prénommée Marguerite-Marie.

Emma, la servante de la famille Palade devenue par amour pour Maria celle des Teissier, avait trouvé une place privilégiée au sein de cette famille qui pansait de nombreuses blessures.

À sa plus grande joie, les petits l'appelaient ma Gran[1] et c'était un don merveilleux qu'ils lui faisaient.

– Ma Gran ! Ma Gran ! Cachez-nous, maman est en colère, elle veut nous fesser.

– Qu'avez-vous encore fait, chenapans ? Il ne faut pas inquiéter Mlle Maria.

Pour autant, prenant dans ses bras la petite dernière, jolie brunette aux yeux gris clair qu'elle tenait de son père, Emma offrait son giron comme refuge aux colères de Maria.

1. *Grand-mère.*

VIII

Jean Pantel, un berger dévoué

EN CETTE PREMIÈRE MOITIÉ du XIXe siècle, le monde rural qui représentait quatre-vingts pour cent de l'activité en France était loin d'emboîter le pas au modernisme qui se profilait. Pire, il pataugeait entre des remugles de féodalité et le libéralisme prometteur de la Révolution. Tout allait de mal en pis.

Les structures économiques évoluaient certes, mais à pas de fourmi, alors que les régimes politiques, au contraire, subissaient de fréquents bouleversements.

Comment, alors, ne pas évoquer l'irresponsabilité de la sphère gouvernante devant la précarité de la paysannerie française face à un équilibre social fragilisé ? Comme cette loi stupide, votée à la hâte et qui avait des relents de royauté absolue, responsable, en cette année 1827, d'une période noire que chacun allait commenter à sa façon.

– C'était bien la peine de zigouiller ce malheureux Capet pour installer son arrogant de frère à sa place !

– Paraît que c'est un haineux, ce Charles ! Et un orgueilleux alors que Louiset Capet était un homme simple !

C'était bien le frère du regretté Louis XVI, en l'occurrence le benjamin des Bourbons qui, succédant à ses deux frères et renouant avec une tradition plus que millénaire, se faisait sacrer à Reims sous le nom de Charles X. Un acte fort, propre à flatter son orgueil démesuré et qui serait suivi d'autres, tout aussi impopulaires, comme la nomination à la présidence du Conseil d'un ultraroyaliste, un dénommé Villèle. Et le voilà qui instaure un régime féodal et méprise le rôle du Parlement !

– Par ordonnance de Sa Majesté le roi Charles X, les propriétaires de troupeaux sont tenus de limiter le pacage de leurs bêtes sur leur propriété et non plus sur les biens communaux.

– Par ordonnance de Sa Majesté le roi Charles X, il est formellement interdit de pratiquer l'affouage dans les forêts communales et domaniales.

– Par ordonnance de Sa Majesté le roi Charles X...

La liste était longue des interdits, des tolérances tombant soudain dans l'illégalité par un trait de plume, des iniques pénalités encourues par les contrevenants. Bien qu'en partie muselée, la presse se goberge, sous le manteau, de ce fantoche de monarque qui se veut l'incarnation de toutes les vertus. Et les libelles circulent, les pamphlets grossissent, les caricatures explosent au nez et à la barbe de ceux qui sont chargés de les censurer.

À Bagard, comme dans toutes les communes de France, le garde champêtre n'en finit pas d'avertir, à grands roulements de tambour, la population des nouvelles lois pondues la veille et devant être mises séance tenante à exécution. Il en est ainsi du nouveau code forestier, établi en 1827, qui vise à brimer le petit paysan. Il n'aura plus le droit de faire paître son menu bétail, chèvre, mouton ou vache du pauvre, sur les biens communaux.

Logé à la même enseigne que nombre de paysans de son acabit, Étienne peinait à faire vivre son petit cheptel.

– J'ai bien peur, Maria, que si nous ne trouvons pas de solution rapide, nous soyons amenés à vendre une grosse partie du troupeau de moutons. Comment les nourrir tout l'été alors que le pré est sec comme la paille et que les bois communaux nous sont interdits ?

– Nos bêtes à viande et à laine ? s'effraya Maria. Nos garçons, pourtant, sont de bons pastoureaux !

– Je n'ai rien à reprocher à ces petits gars d'autant que ce ne sont pas eux qui ont établi ce maudit code forestier. Je ne peux pas non plus me lamenter sur leur jeune âge qui ne leur permet pas de mener les bêtes à l'estive.

– On pourra garder les chèvres, dis, Étienne ? C'est qu'elles nous donnent le lait et le fromage toute l'année et quelques beaux cabris qui se vendent bien à Pâques.

– Bien sûr qu'on gardera les chèvres et, même pour les moutons, je n'ai pas dit mon dernier mot. J'irai en parler à Montèze avec mon frère et mon beau-frère.

C'était un fait, malgré l'installation de l'aîné à Bagard, les liens entre frères et sœurs ne s'étaient jamais distendus et leurs retrouvailles, en période de fêtes ou autour de la naissance d'un enfant, étaient toujours frappées au sceau de la bonne entente que leur avaient inculquée leurs parents.

C'était l'occasion pour les femmes d'oublier le temps d'une journée les tracas quotidiens dans des bavardages légers, encore que marqués du même souci : les enfants, leur santé et, pour certains, leur instruction. Les hommes, eux, ne savaient que parler travail : bonne ou mauvaise récolte, bouleversements climatiques et réformes gouvernementales.

– Pardi que c'est eux, là-haut à Paris, qui détraquent le temps à vouloir tout chambouler !

– Dans un bureau, ma foi, c'est bien commode ; c'est sur le terrain qu'il faudrait les voir, ces décisionnaires.

– Pour sûr que pas un ne saurait faire la différence entre une pelle et un râteau !

Étienne s'en vint donc, en ce printemps précoce qui tapissait de vert les prés avoisinants et désormais interdits sous peine de sanction, visiter sa parentèle à Montèze.

Jean Pantel, le mari de sa sœur Jeanne, pour qui il éprouvait une réelle amitié, l'accueillit chaleureusement.

– Quel bon vent t'amène, beau-frère ? s'exclama-t-il en lui claquant familièrement le dos.

– Le vent de la colère ! répliqua Étienne dont le franc sourire démentait toute inimitié.

D'ailleurs, aussitôt, il s'enquit de toute la famille.

– Comment va ma sœur ? Et mes petits neveux sont-ils de bons enfants ?

– Entre donc t'en assurer par toi-même ! Jeanne est dans l'espérance d'un autre enfant, Jean-Jacques et Jeanne-Marie sont pendus à ses jupes ; quant au petit dernier, il n'est pas difficile… pourvu qu'il dorme et qu'il tète.

Étienne entra dans la grande salle de ferme et, comme par magie, se crut revenu plusieurs années en arrière. N'était-ce pas sa mère qui était là, affairée et souriante comme il l'avait toujours vue ? En tout cas, c'était bien imité : Jeanne en avait pris tous les traits, jusqu'à son caractère égal et enjoué. L'image s'estompa, ce n'était pas Isabeau mais bien Jeanne, son vivant portrait.

La blonde jeune femme aux yeux bleus et malicieux s'activait autour de la table, un bambin et une fillette, cinq et trois ans, installés devant un grand bol de lait, suivaient leur mère du regard. Près du lit des parents, dans un berceau de bois, dormait Louis, le petit dernier alors que dans le ventre de Jeanne s'épanouissait une nouvelle vie.

Le regard d'amour et de tendresse dont Jean Pantel enveloppa sa petite famille ne pouvait échapper à l'observation perspicace d'Étienne dont le cœur se serra sur des questions muettes, mais qui souvent le taraudaient.

« Ai-je jamais ressenti, en ma maison, cette naturelle chaleur de bonheur familial ? La même qu'y faisaient régner, en leur temps, nos parents disparus ? » La réponse venait, spontanée : « non ! » Mais suivait aussitôt l'indulgent regard qu'il posait sur son épouse. « Maria est pourtant si désireuse de bien faire ! Chère Maria ! Ombre et lumière. Glace et feu. Que je t'aime ! »

D'un geste machinal, il repoussa une mèche de ses cheveux noirs comme on chasse un orage d'été et s'intéressa à son neveu ; l'aîné des enfants de Jeanne et Jean Pantel sortait à peine de la petite enfance et portait, pour la première année, les culottes courtes que lui valait sa continence toute récente.

– Tu es un grand garçon, Jean-Jacques, à ce que je vois.

Le gamin rond et rose rougissait de plaisir. Son père l'expédia à la ferme voisine.

– Va, petit, va chercher l'oncle Jean. On a besoin de lui.

Jean Pantel n'était point sot ; son beau-frère était là pour affaire, sa mine ne trompait pas, et les affaires, chez eux, se traitaient aussi avec Petit Jean. Jeanne l'avait bien compris qui, après avoir sorti trois verres et une bouteille de clinton, s'éclipsa vers la basse-cour, Jeanne-Marie trottinant à deux pas de sa mère.

– Salut la compagnie !

Les années pouvaient passer, Petit Jean ne changeait pas ! L'œil pétillant et le sourire aux lèvres, c'était la joie de vivre incarnée. Le sort, certes, n'avait pas été ingrat avec lui quand il s'était agi de s'établir dans la vie. Un amour partagé avec sa jolie cousine Louise, la bénédiction de leurs parents et voilà Jean Teissier, alias Petit Jean malgré sa belle taille, installé en patron sur le domaine de son oncle et beau-père.

Leur amour, délicat et réciproque, émouvait leur entourage ; leur mariage stérile ne pouvait que les attrister. Et personne n'était dupe du regard brillant de Petit Jean qui retenait, plus d'une fois, ses larmes. Louise, elle, se désolait sans fausse pudeur. En six années d'un mariage qu'ils avaient appelé depuis leur adolescence, trois bébés étaient nés, qui n'avaient pas vécu une année entière. Aussi taisait-elle cette nouvelle promesse qu'elle portait et avait-elle exigé, de son époux, la même discrétion.

– Ne dis rien, Jean. J'ai tellement peur de ne pas mener au bout cette nouvelle chance qui nous est donnée.

– N'aie pas de mauvaises pensées, ma Louisette. Cette fois-ci, je suis sûr que tout ira bien.

– Promets de garder encore un peu le secret, je t'en prie, mon Jeannot.

Il avait promis et arriva en sifflotant chez son beau-frère.

– Quel bon vent a soufflé, frangin, qu'il t'a poussé ici ?

– Tu peux dire que c'est un vent qui défrise comme ces nouvelles lois qui ne visent qu'à brimer les petits éleveurs que nous sommes. Où en es-tu, toi, de ton troupeau ?

– J'en suis à regarder le *migon*[1] qui s'entasse plutôt que de fertiliser les pâtures. On ne pourra pas confiner les bêtes bien longtemps.

– Un jour, on va nous faire marcher sur la tête. Quand je pense que les brebis sont à mâchouiller du sec dans la bergerie alors que les devèses sont couvertes d'herbe tendre, renchérit Jean Pantel, assurément le plus chargé des trois en bêtes à laine.

– C'est bien pourquoi je pose aujourd'hui la question : qu'allons-nous faire de nos bêtes ? trancha Étienne.

Bien qu'abruptement formulée, elle ne surprit personne, surtout pas Jean Pantel qui avait passablement réfléchi à une solution cohérente. Pour en avoir débattu avec des responsables de la corporation des bergers et obtenu l'assentiment de son épouse, il avança la solution qui paraissait la plus raisonnable.

– La transhumance ! C'est notre seul recours. Jeanne est de mon avis, nos moutons doivent partir à l'assaut des montagnes et paître sur le causse pendant les mois d'été, ils n'en reviendront que plus forts.

– L'estive ? Tu parles d'or, Pantel ! Mais avec quel pâtre ?

---

1. Occitan : crottin de brebis.

– Vous oubliez un peu vite, mes lascars, la cape de berger que m'avait offerte votre père. C'est un signe, non ? En souvenir de M. Tiennou, c'est moi qui mènerai nos trois troupeaux.

L'évocation de leur père laissa les deux frères rêveurs. Étienne se reprit le premier et demanda, hésitant :

– Notre sœur... Jeanne... tu lui en as parlé ?

– C'est vrai, ça. Tu vas laisser Jeanne et les petits...

– J'espère que je pourrai compter sur vous, les gars, pour la soulager dans les gros travaux. Mais, rassurez-vous, ma Jeannette est d'accord, mieux, c'est elle qui me pousse à monter à l'estive.

Courageuse Jeanne ! Tout le portrait d'Isabeau, sa mère !

– Nous rentrerons ton blé, Pantel, et même ta luzerne.

– Et ta paille sera sèche quand on la roulera en meules.

– On pourrait prendre aussi tes gamins à Bagard, ça la soulagerait... avança Étienne, tout en redoutant une réaction toujours imprévisible de Maria.

– Elle se languirait bien trop de ses gosses !

– Eh bien c'est Louise qui s'en chargera, les petits à s'occuper, pour sûr que ça lui manque. Jeanne n'en sera pas privée, nos fermes sont voisines.

En un tournemain... et quelques rasades de clinton, les trois hommes avaient organisé le départ du berger.

En rentrant à Bagard, Étienne songeait à son père.

« Vous nous avez montré la voie, père. La solidarité, chez vos enfants, n'est pas non plus un vain mot. »

* *
*

Contrairement aux *troupeliers* de la plaine varoise, de celle de la Crau, de tout le bassin méditerranéen qui avaient obtenu depuis des lustres une reconnaissance de leur travail d'estive et, de là, un statut codifiant les us et coutumes de la transhumance alpine, les éleveurs du Languedoc, peu reconnus, ne parvenaient pas à se regrouper en association suffisamment puissante pour se faire entendre en haut lieu.

La parole décisionnaire venait alors des pâtres chevronnés et faisait force de loi. Ils acceptèrent toutefois de chaperonner les nouveaux venus dans le petit monde hermétique de la migration saisonnière qui avait ses codes et ses prérogatives.

La rencontre à laquelle assista Jean Pantel souffla aux néophytes le vent de la soumission.

– J'arrive de Lamelouze, il me suffira de couper… avança un paysan, désireux de se joindre au groupe.

L'homme à la longue barbe blanche qui lui coupa sèchement la parole avait le phrasé court, saccadé, l'intonation sentencieuse.

– Les drailles, ce sont les drailles ! Personne n'y coupe !

« Mais encore ? » fut tenté d'ajouter Jean Pantel. Bien lui prit de se taire, l'éleveur de Lamelouze, ergotant pour la forme, se vit cloué au pilori.

– C'est pas pour rien que d'année en année on entretient les drailles. Tout le monde y trouve son compte. Ceux qui veulent faire leurs petits calculs n'ont pas leur place parmi nous. À bon entendeur, salut !

Par un beau matin de juin, après moult embrassades et recommandations, Jean Pantel quitta Montèze avec son troupeau, grossi de celui de Petit Jean. En passant à Bagard, le cheptel enfla encore quand s'y mêlèrent les bêtes d'Étienne. C'est donc à la tête d'une centaine d'ovins et accompagné de trois chiens qu'il rejoignit les troupeliers à Anduze.

Le tracé, immuable, ne varierait pas d'un iota de celui de l'an passé et des années précédentes : Lasalle, le col de Piécamp pour la plaine alaisienne, puis une première fusion, au col de l'Asclier avec les troupeaux arrivant de la garrigue nîmoise qui avaient traversé le village endormi de Saint-Hippolyte-du-Fort et franchi, quand le soleil était à son zénith, le col de Lugdarès.

Ils avaient fière allure ces immenses troupeaux partant à l'assaut des montagnes cévenoles ! Les cornes et le collier *encorcadés* de pompons en laine aux vives couleurs, les béliers menaient la troupe, donnaient la cadence et pas une brebis ne se serait hasardée à les devancer. D'ailleurs, les chiens veillaient à la bonne hiérarchie du troupeau.

Les villages qu'ils traversaient vivaient alors à l'heure des kermesses populaires, avec force banderoles et flonflons. Dans les rues, sur les places, la vague laineuse ondulait, faisait une pause à la fontaine et repartait sur l'injonction des bouviers, auxiliaires précieux des pâtres qui leur donnaient de brèves directives.

Débordant souvent de la draille tortueuse, les bêtes s'égaillaient sur le flanc de la montagne, se donnaient de l'espace pour brouter aisément mais il fallut bien vite resserrer les rangs quand se fit l'ultime jonction, celle de la plaine montpelliéraine, de Ganges et d'Ardaillès. Ce fut, dès lors, une marée d'échines fraîchement tondues qui s'affronta aux drailles de plus en plus escarpées. Les chiens étaient sur tous les fronts, les pâtres encourageaient de la voix.

– L'*abeurada*[1] d'Aire de Côte n'est pas loin !

Sans cesse, alors, ils remettaient en route le troupeau qui s'attardait, traquaient la brebis égarée ou capricieuse, celles nombreuses qui s'égaraient vers les *restanques*, ces petits rus canalisés par la main de l'homme ; ils leur montraient les dents, et on touchait enfin à la halte, bienfaisant rafraîchissement aux sources claires qui ne manquaient pas.

– À combien de journées de marche estimez-vous notre parcours ? s'était hasardé Jean Pantel auprès de ce berger rugueux au regard bleu azur.

Sans même arrêter de fixer l'horizon, l'homme avait répondu de façon laconique, quoique fort explicite :

---

1. Occitan : action de se désaltérer.

– Sans incidents ou orages violents, quatre jours suffiront.

Ils en restèrent là pour ce premier contact.

L'estimation était bonne. Au soir du quatrième jour que les nouveaux bergers appelaient de leurs vœux, les bêtes folles de liberté et d'herbe tendre prenaient possession du causse.

– Bien vu, maître pâtre ! congratula Jean Pantel.

L'homme à la longue barbe se fendit d'un sourire.

Trois mois de solitude ne signifiaient pas pour autant trois mois d'oisiveté. Le travail ne manqua pas à Jean Pantel comme à ses compagnons d'estive. Les brebis mettaient bas des agnelets qu'il fallait protéger des nuits fraîches, certaines se blessaient en faisant les audacieuses, les béliers se battaient pour imposer leur loi.

Ils n'avaient guère de répit, ces hommes silencieux autour d'un feu de camp, surtout quand rôdaient, certains soirs, Ysengrin et Hersent[1] attirés par le Belin[2] dodu. Ces prédateurs-là ne venaient pas en bande, et les chiens, faisant front, décourageaient les impudents.

Il n'en était pas de même des *raoubo-moutou*[3] qui œuvraient à la chaîne. L'un rampait, sournois, isolait quelques bêtes, un autre les estourbissait et un troisième les chargeait sur un charreton dont les roues, entourées de chiffons, roulaient sans bruit sur les pentes herbues.

Le maître pâtre n'avait pas son pareil pour « renifler » ces gueux, comme il les appelait et, plusieurs fois, Jean Pantel eut l'occasion de lui prêter main-forte.

– Par là, Pantel ! avait-il soufflé, une nuit, à son compagnon de veille, en lui désignant un monticule sombre qui se découpait dans le ciel bleu nuit.

1. *Le loup et sa louve du* Roman de Renart.
2. *Le mouton du* Roman de Renart.
3. *Voleurs de moutons.*

Lui intimant d'un geste d'aller d'un côté pendant que lui filait de l'autre, ils avaient pris le larron à revers et l'avaient rossé d'importance avant de le relâcher, tout meurtri et penaud, dans la nature. L'autre s'était enfui sans demander son reste, ses cris d'orfraie faisant détaler ses acolytes.

– Il faut avoir un sacré toupet ! avait fait remarquer Pantel.

– Ou bien avoir sacrément faim !

Sans plus de commentaire, le maître pâtre résumait la situation.

Pour actives que soient ses journées et attentives que soient ses nuits, Jean Pantel trouvait le temps long, séparé de sa femme et de ses petits. Il rêvait, à la belle étoile, de son retour au bercail et entendait déjà le rire cristallin de Jeanne, sentait de petits bras dodus enserrer son cou et des babils joyeux emplir leur maison.

Aussi, dès que les premières brumes de septembre abaissèrent progressivement la température et que les troupeliers parlèrent sérieusement de leur retour d'estive, participa-t-il joyeusement à l'organisation de la *davalée*[1].

– Il sera plus aisé de descendre que de monter, avança-t-il naïvement.

– Que tu crois, Pantel ! Les agnelets n'*arranquent*[2] pas au rythme du troupeau. Quant aux *régords*[3], c'est bien souvent qu'il faut les mettre sur les épaules.

– Nous mettrons plus de temps ?

– Une bonne journée de plus... si ce n'est deux !

Le son joyeux des sonnailles dévalant les drailles cévenoles jouait pour Jean Pantel le chant du retour ; pour les éleveurs qui avaient en ligne de mire la foire de la Saint-Michel, il s'apparentait à celui des pièces d'argent tombant dans leur escarcelle.

---

1. Descente.

2. Occitan : ne détalent pas.

3. Occitan : agneaux nés tardivement.

Étienne avait donné une longue accolade à son beau-frère qui, de retour d'estive, ramenait le cheptel.

– Heureux de te revoir, Jean ! Ma foi, l'air de la montagne t'a donné des couleurs ! Tout s'est bien déroulé ?

– Le temps m'a paru long, je ne te le cache pas, mais je suis heureux du travail accompli. Tes agnelets se vendront bien à la Saint-Michel, ils sont vifs comme la poudre.

– On fait les comptes, Pantel ?

– Plus tard, Teissier, j'ai hâte de retrouver ma Jeanne. Elle va bien, j'espère ?

– Mieux que ça, c'est pas possible ! Une sacrée bonne femme, ma sœur, malgré son embonpoint. Pour sûr qu'elle te laissera peu de place dans le lit !

Maria était sortie du mas pour admirer le troupeau, elle se voulut chaleureuse.

– Vous partagerez bien la soupe avec nous, Jean ?

– Mille mercis, Maria, mais comme mes moutons rêvent de la bergerie, moi, il me tarde de rentrer à Montèze.

Si le retour des pâtres était synonyme dans chaque foyer de liesse familiale, celui de Jean Pantel ne fut que débordements de tendresse et grands cris de joie.

– Jeanne, ma belle Jeanneton ! Je crois que j'arrive à temps pour accueillir notre enfant. Ton frère n'a pas menti, tu es toute ronde.

– Étienne ? Quel faux-jeton ! Il oublie de te dire que Maria est à nouveau enceinte et, pour faire bonne mesure, je te confie un secret : Louise a une espérance qu'elle m'a confiée. On peut dire que Dieu veille sur notre famille pendant que toi tu veilles sur nos troupeaux.

La nuit venue et les enfants couchés, place fut laissée au silence. Souvent les étreintes parlent mieux que les mots !

La protection divine eut quelque faille et la pauvre Louise n'arriva pas au terme de cette quatrième grossesse. Son désespoir fut à la mesure de ses plus ardents souhaits, il se doublait d'une jalousie qu'elle ne maîtrisait pas et qui enlaidissait son si charmant visage.

Aussi est-ce délibérément qu'elle s'interdit de forcer la porte de Jeanne quand celle-ci mit au monde une petite Clémence, deux jours avant Noël. Doublement se barricada-t-elle en sa maison quand, à quelques mois de là, au printemps de l'année suivante, on vit arriver le mulet écumant d'Étienne.

– Holà ! vous tous ! criait l'heureux père dans la cour de la ferme. Maria vient de me donner deux beaux enfants.

– Tu dis vrai ? s'écria Jeanne en surgissant à son appel.

– Un garçon et une fille, et bien vigoureux, tu peux me croire ! Même la matrone n'en revient pas.

Avec la naissance de Pierre et Denise, la tradition gémellaire de la famille, qui avait sauté une génération, refaisait surface pour le plus grand bonheur de tous.

IX

Le mal noir

ÉCRASÉE DE SILENCE, confinée dans ses murs, la ville d'Alais haletait sous la chaleur d'un beau mois de septembre finissant. Les rues désertes offraient à la vue de l'audacieux qui s'y aventurait les portes et volets des logements hermétiquement clos, les rideaux des boutiques tirés. On aurait dit que toute vie s'était retirée de cette cité si animée.

Elle n'était pas pour autant vide de ses habitants et, derrière ces façades muettes, des drames se jouaient qui faisaient frémir ceux qui croyaient être épargnés.

Des gémissements sourdaient, de souffrance ou d'agonie, de chagrin et d'impuissance. La mort était là, tapie dans chaque appartement, dans la moindre encoignure, mais aussi à chaque coin de rue, dans le renfoncement des venelles, au fond des impasses. Invisible et palpable, elle paralysait de peur une population désespérée.

Les médecins alaisiens, dont le nombre s'était accru en même temps que la population – on n'en comptait pas moins d'une douzaine pour treize mille habitants –, s'épuisaient à visiter des patients, pour la plupart voués à la mort. Leur diagnostic, immuable, abrégeait la visite sur des conseils qu'ils martelaient avec conviction... à moins que ce ne soit avec l'énergie du désespoir.

– Désinfectez ! Désinfectez tout ce qui a pu être en contact avec le malade !

– Un espoir, docteur ? entendait-on comme une prière.

La réponse, qui n'en était pas une, portait invariablement sur la protection des plus faibles.

– Éloignez les enfants, les nourrissons ! Envoyez-les à la campagne, au bon air.

Les apothicaires, celui de la Grand-Rue comme celui de la place du Marché et leurs deux autres confrères, avaient dû s'adjoindre les services de la maréchaussée pour tempérer la foule qui se pressait à leur porte, qui exigeait, qui criait à l'urgence, qui dévalisait leur officine sans scrupule de priver son cousin, son voisin, son prochain de trois gouttes d'espoir versées dans une fiole, comportement d'une banale humanité. Qui n'avait pas un être cher à sauver coûte que coûte ?

Les potards faisaient, en vain, appel à plus de civilité.

– Un flacon par personne ! Comprenez, madame, si tout le monde se comportait comme vous...

– C'est pour sauver mon mari, monsieur !

– Et moi, c'est pour mon fils !

Un mari, un enfant, un père. Un sirop, une décoction, une pommade. Les demandes étaient toutes justifiées, les rayonnages se vidaient. Les gendarmes tentaient d'y mettre bon ordre au milieu des cris de détresse et de protestation.

Le silence revenait parfois brusquement, oppressant et seulement troublé par le tintement sinistre d'une clochette qu'agitait un bedeau compassé, tandis qu'il psalmodiait du bout des lèvres :

– Laissez passer le Saint-Sacrement ! Priez pour l'âme d'un pauvre pécheur ! Priez pour son repos éternel !

Suivait un prêtre, tout de noir vêtu, brandissant d'une main un crucifix d'argent, de l'autre obstruant son nez d'un mouchoir abondamment imbibé de camphre. Il suffoquait sous la lourde dalmatique de velours. Et chacun de retenir son souffle pour savoir dans quelle maison le macabre cortège allait entrer.

Partie des confins de la Russie asiatique dès les premiers mois de 1832, une terrible épidémie de choléra avait envahi progressivement l'Europe, atteignant des pics de mortalité exorbitants.

Suivant une progression en dents de scie, le fléau avait repris vigueur en 1835, à Marseille, où il tuait à la cadence de quatre-vingts décès en vingt-quatre heures. Terrorisée, une partie de la population phocéenne, celle des plus nantis et que l'on évalua à près de trente mille personnes, se résolut à fuir, s'enfonçant dans l'arrière-pays jusqu'au pied des Préalpes. Essaimant sur son parcours des foyers latents de la maladie, comme le Petit Poucet les galets de la rivière, ces porteurs de germes malgré eux s'apprêtèrent à vivre ou survivre en quarantaine.

Deux ans plus tard, alors qu'on croyait la pandémie enrayée, elle ressurgit de plus belle dans un quadrilatère allant de Nîmes aux contreforts des Cévennes et de la rive droite du Rhône aux berges du Vidourle.

Chaque apparition d'un prêtre et de son assistant dans les rues de la ville était invariablement suivie du passage d'un tombereau tiré par un cheval aux sabots enchiffonnés, selon le code sanitaire mis en place. Le fossoyeur ne chômait pas.

– Tout doux, Casanova ! tempérait-il son cheval. Inutile de presser le pas, la journée sera longue.

Puis il se tournait vers son sous-fifre sur qui il portait un intérêt paternel.

– Tu as bien pris ta *potinga*[1] ce matin, mon Gillou ?

1. *Occitan : médecine.*

Le grand gaillard opinait, il avait pris goût à cet élixir mis au point par le fossoyeur qui assurait les tenir tous deux à l'écart de la contagion. Et, ma foi, il y avait plus mauvais que la potinga de son patron : une vinasse ordinaire relevée par un bon pourcentage d'alcool de moût dans lequel avaient macéré des clous de girofle, des grains d'anis et quelques feuilles de frêne. Gillou et son patron s'octroyaient une bonne rasade de cette mixture entre chaque charroi, ce qui expliquait leur pas mal assuré, le soir venu.

Les médecins, eux, ne prirent pas à leur compte les bienfaits de cette boisson ; il n'empêche que le fossoyeur et son arpète n'enterrèrent pas moins de soixante-six victimes en l'espace d'un mois, aventure que l'un comme l'autre eurent l'heur de conter plus tard à leurs petits-enfants.

Les campagnes affolées fuyaient désormais la ville et se calfeutraient dans les mas isolés. On en vint rapidement à manquer d'argent frais tandis que les citadins, eux, souffraient de la disette. Mais, pour échapper au fléau, il n'était pas de sacrifice insurmontable.

Dix ans s'étaient écoulés depuis qu'Étienne Teissier avait installé sa petite famille dans une modeste propriété qu'au fil des ans il ne songeait qu'à agrandir.

Dix années de labeur au cours desquelles il avait vu grandir son vignoble, pousser une oliveraie au nord de son mas, augmenter le nombre de ses mûriers. Tout autant que son bien, sa famille s'était accrue ; quatre ans après la naissance des jumeaux, un petit garçon était né le 26 avril 1837 que Maria avait souhaité prénommer Jean-André, des prénoms usités dans sa famille paternelle. Curieuse Maria, toujours à osciller entre haine et respect !

L'amour inconditionnel qu'il lui vouait aidait Étienne à supporter les exaltations de son épouse, comme ses périodes d'abattement. Se réjouissant quand un allant nouveau la rendait dynamique, il subissait avec patience les longs cycles dépressifs qui la rendaient morose, revêche avec les enfants, absente à son époux. Curieusement, ses grossesses correspondaient à ses périodes d'euphorie dont bénéficiait toute la maisonnée.

– Quelle joie, Étienne ! Oh oui, quelle joie de me savoir à nouveau grosse ! De sentir la vie pousser en moi ! Tu es heureux, dis, Étienne ?

– Maria, ma beauté, ma princesse ! Comment ne serais-je pas heureux avec toi à mes côtés ?

Comment ne pas l'être, en effet, quand la femme que vous aimez resplendissait, reprenait goût à la vie, s'activait avec ardeur aux tâches quotidiennes ? Jusqu'à la vieille Emma qui se plaisait à la complimenter.

– C'est bonheur que de vous voir si joyeuse, mademoiselle Maria. Vous êtes si belle.

– Je ne me lasserai jamais de porter un enfant, Emma.

Venait aussi le terme de Maria et avec lui la fin de cette illusoire joie de vivre. L'enfant naissait, qu'elle cajolait le temps d'une journée mais qui, ne donnant pas le bonheur attendu, passait rapidement dans les bras d'Emma.

– Tu me le donneras, Emma, quand il manifestera sa faim.

Elle entrouvrait alors son corsage et calmait passivement les pleurs du petit affamé, puis le tendait à Emma, sans un mot. Le corps vide et le cœur sec, ses angoisses reprenaient possession de l'âme de Maria, elle souffrait de palpitations, dormait mal, s'enfermait dans une sorte de léthargie.

Étienne-Jean, Louis, Marguerite-Marie, Pierre et Denise se souvenaient-ils d'avoir été bercés dans les bras de leur mère ? À tout prendre, ils préféraient les genoux de leur père pour de grandes chevauchées imaginaires : « À cheval, gendarme, joyeux postillon... » Et les bras de la dévouée Emma qui savait si bien consoler les chagrins d'enfant.

La blessure de Maria ne se refermerait-elle jamais, malgré l'amour dont elle était entourée ? Elle avait réussi à ouvrir son cœur à cet ardent époux qui méritait son respect ; elle l'aimait à sa façon : possessive, enflammée, exaltée certains jours, lointaine, distante et froide le lendemain.

À ses enfants, elle vouait un amour instinctif, viscéral, primitif, et pourtant sans manifestation de tendresse. En cela, elle était de son siècle où la règle était la même dans toutes les familles : la sévérité était de mise. Au mas de la Tour de Billot, Maria ne transigeait en rien, la parole sèche et la punition rigoureuse, quand ce n'était pas la sévère fessée.

– Encore des vêtements déchirés ? Vous serez fouettés, mes petits messieurs !

– Des mains sales ? Un sarrau taché ? Vilaines filles, je veillerai à ce qu'Emma ne vous donne pas de dessert !

Quelle différence entre cette mère stricte et sans tendresse, et la femme soumise quand elle s'abandonnait dans les bras de son époux ! Fougueuse dans ses étreintes qui lui donnaient un instant d'oubli, l'extase avait toujours le goût de la faute.

Étienne avait-il rêvé d'une union aussi parfaite que celle de ses parents ? Auquel cas, il en avait pris son parti : Maria n'avait pas le charisme d'Isabeau ni la force vitale qui avait coulé, tout au long de sa vie, dans les veines de sa mère.

Mais elle avait un pouvoir de séduction à nul autre pareil, il l'aimait pour tout ce qu'elle était, ce qu'elle aurait pu être et même ce qu'elle ne serait jamais. Il l'aimait parce qu'il l'avait choisie et qu'il n'existait pas une autre femme au monde dont il désirât si intensément la présence.

« Six enfants, beaux et en bonne santé, se disait-il parfois en arpentant sa vigne. Maria, ma belle, tu me donnes tant de bonheur ! »

* *
*

Qui aurait dit qu'à la splendeur d'un été finissant succéderaient les affres d'un mois de septembre chargé des miasmes du choléra ?

Après avoir concentré ses ravages sur la ville, la maladie se répandait dans les campagnes. Pour une ferme épargnée, trois se trouvaient aux prises des premiers symptômes de la terrible épidémie.

Un verre d'eau frelatée ? Un bol de lait qui n'aurait pas suffisamment bouilli ? Des poireaux sauvages mal lavés ? Ou tout simplement le destin ? Nul ne connut le vecteur qui permit au « vibrion cholérique » de faire son entrée au mas de la Tour de Billot et de prendre pour cible le petit Pierre qu'Emma trouva un matin tout fiévreux et macérant dans ses selles noirâtres.

– Mon droulet, mais qu'est-ce qu'il t'arrive ? Mademoiselle Maria, le petit Pierre est malade !

Maria accourut. Emma lui barra le chemin de la chambre.

– Ne touchez à rien, mademoiselle Maria, il faut penser à votre bébé, ce n'est pas le moment de gâter votre lait.

– Mais alors, que faire ?

Maria était désemparée. Emma la poussa hors de la pièce.

– Apportez-moi un grand baquet d'eau chaude et des draps propres. Je vais laver le petit et changer sa literie. J'irai brûler toutes ces saletés.

Denise, jamais bien loin de son jumeau, passa son minois dans l'entrebâillement de la porte.

– Il est malade, Pierrot ?

– Veux-tu vite t'ensauver ! Je ne veux pas te voir ici.

Emma baigna Pierre, petite chiffe molle toute brûlante de fièvre, et l'installa sur un lit de paille propre. L'enfant épuisé se tordait de douleurs dans le ventre et, après de gros efforts, vomissait une bile noire et fétide. Elle prépara une décoction de mélisse et de salicaire pour soulager les spasmes et faire tomber la température du petit malade qui gémissait faiblement. Le lendemain, Denise prenait place à côté de son jumeau, atteinte elle aussi par ce maudit choléra.

Emma refusait tout repos, se dépensait sans compter auprès des deux petits et montait une garde vigilante pour empêcher quiconque d'entrer dans la chambre.

– Emma, ouvre, je t'en conjure, je veux voir mes enfants ! Ma place est à leur chevet.

– Votre place est avec votre bébé, mademoiselle Maria. Pensez à lui, protégez votre lait.

Étienne vint à son tour tambouriner à la porte, mais Emma sut habilement lui exposer la situation.

– Monsieur Étienne, je vous en conjure, éloignez-vous de cette chambre. Éloignez aussi les enfants de cette maison. Amenez-les à Montèze, votre sœur ne refusera pas de les garder...

– J'y ai pensé, Emma, mais je ne me le pardonnerais pas si la maladie entrait chez eux par ma faute.

– Alors, cherchez une autre solution et exigez de Mlle Maria qu'elle soit raisonnable.

Laissant les parents en proie au trouble et à la détresse, Emma se dévouait corps et âme à ses petits protégés dont elle renouvelait la paillasse souillée, qu'elle frictionnait pour soulager les crampes qui nouaient leurs membres, à qui elle instillait entre leurs mâchoires crispées quelques gouttes d'un élixir opiacé.

Quand Marguerite-Marie fut à son tour prise de vomissements et de diarrhées, Emma la coucha près des petits jumeaux et ne compta ni sa peine ni ses nuits de veille malgré l'épuisement qui la gagnait.

La maladie gagnait du terrain, trois de ses enfants en étaient atteints, il n'était plus temps de tergiverser. Étienne décida d'éloigner ses garçons. Si tant est que les nuits portent conseil, l'une d'elles fut pour lui une révélation.

– Daniel Bonnet ! s'écria-t-il comme frappé par un éclair.

Les grands yeux noirs cernés d'ombres grises de Maria s'arrondirent d'incompréhension.

– Mais oui, bien sûr, mon cousin Daniel de l'institut du prophète Samuel ! Maria, prépare les garçons, habille-les de propre pendant que je charge un mouton sur la charrette.

Quoique dans l'expectative, la jeune femme s'exécuta et récura les gamins qui n'en demandaient pas autant.

L'institut du prophète Samuel, la solution, soudain, s'était imposée à Étienne.

Daniel et Simon Bonnet, les cousins d'Étienne, avaient fait de brillantes études à Montpellier. Tout naturellement, l'aîné avait suivi les traces de son père et passé brillamment son doctorat en théologie calviniste tandis que son cadet, irrésistiblement attiré par la science médicale, exerçait aujourd'hui dans cette bonne ville dont la renommée en la matière remontait au Moyen Âge.

Fidèle à ses Cévennes, Daniel y était revenu, une fois ses études terminées, ayant obtenu un ministère de pasteur dans le consistoire d'Anduze, territoire porteur de mémoire et qui n'avait jamais faibli dans sa foi.

Avec plus de cinq mille habitants, la ville d'Anduze s'ouvrait sur le monde industriel et commercial avec ses trois manufactures de textile, ses huit fabriques et ses douze filatures. Le commerce s'y voulait prospère et sa position stratégique au carrefour de trois vallées voyait la prolifération d'auberges, de cafés et de voituriers en tout genre, chaque jour plus nombreux.

Pour Daniel Bonnet, l'enseignement religieux allait de pair avec l'instruction, aussi se mit-il en tête d'ouvrir une école de garçons financée par ses ouailles désireuses de scolariser leurs enfants.

– Un pensionnat ? demandèrent, inquiets, certains parents. Cela va coûter cher !

– Pension pour les plus éloignés et demi-pension pour ceux qui habitent Anduze.

La question revenait, récurrente :

– Cela va coûter cher de tenir des garçons à l'école !

– L'instruction pour tous, sans distinction ! était l'invariable réponse de Daniel Bonnet.

Il ajoutait, toutefois :

– Chacun paiera à hauteur de ses possibilités.

Ainsi fut fait et chacun s'y conforma. Les familles les plus fortunées payèrent pension sonnante et trébuchante, ce qui permettait l'entretien des locaux de la rue Haute, le chauffage de la salle d'étude et les fournitures scolaires, à vrai dire assez indigentes.

Ceux qui avaient pignon sur rue comme les regrattiers fournissaient le sel et les chandelles, les meuniers des moulins bladiers de la Madeleine et de Générargues apportaient la farine pour le pain quotidien et les mouliniers, l'huile d'olive.

Les moins nantis y allaient aussi de leur écot et assuraient la pitance quotidienne ; il fallait voir arriver les écoliers, le lundi matin, avec leur cabas de victuailles, légumes, fruits, fromages, châtaignes… L'institut du prophète Samuel, ainsi nommé par Daniel à la mémoire de son père, ne lésinait pas sur les nourritures spirituelles mais ne négligeait pas celles, ô combien terrestres, qui passent par l'estomac.

En plus du mouton, dont il avait ficelé les pattes, couché dans la carriole, Étienne avait rempli un cageot de pommes de terre et découpé un gros morceau de lard maigre qu'il avait enveloppé dans un torchon tout en donnant des bribes d'explication à sa femme.

– L'école de mon cousin ouvre dans quinze jours, il ne refusera pas de prendre nos garçons en pension, même avec un peu d'avance. Je ne plaindrai pas mon mouton si nos fils sont épargnés par ce mal noir. Et puis, un peu plus tard, un peu plus tôt… il fallait bien un jour les instruire.

– Tu as raison, Étienne. Inscris-les pour l'année, ça vaut bien quelques sacrifices.

Les médecins des villes, débordés et impuissants, ne visitaient plus les malades à domicile ; les autorités avaient mis en place des hôpitaux de fortune installés dans des filatures réquisitionnées et fermées par décret. Là s'entassaient tous ceux que les familles ne pouvaient plus ou ne voulaient plus prendre en charge.

Dans les campagnes, les gardes champêtres transmettaient à la population, à grand renfort de tambour, les diktats du monde médical.

– Avis à la population ! Tout objet en contact d'un malade doit être brûlé ! Il est impératif d'éloigner les personnes atteintes du choléra du reste de la famille !

La formule n'était certes pas magique, elle avait le mérite d'inciter à la prudence. Il revint à passer, à quelque temps de là, avec un nouvel espoir.

– Avis à la population ! Une distribution d'huile camphrée a lieu ce jour place de la mairie ! Qu'on se le dise !

À Bagard comme partout, ce fut la ruée sur la place de la mairie d'où chacun repartit avec son précieux flacon.

Emma entrouvrit la porte.

– Frictionnez les petits trois fois par jour, Emma, la pria Étienne en lui passant l'huile camphrée.

– Je crains, monsieur Étienne, que pour le petit Pierre elle n'arrive trop tard… Denise n'est guère plus vaillante…

Maria se tordait les mains devant la porte close.

– Ouvre, Emma, je veux voir mes enfants. Je les aime… et le leur ai si peu montré. Ouvre, je t'en prie.

Emma n'ouvrit pas malgré les supplications. Étienne prit fermement son épouse aux épaules et l'éloigna de cette chambre fermée sur des petites vies qui lentement s'étiolaient.

Deux jours après les obsèques des trois enfants, bâclées et solitaires dans ce climat de contagion, Maria s'étonna de l'absence prolongée de leur servante.

– Emma ne répond pas à mes appels, elle m'avait pourtant dit qu'elle finissait de nettoyer la chambre...

– Laissons-la se reposer. La fatigue a dû la terrasser... de même que le chagrin.

Le soir, Maria n'y tint plus, elle poussa la porte.

Vide ! La chambre était vide, Emma avait tout brûlé, le sol sentait l'huile camphrée et la servante avait disparu.

– Elle est rentrée chez elle, déplora Étienne, une réaction normale après ce qu'elle a vécu.

– Va la chercher ! Je t'en prie, je veux qu'elle me parle de mes petits, de leurs derniers instants ! Va, Étienne, ramène-la.

Il trouva la vieille femme alitée et grelottante dans son galetas de la rue Bouquerie. Elle avait, à son tour, contracté la maladie et voulait épargner le reste de la famille de Mlle Maria. Étienne ne voulut rien entendre et la ramena, léger et fragile fardeau, au mas de la Tour de Billot.

– Je vais te soigner, Emma, comme tu l'as fait pour mes enfants, lui dit Maria en lui pressant les mains.

– C'est folie, mademoi...

– La folie serait de t'oublier, Emma.

Toute une semaine, Maria se dévoua, adoucissant la fin de la vieille servante qui ferma les yeux en balbutiant :

– Pardonnez, Maria, pardonnez à vos parents et vous aurez la paix du cœur.

Le fléau s'éloigna enfin. Comme tout un chacun, les époux Teissier assainirent leur maison ; l'huile camphrée, distribuée maintenant à volonté, fut largement utilisée. Ne fondait-on pas sur elle l'espoir d'éloigner l'épidémie ?

Aux premières vacances, celles qui accordaient deux jours pour les cérémonies de la Toussaint, Étienne alla chercher ses garçons à Anduze.

– Ma Gran ! Ma Gran ! Nous sommes de retour ! Où êtes-vous, ma Gran ?

La force de l'habitude. Ils cherchaient Emma avant d'embrasser leur mère ! Il fallut leur expliquer son départ, mais aussi celui de Marguerite-Marie, de Pierre et de Denise.

Effaré par cette liste qui semblait ne vouloir jamais s'arrêter, l'aîné demanda :

– André ? Le bébé ?

– Il va bien, mon fils, répondit Maria en le serrant contre elle. Il dort dans son berceau.

La table parut vide et la pièce immense. Tous mangèrent en silence, jusqu'au bébé qui, mesurant ses gazouillis, se mettait au diapason des cœurs lourds et des visages tristes.

Une petite vie dans un berceau, deux garçons bien portants, la vie devait continuer.

Après la désillusion d'un été destructeur, la perspective d'un hiver consolateur, si rigoureux soit-il, suffirait-elle à apaiser les époux affligés ?

X

Retrouvailles

Aussi misérablement vêtu que chichement nourri, Jean-Baptiste n'était pas moins devenu un jeune homme robuste et agréable à regarder. Une belle plante, disait-on au Bleymard quand on évoquait le pensionnaire de la ferme d'En Haut, ce petit Bastardou, corvéable à souhait.

Il portait, sur ce qui l'entourait, un regard limpide et franc d'honnête garçon de ferme, position que lui avait clairement définie le maître des lieux et dans laquelle il se cantonnait pour ne pas encourir les rabrouements de sa famille adoptive.

Dans sa vie d'enfant de nulle part, solitaire et dénuée d'affection, deux personnes occupaient une place de choix ; il s'agissait de Rosette, sa sœur de lait, dont les jolis yeux bleus brillaient de gentillesse et le brave curé Léhier qu'il avait la chance et le bonheur de fréquenter plus souvent, l'homme se faisant vieux et les fermiers d'En Haut dépêchant Bastardou pour les menus travaux au presbytère.

– Bastardou, tu iras réparer une gouttière chez M. le curé et tu lui couperas son bois !

– Et les vaches, mon maître ?

– Rosette te remplacera. Il est toujours bon de se mettre dans les grâces du Seigneur et de ses représentants.

Jean-Baptiste se gardait bien d'insister. Le temps passé chez le curé le payait de toutes les rebuffades des fermiers, la bienveillance du bon prêtre remplissait le vide affectif de sa vie d'enfant abandonné. Du moins est-ce ainsi qu'un jour la Bernarde avait répondu à son insistante question.

– Est-ce que tout le monde a un père et une mère ?

– Pour sûr ! Comment viendrait-on au monde sinon ?

– Moi aussi j'en ai ?

– Ben... certainement...

– Je les ai jamais vus.

– Pardi, idiot, puisqu'ils t'ont abandonné !

Pour le gamin, puis l'adolescent et maintenant le jeune homme, le vieux prêtre avait l'aura d'un saint homme ; n'avait-il pas illuminé sa jeune vie laissée dans l'ignorance en lui faisant lire son prénom dans les précieuses pages du registre des baptêmes, en lui expliquant l'importance de cet acte et la valeur qu'il avait aux yeux de Dieu ?

Important, Jean-Baptiste ? Ils auraient bien ricané, à la ferme d'En Haut, à entendre pareille incongruité ! Comment un Bastardou pourrait-il susciter l'intérêt de quiconque, lui, l'oiseau abandonné au premier jour de sa vie ? Et la Bernarde de laisser tomber avec une moue dégoûtée :

– Bastardou ? À coup sûr, un enfant du péché !

En ces premiers jours de mai 1845, l'arrivée mensuelle d'Amélie Cassagne, scrupuleusement attendue par la fermière, brisa les règles depuis le premier jour établies et qu'à la ferme d'En Haut on croyait immuables.

Partie à la pointe du jour, ses vieilles jambes n'étant plus aussi véloces, et porteuse d'une lettre au cachet de cire et non d'une bourse bien garnie comme à l'ordinaire, Amélie fut reçue avec un habituel :

– Bonjour mère Cassagne ! Je vous attendais.

Amélie avisa une souche de bois pour s'y poser et reprendre son souffle. Aujourd'hui, elle avait à parler. Ce qu'elle fit, après avoir pris son temps, et ce malgré l'impatience manifeste de la Bernarde à empocher ses sous.

– J'ai point d'argent ce jour, seulement une lettre…

– Une lettre pour nous qui ne savons point lire ? coupa la femme, irritée.

– Elle m'a été envoyée par le notaire d'Alais qui, chaque mois, réglait la pension du petit. Je dois te la remettre, à toi et à ton homme. Voilà, c'est fait. Adieu, la Bernarde, c'est la dernière fois que je monte jusqu'ici.

Comme elle l'avait fait, chaque mois, pendant vingt et un ans, elle partit sans se retourner. Une autre page de la vie d'Amélie Cassagne se tournait dont elle n'était pas très fière.

La Bernarde triturait le pli scellé, intimidée par le cachet de cire. Elle le porta à son nez pour humer l'odeur d'un billet de cent francs – on peut bien rêver un peu –, fit la grimace et déchira l'enveloppe. Un feuillet à en-tête, un effilochage d'écriture, des paraphes et des tampons, rien qui ne fût révélateur, rien qui n'inspirât autre chose que de l'inquiétude.

N'y tenant plus d'impatiente curiosité, elle descendit au Bleymard et frappa à la porte du presbytère.

– Que t'arrive-t-il, la Bernarde ? Tu viens à confesse ? À une heure aussi incongrue ?

– Rien de tout ça, mon père. C'est une lettre qu'on m'envoie et je ne sais point lire.

– Tes enfants ?

– Ils sont aux champs et cette lettre me turlupine.

– Fais donc voir, j'espère qu'il n'y a pas indiscrétion…

– Pas avec vous, monsieur le curé !

Chaussant son nez de curieuses besicles, cadeau de ses paroissiens pour son jubilé, il fit une première lecture silencieuse avant d'expliquer le contenu à la fermière qui ne se contenait plus de nervosité.

– Alors ? Des ennuis ? On n'en manque jamais, nous, pauvres gens !

– Écoute-moi plutôt que de dire des bêtises. Cette lettre émane d'un notaire alaisien, maître Gontier, qui dit avoir respecté à ce jour les volontés d'un dénommé Jean Palade en acquittant la pension mensuelle d'André Palade, l'enfant qui vous a été confié, à toi et à ton mari.

– Menteries ! Aujourd'hui, il n'a pas payé !

– Ne sois pas si pressée, femme. Écoute : le jeune homme en question ayant atteint sa majorité devra se présenter à mon étude dans les meilleurs délais pour y recueillir le legs de son bienfaiteur.

– Qui c'est ce bonhomme, mon père ? Il n'y a point de Palade chez nous. Ce notaire s'est trompé.

– Je crois bien, au contraire, que la lettre est arrivée à son destinataire et qu'elle concerne ton pensionnaire. Celui que vous appelez à tort Bastardou doit en réalité s'apparenter à ce Palade.

– Il n'a pas de nom, je vous dis ! Même qu'il voulait nous faire croire qu'il s'appelait Jean-Baptiste.

– Et il avait raison ! Souviens-toi, la Bernarde, c'est le nom que nous avons choisi pour son baptême.

– Oh ! là, là ! c'est si loin ! Je m'en souviens point.

Ce soir-là, la ferme d'En Haut bourdonna comme une ruche ; le curé, invité à partager la soupe et relire à satiété la fameuse lettre qui perturbait la vie de toute la maisonnée, confirma, en s'adressant à Bastardou :

– Tu t'appelles donc André Palade, mon garçon !

– Je préférais Jean-Baptiste, déclara sobrement le jeune homme, involontaire héros du jour.

– Moi aussi, assura Rosette tandis que ses frères et sœurs pouffaient en se poussant du coude.

– Jean-Baptiste ou André, peu importe. Ce qui compte, c'est que tu descendes à Alais et que tu te présentes chez ce maître Gontier…

– Oui ! coupa le fermier. Va chercher ton dû et ne traînasse pas à la ville. Il y a du travail ici !

– Du travail et des vaches à acheter pour rajeunir le troupeau, ajouta la Bernarde qui reprenait de l'assurance. Tu nous dois bien ça, Bastardou !

Le père Léhier mit à contribution une de ses paroissiennes assez habile en couture et qui lui confectionnait ses aubes et ses surplis. Il fallait équiper Jean-Baptiste-André de façon convenable, une évidence que les fermiers étaient loin de partager.

– Ma foi, si le notaire n'a pas de la mélasse aux yeux, il verra l'urgence de donner des sous. Pas vrai, Bastardou ?

– Tu n'as pas honte, la Bernarde ?

– La misère, c'est point honteux, mon père !

Il était vain d'insister. On ne change pas la nature humaine. C'est donc vêtu d'un pantalon de velours noir à grosses côtes, d'une chemise de toile, d'une *biaude*[1] bleue et chaussé de sabots neufs que Jean-Baptiste s'apprêtait à quitter les montagnes de Lozère, le seul univers qu'il connaisse.

– Tiens, je t'ai dégoté un chapeau. La veuve Roure a bien voulu se séparer du feutre de son défunt mari.

– Merci, monsieur le curé, on dirait que je vais à la noce !

Le curé lui prit familièrement le bras et le fixa de son regard de presbyte. D'une voix qu'il voulait grave et persuasive, il lui donna son sentiment :

– Je ne sais pas plus que toi où tu vas ni ce que tu pourras découvrir, Jean-Baptiste, mais je sais qu'il faut nous dire adieu.

1. Large blouse de paysan lozérien.

Ne reviens pas, mon garçon. La ferme d'En Haut ne représente rien pour toi...

– Ils m'ont accueilli, mon père, ils m'ont nourri, je...

– Ils étaient payés pour ça, et grassement, tu peux me croire. Écoute-moi, petit, reste dans la plaine, trouves-y du travail. Tu es courageux, tu sais lire, écrire et compter, tu feras ton chemin. Et puis, si tu cherches bien, si tu frappes aux bonnes portes, tu te trouveras une parentèle, une famille. Adieu, Jean-Baptiste, que Dieu te protège !

– Au revoir, père Léhier. Merci pour tout !

* *
*

– Père, que pensez-vous de ce nouveau semoir que nous avons vu à la foire ?

– De quoi me parles-tu, Tiennot ?

Toute la famille avait opté pour des surnoms familiers en ce qui concernait la progéniture d'Étienne et de Maria. Cette dernière avait un peu tordu le nez quand Étienne-Jean devint Tiennot, leva les yeux au ciel quand Louis-Jean fut rebaptisé Louiset et baissa les bras quand ce fut le tour de Jean-André de répondre au curieux sobriquet de Jeandré.

Tiennot, donc, prit une profonde inspiration. Son père faisait-il volontairement la bête ou bien se désintéressait-il du modernisme, au contraire de ses fils ?

– Du semoir Hugues, père, de celui que nous avons longuement observé sur le champ de foire pour la Saint-Barthélemy !

– Son prix a dû me le faire oublier plus sûrement que tous ses autres attraits.

– On n'est pas obligés de l'acheter.

– Comment ça ?

– Léonce, le charron de Saint-Christol, vient d'en acheter un et de nombreux paysans se font inscrire pour louer ses services.

Pensez donc, six francs l'an pour toutes nos semailles ! Il suffit de prendre son tour…

Les piètres résultats scolaires de ses fils avaient induit leur retrait de l'institut du prophète Samuel après quatre années d'efforts infructueux, ce qui avait conforté leur père dans l'idée d'agrandir, si possible, son patrimoine afin de fournir du travail aux cancres insignes qu'ils se révélaient.

Ainsi, âgés aujourd'hui de dix-neuf et dix-huit ans, Tiennot et Louiset secondaient leur père dans les champs. Si le cadet se passionnait pour la vigne, tenant cela de son père et de son grand-père, Tiennot s'intéressait surtout aux cultures vivrières propres à assurer la nourriture de la population et du bétail. Pas une parcelle de terre qui ne fût, par ses soins, ensemencée de blé, de seigle, de sarrasin ou de maïs. C'est dire que les nouveautés en matériel agricole prometteur d'alléchants rendements attisaient sa curiosité, le plus difficile restant de convaincre son père de leur nécessité.

Justement, revenant à la charge, il argumenta :

– N'êtes-vous point satisfait, père, de la charrue à double soc dont nous avons fait l'acquisition l'an passé ?

– À quel prix ! Heureux que j'en sois bien aise !

– Comme quoi, j'ai de bonnes idées ! fanfaronna Tiennot.

– Je te vois venir, Tiennot ! Ton semoir… comment dis-tu… Hugues… ? Nous en reparlerons après les vendanges.

Tiennot dut s'en satisfaire. Après tout, ce n'était pas un refus ! Pourvu que la vendange soit abondante !

Une période de paix propice aux échanges commerciaux, un cycle climatologique régulier propre à préserver les récoltes, chez Étienne Teissier comme chez beaucoup de petits fermiers de la plaine une ère d'aisance semblait s'installer. N'entrait-on pas dans l'âge d'or de la sériciculture, une activité que chaque année Maria menait à bien, même s'il fallait pour cela bousculer les priorités. Pendant les deux mois de leur folle métamorphose, les vers à soie étaient les maîtres incontestés du mas de la Tour de Billot, reléguant les enfants au dernier plan.

La progéniture de Maria et d'Étienne se scindait maintenant en deux groupes distincts : les deux aînés, quasiment des adultes, et puis Jeandré huit ans et Henriette de quatre ans sa cadette, un cadeau du ciel accordé après de si rudes épreuves. Pour autant, la fibre maternelle de Maria était aussi fragile qu'un cristal de Bohême.

* *
*

Un peu emprunté dans l'univers citadin où le plongeait son important rendez-vous, Jean-Baptiste marchait le nez au vent quand son regard rencontra l'écusson de cuivre martelé qui ornait une maison d'aspect cossu. À même la porte, une plaque portait un nom : *Gontier*. Il était arrivé !

Le cœur battant, il se saisit du heurtoir et l'abattit sur la porte. Le bruit qu'il fit l'effara. Avait-il démoli quelque chose ? Ce n'était pas le moment d'irriter ce notaire dont il attendait de grandes révélations.

Les paroles du notaire, le legs annoncé dont il ne connaissait pas encore la teneur, tout cela n'était pas de nature à l'émouvoir plus qu'il ne l'était. Depuis son départ du Bleymard, une phrase du curé Léhier trottait dans sa tête : « Tu te trouveras peut-être une famille… » Une famille ! Que n'aurait-il donné pour connaître la chaleur enveloppante qu'elle devait dispenser !

Surpris de son audace, il se permit une question :

– Cet homme, ce Jean Palade dont je porte le nom et qui motive ma présence en votre étude, était-il mon père, maître ?

Il devint aussitôt cramoisi de sa témérité. Le notaire se racla la gorge.

– Je l'ignore, monsieur, mais, si je puis me permettre, donne-t-on son nom et lègue-t-on une telle somme à un parfait inconnu ? D'autant que le sieur Palade avait pris des dispositions pour votre éducation et votre entretien depuis votre naissance.

– Une telle somme, dites-vous ? Je vais recevoir de l'argent ?

– Soixante mille francs, monsieur. De quoi démarrer votre vie d'adulte d'un bon pied, il me semble.

Incapable de réaliser, Jean-Baptiste se focalisait sur ce fil ténu qui le reliait à ses origines, il multipliait les questions :

– D'autres personnes sont-elles concernées par cet héritage ? Avez-vous reçu une ou plusieurs d'entre elles ?

Le claquement sec d'un dossier qu'on referme révéla l'agacement de maître Gontier. Cependant, l'inexplicable sympathie que lui inspirait ce grand gaillard au regard direct et désireux d'éclaircir le mystère de sa naissance lui fit livrer plus qu'il n'était en droit. Croisant les mains sur son bureau, il regarda le jeune homme dans les yeux et expliqua :

– Le testament de Jean Palade a été ouvert il y a une quinzaine d'années, dans cette même étude, par mon prédécesseur aujourd'hui décédé. Il concernait certainement des héritiers directs. Il m'échoit à moi d'exécuter le codicille qui devait être réglé à votre majorité. C'est tout ce que je sais, monsieur, vraiment tout.

Puis, se levant pour le raccompagner, il ajouta :

– Revenez demain, monsieur Palade, mon clerc aura préparé les documents que vous n'aurez qu'à signer… si vous pouvez le faire. Je vous donnerai, en numéraire, les soixante mille francs que représente votre héritage, enflés des intérêts du placement que M. Palade avait prévus.

Jean-Baptiste s'était retrouvé dans la rue, abasourdi, troublé. Lui, l'enfant de personne et de nulle part avait-il encore une famille, des attaches en terre cévenole ? Son désir d'identité, soudain, se décuplait, il décida de forcer le destin, de remuer le ciel et la terre pour retrouver ne serait-ce qu'un cousin.

« Peu importe, se disait-il, ce serait déjà quelqu'un de ma famille ! »

Marchant au hasard des rues de la capitale cévenole, perdu dans ses pensées où se mêlaient impuissance et espoir, porté par la foule ou par la providence, Jean-Baptiste arrivait sur la place de la mairie où l'imposante maison commune lui fut comme un déclic, un éclair de génie.

Le père Léhier m'a appris à lire dans les registres paroissiaux, ce serait bien le diable si je n'arrivais pas à déchiffrer ceux de l'état civil. Il y passa la matinée et revint dans l'après-midi pour compulser, page à page, les archives qu'on mettait obligeamment à sa disposition. En vain !

Méthodique et obstiné, il décida de revenir le lendemain après son rendez-vous à l'étude de maître Gontier.

C'était assurément son jour de chance. Enveloppés dans son mouchoir, les billets ne pesaient pas au fond de sa poche mais tintaient au fond de son cœur. Non de cette vénale satisfaction que procure parfois l'argent, mais de cette sorte de « reconnaissance » qu'ils représentaient. Soudain, éclata sous ses yeux incrédules le nom de Jean Palade inscrit en gras sur une feuille filigranée portant la date de 1758, complété du texte suivant :
... a été enregistré ce jour de novembre 1758 et le dixième, Jean Palade, né au lieu dit de la Basse Prairie...

Jean Palade. La piste était à exploiter.

Obligé de demander à plusieurs reprises son chemin, Jean-Baptiste avait l'impression de parcourir des lieues et des lieues et de ne jamais atteindre son but. Longeant un ruisseau presque tari, il traversa une châtaigneraie et se trouva dans une sorte de bout du monde qui allait l'obliger à rebrousser chemin quand il avisa une maisonnette d'où surgit aussitôt un corniaud montrant les crocs.

Son maître n'était pas loin, qui resta cependant sur le seuil de sa maison et intimant à l'inconnu de partir.

– Passez votre chemin, l'homme, vous êtes sur une propriété privée !

– Retenez votre chien, je ne vous veux pas de mal, un renseignement seulement. Est-ce ici la ferme Palade ?

– Palade, dites-vous ?

L'homme s'était un peu amadoué.

– Non, il n'y a pas de Palade ici.

– Y aurait-il une autre ferme dans ce coin ?

– Pas à ma connaissance et il y a plus de dix ans que j'habite ici.

La déception de Jean-Baptiste faisait peine à voir.

– Excusez-moi, dit-il d'un ton las.

– Attendez ! Je ne suis que fermier dans cette maison et, ma foi, je ne saurais dire comment se nomme le propriétaire ; je m'acquitte de mon fermage, deux fois l'an, chez maître Caylet, un avoué. Il doit savoir, lui, le nom de mon rentier.

Le visage de Jean-Baptiste s'éclaira, il y avait moyen de continuer sa quête, tout d'abord en rencontrant ce maître Caylet. Il remerciait l'homme, souleva son chapeau, puis se ravisa.

– Vous pouvez me donner votre nom ? Je ne sais comment...

– Vous n'aurez qu'à dire que vous venez de la part de Joseph le rouge ! jeta l'homme en ébouriffant une tignasse qui avait dû être carotte en sa jeunesse.

– Le rentier de Joseph le rouge ? Mais de quel droit vous livrerais-je son nom ?

Le rond-de-cuir n'avait pas pris la peine de lever la tête de sa table de travail.

Jean-Baptiste s'entendit répondre avec conviction :

– Il semblerait que le fermage touche bientôt à sa fin et moi je cherche un rentier.

– Alors le Joseph veut prendre sa retraite ? Ma foi, ça fait un bail…

L'homme soliloquait en feuilletant un long cahier à la couverture cartonnée. Son doigt se fixa sur la découpe d'une page foliotée et, approchant son nez du répertoire, il énonça : le bénéficiaire du fermage est… une certaine dame Teissier, née Marie-Antoinette Palade, domiciliée à Bagard, au mas de la Tour de Billot.

Il leva les yeux, la porte du bureau se fermait, son interlocuteur était déjà dans la rue.

Était-ce enfin la dernière étape ?

Le cœur de Jean-Baptiste battait la chamade quand il arriva devant une cour de ferme écrasée de soleil. Du linge séchait sur deux rangées de fil. Il y avait de la vie bien qu'aucun bruit ne s'échappât des épais murs du mas.

– Holà ! héla-t-il d'une voix qui lui sembla retentissante.

Il attendit, le chapeau à la main, puis réitéra son appel.

– Holà ! Y a-t-il quelqu'un ?

Une femme sortit sur le seuil inondé de soleil. La main en visière sur les yeux, elle regardait cette silhouette athlétique se découper dans le contre-jour. Des cheveux blonds encadraient un visage qui avait quelque chose de familier. Elle appuya ses mains jointes sur son cœur qui s'emballait alors que ses lèvres balbutiaient :

– Kaspar !

Jean-Baptiste fit un pas en avant.

– Excusez le dérangement, madame. Je cherche le mas de la Tour de Billot…

– Vous y êtes, balbutia-t-elle, troublée par sa méprise.

– Je cherche Marie-Antoinette Palade…

– C'est moi.

– Auriez-vous un certain lien de parenté avec un M. Jean Palade qui est décédé…

– Voilà bien dix-huit ans ! coupa-t-elle. C'était mon père.

Ce fut au tour de Jean-Baptiste de bredouiller, troublé par toutes les émotions accumulées.

– Votre père ! s'écria-t-il, les yeux rivés sur cette belle femme, plus âgée que lui assurément, mais si fine et lumineuse malgré l'irritation que lui procuraient ces questions indiscrètes.

– Votre père ! répéta-t-il. Alors... alors, il se pourrait que nous soyons frère et sœur.

Ce jeune garçon devenait franchement déplaisant avec ses divagations ; pourtant, elle ne parvenait pas à chasser l'intrus qui l'intriguait avec ses manières polies et son franc sourire. Poussée par une force inconnue, elle plongea son regard dans celui de Jean-Baptiste et se crut devant un miroir qui lui renvoyait ses prunelles couleur d'onyx. Quatre diamants noirs s'attiraient irrésistiblement.

Encouragé par les hésitations de Maria, le jeune homme voulut livrer quelques bribes de sa vie à cette femme qu'il sentait troublée, dérangée par sa présence.

– Je ne sais rien de ma famille. Ou si peu. Un nom, celui de Jean Palade, encore que rien ne prouve... Vous savez, j'ai été élevé dans une ferme du mont Lozère depuis ma naissance. C'est ce Jean Palade qui payait ma pension...

– Où dites-vous ?

– Au Bleymard, à la ferme d'En Haut.

– Quel âge avez-vous ?

– Vingt et un ans depuis le mois de...

Maria n'entendit pas la suite et le grand gaillard, tout ému, reçut cette belle femme brune évanouie dans ses bras robustes. Le malaise, quoique effrayant, fut de courte durée. À nouveau, leurs yeux se rencontrèrent, se défièrent et se sourirent alors que les lèvres de Maria murmuraient :

– Mon enfant ! Mon fils ! Mon bébé ! Enfin !

Jean-Baptiste tenait sa maman dans ses bras, elle qui avait rêvé pendant plus de vingt ans de le serrer sur son cœur. Il était là, enfin, telle une apparition magique et tous deux se reconnaissaient dans un dialogue muet. Maria, ressuscitée de corps, de cœur et d'âme, se mit debout face à ce grand fils qui lui était rendu comme un cadeau du ciel.

Durant toutes ces années, ces deux êtres avaient porté leur fardeau en solitaires, mais aujourd'hui tout cela était balayé par l'émotion qui les submergeait ; ils frissonnaient, un souffle saccadé soulevait d'un même élan leur poitrine et trahissait les mêmes turbulences de leurs sentiments.

Les larmes vinrent, roulèrent sur leurs joues, se mêlèrent alors que leurs lèvres articulaient sans fin :

– Maman, maman, maman…

– Mon enfant, mon enfant, mon enfant…

Maria avait passé les bras autour des épaules de Jean-Baptiste, elle le pressait contre elle comme elle l'avait fait aux premières heures de sa naissance. Ils demeurèrent ainsi, soudés l'un à l'autre dans une fusion totale qui annihilait toute souffrance et faisait naître un bonheur nouveau.

C'est ainsi qu'Étienne les trouva.

La soirée, pleine d'émotions, fut livrée aux explications, aux regrets. Pourtant, Jean-Baptiste ne ressentait pas le besoin d'entendre la confession par laquelle sa mère se libérait, il n'avait pas à savoir ni même à juger pour savourer une « renaissance » qui le comblait. Lui qui avait espéré se trouver un cousin, le voilà nanti d'une famille ! Enfin !

Maria, libérée de ses vieux démons, pouvait accorder un pardon posthume à ses parents.

– Nous ne nous quitterons plus, mon fils !

– Je vais partir, maman. Je dois retourner au Bleymard.

Le regard de Maria s'était assombri.

– Partir ? Mais pourquoi ? Ta place est ici, avec nous !

– Rassurez-vous, maman, mon absence sera de courte durée.

Alors, Maria sourit.

Retrouvailles

Heureux d'escalader les pentes veloutées du mont Lozère, Jean-Baptiste porta la main à sa poche. Il soupira d'aise : le bréviaire destiné au père Léhier était bien là, il ne l'avait pas perdu en route.

Chemin faisant, il confectionna un bouquet de fleurs sauvages. Il l'offrirait à Rosette en lui proposant de partir avec lui.

– Là-bas, nous nous marierons et je te ferai une belle vie !

Deuxième partie

LUCIE

I

Le marché aux truffes

LUCIE AVAIT POSÉ À SES PIEDS un panier d'osier au fond tapissé de mousse et recouvert de feuilles de châtaignier. Entre ces deux couches de végétaux qui leur faisaient écrin, huit diamants noirs exhalaient leur parfum entêtant.

Quand la jeune fille avait quitté son mazet, l'aube pointait à peine ; elle avait franchi le petit pont sur la rivière Alzon, tout blanc de ce givre qui donnait au paysage, encore dans les brumes de la nuit, une immobilité spectrale. Elle contourna la ville d'Alais qui dormait encore et d'où nul bruit ne sourdait ; elle avait hâte de parvenir à la route menant à Uzès où elle savait, par expérience, trouver sur une charrette ou une jardinière une petite place. Encore fallait-il être assez circonspecte dans le choix des offres qui ne manquaient pas.

Lucie était de celles qui refusaient les inconnus, bien plus encore quand ils étaient seuls et qu'ils affichaient sans vergogne leurs intentions ; il y en allait de sa réputation. Son air décidé et fier suffisait pour décourager l'entêté trop familier ou trop entreprenant. Sa préférence, et elle ne s'en cachait pas, allait aux attelages portant couples où, pensait-elle, la présence d'une femme lui assurait un vertueux chaperon. Elle ne languit pas longtemps après une bonne âme.

– Voulez-vous profiter de notre jardinière, petite demoiselle ? Charles, fais une place pour son panier.

– Si ça ne vous fait rien, je préfère le garder sur mes genoux ! s'excusa Lucie en sautant avec légèreté sur le plateau de bois et se glissant à côté de l'obligeante fermière.

Elle serra sa cape de laine sur ses jambes piquées au vif par la gelée matinale qui s'intensifiait au lever du jour.

Une huitaine de lieues séparait la ville d'Alais de celle d'Uzès qu'une route caillouteuse bordée de platanes reliait. Le trajet, pour assez bref qu'il soit, offrait à l'œil perspicace un contraste de paysage, allant de l'aride relief cévenol aux plaines de la basse Gardonnenque. Le froid vif qui sévissait en ce mois de décembre 1846 et qui avait saisi la jeune fille au début de son trajet s'accentua, alimenté par un vent glacé, pénétrant, qui déviait du couloir rhodanien pour venir balayer la garrigue et les vignobles du haut Languedoc.

Malgré les deux paires de bas de laine que Lucie avait superposées, ses pieds étaient gelés dans ses sabots et, par là même, tout son corps frissonnait.

– Elle n'est pas bavarde, la demoiselle ! l'apostropha la fermière. C'est la *barbasta*[1] qui lui cloue le bec ?

La femme s'octroyait des familiarités qui n'étaient pas du goût de Lucie ; néanmoins, elle crut obligeant de répondre.

– Ce n'est pas ça, madame, je pensais surtout à mes *rabasses*[2] et au prix que je vais bien pouvoir en demander…

– Des rabasses ! Eh bé, petite, c'est de la bonne marchandise, ça ! À ton retour, cache bien ton escarcelle.

Des ralentissements, puis des arrêts brutaux, on était en vue de la cité ducale et de son traditionnel marché du samedi qui bouleversait, l'espace d'une journée, la sérénité de la ville d'Uzès, bousculait son quant-à-soi bourgeois, rendait la ville

1. Occitan : gelée blanche.
2. Truffes.

à sa vocation première, celle d'une place commerciale particulièrement prisée.

Ce marché hebdomadaire se doublait, dès le mois de décembre et jusqu'en février, d'une vente qui se faisait presque sous le manteau, celle des truffes noires, ces fameux *Tuber melanosporum* qui prenaient autour d'Uzès, comme en Périgord et dans le Luberon, leurs lettres de noblesse.

La jardinière s'engagea dans le passage du Marché, emprunta la rue Saint-Étienne et déboucha enfin sur la place aux Herbes où, là, l'engorgement était à son comble, au point qu'il lui fut impossible de se frayer un chemin.

Mettant à profit l'arrêt de l'attelage, Lucie sauta lestement sur la place, rajusta au bras son précieux panier et lança avant de se fondre dans la foule :

– Bien merci, m'sieur-dame ! Au retour, peut-être.

Au fait des emplacements où s'installaient ordinairement les *rabassiers*[1], elle se faufila entre les étals installés et ceux en cours d'installation et alla rejoindre le petit monde feutré des *caveurs*[2] placés sous un « couvert », devant l'hôtel d'Aigaliers.

Outre les « couverts » médiévaux, ces avancées du premier étage qui faisaient du rez-de-chaussée à usage commercial des boutiques en retrait et abritées, la place aux Herbes offrait une protection contre les vents coulis. Bien que s'engouffrant dans les venelles et les renfoncements, les furieuses incursions d'un Éole déchaîné se heurtaient aux maisons et hôtels particuliers frileusement serrés, témoins multicentenaires de l'opulence de la ville.

L'installation des marchands de toutes sortes ne se faisait pas sans bousculades, invectives, quand cela ne se terminait pas par de véritables empoignades pour obtenir ce qui représentait le meilleur emplacement. Heureusement, la

1. *Ramasseurs de truffes.*
2. *Autre nom d'un ramasseur de truffes.*

maréchaussée, jamais absente de ces lieux de grande concentration d'individus, faisait régner un calme relatif.

Au centre de la place aux Herbes, un homme, haut en couleur, avait installé des panonceaux propres à attirer le regard des badauds, ce qui ne l'empêchait pas de clamer à longueur de journée les bienfaits de son vermifuge. Il y avait tant d'illettrés ! Le sieur Chiarini, c'était son nom, faisait fortune dans les foires locales et mal en prenait à celui qui osait le traiter de charlatan.

– Un charlatan, moi ? Du vent, mon vermifuge ? Eh bien non, monsieur, de la bonne et vraie médecine, une potion qui a fait ses preuves et que les apothicaires me jalousent. La formule, secrète et protégée, fait des envieux.

– Ta formule ? De la poudre de perlimpinpin !

Si la place aux Herbes retentissait, les jours de marché, de cris et d'interpellations, d'appels joyeux et de franches harangues, de tous ces bruits et sons qui animent les grandes foires, les couverts qui la cernaient et qui accueillaient les rabassiers faisaient figure de couvent ou de salle capitulaire où l'on chuchotait, marmonnait, balbutiait, un lieu de recueillement et de respect, celui qui entoure ce qui est rare, donc ce qui est cher, les tubercules hypogés.

Un à un, les paniers se découvraient de leur protection feuillue, un connaisseur approchait son nez, hasardait un doigt. Séduit, les narines envahies de la puissante odeur de terre humide, il lâchait :

– De la fermeté, du parfum, je ne discute pas… je prends !

Son nez ne l'avait pas trompé, son regard non plus qui avait longuement observé les truffes noires, grenues, froides et fermes.

Les six plus belles rabasses de Lucie s'étaient vendues dès les premières heures du marché et au prix d'ouverture. Les deux dernières, de moins bonne facture et nettement plus petites, peinaient à trouver acquéreur. La journée s'étirait sans qu'elle ait de nouvelles touches. Autour d'elle, bien que les transactions s'effectuent à mots couverts, il était évident que personne n'avait baissé son prix. Elle-même persistait donc, ainsi qu'elle le fit à un client potentiel qui lorgnait sur son fond de panier, la mine dubitative.

– À combien me les laisseriez-vous, mademoiselle ?

Obstinée, Lucie annonça le prix du marché.

– Grand bien vous fasse, usurière ! Faites-en donc une brouillade et régalez-vous !

Lucie haussa les épaules et pensa aigrement :

« En voilà un qui en a de bonnes ! Une brouillade, c'est bon pour les riches. Moi, je serai bien aise de me réchauffer avec un bouillon de légumes sur des croûtes de pain. » En milieu d'après-midi, elle réalisa que son entêtement était suicidaire. « C'est vrai qu'elles ne ressemblent à rien, ces deux malheureuses rabasses, se dit-elle en regardant piteusement son panier. Pour sûr que je dois rabattre mon caquet si je veux trouver preneur et rentrer avant la nuit. Surtout que maintenant, il n'y a plus que les radins... »

Elle n'avait pas tort, et les radins, en l'occurrence, étaient les aubergistes d'Uzès et des environs qui attendaient toujours la fin du marché pour acheter les fonds de panier, la marchandise laissée pour compte qu'ils obtiendraient pour trois fois rien. Ce qui ne les empêchait nullement de déplorer ouvertement devant les caveurs :

– C'est toujours pareil, le meilleur, le plus beau, c'est pour les Parisiens, ces becs fins !

– Il fallait venir plus tôt...

– Ou demander à ce qu'on mette des truffes de côté...

– J'y penserai, oui j'y penserai pour la prochaine fois, mais c'est égal, ça nous reste en travers que toutes les belles truffes de notre région se retrouvent sur la table des Parisiens !

C'était loin d'être faux. Depuis plusieurs années, la capitale s'était entichée de ce diamant noir et il était de bon ton que de le mettre à l'honneur dans un menu prestigieux. Fraîche, marinée, conservée au sel ou dans le vinaigre, stérilisée par la méthode d'Appert, râpée et même réduite en poudre, la truffe trônait comme une reine incontournable.

* *
*

La charrette de Tiennot, rangée du côté droit de la place aux Herbes, devant une impasse conduisant à l'étroite rue Pélisserie, se vidait lentement de son chargement : une double rangée de corbeilles d'olives.

Les confiseurs, nombreux en cette saison, avaient été attirés par cette avalanche de drupes oblongues, vertes et noires, lisses à souhait, charnues, d'un vert brillant tels des péridots, d'un noir luisant comme des ailes de corbeau.

Tiennot jubilait. Son demi-frère estimait les corbeilles restantes.

– Encore un quintal et on pourra repartir à vide, informa-t-il son cadet avec un sourire satisfait.

– Une journée rondement menée ! approuva Tiennot. Le père sera satisfait et peut-être se laissera-t-il convaincre pour louer ce sacré semoir qui serait bien utile.

Tiennot et Jean-Baptiste étaient accompagnés de Rosette, la jeune épouse de ce dernier, laquelle avait pris place au centre du marché, avec les bouchers, charcutiers et volaillers, chargée par son impétueuse belle-mère de vendre poules, poulets et lapins que les deux femmes avaient occis, pelés, plumés et bardés de lard pour une clientèle qui méprisait le « vif » au profit d'une volaille « prête à cuire ».

Rosette n'avait pas été la dernière pour sauter dans la carriole et mettre, le temps d'une journée, un peu de distance entre sa belle-mère et elle. Échapper, ne serait-ce que quelques heures, aux sempiternelles admonestations de Maria revenait à respirer une bouffée d'air frais, un vent de liberté.

De caractère égal et le rire facile, Rose de la ferme d'En Haut, fraîchement descendue de ses montagnes lozériennes, s'étonnait de tout. C'était le cas depuis le matin où la foule bruyante et bigarrée qui défilait devant elle était source d'émerveillement. Ses yeux bleus pétillaient et son sourire s'élargissait quand, ayant plié son étal, elle revint à la carriole.

– Ta mère sera fière de moi, j'ai vendu tout ce qu'elle m'avait confié. Et au prix qu'elle en espérait ! annonça-t-elle joyeusement.

Jean-Baptiste la gratifia d'un sourire-caresse, cela suffisait à faire fondre Rosette de bonheur.

Et pourtant ! Dire que Marie-Antoinette Teissier avait accueilli à bras ouverts celle qui devait devenir sa bru serait faire une grave entorse à la vérité. Son fils, il est vrai, avait laissé pantoise toute la maisonnée en ramenant de son voyage d'adieu aux lieux de son enfance sa jolie sœur de lait qu'il présenta comme sa promise.

Comment pouvait-il d'ailleurs en être autrement, quand les portes de la ferme d'En Haut s'étaient fermées sur la pauvrette avec grand fracas et force imprécations ? Il faut dire que les fermiers n'avaient que peu apprécié la décision irrévocable de leur bastardou qu'ils comptaient bien tenir à leur merci.

– Tu veux nous quitter ? Nous qui t'avons soigné, nourri... et tout ça parce que tu as retrouvé ta mère, une mère qui a osé t'abandonner ?

– À son insu ! Si vous saviez combien elle a souffert !

Toute la soirée n'avait pas suffi pour faire entendre raison aux deux « Thénardier ». Au matin, ils revenaient encore à la charge, invoquant leur vie misérable, celle de leurs enfants et la possibilité qu'avait leur pensionnaire de les en sortir.

– Mais vous avez reçu une pension, tous les mois, pour mon entretien ! se rebiffa Jean-Baptiste.

– Une pension ! Des bernardins ! De la ferraille !

Le jeune homme leur tendit la main pour la dernière fois.

– Ma décision est prise, elle ne changera pas. Je vais vivre auprès de ma mère, nous avons tant d'années à rattraper ! Quittons-nous sans querelle ? Vous serez toujours un peu mes parents quand j'aurai épousé Rosette.

– Parce que tu veux marier la Rosette ? Elle n'a pas de dot, si c'est après ça que tu cours !

– Je ne demande rien...

– Pour sûr ! Tu nous dois tant !

Sur un encouragement de Jean-Baptiste, Rosette était allée chercher son balluchon et, main dans la main, tous deux étaient partis sur le chemin d'une nouvelle vie, accompagnés des jérémiades de la Bernarde.

– Ne reviens pas pleurer, ingrate, si tu n'es pas heureuse avec ton bastardou. Ici, plus personne ne te connaît.

Une porte lourdement fermée, une autre à peine entrouverte : Rosette n'avait pas une place confortable car, aux inévitables froissements entre une belle-mère et sa bru, s'ajoutait, chez Maria, l'impression d'un fils enfin retrouvé et déjà partagé.

Rien ne satisfaisait la belle et fière Cévenole, surtout pas cette fille aux joues joliment colorées – elle la trouvait rougeaude –, au visage rond et poupin – elle le disait lunaire –, aux mirettes bleues qui s'arrondissaient d'amour pour son Jean-Baptiste – des boules de billard, commentait Maria – et ce qui par-dessus tout l'horripilait c'était sa façon de parler, de rouler les r, l'accent des gens de la montagne qui lui rappelait de façon cuisante celui d'Amélie Cassagne.

– Appliquez-vous, ma fille, à parler comme nous ! Ce n'est pas bien malin tout de même ?

– J'essaie, mère, mais cela m'échappe parfois, s'excusait la pauvrette.

Elle pouvait faire ou dire ce qu'elle voulait, jamais elle ne trouvait grâce auprès de la mère de son époux.

Au demeurant, Maria était bien la seule à s'irriter, à tout propos et fort injustement, contre Rosette. Le reste de la famille lui était tout acquis. Son évidente bonne volonté, la patience qu'elle déployait pour tout et pour tous, son éternelle bonne humeur, le respect qu'elle témoignait à sa nouvelle famille, tout cela était à son actif et lui valait la sympathie de chacun.

Les histoires de loups, celle de la bête du Gévaudan encore si vive dans la mémoire, captivaient Jeandré et fascinaient la petite Henriette tout en la terrorisant. Son humeur égale et sa déférence à son égard avaient séduit Étienne ; quant à ses deux autres beaux-frères, des adultes, une jeunette de plus dans la maison n'était pas pour leur déplaire. D'emblée, l'amitié s'était instaurée entre eux trois.

Comme toujours, Maria était en décalé de tous et se répandait en reproches, de jour en jour injustifiés. Car Rosette se polissait depuis qu'elle avait quitté la ferme d'En Haut. Elle abandonnait ses allures de montagnarde, apportait plus de soin à sa mise, se révélait, grâce à l'amour de Jean-Baptiste, dans la gracieuse beauté des filles de vingt ans.

– Tu ne regrettes pas de m'avoir suivi, dis, Rosette ?

Deux bras ronds autour de son cou, une poitrine ferme collée contre son torse, des lèvres qui s'offraient au baiser : Rosette répondait explicitement à la question de Jean-Baptiste.

* *
*

Cela n'avait pas été sans mal et Lucie avait dû se résoudre à mettre un bémol à ses prétentions, mais, le fait était là, ses deux dernières rabasses avaient trouvé preneur.

– Vous me saignez à blanc ! avait-elle fait remarquer à son acheteur.

– À d'autres ! avait-il répliqué. Ce n'est pas bien sorcier d'aller caver, tout de même.

– C'est pas donné à tout le monde. Elles sont malines les rabasses et se cachent bien, surtout cette année. On revient plus souvent bredouille.

Sur ce bref échange, l'homme s'était défilé ; Lucie avait glissé les nouvelles pièces avec son précédent pécule, bien enfoncé le tout dans la poche de son cotillon, sous sa jupe de laine, et, passant le bras dans l'anse de son panier, elle reprit la route d'Alais.

Les départs se faisant tout au long de la journée, au gré des marchandises plus ou moins vite écoulées, la cohue n'était pas au rendez-vous, au sortir de la ville, comme cela avait été le cas le matin. Chemin faisant, la fatigue ralentissait la marche de la jeune fille alors qu'une faim sournoise lui fouillait l'estomac.

« J'aurais bien pu m'acheter un pain à Uzès. Du diable si maintenant je trouve un fournil sur ma route. »

De temps en temps, elle jetait des regards en arrière pour le cas où une charrette, menée par une bonne âme de charretier, ralentirait. Les obligeants fermiers de ce matin, par exemple, ils ne manqueraient pas de la reconnaître. Mais d'attelage, point ! Pas un à l'horizon qui consente à ralentir !

Pas un ? Et celui-là, arrêté sur le bas-côté où deux silhouettes masculines rétablissaient le bon ordre de son chargement qui, en cours de route, avait pris du ballant ? Deux hommes ? Dieu l'en préserve !

Elle pressa le pas en passant devant la charrette et aperçut une jeune femme assise au centre du plateau, en même temps qu'un grand jeune homme se penchait vers elle et lui disait :

– Si le cœur vous en dit, demoiselle, nous allons à Alais et même au-delà.

Sa réponse fut spontanée.

– Ce n'est pas de refus ! Grand merci à vous, je vais à Saint-Christol, vous m'avancerez d'un sacré bout de chemin.

– Alors, on vous posera devant votre porte, nous allons à Bagard.

Lucie grimpa lestement et s'approchait de la jeune femme pour s'asseoir à son côté quand le grand blond qui tenait les guides se tourna vers elles.

– Tu devrais venir près de moi, Rosette. Tiennot prendra ta place pour retenir les seaux qu'il est impossible d'arrimer.

Ainsi, sans le vouloir, Lucie se trouva assise tout près d'un jeune homme souriant, au regard clair et aux cheveux bruns et drus, difficilement disciplinables qui s'échappèrent de son chapeau quand il le souleva pour saluer galamment sa compagne de voyage.

Tiennot était un bavard, aussi engagea-t-il derechef la conversation.

– Votre panier n'a pas l'air lourd, vous n'avez pas fait grands achats, fit-il remarquer simplement.

Il n'y avait pas, dans le ton du jeune homme, une sous-jacente curiosité malsaine ou bien Lucie se trouva-t-elle en veine de confidences ? Elle lui répondit sans façon :

– Je n'allais pas à Uzès pour acheter, mais pour vendre.

– Laissez-moi deviner. Des pélardons ?

Elle fit non de la tête en souriant avec malice. Tiennot remarqua qu'elle avait de jolies dents blanches et bien rangées, ce qui n'était pas chose courante.

– Suis-je bête ! Des truites de la rivière Alzon, j'y suis ?

– Que nenni ! s'amusa-t-elle.

Ce fut en effet un jeu que d'énumérer les marchandises des plus farfelues et de voir s'éclairer ce visage sans réelle beauté, mais pétillant de gentille ironie, cette tête qui se jetait en arrière avec naturel, ce rire qui s'égrenait aisément.

– Je déclare forfait.

Lucie joua les cachottières, elle baissa la voix qu'elle avait grave et chaude et susurra :

– Je suis une rabassière !

– Vous cavez ? Au cochon ? Au chien ? À la mouche ?

– À l'instinct ! C'est dire que ça ne marche pas toujours. Mais ce matin j'avais huit truffes à vendre et je ne suis pas mécontente de ma journée... sauf que j'ai une faim de loup et, comme une étourdie, j'ai oublié de prendre du pain.

– Des pommes, ça vous irait ? La mère nous en avait glissées dans le cabas.

– Je serais bien difficile si...

Tiennot tira à lui la *cabassette* bosselée par son contenu et tous deux... croquèrent allégrement des pommes... en tout bien tout honneur. Chemin faisant, le jeune homme en oubliait de supputer sur l'achat ou la location hypothétique du fameux semoir Hugues et la demoiselle n'en était plus à compter les revenus de ses rabasses.

Fortuite et, à n'en pas douter, vouée à la récidive, la rencontre des deux jeunes gens, leur attirance spontanée basée sur l'amitié, mais qui ne demandait qu'à évoluer, n'allait pas manquer de faire des remous au sein de la famille Teissier.

II

Guérin le braconnier

IL EXISTE, dans l'inconscient de tous les peuples de la terre, une complicité secrète, surprenante, hors normes, à l'égard des braconniers. En public, l'être humain joue les matamores, condamne haut et fort cette louche activité quand, en son for intérieur, il songe à celui qui s'y livre avec une indulgence, une certaine tendresse, peut-être même une vague admiration qu'il n'avouerait pour rien au monde.

Notre belle France est certainement le pays où cette ambiguïté prend toute sa mesure – ou sa démesure –, où cette attitude instinctive se manifeste avec le plus d'ampleur et les Cévennes, la région où le braconnage y acquiert ses lettres de noblesse. Tout concourt, en effet, à mettre en œuvre cette activité, en ces lieux, naturelle : les bois escarpés, touffus, aux nombreuses essences, l'enchevêtrement de halliers, des laies inextricables, le climat aux alternances extrêmes, favorisant la prolifération de toutes sortes de gibier.

Jean Guérin, Guérin pour les uns, les plus familiers, *lou Coqui*[1] pour les gendarmes à qui il jouait des tours pendables, Jean Guérin, donc, était une figure familière du hameau de Boujac et même au-delà.

1. Occitan : le coquin, le fripon.

Fils d'un modeste ouvrier agricole et braconnier par vocation, il avait bénéficié, sa vie durant, de cette aura entourant ceux dont les activités sont occultes et qui, de plus, bravent les interdits en toute impunité, ce qui, il faut bien l'avouer, n'est pas donné à tout le monde. Et chacun, envieux ou détracteur, de commenter cette vie hors des chemins balisés par la loi.

– Un pendard, le Guérin ! J'avais levé un lièvre, dans ma vigne, et en toute légalité. Lui, il l'a pris au collet, à mon nez, à ma barbe ! Des traîne-savates de son engeance, c'est brigandage et compagnie !

– Le Guérin ? Un brigand ? Un brave gars qui ne ferait de mal à personne ! Par ça, il fait des envieux à le voir oisif tout le jour. Après tout, c'est sa vie…

Jean Guérin, de fait, ne fut jamais un bandit de grand chemin… pas plus d'ailleurs qu'un forcené du travail ! Certes, il y avait eu des défections parmi les fées qui s'étaient penchées sur son berceau si bien que ni la fortune ni la félicité ne lui avaient été accordées ; en revanche, il jouissait d'une constitution saine et robuste et, sans ses préjugés hâtifs et sa répugnance viscérale à obéir à un patron, il aurait pu sans peine louer ses bras pour assurer son quotidien.

– Me louer ? s'offusquait-il quand on lui proposait de tailler une vigne ou de faire les vendanges. Il sera bien temps de prendre le sécateur et la serpette quand j'aurai ma propre vigne à transmettre à ma famille.

Une famille vite réduite, hélas, à deux personnes lorsque la mort subite autant qu'imprévisible de son épouse le laissa en tête à tête avec leur fille unique, Lucie, une gamine qui venait tout juste d'avoir huit ans.

– Qu'allons-nous devenir sans ta mère ? se lamentait-il devant la fillette qui ne savait si elle devait déplorer la mort de sa maman ou s'émouvoir du chagrin de son père.

Devant le mutisme désolé de la petite qui laissait couler de grosses larmes silencieuses sur ses joues aux rondeurs d'enfance, Guérin détournait la tête et se consolait... en buvant plus que de raison, jusqu'à tomber dans un sommeil peuplé de sinistres visions.

Lalie Soulérolles était entrée dans la vie miséreuse de Jean Guérin pour fuir un état de pauvreté encore plus extrême.

Placée dans une ferme à l'âge de six ans par des parents dont elle n'avait plus jamais entendu parler, elle y abattait un travail d'esclave et disputait, en partie, sa nourriture aux animaux domestiques tant son quotidien était d'une frugalité désespérante. Un œuf gobé en cachette dans le poulailler, un croûton de pain rassis dérobé aux chiens, des châtaignes destinées aux cochons assurèrent sa survie jusqu'à sa rencontre avec Guérin.

Elle n'avait rien à lui offrir que son courage et peut-être une certaine affection qui viendrait comme, dit-on, de l'appétit qui vient en mangeant. Lui ne lui cacha pas ses escapades nocturnes et apparemment lucratives. Ne possédait-il pas, à ses dires, un mazet ?

– Je suis un oiseau de nuit, ça te gêne, Lalie ?

– Et pourquoi ça me gênerait, Guérin, que vous dormiez le jour et travailliez la nuit ?

– Travail... travail... c'est pas ce qu'on dit. En fait, je braconne !

Voilà, c'était lancé. Allait-elle s'enfuir en courant ?

– Vous m'apprendrez, Guérin ? À deux, la nuit vous paraîtra moins longue.

La masure l'éblouit, elle qui couchait avec les bêtes. Le jardin la combla, elle se nourrirait à sa faim de toutes les patates qu'elle y planterait. Elle épousa Guérin sans se poser plus de questions et embrassa son « métier » sans complexes. Tout comme son époux, la courageuse Lalie bénéficia de la bienveillante indulgence des gens du hameau.

Si Guérin, à ce jour, avait gaspillé, il n'aurait su dire comment, les revenus de son braconnage, avec Lalie il en alla tout autrement.

– Guérin, la toiture du mazet doit être réparée avant l'automne et les grandes pluies. Il faut acheter des tuiles...

– Il ne sert à rien, mon pauvre Guérin, de faire un feu d'enfer. Au mieux on s'enfume, au pire on s'asphyxie. La cheminée réclame un ramonage...

– C'est pas pour dire, Jean Guérin, mais ce mazet a trop longtemps été à l'abandon. S'il nous venait un enfant, du diable si le vent ne nous l'emporterait pas ! Il faut réparer les portes et les fenêtres...

Un enfant ? Il n'y avait pas même songé. Ce fut cependant une de ses motivations pour remettre en état les quatre murs et la toiture du seul bien qu'il n'avait jamais possédé. Il y adossa un appentis où Lalie installa une chèvre et où lui-même remisa ses premiers outils de jardinier. Car, là aussi, Lalie avait vu rouge.

– De la si bonne terre et jamais cultivée ! C'est donc qu'elle est si basse, Guérin ?

Un jardinet pimpant, une maisonnette solide, il n'en fallait pas plus au bonheur de Lalie... et à celui de Guérin qui appréciait les bons repas de son épouse. Et toujours à l'économie ! Des asperges sauvages et des poireaux de vigne, du pissenlit et des *roselas*[1] qui faisaient de si délicieuses omelettes, des figues *bouscasses*[2] et des arbouses assuraient les desserts. Si elle voulait régaler son homme, sans coup férir, Lalie mettait à blanchir des escargots qu'elle avait fait longuement jeûner sur des branches de farigoule.

– C'est bombance, aujourd'hui ! En quel honneur ?

1. Occitan : coquelicots.
2. Sauvages.

– Tout simplement parce que j'aime régaler mon homme, pardi ! Des escargots au lard et aux herbes et, tu peux m'en croire, Guérin, je n'y ai pas plaint l'ail !

– Et de quel moment as-tu fait ça, Lalie ? Nous avons vadrouillé toute la nuit...

– Pour dire vrai, c'est long à cuire, ces bestiaux, mais ça mijote tout seul, au coin du feu.

Car ils n'avaient pas, pour autant, perdu le goût au braconnage. Oh que non ! Et le rituel, en rentrant aux premières lueurs du jour, était immuable.

– Nous allons boire un bon café, Guérin, ça nous réchauffera... et puis, ça nous remettra de nos émotions !

Les émotions, c'est vrai, ne manquaient pas dans leur activité clandestine et leurs expéditions pouvaient être mouvementées comme celle de cette nuit d'hiver que la lune éclairait, nette et sans nuages. Lalie et Guérin, oubliant le froid, avaient transpiré d'angoisse. Des ombres s'étiraient, mouvantes, puis se confondaient avec les arbres et semblaient les poursuivre.

– La maréchaussée ! souffla Guérin à l'oreille de Lalie, tous deux dissimulés derrière un muret de pierres sèches.

– Il ferait mauvais être pris, ma musette est pleine de *graissets*[1], et la tienne ?

– Des cailles. J'en ai bien une dizaine. Il faut la jouer fine. Prends aussi ma musette et laisse-toi glisser sur l'herbe gelée sans bruit pendant que moi je monterai jusqu'au bois pour faire diversion.

Le froissement de l'herbe d'un côté, le craquement des branchages de l'autre, les ombres inquiétantes, un instant intriguées, hésitèrent.

– Nous avons donc affaire à deux braconniers, commenta l'un des gendarmes. Il faut se séparer si nous voulons...

1. Occitan : pipit des buissons.

– Jamais de la vie ! À deux, on est plus puissant, et puis notre cache est bonne, restons-y. Celui qui monte au bois en redescendra bien au petit matin. Il nous suffira alors de le cueillir… comme une fleur !

– Et l'autre ?

– Quel autre ? Tu as vu quelqu'un, toi ?

– Non, mais j'ai entendu…

– Si ça se trouve, il s'agissait d'un animal qui regagnait son terrier. Auquel cas, rien ne sert de courir.

Pendant que les pandores atermoyaient, Guérin ne plaignait pas ses efforts et grimpait tout en haut de la colline de Maintérargue, redescendait sur Arènes et remontait jusqu'à Boujac où Lalie l'accueillait avec un soupir de soulagement. Même s'il s'agissait en fait de glands torréfiés par ses soins et grossièrement écrasés sur lesquels elle versait l'eau bouillante, le café qu'elle lui servit ce matin-là avait une subtile saveur de liberté et de coquine satisfaction, celle d'avoir berné la Rousse.

Dans ses bons jours, la rivière d'Alzon fournissait au couple Guérin une friture de vairons et, quand elle se voulait prodigue, les belles truites ne manquaient pas, que l'on aurait pu pister jusque sur le menu des auberges alaisiennes.

– Si les truites te sont bien raisonnées, j'aimerais que tu me ramènes six assiettes. Les tiennes ont fait leur temps.

Lalie n'avait pas tort ; ébréché, mal étamé, le ménage de Guérin méritait d'être renouvelé, chose dont il s'acquittait sans rechigner, son épouse était si facilement satisfaite ! Et sa seule, son unique et formidable trésor était sa maisonnette qu'elle tenait dans une propreté méticuleuse malgré le grand nombre de ses activités. Il faut dire que le mazet se suffisait d'une pièce, le jour cuisine et la nuit chambre, chichement meublée d'un lit, d'une table et de quatre chaises de paille.

– Guérin, il faut que tu m'aides ! Le moment est venu !

– Déjà ? demanda-t-il sottement et un peu affolé.

– Tu ne sembles pas pressé de voir ton fils.

– Je ne suis surtout pas habitué à te voir couchée, Lalie. Tu as l'air de souffrir...

– Un mal joli, Guérin. On pleure et puis on rit.

La grossesse de Lalie les avait surpris tous les deux. Au terme d'une dizaine d'années d'un mariage heureux, ils ne s'y attendaient plus et voilà qu'un enfant s'annonçait.

– Je ne suis plus très jeune, fit remarquer Guérin.

– Ne fais pas ton modeste, Guérin. Tu en remontrerais aux gamins pour courir dans les bois.

Guérin assista Lalie pendant ses couches, c'est dans ses mains que Lucie poussa son premier cri.

– J'espérais bien, pourtant, te donner un garçon...

– Une fille toute mignonne et bien constituée, je ne vais pas me plaindre. Veux-tu qu'on l'appelle Lucie, elle qui nous arrive aux premières lueurs de l'aube ?

Le destin, cette puissance mystérieuse qui fixe le cours des événements de façon arbitraire, leur accorda huit années de bonheur à trois avant que Lalie ne tire sa révérence. La mort avait frappé au mazet de Boujac, une mort aussi injuste qu'imprévisible tant Lalie semblait bâtie à chaux et à sable. Un gros froid, traité par le mépris, l'emporta en moins d'un mois, imposant à un père et à sa fille une nouvelle donne : vivre sans Lalie.

La petite Lucie grandit dans un climat qui en aurait déstabilisé plus d'un. Pas elle ! Tout le jour, elle suivait son père dans ses repérages et lui, conscient qu'il avait un savoir à transmettre, expliquait à l'enfant toutes les astuces de son activité en prenant des mines de conspirateur.

– Tu vois le cercle sans végétation autour de ce chêne, Lucie ? C'est ce qu'on appelle un « brûlé » et, à coup sûr, une belle rabasse se prépare là-dessous.

– Y a-t-il un « brûlé » autour de tous les arbres ?

– Eh non, nigaude ! Au pied de certains chênes verts et parfois de coudriers. Il faut les repérer, ceux-là, chaque année ils nous réservent des surprises. Et des bonnes ! Mais chut ! Il ne faut en parler à personne, hein, petite ?

À quoi bon cette recommandation ? La petite Lucie avait compris, toute seule, qu'il fallait garder le silence sur ces mystérieux « brûlés ». Et sur tout ce qui entourait le gagne-pain un peu particulier de son père.

Elle apprit à poser des collets pour prendre le gibier à poil, à installer de sensibles *lecas*[1] pour piéger les oiseaux. Il arrivait, certains jours, que Guérin poussât l'éducation de sa fille jusqu'à l'emmener commercer avec ses clients attitrés.

– Il ne faut pas s'en laisser conter, fifille, par ces beaux parleurs. On a beau vendre « sous le manteau », il faut se faire respecter et avancer son prix, ferme et définitif.

Quand elle ne mettait pas ses pas dans ceux de son père, la fillette s'attelait aux tâches ménagères et, comme elle l'avait vu faire par sa mère, tenait admirablement le petit mazet, cuisinait avec le même bonheur que Lalie, entretenait le jardinet et menait sa chèvre brouter tout en cueillant les offrandes de la montagne.

Après le départ de Lalie, Guérin dévala une mauvaise pente. La nuit, qui sonnait invariablement le départ de son père, apportait à Lucie son lot d'angoisses quand ce dernier, trop longtemps attablé devant une bouteille de clinton qu'il n'avait de cesse de vider, se levait enfin et partait d'une démarche chaloupée.

– Ne sortez pas ce soir, père ! Vous semblez si fatigué…

– Jean Guérin n'est jamais fatigué. S'il se couche, il est mort, articulait-il péniblement d'une voix pâteuse.

---

1. Occitan : pièges pour oiseaux formés d'une pierre plate.

Vint le soir où il ne put partir ; embrumé et vacillant, il ne tenait pas debout et se mit à tenir des propos insensés quand Lucie insista respectueusement pour qu'il s'allonge.

– Appuyez-vous sur moi père, pour aller jusqu'à votre lit.

– Il n'est point temps, petite, déclina-t-il d'une voix morne, Lalie n'est pas encore arrivée !

Ainsi il attendait Lalie qui lui apparaissait au comble de son ébriété. Son fantôme naissait des effluves du vin avant de s'évanouir quand le brouillard éthylique annihilait toute perception. Vint alors pour Lucie le temps d'assurer seule les récoltes nocturnes du braconnage familial pendant que Jean Guérin poursuivait son mirage et accélérait sa chute infernale dans l'alcoolisme anesthésiant, jusqu'à la délivrance finale qui fit de la jeune fille une orpheline de vingt ans.

« Lucie la fourmi », ainsi aurait pu baptiser l'héroïne d'une de ses fables un certain M. de La Fontaine. De maintien modeste, menant une vie sobre d'ambition et frugale de plaisirs, Lucie n'en voyait pas moins son bas de laine enfler au rythme de ses ventes illicites. Son coffre à linge allait de pair où s'entassait un trousseau à faire pâlir les bourgeoises alaisiennes.

Hélas pour elle, au sein du hameau de Boujac, elle était plutôt « Lucie la délaissée », tant il est vrai que la réputation du père déteignait sur la fille, et comment pouvait-il en être autrement ? Lucie calquait sa vie sur celle de Guérin !

On la plaignit, enfant, quand elle perdit sa mère ; on soupira pour elle quand il fut notoire que son père s'adonnait à la boisson ; on l'ignora quand elle fut en âge d'être établie.

– Plût à Dieu que cette rustaude n'embobeline pas mon gamin ! entendait-on dans les chaumières.

C'était réduire à peu les attraits de Lucie. Certes, elle n'était pas ce qu'on appelle une beauté, encore qu'elle fût agréable à regarder, qui plus est à écouter. Bien que brève et un peu saccadée, sa voix était chaude et partait souvent, dans le feu d'une conversation animée, en modulations cristallines qui captivaient son auditoire.

Son public ? Jusqu'ici, les enfants du hameau qui faisaient cercle autour d'elle et de sa chèvre. Elle leur parlait sans façon, mais avec une poésie passionnée, de la faune et de la flore des bois de Maintérargue.

– Le parfum du thym, mes enfants, est celui qui enchante le plus mes narines, il est puissant et doux, sauvage et familier comme un chaton qui se frotte à vos jambes.

Plus que les autres saisons, le printemps la rendait enthousiaste :

– Avez-vous aperçu les premiers genêts en fleur ? Et humé le parfum entêtant des violettes sauvages ?

Malicieuse, elle aimait voir leurs yeux s'élargir, leur bouche s'arrondir de curiosité, quand ce n'était pas les faire frissonner.

– Savez-vous que l'autre jour, en déplaçant une pierre plate...

– Une de vos lecas ?

– Chut ! Veux-tu bien te taire ! Je déplaçais donc une pierre, par inadvertance, et savez-vous ce qu'elle dissimulait ?

– Non !

– Tssssssssss... une vipère... tssssss, mimait-elle. La pauvre bête se tortillait, surprise et agacée, elle commençait à se dérouler...

– Vous n'avez pas eu peur ?

– Et pourquoi donc ? La pauvre bête ne demandait rien, c'est moi, la sotte, qui l'avait dérangée dans son *penequet*[1].

– Et alors ?

– Je lui ai délicatement remis sa couverture...

– Sa couverture ?

– Sa pierre, si tu veux !

---

1. Occitan : petit somme.

* *
*

En peu de temps, Tiennot devint l'auditoire, certes restreint, mais irrémédiablement conquis, de la charmante rabassière, passagère impromptue d'un retour de foire.

Depuis ce jour, de rencontre faussement inopinée en rendez-vous orchestré, les deux jeunes gens tissaient des liens qui allaient bien au-delà d'une pure amitié, bien au-delà d'une simple amourette. Il s'agissait véritablement de quelque chose de plus profond et Tiennot n'entendait pas s'éterniser dans une cour frustrante et inutile, pas plus que Lucie n'avait l'intention de coiffer Sainte-Catherine à l'automne prochain.

– Te marier, mon garçon ? Voilà qui me surprend... je ne te savais pas agréé chez un de nos voisins.

– Les élans de cœur, père, ne se limitent pas au voisinage.

– Mais enfin, Tiennot, pourquoi tant de hâte ? Tu viens seulement d'avoir vingt et un ans.

– Mlle Guérin et moi sommes sûrs de nos sentiments et voulons convoler au plus tôt. C'est bien légitime après tout.

Maria aussi s'était émue de cet emballement si peu conforme au caractère placide du jeune homme.

– Cette demoiselle Guérin dont tu nous rebats les oreilles, a-t-elle au moins le consentement de ses parents ?

– Ils ne sont plus de ce monde, mère, et depuis de nombreuses années. Lucie va avoir vingt-cinq ans et...

– Vingt-cinq ans ? Tu entends, Étienne ? Notre fils est fou, fou à lier ! Tu n'es qu'un gamin à ses yeux et il n'y a pas loin où elle te fera tourner en bourrique.

Indomptable Maria ! Elle avait décidément beaucoup de peine à ouvrir son cœur aux charmantes brus que ses fils lui amenaient ! Son cœur et sa maison : le mas de la Tour de Billot devenait, au fil des ans et des mariages, de plus en plus exigu. Car mariage il y eut, Tiennot ne lâchait pas le morceau et, fort de l'exemple donné par Jean-Baptiste marié lui aussi l'été de ses vingt et un ans, il faisait le siège de ses parents qui consentirent enfin à rencontrer la future, puis, devant la ferme volonté des deux jeunes gens, à les marier.

La modestie de la demoiselle rassura Maria, la moindre morgue l'eût irritée. Ses prétentions l'outrèrent littéralement.

– Voulez-vous que nous fixions la date. En juin ? En juillet ? demanda-t-elle à Lucie.

– Juillet me paraît bien, le temps que le notaire établisse notre contrat de mariage, répondit Lucie sans aucune fatuité.

Restée seule avec son époux, Maria laissa éclater son mépris pour cette prétentieuse qui exigeait placer son mariage sous un régime dotal, elle qui allait porter le nom d'une honorable famille.

– Elle apporte peut-être une dot ? suggéra Étienne pour apaiser son courroux.

– Elle ? Une dot ? Des peaux de lapin, sans doute, suffoqua Maria, rouge de colère. Une rabassière, fille d'un braconnier et d'une... une...

L'horrible mot de bâtarde mourut sur ses lèvres ; elle réalisa, en l'instant, combien elle était mal placée pour employer ce terme, et ce d'autant plus qu'il n'en était rien dans le cas de Lalie, une enfant abandonnée, tout au plus.

En guise de peaux de lapin, Lucie cloua sa future belle-mère sur son siège quand elle annonça, gravement et sans forfanterie, chez le notaire :

– J'apporte, outre le mazet et son petit jardin, une somme de sept cents francs qui représente, à ce jour, mes économies et que je ne souhaite pas, au contraire de mon trousseau, faire entrer dans la communauté de biens.

Il fallut donc ajouter un trousseau brodé à ses initiales qui comprenait six paires de draps et douze taies d'oreiller, une courtepointe, un édredon, douze chemises de jour, autant de nuit et douze jupons, six bonnets de tarlatane et six mouchoirs de cou. La liste faisait tordre le nez à Maria. Devant la mine piteuse de sa future belle-mère, Lucie se plut à expliquer, comme une excuse :

– Ma mère m'a appris à broder dès que j'ai su tenir une aiguille, elle me disait toujours qu'il était nécessaire d'avoir un bon trousseau, non pour faire des envieux mais pour différencier les bêtes des gens. Elle avait trop souffert de dormir sur la paille.

Et d'ajouter, émue, pour ne pas oublier son géniteur :

– L'argent, c'est mon père qui m'a montré comment le gagner et je n'en ai pas honte.

Devant cette avalanche de biens, quoique relative à l'égard des terres et du mas qui composaient leur domaine mais qu'ils n'avaient pas imaginée, les époux Teissier restaient cois et eurent un long moment d'hésitation quand maître Gontier, se tournant vers eux, leur demanda :

– Madame, monsieur, qu'avez-vous prévu pour l'établissement de votre fils ?

Maria fut la première à reprendre pied. Elle se redressa, imposante, presque majestueuse, et enjoignit le notaire de prendre, sous sa dictée, les dispositions.

– Veuillez noter, maître, que Marie-Antoinette Palade, épouse Teissier, et avec l'autorisation dudit mari, donne à titre d'avancement d'hoirie audit Étienne-Jean, leur fils, une parcelle de terrain issue de ses biens propres, laquelle parcelle est déclarée d'un revenu annuel de quinze francs et dont le bénéficiaire pourra disposer dès ce jour.

Suivaient la situation, la surface du terrain, le lieu et la date de l'enregistrement de cet acte, à savoir le 22 juillet 1847, chez maître Frédéric Gontier, notaire à Alais.

Sur son petit nuage, Tiennot planait tandis que, plus réaliste, Lucie trouvait sa belle-famille plus arrogante que généreuse.

« Quinze francs de revenus par an ! Je ne suis pas à la veille d'abandonner mes collets, encore moins mes truffes ! »

Elle sourit, cependant, à Maria et Étienne qui lui souhaitaient la bienvenue au sein de leur famille et, avec confiance, elle mit sa main dans celle de Tiennot, une main ferme et déterminée.

Un beau mariage, en vérité, qui réunissait dans la cour du mas de Bagard oncles, tantes et toute une ribambelle de cousins et cousines, dans une ambiance de fête familiale dont tous étaient de fervents adeptes.

Lucie avait quatre ans de plus que son époux et quarante bons centimètres de moins, mais dans le rayonnement de ce mois de juillet 1847 leur cœur battait à l'unisson ; Tiennot étrennait le premier costume de sa vie dans lequel il suffoquait de chaleur, Lucie avait agrémenté son bonnet de tarlatane d'un ruban rouge passé dans un entre-deux de dentelle. Une large ceinture partait de sa taille qu'elle rendait fine et emprisonnait son buste jusque sous sa poitrine qu'elle mettait en valeur et qui palpitait d'émotion.

Bien que cette mode datât et que la tendance fût à plus d'ampleur et profusion de volants, on la félicita, avec sincérité, pour sa toilette.

Maria et Rosette s'étaient activées devant le four et la cheminée pour offrir aux convives un superbe pâté de lapin qui dégageait tous les effluves de la garrigue.

« Encore une bonne prise de Lucie ! » pensèrent certains invités, bien au fait de ses activités.

Suivait un ragoût de mouton entouré de pommes de terre qui avait si longtemps mitonné que les deux ingrédients se fondaient l'un dans l'autre. Un florilège de pélardons, du crémeux au bleu-gris, assouplis dans leur houppelande d'huile d'olive avait égayé la table tels de petits soleils blancs et jaunes qui attiraient irrésistiblement la pointe du couteau.

Rosette avait eu son petit effet personnel en servant, au dessert, des jattes de crème qui enchantèrent les papilles. La petite Henriette, rouge de confusion, eut le mot qu'il fallait, malgré sa timidité :

– Et si on l'appelait la crème Rosette ?

La jeune femme eut droit aux applaudissements de toute la tablée et à un sourire de sa belle-mère, indulgente : ne portait-elle pas la promesse de leur premier enfant ?

Étienne Teissier mariait l'aîné de ses enfants, et ce moment important dans la vie de sa famille lui rappelait son propre mariage ; les souvenirs l'assaillaient, beaux et si douloureux.

Sans avoir conscience qu'il faisait, à mi-parcours, un bilan de sa vie, il se remémorait, à travers un brouillard qui en estompait les larmes et la souffrance, la nuit terrible qui avait été celle de ses noces ; il revoyait, par contre, avec une netteté éclatante, la reddition de Maria, tout son être ouvert enfin à son amour, son cœur prêt à battre enfin pour l'homme qui partageait sa vie et son secret, son corps offert à leur désir commun que les ans n'avaient pas émoussé.

Ses yeux s'étaient fermés pour capter à jamais cette évocation, il les rouvrit et rencontra les prunelles noires, pour lui et lui seul si douces, si expressives de Maria et qui semblaient lui dire :

« Tout va bien, mon Étienne ! »

III

La pébrine

– Lucie ! Lucie ? Mais où êtes-vous donc ?

Maria avait son visage des mauvais jours. Il s'encadrait dans un des fenestrons de la magnanerie et trahissait le mélange d'angoisse et de courroux qui habitait la fermière.

Lucie parut enfin dans la cour de la ferme, portant à chaque main un seau copieusement rempli.

– Vous me cherchez, mère ? Je préparais la nourriture des cochons et vais de ce pas la leur porter.

– Par hasard, vous n'avez pas oublié de donner la feuille aux magnans hier au soir ?

– Dieu m'en garde ! Souvenez-vous, mère, vous m'avez demandé si j'avais allumé les *tofas*[1]. Que se passe-t-il ?

– Eh bien, montez donc voir par vous-même ! répliqua Maria d'un ton acerbe.

Posant ses seaux au milieu de la cour, Lucie monta l'escalier quatre à quatre et s'absorba dans l'inspection d'une claie que sa belle-mère lui désignait d'un doigt accusateur.

Sa bouche s'arrondit d'étonnement :

---

1. Petits foyers à bois, en fonte, qu'on disposait en cas de besoin dans les magnaneries pour y maintenir une température constante.

– Les vers seraient-ils malades ? Ils ne mangent pas, ne bougent guère…

– Je ne vous le fais pas dire ! Tenez, regardez ces taches grises dont leur peau est toute parsemée. Mon Dieu, pourvu que ce ne soit pas une catastrophe ! Aidez-moi à nettoyer leur *jasse*[1] afin qu'ils ne contaminent pas leur voisinage.

Tout en s'affairant à assainir ce coin visiblement souillé par des magnans malades, Maria ne désarmait pas et il fallait la sainte patience de Lucie pour qu'elle ne se fît pas rabrouer.

– La feuille était-elle bien sèche quand vous la leur avez donnée ?

– Je fais toujours attention à ce qu'elle ne soit ni trop fraîche ni échauffée.

– Et les fenêtres ? Les avez-vous soigneusement fermées ?

– Toutes, je vous l'assure, comme vous me l'avez recommandé, mère. De plus, Jeandré m'a aidée, il peut vous le confirmer.

Maria haussa les épaules. Cette petite avait réponse à tout, c'en était agaçant.

* *
*

Depuis le mois de janvier, Lucie se retrouvait seule pour supporter le caractère chagrin de sa belle-mère, souffrir ses remarques dénuées de bienveillance, satisfaire ses exigences toujours plus nombreuses.

Cela lui était plus aisé quand elle partageait humiliations et critiques avec sa belle-sœur ; à deux on supporte plus vaillamment, mais Rosette était partie et Lucie regrettait l'absence de la jeune et souriante épouse de Jean-Baptiste.

---

1. *Litière.*

Il avait fallu se rendre à l'évidence : depuis le mariage de Tiennot, la partie habitable du mas craquait tout en étouffant les trois ménages qui y vivaient.

Étienne, Maria et la petite Henriette occupaient toujours la salle commune du rez-de-chaussée tandis que Jean-Baptiste, Rosette et leur bébé nouveau-né s'étaient installés dans la chambre au-dessus, celle qui avait été dévolue aux garçons. Ces trois derniers avaient trimbalé leur paillasse dans la partie basse de la magnanerie, lieu qu'ils quittaient lors de l'éducation des vers à soie, trouvant alors refuge dans le pailler, un pis-aller, mais à la bonne saison seulement.

Les couchages n'étaient pas les seuls soucis, les repas apportant chaque jour leur lot de contraintes, ce n'était pas rien que d'accueillir à la table familiale neuf personnes, au point que Maria se résolut à prendre des mesures.

– Désormais, nous ferons deux services, les hommes mangeront les premiers. Quand ils seront repartis aux champs, ce sera notre tour.

En tout et pour tout, Maria tranchait, laissait peu de place à l'initiative de ses brus qu'elle commandait, sans état d'âme.

Il n'était pas qu'en la maison où il aurait fallu pousser les murs pour respirer à l'aise. Les terres à travailler auraient mérité une belle extension. Tant de bras adultes, tant d'hommes jeunes, vaillants, robustes et peu, trop peu de champs à ensemencer, de vignes à vendanger. C'était là le souci permanent d'Étienne.

– Il nous faudrait d'autres terres, nos garçons tombent plus de travail que je n'en ai à leur fournir, s'épanchait-il à son épouse.

– Le bail fermier de la ferme et des terres que m'a léguées mon père vient à échéance à la nouvelle année. Nous n'avons qu'à le garder pour...

– À Saint-Christol ? Dans la Basse Prairie ? Ce n'est pas ainsi que je vois s'agrandir un domaine, il faut grouper ses terres, on y trouve son compte.

C'est pourtant de ce bien initial de la famille Palade que vint un début de solution et une bouffée d'oxygène.

Jean-Baptiste songeait souvent à la proposition qu'il avait faite, en revenant d'Alais, à sa sœur de lait. « Me suivrais-tu à Alais, Rosette ? Je te ferai une belle vie, là-bas. » Une réflexion en appelant une autre, il se demandait s'il avait tenu sa promesse. Malgré les attentions, les gestes protecteurs et l'amour toujours aussi vif et vrai qu'il lui témoignait, Rosette avait souvent le regard voilé de larmes et sa spontanéité naturelle s'émoussait, à l'évidence, au contact d'une Maria possessive envers « ses hommes », directive envers les femmes de sa maisonnée. Elle allait même trop loin ! N'avait-elle pas reproché récemment à la jeune mère de passer trop de temps à cajoler son petit nourrisson ?

– Un bébé se suffit à être propre et bien nourri, tout le reste est superflu, pernicieux même pour son avenir.

– Aubin s'apaise dès que je lui chantonne doucement, s'était défendu Rosette, piquée au vif.

– C'est caprice de sa part et fantaisie de la vôtre !

Il était temps que Jean-Baptiste agisse selon son cœur et selon ses promesses.

– Père, maman, puis-je vous faire une proposition ? Surtout, n'y voyez pas malice ni ingratitude de ma part ! Le fermier du mas Palade ne renouvelle pas son bail, disiez-vous ? Acceptez de me confier ce domaine.

Devant le mutisme de Maria et d'Étienne, Jean-Baptiste se prit à douter.

– Vous me jugez incapable, père ? Pourtant, vous m'avez vu au travail, je n'y rechigne pas et je suivrai toujours vos conseils, j'ai tant appris avec vous et encore tant à apprendre !

– Je n'ai jamais eu à me plaindre de toi ni de ton travail, Jean-Baptiste, concéda son beau-père. Et j'avoue avoir pensé à cette solution, mais ta mère a d'autres projets pour toi et…

– Et surtout, je ne veux pas te quitter, Jean-Baptiste ! C'est vrai qu'il est normal que le mas Palade te revienne à ma mort, j'y veillerai, mais d'ici là… je te veux… ici.

– Quatre malheureux kilomètres, ce n'est pas une séparation, maman ! Je vous en prie, ne répondez pas tout de suite et réfléchissez aux avantages que nous en tirerions tous. J'ai de l'argent, celui de mon grand-père, pour acheter des outils, des meubles, m'agrandir en terres…

L'enthousiasme éclatait sur le visage de Jean-Baptiste que Maria refusait de voir, mais qui n'échappait pas à Étienne. Dès lors, il s'ingénia à faire céder Maria, ce à quoi elle se résolut, à la fois résignée et fière d'installer son fils dans le domaine de sa famille paternelle… et d'empiéter sur les prérogatives de Rosette.

– Vous mettrez votre lit ici, ma bru, et le berceau de votre enfant dans ce coin, loin des courants d'air.

Pour une fois, le sourire de Rosette se teintait de malice, on aurait pu y lire :

« Passez la porte, madame, et je ferai à mon gré. »

Il échappa à Maria qui s'abandonnait, en ces lieux, à la nostalgique rêverie. Pour la première fois, elle évoquait son père sans haine, presque avec indulgence :

– Mon père parlait souvent de la maison de son enfance, de cette mère à la douceur éthérée qui avait éclairé sa vie et contrebalançait l'autoritarisme de son père… Mais que faites-vous là, ma fille, à m'écouter les bras ballants ? Vous avez un repas à préparer pour votre époux qui travaille dur ; ne lui plaignez pas le lard dans sa soupe, il a un bel appétit, mon grand gaillard !

Incorrigible Maria que ne renieraient pas ses ancêtres !

Jean-Baptiste et Rosette la regardaient s'éloigner avec son époux. Ils faisaient de grands gestes en signe d'au revoir et s'étonnaient encore du tournant fabuleux que prenait leur vie.

Le nouveau fermier du mas Palade se disait qu'il est des moments dans la vie où tout semble se réaliser sans peine, avec aisance, dans une sorte d'harmonie préétablie comme si le destin vous poussait aux épaules.

– Rosette, ma chérie, c'est quoi, pour toi, une belle vie ? demanda-t-il en posant un baiser dans son cou blanc.

– C'est la nôtre, Jean-Baptiste, et je n'en voudrais changer pour rien au monde !

* *
*

Or donc, depuis déjà trois semaines que la saison des vers à soie avait commencé, les femmes et les forces juvéniles de la maison étaient réquisitionnées. Pas question de manquer une « éducation » pour laquelle chaque année Maria était, fidèlement, au rendez-vous.

« Dieu nous garde d'une épidémie. » Son entourage aurait parié qu'elle glissait cette requête dans sa prière quotidienne. Et pourtant...

Le lendemain de la découverte inquiétante de Maria, le même scénario se déroula sous les yeux des deux femmes sidérées. Dans une autre claie, les magnans, indifférents à se nourrir, ignoraient la feuille qui, en quelques heures, leur tenait lieu de linceul.

Nouveau nettoyage, nouvelles questions :

– Aviez-vous les mains propres pour tripoter la feuille ?

– Voyez vous-même ! répondait la jeune femme en tendant ses mains avec irritation.

D'un jour à l'autre, les questions variaient, le soupçon, lui, était toujours là.

– N'êtes-vous pas enrhumée, ma bru ? Auquel cas, il vous faut mettre un foulard devant votre nez et devant votre bouche, les vers sont si fragiles. Et si vous êtes fiévreuse...

Lucie n'était pas fiévreuse, elle était furieuse ! Les sempiternels soupçons de sa belle-mère la mettaient hors d'elle, son impuissance à répliquer sans déclencher un esclandre lui faisait regretter sa vie paisible en son mazet de Boujac où, tout comme Jean-Baptiste et Rosette en leur mas, elle aurait voulu se réfugier avec son Tiennot.

Pourtant, de nature paisible et peu encline aux jérémiades, elle taisait son mal-être à son époux et s'armait de patience pour résister à une situation qui en aurait usé plus d'une. Alors, portée par son courage, elle relevait la tête, plantait son regard dans celui de Maria et lui déclarait sans acrimonie :

– Je vous ferais remarquer, mère, que je ne suis pas la seule à m'occuper des magnans. Il vous faut poursuivre vers d'autres votre enquête.

D'un mas à l'autre, les nouvelles allaient vite, surtout les mauvaises et la propagation de la pébrine s'avéra générale. Devant la catastrophe qui s'annonçait, chacun y allait de son commentaire.

– Parole ! On aurait dit qu'ils montraient les griffes ! *Té*, comme de vrais matous.

Toutes les raisons ou les causes invoquées étaient loin de la véritable et plus loin encore de la solution qui aurait permis de sauver les élevages. Ce fut comme un coup de foudre et l'on déplora combien avait été éphémère la prospérité due à l'essor des magnaneries et des filatures cévenoles. La pébrine allait-elle, pour autant, anéantir la sériciculture française ?

Devant cette maladie avérée et dont on ne connaissait pas l'origine, force fut à Maria de faire profil bas. Peut-être regretta-t-elle sincèrement ses soupçons formulés ? Mais trop fière pour s'excuser, elle s'en tira avec une pirouette quand Lucie lui servit, comme sur un plateau :

– J'attends un heureux événement, mère. J'espère que ce sera un fils… pour vous plaire, ainsi qu'à mon beau-père.

– Quand je vous disais, ma chère, que vous aviez l'air fiévreuse. Ces choses-là, moi, je les sens. Bien sûr que vous aurez un fils, le « masque » sur votre visage, ça ne trompe pas !

En plus de la découverte qu'elle fit d'une vie conjugale heureuse – quand elle se retrouvait seule avec son époux –, Lucie savourait le plaisir d'être, pour une fois, le centre des attentions de toute la famille, une situation nouvelle qui avait quelque attrait. Perdurerait-elle après la naissance de l'enfant ?

Elle ne se posait pas de pareilles questions et préparait activement une layette de petit prince. À la vue de tous ces petits ouvrages délicatement brodés, joliment tricotés que la future maman empilait dans une corbeille à linge, Maria levait les yeux au ciel et réprimait difficilement les réflexions désagréables qui lui brûlaient la langue. Tout au plus avança-t-elle une innocente question :

– Attendriez-vous des jumeaux, ma bru ? Vous savez que c'est chose courante dans cette famille. Mon beau-père, des cousines de mon époux, les enfants de sa sœur Jeanne, moi-même… J'en oublie peut-être.

– Me trouvez-vous si grosse à porter des bessons ?

– Pas du tout ! Je vous trouverais même trop menue et tellement frugale. Il faut manger pour deux. C'est tout ce linge de bébé qui me faisait penser à cette éventualité.

– Une simple précaution, mère. Mon enfant va naître en hiver, il faut du rechange pour les jours où l'on ne peut sécher les petites mais nombreuses lessives.

Il naquit en hiver, en effet, encore que le printemps ne fût qu'à une semaine, mais les giboulées qui tourbillonnaient dans la cour du mas, les gros nuages qui crevaient en rafales glacées mettaient en garde celui qui se serait, en hâte, réjoui.

Dans la chambre du premier étage, Maria et la sage-femme s'affairaient autour du lit où Lucie endurait les affres des contractions. Les douleurs qui l'avaient prise dans la nuit, espacées et supportables, montaient maintenant en intensité et lui arrachaient de petits cris que réprouvait Maria.

Elle n'avait pas souvenance d'avoir offert un spectacle de femme crucifiée comme s'y complaisait sa bru.

– Ces jeunes femmes ne supportent plus rien. De mon temps…

– Plus bas, madame Teissier, recommanda l'accoucheuse, il n'est pas bon de contrarier une parturiente.

– Je ne contrarie personne et dis simplement que c'est pitié d'ameuter toute la maisonnée pour accoucher d'une *ratapanada*[1], continuait à maugréer Maria.

– Il ne faut pas dire ça ! La jeune Mme Teissier est certes menue pour une femme à son terme, ce n'est pas pour autant que son droulet sera chétif, répliqua la sage-femme avec force.

Au cours de son « sacerdoce », elle en avait entendu des balivernes de toutes sortes, celles de Maria l'irritaient au plus haut point.

– De plus, elle a le bassin étroit… Pour peu que l'enfant soit mal positionné…

– Eh bien, tournez-le et qu'on n'entende plus ces cris !

– Voulez-vous m'apprendre mon travail ? J'en ai alors autant pour vous : ne pensez-vous pas qu'il serait temps que vous alliez mettre votre soupe à cuire ? Ou que vous m'apportiez un bon café ?

Maria quitta la chambre en reine outragée.

Il fallut attendre la tombée de la nuit pour qu'un ultime effort de Lucie fût couronné de succès.

– Vous avez un garçon, petite madame !

1. Occitan : chauve-souris.

– Mon petit François, murmura Lucie en caressant le petit crâne à peine duveteux.

La dernière à venir féliciter Lucie et s'enquérir de son état de fatigue fut Maria qui se fendit d'un sourire et, d'une voix radoucie, assura à Lucie qu'elle avait bien travaillé. À porter à son actif, sa nuit à veiller Lucie et son petit François !

François, tel fut le prénom que Lucie et Tiennot avaient choisi pour leur fils, rompant ainsi avec la tradition et suscitant accessoirement la réprobation sans appel de Maria.

– Pas l'ombre d'un François dans la famille de mon mari ni dans la mienne. Un grand-père, de votre côté ?

– Pas à ma souvenance, répondit distraitement la jeune femme, tout à son bébé.

– Un excès de zèle, alors ? Je ne vous savais pas si patriotique !

De l'acrimonie de sa belle-mère, Lucie n'en avait cure, se morfondant d'inquiétude à tout propos pour l'enfant ; quand il tétait peu ou qu'il peinait à prendre son sommeil, tout comme quand le prenaient des petites coliques ou s'il arrivait qu'il régurgitât son lait. Lucie n'était pas la seule à fondre d'amour et frémir d'anxiété aux petits tracas du bébé, Tiennot prenait sa part, et si tendres étaient les gestes et les regards dont le couple abreuvait leur petit bout d'homme que Maria, désarmée et pour une fois silencieuse, détournait son regard de ce tableau charmant dont elle s'était privée.

* *
*

Enclave gardoise en terre héraultaise, bastion catholique en Cévennes huguenotes, le village pittoresque de Saint-Martial ne se dévoilait à la vue qu'au dernier lacet de la route qui, péniblement, y montait. Accroché à son piton rocheux, le gros bourg surgi de nulle part se serrait frileusement autour de son église pour en obtenir protection… à moins qu'il ne voulût, lui-même, la protéger ?

Parti tôt ce matin de Bagard, Louiset, le frère puîné de Tiennot, n'avait pas mené d'aise son mulet. À quelques encablures du but, *Testut*[1] le bien-nommé renâclait, écumait malgré les encouragements de Louiset.

– Allez, Testut, encore un effort. Tu ne vas pas faire ta mauvaise tête, dis ?

Ce n'était pas aussi sûr ! La bête, à son achat par Étienne, avait été baptisée Papillon, un nom qui semblait convenir à ce mulet fringant, véloce et musclé. Son caractère obstiné, ses sautes d'humeur manifestes et sa propension à n'en faire qu'à son idée lui avait valu cette mise à l'index sous forme d'une nomination qui affichait, sans détour, sa particularité.

Eh bien, on aurait dit que l'animal s'en faisait une fierté ! Il le montrait une fois de plus, ce matin, en faisant la sourde oreille aux injonctions de plus en plus virulentes de Louiset.

– Bourrique ! Tu veux tâter de la badine ?

Louiset faisait le geste, mais arrêtait son bras, il plaignait son Testut qui, jusque-là, avait mené un train d'enfer, tirant sa charrette, vide il est vrai, ignorant ornières et pierrailles et soulevant sur son passage un épais nuage de poussière.

Jusqu'à Ganges, la route était acceptable, mais à partir de là, suivant les gorges du Rieutord, une rivière tortueuse par excellence, elle devenait sinueuse, étroite et mal entretenue.

Louiset avait dû, parfois, modérer sa bête :

– Du calme, Testut, tout doux, ma bête !

Quand il l'eut décidé, le mulet donna un coup de collier et attaqua la montée au village, assurant son pas sur les pavés des rues en calade.

---

1. Occitan : têtu.

Un village sur un rocher ! Vision pittoresque des Cévennes sauvages ! Et tout autour, des faïsses de bonne terre où poussait, en rangs serrés, le fameux oignon doux des Cévennes. C'est pour lui que Louiset était là.

Six mois plus tôt, septembre et son équinoxe d'automne, propice aux redoutées gardonades[1], avait donné de sérieux soucis aux communes proches du Gardon en général et à la plaine maraîchère alaisienne en particulier.

La crue, dévastatrice comme jamais de mémoire d'homme, avait sapé en partie les quais de défense de la ville d'Alais, entre le pont de Rochebelle et le pont Vieux, travaux assez récents puisqu'ils avaient été entrepris en 1833.

Dans les immeubles de la rue de la Meunière, de la rue de Barry et de la rue Balore, l'eau atteignit le premier étage alors que le quartier de la Prairie, ressource légumière et fruitière de la région, subissait d'énormes dégâts : plants et semis emportés, limon entraîné par les eaux furieuses, outils et carrioles roulés, brisés. La liste était longue du lamentable spectacle que laissait, après son passage apocalyptique, la rivière maintenant assagie.

Pour ajouter des revenus à son domaine qui en manquait cruellement, Étienne Teissier acceptait tous travaux, fussent-ils de transport de marchandises comme c'était le cas aujourd'hui. Une façon de pallier les déplorables éducations de vers à soie qui, depuis deux ans, battaient de l'aile.

Louiset donc, mandaté par les maraîchers d'Alais dépourvus de tout, avait mis son temps et son attelage à leur service et s'en était allé quérir tout un chargement de *cebats*[2], prêts à être repiqués dans les terrains remodelés de la Prairie.

Un peu perdu dans ce village où il venait pour la première fois, il arrêta son mulet sur la place de l'église.

– La maison Boisson, s'il vous plaît ?

1. *Crues intempestives du Gardon.*
2. *Occitan : plants d'oignon.*

– À gauche dans la rue du Four-à-Pain, répondit l'homme interpellé en désignant une venelle encore plus étroite et pentue que les autres, adjacentes.

Louiset s'y engagea à pied, ses sabots vignerons claquaient sur le rocher schisteux sur lequel on avait creusé cette voie obscure que bordaient des maisons d'apparence semblables et pourtant si différentes. Les unes s'encombraient d'escaliers disparates, d'autres se fermaient sur des cours intérieures humides et moussues, d'autres, au contraire, exposaient leur terrasse au soleil généreux tandis que certaines s'ornaient de porches arrondis. Chacune avait son charme, toutes étaient recouvertes de lauzes aux bords tranchants.

Une forte odeur d'oignon émanait d'une courette entourée d'un muret et inaccessible de la rue. Une femme et trois jouvencelles y ébarbaient de jeunes bulbes, les liaient et les rangeaient, tête bêche, dans des cagettes d'éclisses.

Louiset sut qu'il était arrivé, il demanda pour la forme :

– Je suis bien chez César Boisson ?

Quatre têtes se tournèrent vers lui, surprises dans leur travail absorbant.

– Oui, monsieur.

– Je suis le fils Teissier et je viens chercher la commande pour les maraîchers d'Alais.

– Elle est prête, monsieur. Faites le tour de la maison, on va vous ouvrir.

Suivant la courbe de la rue, Louiset se trouva face à quatre marches qui le menèrent à un perron obscur ; la porte s'ouvrit sur une jeune fille à laquelle Louiset aurait été bien habile de concéder une quelconque beauté tant la pénombre était dense et la demoiselle curieusement accoutrée.

Deux ou trois jupons de droguet brunâtre se superposant ne parvenaient pas à lui épaissir la taille qu'elle avait déliée ; un corsage, dont le col fermé sous le menton lui imposait un port de tête roide, avait de si longues manches qu'il ne laissait dépasser que des doigts fins et vierges de toute bague ou anneau, tandis qu'un fichu noir, posé bas sur le front, allait se nouer sur la nuque, à la façon d'une couventine.

– Entrez, monsieur, dit-elle en baisant les yeux. Vos cebats sont dans la remise.

La voix était douce, polie et sans minauderie. À l'évidence, la jeune fille avait envie de parler.

– Je n'ai pas vu votre charrette dans la rue...

– C'est qu'elle est un peu étroite, votre rue, et mon plateau un peu large. Je l'ai laissée devant l'église.

– Nous allons vous aider. Claudine ! Augustine !

Deux autres jeunes filles. Vêtues du même saint-frusquin ! L'impression d'avoir affaire à des nonnettes en leur couvent s'imposa de nouveau à Louiset. Qu'importait ? En un tournemain et deux ou trois va-et-vient, la charrette était pleine. Il amorçait une manœuvre pour engager Testut dans la descente quand il s'entendit hélé.

La première des jeunes filles, celle qui avait le bavardage facile, courait en l'appelant.

– Monsieur ! S'il vous plaît, monsieur !

Il s'arrêta ; elle arriva, essoufflée, à hauteur de l'attelage.

– Par mégarde, vous avez chargé mes paniers d'écorces. Ne les avez-vous pas trouvés un peu légers, en comparaison ?

Un coup d'œil à son chargement, ce n'était que trop vrai.

– Croyez bien que je n'y ai pas mis malice, demoiselle. Si je peux me permettre, que faites-vous de ces écorces ?

– Les chênes sont nombreux par chez nous et leur écorce pilée fournit un bon tanin aux tanneurs de Ganges. Je dois aller les livrer au plus tôt.

La bavarde ! Un visage de madone ingénue, une voix d'enfant sage et des yeux d'une étrange gravité. Louiset aurait volontiers prolongé l'entretien, mais Mme Boisson veillait sur sa fille.

– Césarine ! Dépêche-toi de rentrer !

Louiset avait une autre idée.

– Si je vous déposais à Ganges maintenant que vos écorces sont chargées ? C'est sur mon chemin et ça vous avancerait d'une bonne trotte.

La dénommée Césarine se tourna vers sa mère qui, le visage fermé, les avait rejoints. Son regard demandait une permission qui tardait à venir. Elle céda enfin, non sans recommandations.

– Ne prends par de retard sur le chemin du retour, afin de ne pas te faire prendre par la nuit. Et puis, tu dois être rentrée avant ton père. Et n'oublie pas d'encaisser la dernière livraison que ces mécréants laissent traîner à plaisir.

– C'est promis, maman.

Décidément, la charrette d'Étienne Teissier devenait, à son insu, le théâtre des amours naissantes de ses fils !

Louiset se plut à faire durer le trajet, bridant Testut qui y perdait son latin. Il raccompagna même Césarine, la rapprochant le plus possible de Saint-Martial.

– Si mon père nous voyait ! ne put retenir Césarine quand Louiset, en galant homme, lui prenant la taille à deux mains, l'aida à sauter de son « carrosse ».

Ce fut Louiset qui se « fit prendre par la nuit » et qui essuya les reproches paternels.

– C'est pas possible de traînasser comme tu l'as fait ! Tu n'as pas eu d'avarie en route ?

– Pas le moins du monde, père, seulement un service que j'ai rendu aux Boisson en livrant leurs écorces à Ganges.

Tout en bouchonnant le mulet, il tenait à Testut un tout autre discours :

– Tu connais la route, maintenant. Dimanche, après le culte, tu me conduiras à Saint-Martial. Du diable si je ne trouve pas une bonne excuse pour aller voir cette mignonne !

IV

L'impossible tolérance

DÈS LES BALBUTIEMENTS de la Réforme, les Teissier, humbles paysans sur les terres du marquis de Trémolet, lui-même entièrement acquis à ce mouvement religieux, avaient adhéré pleinement à l'Église protestante : jamais, au cours des générations suivantes, leur fidélité ne s'était démentie.

Elle avait été vécue avec des sensibilités différentes, intime ou éclatant au grand jour, tiède ou exubérante, mais toujours naturellement spontanée, profondément ancrée et sincère.

À Saint-Martial, une même foi, plus que millénaire, tout aussi profonde et loyale animait la très catholique famille de Césarine Boisson. Il ne pouvait en être autrement dans cet insigne village dont l'église s'honorait du rôle d'archiprêtré depuis que la Réforme n'avait trouvé nul écho en ce hameau.

Car cela avait été, en son temps, une véritable prouesse, une des valeurs fondamentales de ce village que d'avoir fait la sourde oreille aux prêches clandestins et aux prophéties, que d'avoir résolument tourné le dos à une évolution qui, lentement, gagnait la Cévenne, hameau après hameau, bourg après bourg, ville après ville.

Mais c'était ainsi, tout comme la gasconne Marmande, Saint-Martial avait traversé, sous la bannière catholique, les guerres de Religion et la révolte des Camisards, ce dont, deux siècles plus tard, ses habitants s'enorgueillissaient.

Outre Sa Sainteté le pape Pie IX qu'il vénérait aveuglément, une autre passion, tout aussi italienne mais assez contradictoire, dévorait le producteur d'oignons doux des Cévennes qu'était César Boisson : celle du culte des empereurs romains. Eux qui avaient tenté d'étouffer les ferments du christianisme ! Mystérieuse ambivalence de l'âme humaine !

Désolée de n'avoir pu donner un Néron ou un Caligula à son époux passionné de romanité, la soumise et pusillanime Mme Boisson avait accepté de bonne grâce les prénoms dont son époux désirait doter ses filles : Césarine, Claudine et Augustine. Rien de moins que ça !

Un doute l'avait titillée cependant :

« Sont-ils prénoms de saintes ? Celles citées dans la Bible et qui prient, en paradis, pour nous pauvres pécheurs ? »

Elle n'avait pas osé partager ses doutes avec son mari qui n'aurait peut-être pas daigné lui répondre… à moins qu'il ne fût hésitant sur sa réponse ; aussi s'en était-elle ouverte à l'archiprêtre qui l'avait rassurée, tout en ajoutant :

– Vouez vos filles à la Vierge Marie, elles ne pourront que mieux s'en porter.

Encouragée par cet homme de Dieu, Mme Boisson n'avait pas fait dans la demi-mesure, du moins en ce qui concernait sa fille aînée. Césarine, Noëlle, Pâquerette, Trinité Boisson n'avait fait qu'ouvrir la voie. Il est à parier que ses sœurs avaient été, elles aussi, bien pourvues en prénoms complémentaires.

À archiprêtré hors du commun, archiprêtre peu ordinaire ! Un personnage que celui de Saint-Martial, bombardé en Cévennes à son corps défendant !

Le père Lebanoilant était arrivé à Saint-Martial un soir de novembre, quelque vingt années plus tôt. Descendu de la diligence à Ganges, il avait parcouru à pied le long chemin qui le menait jusqu'à ses ouailles. Des heures durant, il avait suivi les méandres du Rieutord sans rencontrer âme qui vive, se prenant à douter qu'il existât une paroisse au terme d'un trajet qui semblait le conduire au bout du monde.

Pour se donner du courage, et il en fallait pour quitter son calme et reposant bocage normand pour cette région hostile, il battait sa coulpe à chacun de ses pas et ses lèvres, qu'il avait fines comme des lames de couteau, s'agitaient sur des patenôtres de lui seul intelligibles.

« Pitié, Seigneur, pour votre serviteur ! Que la lumière de mon Dieu soit le phare de ma vie en terre inconnue ! »

Il avait bien raison d'invoquer la lumière de Dieu ! À travers le rideau de pluie qui bouchait l'horizon et s'infiltrait sous sa cape de bure noire, il marchait à tâtons, butait sur les ornières, pataugeait dans les flaques jusqu'à ce que l'ébauche d'un clocher carré se dessinât enfin. Vint ensuite la masse altière de l'église trônant en haut du village embrumé. Il tomba à genoux au mépris de la boue qui souillait sa soutane, il se signa et s'abîma dans une fervente supplique qui était en fait une promesse… peut-être un défi.

« Vous me confiez, Seigneur, les humbles croyants de cette paroisse. Par la foi qui m'anime, et avec votre aide, j'en ferai un peuple fidèle, ardent, un peuple émérite tout dévoué à votre saint nom. »

Tel était l'état d'esprit de cet homme de Dieu en posant son bâton de pèlerin en cette farouche terre cévenole, si lointaine et si différente de la douceur normande.

Les Le Banoilant, ses ancêtres de petite noblesse, avaient, fort prudemment et non moins opportunément, soudé leur particule au reste de leur nom, dans la période troublée de la Révolution. La monarchie rétablie, ils avaient jugé prudent de garder profil bas, l'alerte avait été si chaude ! Un de leurs descendants, Jean de son prénom, avait reçu la prêtrise au sein de l'évêché de Sées dans l'Orne, au bout de longues années de préparation dans différents séminaires.

Ses premières armes dans le berceau de sa famille, jugées par trop zélées, voire sectaires, préludèrent à cet exil qui le confrontait chaque jour aux joies et aux doutes d'un ministère ingrat. À ce jour, le *satisfecit* des habitants de Saint-Martial était très mitigé. Certains étaient conquis, d'autres étaient déçus et le faisaient savoir.

– Le « Parisien » n'en finit pas de faire sonner ses cloches ! On dirait qu'il appelle les moutons qui paissent à l'Aigoual.

– Par Dieu, un saint homme, notre archiprêtre, qui ne laisserait pas une brebis s'égarer !

La famille Boisson faisait partie de ceux-là qui, agrippés à leur curé comme des berniques à leur rocher, gobaient chacune de ses paroles comme si elle sortait tout droit de l'Évangile. Chez eux, plus que les décisions, la vie même de la famille se devait d'avoir l'aval du prêtre.

Or, en ce jour, le père Lebanoilant martelait de ses poings serrés et nerveux la table familiale de la maison Boisson.

– Vous ne pouvez pas cautionner une pareille hérésie ! Votre petite Césarine, si priante et si pleine de Dieu, épouser un partisan de Parpaille ? Lui faire une ribambelle de parpaillots comme ces fécondes huguenotes ?

Dans son courroux, le père devenait vulgaire, ne se possédait plus et continuait de plus belle :

– Le déshonneur appelle le malheur dans une famille. Ne vous laissez pas abuser par une amourette indécente, une union insane que Dieu condamne.

Sa présence et ses conseils faisaient suite à la visite d'Étienne Teissier venu, au nom de son fils, demander la permission de faire sa cour à la jeune Césarine.

César Boisson et son épouse, qui ne demandaient qu'à être confortés dans le refus qu'ils opposaient à leur fille et à son odieux prétendant, opinaient à la débauche verbale de leur guide spirituel qui martelait ses mots :

– Jamais fille de Saint-Martial ne se perdra avec un adepte de la doctrine luthérienne ! Jamais, m'entendez-vous, ou je perdrai mon âme !

* *
*

Pas plus que Césarine, Louiset n'avait trouvé un écho favorable auprès de ses parents et point n'était besoin, à ces derniers, de s'adjoindre le concours du pasteur pour dire leur sentiment.

– Si cette demoiselle tient à toi comme tu le prétends et souhaite entrer dans notre famille, elle acceptera de renoncer à sa religion papiste et à se marier au temple.

– Mais enfin, père, c'est faire fi de ses convictions intimes que de…

– C'est bien le moins qu'elle peut faire ! coupa Maria.

Étienne argumenta :

– Ma mère n'avait fait aucune difficulté, quand une situation identique aurait pu être un obstacle à son mariage ; pour elle, son acceptation coulait de source, par amour pour mon père. Tu ne t'en souviens pas, mon garçon, mais je peux te dire que leur union était un exemple d'amour et de communion.

– Césarine, j'en suis sûr, aurait le même élan que grand-mère Isabeau ; ses parents, eux, ne sont pas prêts à céder.

– Qu'ils le sachent, alors : nous non plus !

La réplique de Maria, comme toujours, était catégorique et marquait la fin de la discussion. Bien malin celui qui rapprocherait ces deux familles entêtées ! L'intolérance, parfois, frise le ridicule et pourrait prêter à sourire si elle ne tendait à briser la fougue des deux tourtereaux. Après la visite désastreuse d'Étienne à Saint-Martial, un temps de calme sembla régner. Celui, en fait, qui précède la tempête.

Il y eut les supplications, vaines, puis vinrent les menaces. La véhémence de Louiset montait d'un cran :

– Si je ne peux épouser Césarine, je pars et vous ne me verrez plus.

– Ne sois pas stupide, Louiset. Où irais-tu ?

– J'irai m'enrôler dans l'armée ; la République et le prince-président auront bien un uniforme et un fusil pour moi ! Et une caserne où m'abriter. Autant mourir loin d'ici !

Menaces aussi à Saint-Martial, mais n'émanant pas de la pauvre Césarine, innocent otage d'une idéologie outrancière.

– Le couvent, mon brave ! Quelques années à côtoyer nos silencieuses carmélites et votre petite Césarine en reviendra soumise, conseillait le père Lebanoilant.

– Le carmel, mon père ? Nous ne sommes que d'humbles jardiniers de condition financière si modeste que...

– Mes bons amis, je me charge de tout. Dès demain, je prends contact avec les sœurs de Saint-Jean-de-la-Croix et conduirai moi-même votre petite rebelle en Avignon. Les sœurs la remettront dans le droit chemin... ou en feront une des leurs. Quel bonheur alors, qu'une fille nonnette !

Par un frais matin, alors qu'il allait dire sa première messe, le curé de Bagard découvrit une toute jeune fille, presque une enfant, transie, recroquevillée sur les marches de l'église, les pieds en sang et le cœur en lambeaux.

– Que fais-tu là, petite ? Où sont tes parents ?

– Pitié, mon père, je ne trouve pas mon chemin.

– Et où peux-tu bien aller à une heure aussi matinale ?

– Au mas de la Tour de Billot, chez la famille Teissier. Savez-vous m'indiquer la route à prendre ?

La détresse de l'inconnue l'émut. Tendant le bras en direction d'un ruisseau qui traversait le village, il lui indiqua le chemin.

– Il suffit de suivre ce ruisselet, il mène tout droit au mas de la Tour de Billot.

– Merci, dit humblement la jeune fille.

Puis, brusquement, elle se mit à genoux devant le prêtre :

– Donnez-moi votre bénédiction, mon père, et, si vous le pouvez, le pardon de Dieu car je vais beaucoup le peiner !

– Allons, fillette, relève-toi. Rien n'est grave ici-bas quand on reconnaît ses fautes.

– La mienne est... terrible. Votre absolution, je vous en supplie !

– Au nom de Dieu, je te bénis, je te pardonne et j'ajouterai, pour ta méditation, une parole de l'apôtre Jean que je t'engage à faire tienne. « Celui qui demeure dans l'amour, demeure en Dieu et Dieu en lui. »

L'arrivée de Césarine – c'était bien elle – tombait à point nommé pour apaiser les tensions entre Louiset et ses parents. Certes, il fallait faire face, et vite, à cette nouvelle situation, mais, en tout état de cause, la petite avait choisi son camp et ce n'était pas pour déplaire à Maria. Cette fille de papiste avait fait montre de courage, celui qui lui avait tant fait défaut en son temps.

Quelques semaines plus tard, une Césarine émouvante et craintive, tout en délicate beauté, sortait du temple de Boisset au bras d'un Louiset radieux.

La jeune mariée, bouleversée et bouleversante, avait écouté religieusement l'assistance réciter le Notre-Père, prière commune aux catholiques et aux protestants, avec une petite divergence.

« Les réformés sont-ils si familiers avec Dieu qu'il puissent le tutoyer ? » s'étonna-t-elle.

* *
*

Lucie se lève, réveillée par son instinct de mère. Son enfant a gémi, elle en jurerait. Elle se penche sur le petit lit dans lequel dort François. Dieu merci, ce n'était qu'un cauchemar ! L'air paisible de l'enfant profondément endormi la rassure ; sa respiration régulière et calme l'encourage à espérer.

« Seigneur, éloigne de moi cette coupe amère. Écoute ma prière, pour la vie de mon fils, prends la mienne ! »

Cela fait plusieurs nuits que Lucie invoque le Seigneur, depuis qu'une forte fièvre a terrassé son enfant de trois ans, plongeant tout son petit être dans un accablement et son entourage dans les tourments. Certaines nuits, il a été pris de convulsions violentes et de si longue durée qu'elle l'a cru perdu. Il en émergeait si faible qu'à plusieurs reprises elle faillit perdre tout espoir de le voir recouvrer la santé.

Tout avait commencé par des pleurs qui ne trompaient pas : François souffrait. Trop jeune pour exprimer son mal par des mots, il portait la main à son oreille pour montrer d'où venait la douleur. Lucie l'avait soulagé en instillant, deux fois par jour, trois gouttes d'huile d'olive tiédie. L'attentive maman s'était réjouie, son remède avait fait effet.

– Tu dois rester dedans, bien au chaud, François, avait-elle recommandé à l'enfant qui voulait la suivre au poulailler.

L'hiver, en effet, n'en finissait pas. Une brume légère nacrait les eaux du ruisseau en bordure de la propriété, l'herbe givrée craquait sous ses sabots quand Lucie alla remplir ses seaux. Des petits pas trottinaient derrière elle.

– François ! Vilain petit ! Qui t'a laissé sortir, par ce froid et sans bonnet sur la tête ?

– C'est moi ! répondit Maria qui suivait de peu le bambin. Vous le couvez trop cet enfant, ce n'est pas étonnant qu'au moindre courant d'air il s'enrhume ! Et puis, il en avait assez d'être confiné à l'intérieur. N'est-ce pas que tu voulais sortir ?

– Oui, grand-mère !

Grand-mère ! Un mot difficile à prononcer pour son jeune âge, aussi écornait-il les r plus souvent qu'à son tour. C'était là une réminiscence de l'enfance bourgeoise de Maria que cette appellation ampoulée qu'elle exigeait de ses petits-enfants, réfutant le trop familier « ma Gran » ! Elle se souvenait de ses grands-parents Veyrun, un couple de commerçants alaisiens qui lui avaient recommandé :

– Nous ne sommes pas à la campagne, Marie-Antoinette. Chez nous, à la ville, tu dois nous appeler grand-père et grand-mère.

Son premier petit-fils, Aubin, se pliait de bonne grâce à cette exigence ; François, non moins volontaire, s'appliquait de son mieux, mais butait sur la prononciation et Maria le faisait répéter inlassablement jusqu'à ce que Lucie vienne au secours de son gamin.

– Il n'a que trois ans, ma mère ! Vous demandez beaucoup à un si petit enfant !

– Et vous, ma fille, vous manquez grandement de savoir-faire en matière d'éducation. Vous en ferez un timoré !

Si le mariage express de Louiset et de Césarine reposait le problème de l'étroitesse du mas, du moins apportait-il un grand espoir à Lucie : celui de partager, avec la nouvelle venue, les remarques acerbes, les conseils infantilisants et les ordres péremptoires de sa belle-mère.

Combien de fois se prenait-elle à envier Rosette et Jean-Baptiste, un couple heureux à en juger la mine radieuse de la jeune femme lors des repas familiaux qui les voyaient arriver tous les cinq – deux filles leur étaient nées après Aubin – au mas de la Tour de Billot ?

Amoureuse comme au premier jour, Lucie taisait son mal-être et s'enfermait dans une bulle de solitude quand l'espoir vint avec Césarine. Espoir déçu ! Maria enveloppa de prévenance sa jeune belle-fille. C'était à n'y rien comprendre.

Comment aurait-elle pu deviner, la pauvre Lucie, que dans le secret de son cœur Maria se retrouvait en Césarine ? Sa petite bru lui renvoyait sa vie comme un miroir où se reflétaient ses propres épreuves, un miroir cependant déformant qui opposait sa lâcheté au courage de Césarine.

Alors, Lucie courbait l'échine, une fois de plus. Mais pour combien de temps ?

Pour l'heure, elle est tout à la maladie de François qui lui fait vivre l'enfer depuis que la fièvre s'en est emparé et ne le quitte plus. Tiennot partage les angoisses de son épouse, il la rassure de son amour solide et admiratif.

– Ma Lucie, tu es la plus belle des femmes, la plus adorable des épouses et la plus merveilleuse maman de la terre. Avec toi pour le soigner, notre fils va guérir bien vite.

– Dieu t'entende, mon chéri !

Elle se laisse bercer de l'espoir d'une guérison ; c'est tout, en cet instant, ce qui lui importe.

Quinze jours de tourments autour du petit lit de François, quinze nuits à l'entendre gémir, à le regarder dormir, à lire dans ses prunelles enfiévrées une reddition de la maladie. Les traits tirés par la fatigue et l'angoisse, Lucie émeut Césarine qui déploie des trésors de gentillesse, incitant Maria à plus d'humanité.

– Ma fille, vous êtes épuisée. Cette nuit, je prendrai François avec moi pour que vous ayez un peu de repos.

– Merci, ma mère, mais je veux m'occuper de mon fils, il me réclame.

Maria hausse les épaules. Les temps ne sont plus ce qu'ils étaient : les brus n'en font qu'à leur tête ! Les deux belles-sœurs restent seules, Césarine avance une proposition :

– Si votre enfant dort sur le matin, faites de même, Lucie, je m'occuperai des chèvres et de la basse-cour. Et même des cochons qui pourtant me rebutent.

– Merci, belle-sœur ! Nous pourrions peut-être nous tutoyer ?

– Avec plaisir ! J'attendais que tu me le proposes.

Et puis, ce matin, c'est le miracle ! Petit François appelle sa maman, il réclame du lait et veut aller jouer.

Césarine court porter la bonne nouvelle aux hommes qui sont dans les champs ; Maria met une casserole de lait à chauffer, y dilue une cuillerée de miel tandis que Lucie, éperdue de bonheur, bichonne son petit, lui fait une grande toilette et l'assoit, tout ragaillardi, à la table familiale.

Pendant que l'enfant, observé par sa tante et sa grand-mère, se délecte de son bol de lait, Lucie s'écroule sur une chaise et manque tomber au sol si le secours charitable de Césarine ne l'avait retenue.

– Que t'arrive-t-il, Lucie ?

– Le bonheur, répond celle-ci toute tremblante.

– Et la fatigue, chère belle-sœur !

« Femmelette ! » pense Maria qui, pour une fois, se retient de dire tout haut sa pensée.

Trop de fatigue, en effet, mais aussi tant d'angoisse et de tensions accumulées ont eu raison de l'infatigable jeune femme. Et surtout, elle en prend conscience seulement à l'instant, d'une nouvelle vie qui frappe à son cœur, qui s'est invitée dans son corps envahissant tout doucement son ventre, une nouvelle vie qui va gonfler de fierté son cher mari.

Lucie est heureuse et n'hésite pas à partager son espoir.

– Je réalise maintenant combien Dieu est miséricordieux, non seulement François est guéri, mais encore il jouera bientôt avec un petit frère ou une petite sœur !

Sa petite belle-sœur l'étreint, son imposante belle-mère la serre sur sa généreuse poitrine.

– Voilà des nouvelles comme je les aime, ma fille !

Une simplicité chaleureuse émane alors de toute sa personne et nul, en ces moments-là, ne pourrait mettre en doute la bienveillance naturelle dont elle couve sa maisonnée. Fidèle aux vertus de son siècle – enfants, famille et religion –, elle sait aussi, quand il le faut, laisser la place aux réjouissances.

– On va améliorer notre quotidien pour fêter la nouvelle. Que diriez-vous, mes filles, d'une *marmitade* ?

Lucie et Césarine la regardent, étonnées.

– Ah ! Les marmitades d'Emma, tout un poème !

– Dites-nous, mère !

– Attendez-vous à recevoir, et à vous approprier, un secret de famille, celui de notre chère Emma, servante chez mes parents et qui a fini ses jours ici, avec nous. Tiennot et Louiset s'en souviennent très bien.

– Alors, cette marmitade ? Dites-nous son secret.

– Une belle poule découpée rangée au fond de la marmite, une couche de pommes de terre coupées en lamelles, des tranches de lard maigre pour les recouvrir, une nouvelle couche de pommes de terre, du sel, du poivre et du laurier, ah ! quelques baies de genièvre, le tout recouvert d'eau, et hop, on met la marmitade à mijoter.

Émoustillée comme une enfant, Césarine bat des mains :

– Je pourrais faire un dessert. Mes sœurs aimaient bien les beignets de pommes que…

Son audace et l'évocation de sa famille lui mettent le rouge aux joues. Maria l'encourage :

– Régale-nous, petite. Je mettrais ma main au feu que ce soir mon Étienne sortira une bouteille de carthagène.

V

Retour au mazet

Élu président de la République en 1848, par un suffrage universel rétabli fort à propos, puis devenu empereur grâce au coup d'État du 2 décembre 1851, Louis-Napoléon Bonaparte, que d'aucuns cependant surnommaient « le petit », relevait enfin le flambeau de l'oncle disparu… et n'en était pas peu fier.

Il avait pour lui la paysannerie française, fidèle aux traditions, et la masse prolétarienne résolument contre un nouveau retour des Bourbons. Ces deux catégories avançaient de bonnes raisons pour expliquer leur choix : les paysans se sécurisant d'un régime souverain, le monde ouvrier, lui, croyant fermement au bien-être qu'apporterait l'essor industriel.

De fait, les petites exploitations de type patriarcal où se serraient facilement trois générations avaient vu leur nombre augmenter de onze pour cent, fournissant travail et nourriture aux familles qui traitaient par le mépris le malthusianisme démographique pourtant préconisé.

Même sérénité dans les villes et agglomérations où les industries prospéraient, où régnait le plein emploi et, n'étaient quelques mouvements de grève sporadiques, vivement réprimés, on aurait pu croire que tout était pour le mieux dans le meilleur des mondes.

L'embellie fut de courte durée !

Comme jadis son oncle dont on disait que « déjà Napoléon sourdait sous Bonaparte », on pouvait dire que déjà « Badinguet » remplaçait Napoléon III et devenait la proie des pamphlétaires de tout poil. Dès lors, la presse ne cessera de se déchaîner, aussi pourra-t-on lire un jour dans *La Lanterne,* gazette satirique d'Henri Rochefort : *La France contient trente-six millions de sujets, sans compter les sujets... de mécontentement.* Des caricatures clandestines, soulignées des textes injurieux, parlaient plus sûrement au peuple et les attroupements étaient nombreux devant ces croquis explicites qui emplissaient les gorges de rires gras, faute de remplir les écuelles. Cette débauche de protestation, certes, n'atteignait pas les campagnes, frileusement repliées sur elles-mêmes, mais la grogne n'y fut pas moins présente quand s'amorça une dégradation des revenus de la terre. Le modèle idéal des grandes familles avait ses failles et le surpeuplement des petits domaines déclencha, en 1852, une explosion de colère.

– Majesté, le monde paysan se révolte !

Éternel recommencement de l'Histoire !

– Une révolte, vraiment ? Envoyons donc la troupe !

La troupe et les gardes nationaux face à la misère paysanne. La répression fut musclée, comme ce fut le cas dans les mines et les filatures.

La France de 1860 s'échinera au travail pour un morceau de pain. Comme partout ailleurs, la plaine alaisienne ne sera pas en reste dans ce marasme ambiant. L'économie, déstabilisée par trois années de sériciculture ratée, verra se profiler une crise céréalière provoquée par un dérèglement météorologique sans précédent.

À Bagard, chez Étienne Teissier, l'heure n'est pas aux réjouissances.

– Comme si cela ne suffisait pas ! se lamentait-il un matin de juillet. Voilà les *trufas* qui s'en mêlent !

Ses plants de pomme de terre faisaient piteuse mine, en effet. Les feuilles jaunissaient, se recroquevillaient. Un coup de pioche à leur pied, dans le sol souple, confirma ses soupçons : la motte émiettée couvrait de petites pommes de terre noires et pourries avant d'atteindre leur maturité.

– Heureusement que la vigne nous paie notre sueur !

Plus qu'une confirmation, c'était un vœu pieux. Il savait bien que le revenu en serait vite englouti par les dépenses pourtant modiques de la maisonnée.

Neuf bouches à nourrir ! Écrasé de responsabilités, Étienne se sentait pris comme dans un étau. Certes, les privations et le travail ne l'avaient jamais rebuté, la vie ne lui avait rien épargné ; tout juste rêvait-il d'un avenir meilleur pour ses fils, les fils de ses fils, ces générations qui faisaient tourner éternellement la roue de la vie.

De quelque façon qu'il envisageât les choses, la même constatation s'imposait :

– Le domaine est trop restreint pour qu'y vivent correctement trois familles !

Conscient de cette évidence, il n'avait pas pour autant la solution. Ah ! s'il avait eu quelque argent frais pour acheter des terres ! Mais comment thésauriser quand les sous, qui rentraient goutte à goutte, ressortaient aussitôt ?

Ces réflexions solitaires devinrent, petit à petit, le sujet de conversation, le soir à la veillée. Quand les femmes occupaient leurs mains à des travaux d'aiguille, Étienne et ses fils refaisaient le monde, un monde équitable où le travail ferait vivre la famille.

Il n'était pas le seul, ce patriarche soucieux, à envisager une nouvelle donne pour soulager le mas de la Tour de Billot qui assurait de plus en plus mal sa fonction nourricière. Tiennot et Lucie songeaient sérieusement au départ, comme l'avait fait

Jean-Baptiste, et vint un soir où l'aîné lança le pavé dans la mare.

– Père, si vous le permettez, je vais me mettre en recherche d'un fermage.

Étienne réprima un soupir de soulagement. C'est une situation, bien sûr, qu'il avait envisagée et qu'il souhaitait entendre, à cela près qu'il aurait préféré que la proposition vienne de Louiset.

– Sur la commune, je ne vois pas...

– S'il faut quitter Bagard, père, c'est pas une affaire.

– C'est une solution, approuva Étienne en hochant la tête. Nous en reparlerons.

Ce fut tout pour la soirée. Laissant mourir le feu, chaque couple regagna son lit pour un sommeil agité.

Restés seuls, Étienne et Maria papotaient dans leur lit.

– Tu es contrarié, Étienne, je le sais. Pourtant, notre Tiennot a bien raisonné.

– Ce n'était pas à lui de faire cette proposition, c'est notre fils aîné.

– La belle affaire ! Aîné ou cadet, c'est toujours un déchirement de voir partir son enfant. Et moi, je préfère partager mes journées avec Césarine ! Cette petite, c'est une agnelle, un ange de douceur, toujours à satisfaire, jamais à ronchonner.

– Parce que, d'après toi, Lucie est une *rondinaïre*[1] ?

– Elle se donne des airs dociles, mais c'est une mule mal dressée qui n'en fait qu'à sa guise. Laissons-la donc retourner à ses rabasses, si le cœur lui en dit !

La décision était donc prise ; restait à la réaliser.

Guillaume Laroche-Peytavin était à la tête d'une entreprise florissante, sise à Alais, près de l'exploitation minière de Rochebelle. Depuis plusieurs années, il chapeautait avec

1. *Ronchonneuse.*

efficacité et compétence les comptables et commerciaux, les ingénieurs et contremaîtres et tout le petit monde ouvrier de la verrerie.

Une imposante construction de briques rouges que cette Verrerie de Rochebelle ! Elle dressait dans le ciel alaisien ses rondes cheminées qui sans cesse exhalaient des panaches de fumée. Dévoreuse de charbon – son implantation près de la mine n'était pas fortuite –, ses immenses fours ne s'éteignaient jamais. Les équipes d'ouvriers se relayaient jour et nuit à toutes les besognes nécessaires au bon fonctionnement de l'usine : les chauffeurs garnissaient les foyers, les fondeurs fabriquaient le bain de silice tandis que, sous l'œil vigilant du contremaître, les manœuvres composaient le mélange de soude et de chaux, minutieusement dosé. Les maîtres verriers, eux, démoulaient avec délicatesse les plaques de verre.

– Chaud devant ! entendait-on crier à l'approche d'une longue canne creuse au bout de laquelle rougeoyait une masse en fusion.

Dans une salle au sol carrelé de grès brun et vernissé, à même de capter et de refléter la moindre imperfection de l'objet, les souffleurs de verre travaillaient avec dextérité carafes, flûtes et autres coupes de cristal. Pour ce faire, on avait ajouté à la préparation de base du verre de l'oxyde de plomb.

Ce département d'objets de luxe de la verrerie donnait à l'atelier de Guillaume Laroche-Peytavin ses lettres de noblesse et la salle d'exposition attirait la bourgeoisie alaisienne qui s'extasiait et n'hésitait pas à payer le prix fort pour orner sa table d'une œuvre estampillée L.P., Laroche-Peytavin !

Maître Guillaume – ainsi se faisait-il appeler par son personnel – ne mettait pas tous ses œufs dans le même panier ; un atavisme suggérait à ce citadin le bien-fondé de solides investissements en milieu rural.

– La terre, expliquait-il à son épouse qui s'étonnait de son engouement pour la propriété foncière, la terre, dis-je, a toujours nourri son homme.

– La verrerie ne nous fait pas vivre dans la misère, objecta Mme Laroche-Peytavin, avec ironie.

– Toutes ces industries n'ont qu'un temps. Un long temps, je l'espère. Ce qui ne nous exonère pas de ménager nos arrières.

– Si vous le dites, mon ami !

– Pardonnez-moi d'insister, Félicie. Quelques vignes bien travaillées et productives n'ont jamais déçu. Le terroir « Cévennes » est en train de faire sa place au soleil, j'aurais tort de ne pas saisir une bonne opportunité.

– Si tant est qu'il s'en présente une !

– Eh, eh, ma chère, vous croyez me prendre au dépourvu ? J'ai en vue un domaine que j'aurai grand plaisir à faire mien. Il m'en coûtera, certes, de renoncer à la construction d'un nouveau four, mais le jeu vaut bien la chandelle.

– Votre four vous rapporterait plus, Guillaume !

– À ce jour, que je sache, nous souffrons plus des revendications ouvrières que de jacqueries.

– Les syndicats, il est vrai, entraînent les ouvriers vers des exigences inconcevables. Vous avez certainement raison, Guillaume, soupira Félicie, confortablement installée dans une bergère, face au superbe poêle de Bavière en faïence décorée qui inondait le salon d'une douce chaleur.

Le domaine dont Guillaume Laroche-Peytavin fit l'acquisition se trouvait sur la commune de Saint-Christol, au quartier de Béret exactement, dans le triangle que formaient la route menant à Bagard, le vieux chemin d'Anduze et l'ouest du village, à proprement dit.

En ce mois de novembre 1852, Tiennot et Lucie Teissier prirent possession de ces terres dont ils devenaient fermiers. Accueillis par le propriétaire, ils firent le tour des parcelles :

deux jeunes vignes, une longue pièce à céréales, une terre en friche dont le jeune fermier vit immédiatement la destination.

– Une bel emplacement pour une oliveraie. Vous seriez d'accord, monsieur, pour me fournir les plants ?

– Tout ce que vous voulez, mon brave, je vous fais entière confiance. Ce n'est pas tous les jours qu'on rencontre un garçon aussi chaudement recommandé. Ne me décevez pas, Teissier.

– Je ferai de mon mieux, monsieur Laroche-Peytavin...

– Oubliez ce nom à rallonge. Appelez-moi maître Guillaume, comme le font mes ouvriers, coupa l'industriel, d'un air condescendant.

C'était méjuger l'âme paysanne du Cévenol. Tiennot n'était pas prêt à imiter les employés de la verrerie.

– Comme il vous plaira, monsieur Laroche-Peytavin.

Après le départ du verrier, il riait encore avec Lucie.

– Tu l'as entendu, notre rentier ? « Appelez-moi maître. » Mais pour qui se prend-il ? Je suis son fermier, pas son esclave.

Pauvre, à n'en pas douter, instruit plus qu'il n'en fallait pour labourer un champ, et surtout paysan et fier de l'être, ainsi était le mari que Lucie regardait d'un œil énamouré. Si son Tiennot était prêt à donner sa sueur au domaine de M. Guillaume, il n'était pas à la veille de courber l'échine devant un « maître ». Cela, en fait, dépassait le raisonnement de Lucie. Elle ne voulait retenir, des prémices de leur nouvelle vie, que l'éloignement de son oppressante belle-mère et les responsabilités qui faisaient de son époux un véritable chef de famille.

La propriété de M. Laroche-Peytavin ne possédant pas de mas susceptible d'accueillir le couple et leur enfant, c'est tout naturellement au mazet de Lucie qu'ils élurent domicile.

– Ce n'est pas tout à côté, fit remarquer Lucie.

– Crois-tu que deux kilomètres me fassent peur ?

– Là, tu exagères, Tiennot, il n'y a pas deux kilomètres jusqu'au hameau de Boujac.

– Et toi, ma chère femme, cela te plaît-il de retrouver la maison de ton père ? Elle n'a pas trop mal vieilli, il me semble.

– On va la retaper. C'est un peu une renaissance pour moi que de revenir sur les lieux de mon enfance. Je n'avais jamais cru avoir tant de plaisir à les retrouver.

Néanmoins, quand elle ouvrit la porte, elle fronça le nez, signe chez elle de contrariété. Les réticences de Lucie étaient faciles à comprendre ; durant ces quelques années vécues au mas de la Tour de Billot, elle avait su en apprécier un confort, certes relatif, mais qu'était loin d'égaler le mazet de Boujac. Le sol de terre battue de la masure lui fit grandement regretter le sol carrelé qui éloignait l'humidité et qui était d'une autre facilité à entretenir.

Tiennot la regardait. Quelle déconvenue ! Lui qui croyait la voir sauter de joie entre les quatre murs de son enfance.

– Il y a quelque chose qui te chiffonne, Lucie, je le vois bien. Tu penses que nous serons trop à l'étroit ?

– Ce n'est pas ça qui me chagrine, mais bien plutôt ce sol malsain. Je crains que François ne prenne froid, notre petit garçon est si fragile.

– Veux-tu que je mette de la paille sur le sol ?

Lucile ne détachait pas son regard de ce sol noirâtre, bosselé, poussiéreux auquel se superposaient, dans sa fixe observation, les dalles de brique rouge du mas de ses beaux-parents. Elle haussa les épaules, résignée… temporairement.

– Si tu veux, ce sera toujours ça, mais dès que possible j'irai à Alais chez maître Gontier et je retirerai cent francs sur mes économies. Je n'ai jamais eu l'occasion d'y toucher, c'est le moment.

– Qu'en feras-tu, Lucie, de ces cent francs ?

– Nous pourrons acheter un joli carrelage et tu commanderas le maçon.

Lucie la fourmi, parcimonieuse et frugale, qui faisait fructifier son petit trésor d'économies par des bons placements, devenait par amour maternel Lucie la cigale.

Deux jours plus tard, Tiennot sauta tout joyeux de sa charrette.

– Viens voir, Lucie !

Elle surgit du mazet, François dans son sillage. Une pleine charretée de grès brillait au soleil d'hiver.

– Mais... mais... bêla Lucie, je ne suis pas encore allée chercher des sous...

– Qui te parle de sous ? M. Laroche-Peytavin t'envoie son cadeau de bienvenue.

– Qu'est-ce que tu me racontes ?

– J'étais à la verrerie pour la commande de plants d'olivier et j'attendais notre rentier quand mon regard fut attiré par un tas de dalles en grès, à l'abandon sous un auvent. J'ai demandé à un employé à quoi elles étaient destinées. « À rien, c'est du surplus », me fut-il répondu. Quand M. Laroche-Peytavin arriva, je lui proposai de les lui acheter...

– Et maître Guillaume te les a données ?

– Pas à moi, à toi, ma chérie. Pour mon épouse qu'il a trouvée charmante, a-t-il précisé.

Lucie était radieuse.

– Eh bé, tu lui porteras ça, à maître Guillaume, dit-elle en portant la main à la poche de son tablier ; ça mérite bien les deux rabasses que j'ai trouvées ce matin. Tu sais, les « brûlés » sont très apparents cette année...

– Lucie ! Tu m'avais promis ! Plus de braconnage...

– Braconnage ? Découvrir des truffes ? On voit bien que tu n'as jamais été envahi par leur parfum sucré, chaud, entêtant et si puissant que tu ne peux pas t'empêcher de chercher encore et encore. Du braconnage, ça ? Non, de la clairvoyance, de l'inspiration !

Emportée dans son envolée lyrique, Lucie redevenait la jeune sauvageonne qu'elle avait été.

– Calme-toi, ma Lucie. Demain, tu débarrasseras la maison de ses meubles, puis tu iras porter ton cadeau à notre rentier. À ton retour, tu pourras juger si ton mari est aussi bon carreleur que bon paysan.

– C'est toi qui vas poser ce grès ? Tu sauras ?

– J'espère. Regarde, j'ai le matériau pour faire une bonne chape et des joints.

En un tournemain, le paysan se fit en effet maçon pour la plus grande fierté de son épouse et le confort du petit François.

Au printemps suivant, la propriété acquise par M. Laroche-Peytavin avait changé d'allure. Labourées, ensemencées en temps voulu, les terres à blé verdissaient et frémissaient au moindre souffle du vent. Les vignes, travaillées, taillées commençaient leur débourrement et promettaient une belle vendange. Dans le terrain à pâture, un début de troupeau paissait tranquillement.

Pour le coup, maître Guillaume avait fait preuve de frilosité : une douzaine de moutons seulement broutaient et fertilisaient la terre en jachère assez vaste pour que le jeune fermier y ajoute son propre cheptel, deux chèvres et quatre brebis, cadeau de son père, toujours marri du départ de son fils aîné.

Tiennot s'était aussi occupé de la terre en friche, il l'avait retournée sur deux profondeurs de bêche avant de l'amender soigneusement, puis l'avait creusée de trous régulièrement alignés et espacés. Elle n'attendait plus que les plants d'olivier.

M. Laroche-Peytavin les apporta lui-même.

– Ils viennent du haut pays drômois. M. Rodari, pépiniériste à Nyons, dans la vallée de l'Aygues, m'a assuré d'une production rapide et abondante.

– Des tanches. Bon choix, monsieur, fit remarquer Tiennot. Des fruits à huile qui ne sont pas ingrats ! Je vais préparer mes tuteurs.

– Prévoyez-les de un bon mètre, Teissier !

Tiennot se gratta la tête. Le système métrique avait été rendu obligatoire depuis plus de dix ans, qui avait balayé, envoyé aux orties aunes, arpents, pieds, pintes et deniers. La force de l'habitude aidant, Étienne Teissier et ses fils peinaient à être à l'aise pour décliner les litres en décalitres, les mètres en centimètres.

Les deux époux n'avaient pas plaint leur peine pour donner au mazet du braconnier Guérin l'allure qu'il n'avait jamais eue. Toujours aussi petit – il ne possédait qu'une pièce –, le grès brun du sol semblait avoir donné de l'espace à cette salle à tout faire. Lucie l'avait meublé d'un vaisselier qu'elle avait déniché dans le grenier du mas de la Tour de Billot et, avec la bénédiction de sa belle-mère, les beaux restes d'ameublement des parents Palade avaient pris la direction de Boujac.

– Je peux prendre aussi ces deux fauteuils, mère ?

– Les voltaires tout bancals ? Prenez, ma fille, ça débarrassera le grenier. Mais je ne sais pas ce que vous en tirerez, la tapisserie est usée, le crin s'en échappe…

Maria revoyait un instant sa mère enfoncée dans l'un de ces sièges autrefois confortables. La pauvre femme avait les yeux rougis et tremblait de tous ses membres.

– Oui, oui, emportez-les, je ne veux plus les voir ! insista Maria, en proie aux mauvais souvenirs.

D'un rien, Lucie avait le don de faire des miracles. Rembourrés, consolidés, recouverts de brocatelle fleurie achetée sur le marché, les fauteuils des parents de Maria avaient pris, dans le mazet de Lucie, un bain de jouvence.

Faute de pouvoir agrandir la maisonnette, Tiennot avait doublé le volume de la remise ; le mulet avait maintenant son coin, il restait encore un peu de place pour loger des lapinières.

La proposition de son époux tira une moue dégoûtée à Lucie qui ne put s'empêcher de répliquer :

– Des lapins ? Ça ne vaut pas un bon lièvre au collet !

– Lucie ! Tu t'obstines ! gronda Tiennot en rigolant.

Elle consentit, en revanche, à élever des poules.

– François aime quand je lui fais un lait de poule. C'est un bon fortifiant.

– Tu vas en faire un sacré gourmand de notre fils !

Leur première année à travailler sur le domaine de M. Laroche-Peytavin ne remplit pas leur bas de laine, mais ils payèrent, rubis sur l'ongle, le fermage convenu et regardaient l'avenir avec sérénité. Ils avaient si peu d'exigence ! Petite vie réglée au métronome, petit logis et grand bonheur, celui d'un couple uni veillant sur le sommeil de leur petit François, toujours aussi fragile.

Au cours d'un de ces repas familiaux au mas de la Tour de Billot pérennisé par Maria, heureuse pour une journée de s'entourer de sa nichée, Lucie annonça un heureux événement pour le mois d'août ; Rosette ne fut pas en reste qui arborait une cinquième grossesse.

Sans un mot, les regards s'étaient tournés vers Césarine. La jeune épouse de Louiset n'avait-elle pas une bonne nouvelle à faire partager ? Césarine avait rougi, puis baissé les yeux qui s'étaient remplis de larmes. Maria l'avait entourée d'un bras protecteur et lui avait soufflé à l'oreille :

– Tout vient à son temps, petite. Laisse-les caqueter.

Tout était prêt, dans le mazet de Boujac, pour accueillir la nouvelle petite vie qui s'annonçait ; jusqu'au berceau familial, presque centenaire, que Maria avait proposé au jeune couple.

– Vous nous le rapporterez, Lucie, lorsque à son tour Césarine nous donnera de beaux petits.

L'enfant, pressé d'ouvrir les yeux sur le monde, sema la révolution au beau milieu de la nuit. François criait au scandale d'être tiré, du même coup, de son sommeil et du lit de ses parents où il appréciait leur sécurisante présence. Tiennot déposa son fils chez leurs plus proches voisins, poussa son mulet jusqu'à Bagard pour ramener la matrone qui avait aidé Lucie pour son premier accouchement.

– Le travail est bien avancé ? demanda celle-ci, se souvenant de la pénibilité qui avait présidé à la naissance de François.

– Je ne saurais vous dire plus que ma femme souffre terriblement.

– Eh bien, allons, ne perdons pas de temps.

– Je dois passer au mas, chez mes parents. Ma mère a fait promesse d'assister mon épouse.

L'accoucheuse leva les yeux au ciel. Cette Mme Teissier qui en prenait à son aise avec sa belle-fille ? C'est bien la dernière personne dont elle avait besoin. Elle dut faire avec !

Sitôt dans la maisonnette, Maria fit un tour du propriétaire. Son œil connaisseur apprécia l'agencement chaleureux de la pièce, sa propreté et son rangement méticuleux ; la brocatelle des vieux fauteuils de ses parents lui inspira une réflexion acerbe.

– Fanfreluches puériles que cela !

Sa phrase se perdit dans les gémissements de Lucie que la matrone examinait pourtant avec ménagement.

– Le travail se fait lentement, il va falloir prendre votre mal en patience car…

– Ne faites pas la défaitiste ! coupa Maria. Je connais ma bru, il faut stimuler sinon elle a tendance à s'oublier. Ressaisissez-vous, Lucie, mettez du cœur à l'ouvrage !

Maria ne changerait jamais. Lucie non plus, qui gémit toute la journée, le corps livré aux souffrances de l'enfantement.

– Un autre garçon ! Et bien bâti, pas étonnant qu'il ait fait des misères à sa maman ! s'écria la matrone en tendant à Maria un petit paquet de chair, tout rougeaud, que celle-ci reçut dans une serviette. Avec application, elle s'occupa de l'enfant sans un regard pour Lucie.

Elle soliloquait :

– Pour sûr qu'il est costaud, celui-là ! Et vous, ma fille, vous oublierez vite ces prétendues misères !

C'était parler un peu trop vite. Les relevailles de Lucie furent longues et tourmentées, des hémorragies à répétition, une fièvre qui s'installa pendant tout un mois au point qu'il fallut mettre le nourrisson au lait de chèvre. Dieu merci, il était de la race des vigoureux !

L'accoucheuse qui venait régulièrement voir la mère et l'enfant fut soulagée quand Lucie reprit des forces et put s'occuper enfin de son bébé. Néanmoins, elle crut bon de donner un conseil avisé.

– Vous avez deux garçons bien mignons, chère madame, restez-en là, je ne vous encourage pas à mettre en route une troisième grossesse… ni plus tard ni jamais.

– Ce n'est pas ce que je redoute, plaida Lucie. C'est plutôt l'accouchement qui se passe toujours mal.

– Je ne le sais que trop bien, ma belle, c'est pourquoi je vous engage à ne pas tenter le diable…

Lucie versa quelques larmes et Maria, à sa façon, eut des mots qu'elle croyait de réconfort.

– Le temps passe vite, Lucie ; vous avez des fils, ils vous amèneront des brus qui vous feront des petits. Croyez-moi, le bonheur se cueille jour après jour.

Peu convaincue par les paroles de sa belle-mère, Lucie n'eut de cesse qu'elle la laissât seule avec son mari et ses deux enfants.

– Vous pouvez rentrer à Bagard, mère, où votre absence doit peser à M. Teissier. Je vous suis reconnaissante de vous être occupée de Jules…

Encore un prénom qui avait fait froncer les sourcils à Maria. Décidément, cette rabassière ne faisait jamais rien comme tout le monde !

Lucie avait enfin recouvré la santé et sa vitalité n'était pas émoussée. Elle se dépensait à son ménage dès le petit matin pour ensuite seconder son époux tout en se dévouant sans compter à ses fils.

Si, aux yeux de Maria, François le malingre et Jules le ronchonneur passaient pour des enfants gâtés, Lucie se contentait d'afficher la nuance, relevant avec bravoure les réflexions de sa belle-mère.

– Pour vous, mère, ce ne sont que des enfants gâtés ? Pour moi, ils sont surtout des enfants aimés !

– Trop ! Beaucoup trop !

Maria avait toujours le dernier mot. Enfin, c'est ce qu'elle croyait. Lucie, elle, se confortait dans une évidence : on n'aime jamais « trop » ses enfants !

VI

Une mauvaise foire

CHAQUE ANNÉE, à la même époque et avec l'acharnement du désespoir, Marie-Antoinette Teissier s'obstinait à mettre les graines de vers à soie à éclore. Chaque fois, elle mobilisait les hommes toute une journée pour assainir au blanc de chaux la magnanerie, y installer les claies et *fogairons*[1] au cas où un coup de froid sévirait.

Et chaque année, tout ce travail anéanti et ses aspirations déçues, elle ravalait sa déconvenue et se jurait de faire mieux l'année prochaine. S'il en était besoin, la pébrine récurrente et insidieuse se rappelait à tous, en détruisant une à une les éducations les plus prometteuses.

– Ma mère, si vous faisiez bénir les graines par M. le pasteur ? suggéra Césarine, sûre de sa lumineuse idée pour l'avoir vu faire tant de fois à Saint-Martial.

– Sottises que cela ! M. le pasteur a d'autres chats à fouetter et l'eau bénite, chez nous réformés, ça n'existe pas ! s'irrita Maria.

Il arrivait parfois que Césarine se perde entre les traditions catholiques et leurs antinomies protestantes. Sa belle-mère,

1. *Petits foyers à bois, en fonte, qu'on disposait dans les magnaneries.*

alors, avec quelque rudesse, amenait la jeune femme au bord des larmes.

Au début de son mariage, elle regardait avec suspicion la soupe grasse du vendredi de laquelle Maria retirait un bon morceau de lard qu'elle partageait aux hommes.

– Vous ne faites donc pas maigre le vendredi ? avait-elle demandé du bout des lèvres.

– Si ! Le vendredi saint, jour de la crucifixion de Notre-Seigneur ! lui fut-il répondu sans plus de fioritures.

À Saint-Martial, tous les vendredis étaient des vendredis saints et l'odeur fortement iodée de la morue qu'on mettait à bouillir se répandait alors dans toutes les maisons et chassait pour un temps celle des oignons, omniprésente.

– Quelle coïncidence ! s'étonnait-elle avec candeur quand Maria annonça que, le lendemain, elle ferait de la morue.

Coïncidence aussi, la soupe de pois chiches du vendredi saint ! Et surprise devant un plat inconnu.

– Comment ça, petite ? Tu n'as jamais mangé de morue ?

– Tous les vendredis, mère, mais je vous assure qu'elle n'avait pas le même goût… ni la même apparence.

La brandade de morue n'était donc pas arrivée jusqu'à Saint-Martial ? Ou bien les habitants avaient-ils juré de se démarquer du restant des Cévenols ? En tout état de cause, elle était arrivée à Alais et la ville se targuait même d'être à l'origine de cette préparation, somme toute assez récente.

C'est Étienne Teissier qui en expliqua patiemment la genèse à sa bru, tout ouïe.

– Les pêcheurs bretons partaient pendant de longs mois pêcher la morue à Terre-Neuve, près du Canada. Il leur fallait d'énormes quantités de sel pour conserver leur pêche, aussi venaient-ils le chercher dans nos salines du Midi. Payant souvent leur provende en marchandise, ils abreuvaient notre région de merluches et morues sèches dont on ne connaissait qu'une exploitation : les faire tremper pour les ramollir, les dessaler, puis les pocher ou les frire.

– C'est ainsi que faisait ma mère, se souvint Césarine. Souvent, elle les mettait à l'huile avec beaucoup d'oignons.

– C'est un peu lassant, tu en conviens ? C'est alors qu'à l'époque de la Révolution française un poissonnier alaisien tenta d'accommoder la morue de curieuse façon. Une fois prête à cuire, il la pela, la débarrassa de ses arêtes et la pila au mortier. Un peu d'huile, du lait – la fabrication est toujours entourée de secret – permit d'obtenir une pâte onctueuse que les restaurateurs servirent dans un vol-au-vent feuilleté.

– Tu peux me croire, c'est un délice, intervint Jeandré. Quand nous allons à la foire de la Saint-Barthélemy, père nous emmène déguster les vol-au-vent du restaurant Rigaud.

– Pour te finir, petite, reprit Étienne avec un sourire indulgent à l'intention de son plus jeune fils, les vol-au-vent, c'est un plat de riches. Les plus modestes et donc les plus nombreux y ajoutent des pommes de terre écrasées à la fourchette et le régal n'en est pas moindre.

– Vous pouvez le dire, père ! C'est un repas de fête. Mère, vous m'apprendrez ? Oh Louiset, que c'est bon !

Césarine était conquise par la brandade et Maria était conquise par sa bru ; elle lui servit une autre assiettée. Elle se voulait bonne pour cette petite bru arrivée un matin dépenaillée et sanglotante certes, mais confiante en ces inconnus qui composaient sa nouvelle famille.

Ténébreuse et inexplicable Maria de qui dépendait l'atmosphère du mas ! Pourquoi rabrouer la mignonne Rosette, si pleine d'entrain et de bonne volonté ? Pourquoi repousser Lucie au caractère jugé trop indépendant, mais qui n'aspirait qu'à trouver la chaleur d'une famille dont elle avait été privée ? Et pourquoi cette indulgence et cette protection spontanée qui faisait de Césarine sa bru préférée.

Et voilà que Césarine annonçait une espérance depuis longtemps souhaitée.

– Notre enfant naîtra au moment où éclosent les graines de magnans, dit-elle avec modestie.

– C'est de bon augure ! s'écria Maria qui ne renonçait pas aussi facilement aux revenus des vers à soie.

* *
*

Les paysans qui s'en revenaient d'Alais portaient bas les épaules, comme accablés d'un chagrin collectif ; les bavardages, qui d'ordinaire s'émaillaient de rires et de plaisanteries, se terminaient tous par ces mêmes réflexions :

– Quelle mauvaise foire !

Il n'était pas un homme qui ne commente l'événement dont le champ de foire se trouvait bouleversé et toute la ville en général. Il n'était pas une femme qui n'écrase une larme ou n'exhale un soupir.

Tout démarrait bien, pourtant. Un 17 janvier comme les Cévenols les aiment : un froid sec aiguillonné par un léger mistral qui soulevait les jupons se glissait sous les capes et faisait la fête aux chapeaux. Le soleil, qui dardait ses rayons sur les lanternes de cuivre suspendues aux charrettes, qui suivait de son scintillement le parcours ondulé et sage du Gardon, daignait honorer de sa présence la foire de la Saint-Antoine au cours de laquelle on faisait la part belle aux cochons, qu'ils soient gras à charcuter ou nourrains à élever.

La foule qui s'y pressait, en ce mois de janvier 1860, ne se doutait pas que la foire ferait date, non en raison des échanges commerciaux qui seraient parmi les meilleurs enregistrés depuis le début du siècle avec mille sept cent quatre-vingt-sept porcs vendus, mais comme une des plus tragiquement meurtrières.

Si le cochon était incontestablement le roi de cette foire, d'autres animaux parqués sur le foirail au pied des escaliers de la maréchale attendaient patiemment d'être vendus, achetés, échangés. Chevaux, mulets et bœufs pour le travail aratoire et le transport, taureaux pour la reproduction, tous chassaient de la queue quelques mouches importunes et particulièrement téméraires par ce temps d'hiver.

Dans un coin réservé aux bouchers, les brebis, invendues au retour de transhumance à cause d'un défaut, attendaient l'abattage. Toutes finiraient sur un étal et, à leurs bêlements désespérés, on aurait dit qu'elles présageaient de leur sort.

Les paysans qui avaient honorablement vendu leur huile d'olive ou leurs châtaignes déambulaient, la poche du gilet enflée d'une belle liasse de billets. Ils jubilaient, retardant le moment de la *paumée* qui mettrait fin au subtil jeu de rôle auquel vendeurs et acheteurs se livraient. Tout finirait, ils le savaient, quand l'un des deux tendrait la main et annoncerait avec force :

– L'affaire est faite ! Tope là !

L'autre répondrait alors par une formule de circonstance :

– Cochon qui s'en dédit !

Louiset errait parmi tout ce petit monde affairé. Il n'était, pour sa part, ni vendeur ni acheteur. Il avait seulement été chargé, moyennant finance, de convoyer des porcs engraissés que lui avait confié un éleveur de Bagard. Après que le maquignon eut réceptionné les bestiaux, il se trouva libre d'errer dans la foire.

– Alors, Teissier, on se donne du bon temps ?

– Salut Louiset ! Tu fais l'*oiseux*[1] ?

Il répondait seulement de son sourire aimable.

1. Ici pris dans le sens d'oisif.

« Quel bon temps pourrais-je me donner sans un sou dans la poche ? » se disait-il avec une pointe de regret.

Puis, son naturel optimiste reprenant le dessus, il continuait son chemin en se confortant :

« Regarder ne coûte rien, ni même humer l'air de la ville. J'ai bien le temps de rentrer au mas. »

Curieux, intéressé, il déambulait d'un enclos à l'autre. Il resta un long moment devant une couple de bœufs assujettis par le bois pesant d'un joug. Les deux bêtes massives, obligées de coordonner leurs mouvements, baissaient ou levaient leur lourde tête et piétinaient la paille brunie d'urine.

– Belles bêtes ! siffla-t-il admirativement.

L'éleveur crut à un acheteur. Il jeta un « C'est vendu » propre à décourager toute proposition. Non loin de ce couple monolithique qui avait trouvé acquéreur, une sorte de corral balisé de ballots de paille entourait trois taureaux. Trois forces de la nature obligées d'incliner la tête en raison de l'anneau de fer qui traversait leurs naseaux. Une corde reliait la bague de métal à un plot maçonné et claveté au sol. Une posture servile, si éloignée de leur fier tempérament, donnait à leur regard des éclats fougueux et renforçait l'impression de force herculéenne de leur cou qui ne formait qu'un bloc avec leur corps trapu.

Il se trouva plusieurs badauds à détailler d'autres parties de leur anatomie et en rire grassement, appuyant de gestes explicites leurs scabreux commentaires. Louiset tourna rapidement le dos à ces bêtes et ces gens qui le mettaient mal à l'aise. Il n'avait pas fait dix pas qu'un meuglement le fit se retourner. Le reste se passa en un éclair.

Qu'était-il advenu dans ce corral d'apparence paisible ? Une bête en chaleur excitant l'odorat d'un taureau ? Une tape appuyée sur son arrière-train ? Un coup d'aiguillon par trop douloureux ou tout simplement le bruit et l'agitation qui ne cessaient autour de lui ?

L'animal qu'on pouvait croire résigné se révélait une bête en furie qui lançait un cri caverneux, sorti des tréfonds de son puissant poitrail alors que, d'un mouvement sauvage, il se libérait de l'anneau qui lui traversait les naseaux.

La douleur fut terrible et la bête furieuse, le museau en sang, franchit le fragile barrage de paille et fonça au hasard dans la foule. Ce fut alors une panique générale dans une cacophonie de cris et de hurlements de terreur. Un corps tournoya au-dessus des passants et retomba lourdement dans la poussière du foirail tandis que le taureau, continuant sa course meurtrière, piétinait les personnes qui avaient le malheur de se trouver sur sa trajectoire aveugle.

Une éternité s'écoula avant que la maréchaussée ne vienne à bout de l'animal percé de plusieurs balles, qui rougissait la terre battue de la place Saint-Sébastien. Le silence revint enfin, un silence de mort, avant que la foule reflue vers les mourants, les blessés, cherchant les membres de leur famille.

Un long cortège de brancards se dirigea vers l'hôpital tout proche. Côtes brisées, bras et jambes fracturés, traumatismes crâniens, la liste était longue des blessures dont ils souffraient. Pour deux d'entre eux, il n'y avait plus rien à faire. Ils étaient morts sur le coup, les os rompus en retombant sur le sol. L'état de Louiset n'était guère plus brillant. Sous lui, le sang rougissait la poussière de la place, une corne du taureau lui avait déchiré l'artère fémorale. Il rendit son dernier soupir avant de franchir les grilles de l'hôpital. Devant ses yeux voilés s'imposait l'image de la jolie petite Césarine.

Ramener la dépouille mortelle d'un fils, d'un mari, d'un futur père et ce dans la charrette avec laquelle il était parti joyeusement le matin : personne n'enviait la corvée qui incombait à Louis Savin, le maire de Bagard. Dérouler les circonstances du drame : ce fut le rôle des gendarmes qui escortaient la dépouille du pauvre Louiset.

Étienne et Maria Teissier suffoquaient de douleur, un autre enfant leur était enlevé, un fils dans son bel âge, un si gentil garçon. L'immense peine était décuplée par le spectacle affligeant de la jeune Césarine anéantie. L'elfe souriant n'était plus qu'une chiffe molle s'arrogeant la culpabilité du malheur qu'elle semait sur son chemin.

– J'ai jeté la honte sur mes parents en m'enfuyant comme une voleuse. J'ai apporté le malheur chez vous qui m'avez accueillie. La punition de Dieu frappe tous ceux que j'aime.

– Dieu n'est pas le bras vengeur que tu imagines, ma fille.

À quoi bon, cependant, tenter de raisonner Césarine, enfouie dans son malheur et sa culpabilité ? Elle n'était plus qu'une ombre sans volonté. Maria s'inquiétait pour sa grossesse qu'elle mettait en danger en refusant de s'alimenter. Elle ne quittait pratiquement plus sa chambre où sa belle-mère la trouvait à genoux près de son lit, la tête dans les mains à s'abîmer en prières et contritions. Maria tenta d'éveiller en elle la fibre maternelle. Peine perdue !

– Un enfant sans père ! Bel avenir pour ce pauvre innocent.

C'était un souci récurrent pour Étienne et Maria que cette jeune femme écœurée de la vie qui avançait, jour après jour, vers un terme qui ne lui causait qu'indifférence.

Le sort apporta sa solution qui tomba comme un couperet. L'enfant s'annonça avec beaucoup trop d'avance pour qu'on l'espérât apte à vivre. Césarine s'abandonnait aux douleurs de l'enfantement comme à un châtiment mérité, absente de son corps, déjà en partance pour retrouver Louiset.

Enfin réunis, Louiset, Césarine et leur enfant – c'était une fille – plongeaient dans un nouveau deuil le mas de la Tour de Billot.

Étienne Teissier jugea de bonne humanité de faire avertir la famille de Césarine. Il lui fut répondu, par une lettre sèche comme un coup de trique, *« qu'ils n'avaient jamais eu une fille de ce nom »*. Une fin de non-recevoir.

Saint-Martial, par contre, se souvenait de la fillette priante et tout le village était présent à la messe que célébra à sa mémoire le père Lebanoilant. N'avait-il pas, lui aussi, des comptes à rendre à son Dieu ? Les seuls grands absents, M. et Mme Boisson et leurs filles, n'étaient pas encore sur le chemin de la rédemption.

Maria se révoltait, refusait ce destin qui toujours remettait le malheur et le désespoir dans sa vie.

– Je n'aurai donc jamais fini d'expier une erreur de jeunesse ? Combien d'enfants me seront-ils enlevés pour racheter ma faute ?

– Il n'y a rien à racheter, Maria, c'est la vie. Pense seulement à ta joie le jour de leur naissance.

– Un bonheur tellement fugitif ! reconnaissait-elle.

– Un bonheur pourtant à garder comme une grâce, celle que nous fait la vie. Souris pour moi, Maria, respire et vis pour moi. Je t'aime tant !

* *
*

Ni son engagement à l'institut du prophète Samuel toujours dirigé avec compétence ni l'accompagnement de ses ouailles, une facette de son ministère qui lui tenait à cœur, encore moins son goût pour les lectures bibliques et ses profondes méditations qui en découlaient, rien de tout cela n'avait éloigné Daniel Bonnet de son cousin Étienne.

Leur estime réciproque qui avait présidé à leurs jeux d'enfants, puis à leur complicité d'adolescents, n'avait pas déserté leur vie d'hommes en leur automne, Étienne vouant une profonde reconnaissance à Daniel qui avait accueilli, et sauvé, ses deux aînés lors de la terrible épidémie de choléra.

Tout naturellement, Jean-André, que tout le monde appelait Jeandré, avait suivi le même parcours que ses frères et avait fréquenté l'institut du prophète Samuel depuis l'âge de huit ans et jusqu'à ses quatorze ans révolus. À la différence de ses aînés, il ne manifestait pas de signes de lassitude, bien au contraire, au point qu'Étienne se plut à rêver pour son cadet de longues études qui lui avaient été refusées.

– Notre Jeandré se complaît à l'école, nous en ferons peut-être un professeur, confiait-il à son épouse.

– Ma foi, c'est moins fatigant que de marcher derrière la charrue et, si ça nourrit son homme, il n'y a rien à redire.

Le discours de Daniel Bonnet, auquel Étienne s'était confié, rabattit ses espoirs. Avec une franche lucidité, non dénuée de délicatesse, le pasteur dressa un portrait de Jeandré que ses parents ne connaissaient pas.

– Ton fils est animé d'une volonté à toute épreuve, cousin. C'est plaisir de le voir vingt fois sur le métier remettre son ouvrage, comme le préconisait le poète Boileau, mais...

– Parce qu'il y a un mais ? s'était étonné Étienne.

– La bonne volonté ne fait pas tout, et le désir de bien faire qui anime Jeandré reste à l'état de vœu pieux. Les résultats ne suivent pas.

– Il est sot, mon Jeandré ? C'est ce que tu veux dire ?

– Ce n'est pas le jugement que je porterais sur ton fils, rassure-toi. Je dirais qu'il n'est pas fait pour les études... Non ! En fait, les études ne sont pas faites pour lui. D'un enseignant, il ne possède que le charisme, tu comprends bien que cela ne suffit pas.

– Dis-moi franchement, Daniel, si je dois lui mettre une pioche dans les mains. Ce n'est pas le travail qui fait défaut dans les terres.

– Alors, je te le dis, cousin, si tu ne dois pas m'en tenir rigueur. Je te suggérerais cependant de le faire en douceur.

– Comment ça ?

– Jeandré, qui oublie le système des fractions et de la règle de trois, a une passion pour les lectures bibliques qu'il assimile avec une facilité déconcertante alors que l'histoire de France le lasse et la géographie l'indiffère. Que dirais-tu qu'il garde un pied dans cette école en venant, tous les dimanches matin, avant le culte, partager son intérêt pour la Bible avec les catéchumènes ?

– Une consolation, en quelque sorte ?

Une consolation, en effet, qui sembla satisfaire Jeandré et qui allait donner un nouveau sens à son avenir.

* *
*

Alors que les époux Teissier peinaient à émerger du triple deuil qui les avait accablés en cette année 1860, une nouvelle épreuve leur était réservée.

En l'occurrence, par ce clair matin d'octobre, elle portait le visage de Daniel Bonnet. Ce n'était pas dans sa nature de tourner autour du pot ; il attendit cependant qu'Étienne et Maria soient seuls dans la maison pour entrer, sans l'ombre d'une hésitation, dans le vif du sujet.

– Je voulais te voir, Étienne, et vous aussi, cousine Maria. Jeandré, votre fils, a l'étoffe d'un pasteur, je dirais même d'un très bon pasteur.

– Mais tu m'as bien dit, Daniel, qu'il n'était pas doué pour les études ! Des études, d'ailleurs, longues et onéreuses qu'il nous serait difficile de lui offrir…

– C'est vrai, Daniel, ne lui remplissez pas la tête de projets impossibles, ajouta Maria.

– Laissez-moi terminer, cousins. Nous en avons longuement discuté avec votre fils, il n'en démord pas : il veut devenir missionnaire.

– Mon fils, un commissionnaire ? Un coursier ? Un saute-ruisseau ? Qu'est-ce que c'est que cette histoire ?

– Missionnaire. Missionnaire de Dieu. Vous allez me dire que nous le sommes tous, vous en élevant vos enfants dans la religion, moi en tentant d'éveiller la foi chez mes élèves, il y a tout plein de façons d'être missionnaire et votre Jeandré a choisi la sienne. Certes, ce n'est pas la plus facile, mais la complexité transcende les gens et votre fils a besoin de ce défi pour exprimer toute la dimension de ses certitudes théologales. Jean-André désire partir en Chine où il espère convertir des peuplades plongées dans l'obscurantisme.

Après un long silence qui semblait s'éterniser, Maria lâcha la première :

– En Chine ! Et pourquoi pas chez les Pékinois !

Son ignorance naïve fit sourire Daniel.

– Eh oui, ma cousine, vous avez un fils qui ne fait pas dans la demi-mesure ! La Chine vous paraît être au bout du monde ? C'est vrai, mais c'est le choix de Jeandré et il est respectable, croyez-moi. Voulez-vous que je vous parle un peu de ce que sera, là-bas, sa mission ? Car vous lui donnerez votre bénédiction, n'est-ce pas ?

– Pouvons-nous, au nom de l'amour que nous lui portons, briser l'avenir qu'il s'est choisi ? capitula Étienne.

Alors, Daniel Bonnet leur parla longuement de la Société des missions évangéliques de laquelle Jean-André s'était rapproché par courrier et qu'il s'apprêtait à rejoindre. Investi dans cet apostolat périlleux, Jeandré fit son bagage et tourna le dos au mas de la Tour de Billot sans un regret... sinon celui de ses parents à qui il brisait le cœur.

– Je vous écrirai le plus souvent possible, avait-il promis en les étreignant avec force.

– Prends soin de toi, mon fils, recommanda Étienne.

– Reviens-nous vite ! supplia Maria.

VII

Le comice agricole

– Cousine Maria, m'entendez-vous ? Il est vain de courir après les bonheurs perdus. Reprenez-vous, ma bonne amie, vous qui êtes l'âme de ce foyer...

– Un foyer vide ! coupa Maria.

– C'est faire peu de cas de votre Henriette qui n'a pas vingt ans, l'âge où tout devrait être insouciance et bonheur.

– Pauvre Henriette ! sanglota Maria, je ne suis pas une bonne mère, toujours triste, toujours assaillie d'angoisses.

– C'est bien de le reconnaître, cousine, vous êtes sur le chemin de la guérison. Songez à votre époux, Étienne a tant besoin de la femme exceptionnelle qu'il a épousée et qu'il ne reconnaît plus dans la statue du malheur que vous incarnez.

Comme à son habitude, Daniel Bonnet ne faisait pas dans la dentelle dans son aparté avec l'épouse de son cousin préféré. Maria était seule, Étienne étant parti au comice agricole de Saint-Christol avec Henriette, le cousin décida de pratiquer la méthode forte.

– Puis-je vous parler sans détour, chère Maria ? Et sans témoins ?

– C'est la première fois qu'Étienne s'accorde une distraction depuis nos malheurs. J'ai insisté pour qu'il emmène sa fille à la fête agricole où notre Tiennot est bien capable de décrocher un prix. Il est si bon paysan !

– Vous me parlez de Tiennot ? Quelle coïncidence ! C'est bien de lui qu'il est question... encore qu'Étienne est mon premier sujet de préoccupation.

– Étienne ? Il est comme moi, dans la peine et le découragement !

– Pas seulement, Maria, pas seulement. Étienne est épuisé physiquement. N'avez-vous pas remarqué sa profonde lassitude, ses épaules basses, ses reins pliés ? Courir d'un champ à l'autre, pour un seul homme, ce n'est pas une sinécure.

– Et dire qu'un temps nous avions trop de bras, trop de bouches à nourrir !

Elle prêtait cependant une oreille attentive aux observations de Daniel et, petit à petit, prenait conscience de sa négligence ; tout à sa propre douleur, elle avait oublié de regarder son époux. Aujourd'hui, ses yeux se décillaient et elle ne pouvait nier le dos voûté et le pas pesant de celui qu'elle avait toujours considéré comme une force de la nature, le pilier de leur foyer, souvent jeté dans la tourmente.

Et son regard ? Ses beaux yeux gris-vert, dans lesquels elle avait puisé si souvent la force de vivre, n'étaient-ils pas toujours affectés d'un voile humide de découragement, de fatigue et surtout de chagrin qu'il ne lui confiait jamais ?

D'un geste impulsif, elle se saisit des mains de Daniel, les pressa dans les siennes, reconnaissante et suppliante :

– Que dois-je faire, mon cousin ? Vous qui savez lire dans les âmes, suis-je maudite pour me comporter aussi égoïstement ?

– Vous parliez à l'instant de trop de bras, aujourd'hui il vous en manque, pourquoi ne pas rappeler votre fils au domaine ? L'humilité n'est pas un signe de faiblesse, mais de sagesse. Tiennot secondera son père qui en a tant besoin, votre maison retentira des rires de vos petits-enfants et votre bru sera une bouffée de jeunesse pour votre Henriette...

– Lucie ne m'aime guère, balbutia Maria.

Mauvaise foi ou réel sentiment ?

– Ta ta ta ! Votre bru est une secrète au grand cœur, de tels yeux ne mentent pas. De plus, c'est la vaillance incarnée. Faites taire votre orgueil, Maria, et, tout en lui ouvrant votre maison, donnez-lui la place qu'elle mérite dans votre cœur.

Maria exhala un profond soupir avant de rendre les armes :

– C'est vous qui êtes dans le vrai, Daniel, la place de mon fils est ici, sur ce domaine qui lui reviendra et, après lui, à ses fils qu'il me tarde de voir jouer dans la cour.

– Maman, maman, mon frère a obtenu le premier prix !

– Il serait plus juste, Henriette, de dire que le blé de M. Guillaume Laroche-Peytavin, cultivé par ton frère, a obtenu le premier prix !

Maria regardait sa fille, puis tournait la tête vers son époux, tous deux avaient l'air presque joyeux, elle essaya d'être à l'unisson.

– Expliquez-vous, je ne comprends rien à ce que vous racontez. Qui de M. Guillaume, du blé ou de Tiennot s'est vu décerner un prix ? Le prix de quoi ? De quelle valeur ?

Étienne et sa fille revenaient de Saint-Christol où, le temps d'une journée, ils avaient tenté de déposer le lourd fardeau de leurs soucis. Leur mine ne trompait pas, ils étaient presque heureux.

Sous le chaud soleil d'été, tôt le matin, le village s'était paré de calicots multicolores. Des stands avaient fleuri çà et là, comme pour une kermesse paroissiale. Or une banderole accrochée au-dessus de la tribune officielle, installée sur une estrade, précisait qu'il s'agissait du premier comice agricole de Saint-Christol, en l'occurrence la kermesse des paysans.

Pour ceux qui auraient eu de la peine à en lire la teneur – l'illettrisme était encore monnaie courante –, le garde champêtre avait parcouru la commune et annoncé, à grand renfort de roulements de tambour, cette grande première qui consistait à valoriser « les forçats de la terre » dans toute la diversité de leur production.

– Avis à la population ! Pour sa première édition sur notre commune, un comice agricole est organisé qui visera à primer les meilleurs produits et valoriser notre terroir. Venez nombreux pour les applaudir ! Avis aussi aux *balochars*[1] ! Une cabrette et une vièle vous attendent sur le foirail. Et pour les gamins, une partie de jeu de massacre est incontournable.

Qui donc était à l'origine de cette nouveauté ? Pas un habitant du village ne pouvait ignorer que l'instigateur n'était autre que Léonce Destremx, l'homme aux multiples talents !

Dernier héritier en date d'un immense domaine dont un aïeul fortuné avait fait l'acquisition au siècle dernier, Léonce était diplômé d'agronomie, un cursus somme toute idéal pour relever dignement le flambeau de ses prédécesseurs. Président de la chambre d'agriculture d'Alais, il poursuivait le combat de ses ancêtres avec panache, celui d'un homme en vue alors que son père et son grand-père n'avaient été que des acteurs de l'ombre.

Membre actif, par amour de la belle langue d'oc, de la jeune école littéraire de Provence qui prendra ensuite le nom de Félibrige au souhait de Frédéric Mistral, son fondateur, Léonce multiplie les rencontres entre passionnés comme lui de mots et de poésie. Joseph Roumanille et Léontine Goirand sont les plus fidèles à répondre à ses invitations.

Sa passion littéraire et sa création de contes et de poèmes ne l'éloignent jamais longtemps de sa vocation paysanne, et c'est par le biais d'un ami de son père, M. La Chadenène, qu'il a assisté, vingt ans plus tôt, au premier comice agricole d'Alais, orchestré par ce dernier.

---

1. Danseurs.

Frappé par la polychromie du décor, par les sonorités de l'animation et l'enthousiasme des participants, il s'était fait, au retour de la manifestation, une promesse :

« Un jour, j'organiserai pareil concours à Saint-Christol et nos paysans n'auront pas à rougir de leurs mains calleuses. »

Promesse tenue ! Pour être tout dévoué à la cause paysanne dans tous ses états, on n'en est pas moins chauvin, aussi personne ne s'étonna que le prix d'honneur du premier comice saint-christolen vînt couronner la « vacherie » Destremx, un modèle de production laitière, un véritable tour de force dans une région où la chèvre tient le haut du pavé ! Après avoir remercié avec emphase et dans le style ampoulé de Pindare dont il prisait les odes, Léonce Destremx se fit à son tour distributeur de bons points.

– J'appelle, sur ce podium, Marius Bernard ! Marius Bernard est-il là ? claironna-t-il en scrutant la foule.

Un homme, à cet appel, se fraya un passage dans la foule ; il était sec et noueux comme un pied de vigne, le poil chenu et le visage buriné.

– Voilà ! Voilà, on arrive ! lança le vieil homme égrotant.

On l'avait prévenu, la veille, que le maître du domaine le mettrait à l'honneur et lui, l'homme sans histoires, l'ouvrier agricole discret jusqu'à l'effacement se dit bien aise de recevoir une médaille.

– Pour sûr que je viendrai ! avait-il assuré M. le maire qui insistait sur sa présence « indispensable ».

Destremx lui tendit une main pour l'aider à monter sur l'estrade et la garda dans la sienne tout en discourant :

– Qu'il me soit permis d'honorer en ce jour le dénommé Marius Bernard pour cinquante-deux années de bons et loyaux services en tant qu'ouvrier agricole sur mes terres.

Ovation du public et impassibilité dudit lauréat, voire embarras ; la cocarde épinglée au bourgeron tout neuf et le diplôme au bout des doigts, il restait planté comme un piquet. Léonce Destremx voulut l'aider à s'exprimer :

– Tu avais certainement quelque chose à nous dire, mon brave Bernard ? On t'écoute.

– Eh bé, c'est pour demain…

– Pour… demain ? Pour demain, quoi ? s'étonna Léonce.

– À savoir si demain je vais à la vigne pour épamprer ou dans les champs y retourner le foin. Le bayle ne m'a rien dit.

Sa réflexion déclencha l'hilarité bruyante de la foule que Léonce Destremx calma bien vite d'un geste apaisant et d'une parole de thuriféraire.

– Voilà bien la preuve que nous ne nous sommes pas trompés en te désignant meilleur ouvrier agricole, Bernard ! La conscience professionnelle est une vertu à cultiver sans modération.

Après cet intermède comico-paternaliste se succédèrent dans l'ordre le lauréat du concours de labour, celui de la meilleure taille de vigne et de la meilleure taille d'olivier avant d'en venir aux produits, à proprement dit. Vins, huile d'olive, *bajanes*[1] et enfin céréales eurent droit à leur label de bronze, d'argent et d'or.

– Médaille d'or pour le blé à farine : domaine Laroche-Peytavin !

En voilà un qui ne boudait pas son plaisir ! Néophyte en la matière, maître Guillaume, le patron de la verrerie, s'étonnait régulièrement du développement de sa propriété et se félicitait de son rentier, aussi le convia-t-il à venir le rejoindre sur l'estrade.

– Venez partager cet honneur, Teissier ! Devant tout un village, je tiens à vous remercier pour le travail que vous fournissez dans mes terres. Tenez, le trophée est à vous !

1. Occitan : châtaignes séchées.

C'est donc ce plaisir partagé qui avait mis le rose de l'excitation sur les pommettes d'Henriette et du baume sur le cœur meurtri d'Étienne Teissier. Maria, une ébauche de sourire sur son visage trop longtemps empreint de chagrin, s'apprêtait à prolonger leur joie et ouvrir une nouvelle ère au mas de la Tour de Billot.

– J'ai longuement parlé avec ton cousin Daniel qui m'a rendu visite. Son conseil m'est précieux, il est temps que Tiennot reprenne, ici, sa place.

Sur le chemin de retour à Boujac, la même joie emplissait le cœur de Lucie et de ses enfants ; ils étaient fiers de leur époux et père, mis fort justement à l'honneur.

D'ordinaire véritable poule grise à couver ses petits, la jeune femme s'était abandonnée, aux bras de son époux, à quelques pas de danse, recommandant toutefois à son aîné la surveillance du petit Jules. Le retour au mazet accusait la fatigue des grands et surtout des petits ; les pas mesurés de Jules ralentissait l'allure et l'atonie de François ne manqua pas d'alerter Lucie.

– Je t'avais pourtant dit de rester à l'ombre, mon droulet, tu es tout fiévreux ! constata-t-elle en posant une main douce sur le front du gamin.

Peu enclin à s'attrister, Tiennot fit remarquer :

– Il est habillé trop chaudement, ce gosse ! Tiens, il transpire avec cette flanelle sous sa grosse chemise de coton.

Dégrisée, Lucie veilla toute la nuit sur le sommeil de son François qui toussait, éternuait, s'étouffait et suait à grosses gouttes. Au premier chant du coq, l'enfant se calma enfin et trouva le sommeil. Une fois de plus, Lucie avait tremblé pour son garçon et une fois de plus ses prières étaient exaucées : le souffle de François avait retrouvé sa régularité. Alors que la maisonnée dormait encore, elle sortit sans bruit.

« Si quelque garenne s'est pris à mes collets, se disait-elle avec un sourire jubilatoire, j'achèterai un fortifiant pour François et une fiole de "chiarini" pour lui couper les vers. »

À son retour, sa carnassière bien garnie lui battait les reins et sa bouche s'étirait d'un sourire mutin qui mourut sur ses lèvres en distinguant la jardinière de ses beaux-parents arrêtée devant la maison. Un arrière-goût de mauvaise nouvelle lui tira une grimace.

Ouf ! L'air jovial de son époux la rassura.

– Tu ne devinerais jamais, Lucie ! s'exclama-t-il.

Non, elle n'aurait pas deviné ! Et même aurait préféré rester dans l'ignorance de cette proposition qui bouleversait, une fois de plus, sa vie. Ah ça, non ! Elle ne sautait pas de joie, Lucie, à l'idée de retrouver le domaine de la Tour de Billot et, avec lui, le carcan dans lequel voulait l'enfermer sa belle-mère ! Hélas, ses désirs ne pesaient pas bien lourds face aux arguments, à vrai dire imparables, de son époux.

– Travailler pour soi, c'est tout de même autre chose que de trimer pour Guillaume Laroche-Peytavin ? Et puis, ici, nous sommes à l'étroit.

– Moi, je m'en contente.

– Il faut de l'ambition pour nos fils, Lucie.

– Ta mère n'est pas facile à vivre, Tiennot, je ne t'apprends rien.

– Elle a changé, Lucie. Les malheurs rognent les ongles et liment les dents.

– Puisque tu en as décidé ainsi... soupira-t-elle.

L'installation au mas ne fut pas pour calmer ses appréhensions. Maria avait nettoyé la magnanerie, Étienne l'avait blanchie à la chaux et en faisait les honneurs à leur bru.

– C'est plus de place qu'il vous en faut pour quatre lits, n'est-ce pas ? De plus, c'est propre et sain.

– Et pratiquement inchauffable l'hiver ! Si encore il y avait une cheminée.

– Il n'est jamais bon de dormir dans une pièce surchauffée.

– Vous parlez d'or, ma mère, vous qui profitez des dernières braises de la cheminée.

– Et vous, ma fille, qui avez toujours de bonnes idées, mettez-les à profit ! Il faut bien, après tout, que l'argent de votre dot serve à quelque chose !

Pour le confort de ses fils, Lucie capitula. Elle préleva cent francs sur son pécule et l'on fit venir un maçon qui monta des cloisons, qui gâcha du plâtre, qui carrela. Il restait dix-huit francs qui servirent à acheter un poêle à bois émaillé, du plus bel effet. La jeune maman retrouva le sourire et le mas se trouva équipé de deux chambres spacieuses qui aiguisèrent l'envie d'Henriette.

– Que diriez-vous, belle-sœur, si j'installais mon lit dans la chambre de mes neveux ? Je pourrais veiller sur leur sommeil, je leur lirais des histoires le soir…

Fine mouche, Lucie comprit à demi-mot les vraies raisons de la jeune fille. N'avait-elle pas subi, elle aussi, cette promiscuité gênante avec son père, dans sa vie d'adolescente ?

– C'est une bonne et généreuse idée, Henriette. Ton aide me sera précieuse, les nuits de François sont si souvent agitées à cause de ses difficultés respiratoires. Au fait, as-tu demandé la permission à ta mère ?

– Je saurai la convaincre. Merci, belle-sœur, je me sentirai bien avec les petits.

– Tu peux me tutoyer, Henriette.

– Je n'oserai jamais, Lucie, mais cela n'empêchera pas notre amitié.

Maria donna son accord à sa fille, d'autant plus aisément que la fragilité de son sommeil lui procurait des nuits pénibles. L'oppression qui l'étreignait n'était plus le seul fait d'angoisses et de neurasthénie mais dénonçait une pathologie plus grave que Maria dissimulait à son entourage.

Tout était soubresaut dans son cœur malmené : un courrier, pourtant rare, de Jeandré qui lui venait de la province de Ki-Lin, près des steppes de Mongolie, les cris de François et Jules se chamaillant dans la cour de la ferme, jusqu'à l'annonce d'un orage de grêle qui lui faisait perdre tout raisonnement.

Maria, à l'évidence, s'épuisait dans tous les gestes qui avaient fait son quotidien, sa voix prenait des faiblesses inconnues jusque-là, sa parole était plus rare et son regard moins acéré. Quant à sa relation avec Lucie, elle allait s'humanisant.

– J'ai entendu François qui toussait cette nuit. Lui avez-vous donné du sirop, ma fille ? Ce soir, je vous conseille de lui préparer une tisane avec de la mauve et des boutons de camomille, ça l'apaisera.

Débiter toute cette phrase lui avait valu le souffle court et la pâleur de son visage et de son cou qui affolèrent Lucie.

– Ne vous mettez pas en souci pour François, mère, cela va passer avec les beaux jours. Mais c'est pour vous que je m'inquiète. Vous avez le sommeil si fragile ! Vous souffrez ?

– L'âge ne fait pas de cadeau, j'en conviens. N'en soufflez mot à Henriette, elle est si joyeuse depuis que vous êtes revenue.

Peine perdue ! Henriette, comme toute la maisonnée, voyait dépérir sa mère.

– Maman, je vous en prie, consultez un médecin, insistait la jeune fille, relayant les mêmes exhortations de son père.

– Rien ne presse, mon enfant. Attendons les effets de la potion que m'a donnée ton père. Tiens, apporte-moi le panier à légumes pour que je prépare la soupe, il n'y a guère plus que cela dont je suis encore capable.

Contre toute attente, la médication à base de valériane apporta un réel soulagement aux palpitations de Maria et lui donna un regain de vigueur qu'elle mit à profit pour reprendre en main sa maisonnée.

– Comment, Lucie ? Les mûriers bourgeonnent et vous n'avez pas encore mis la graine de vers à soie à éclore ? Mais où avez-vous donc la tête ?

– Je pensais, mère... toutes ces éducations avortées... tout ce temps perdu, en vain...

– Chez vous, le défaitisme est chronique ! Allons, secouez-vous, ma fille !

Année après année, désastre après désastre, Maria ne désarmait pas et entreprenait, la constance chevillée au corps, un élevage qui, à terme, serait détruit comme tant d'autres par la pébrine qui continuait ses ravages en Cévennes.

– Certains magnaniers viennent à bout de leur pari, je le sais. Pourquoi pas nous, cette année ? Toutes les conditions sont réunies : des locaux sains, aérés, chauffés le cas échéant, les feuilles sont issues d'arbres forts, charpentés...

– J'ai entendu dire que la maladie pourrait provenir de la graine, avança timidement Lucie.

– Foutaises ! Où avez-vous entendu pareilles sornettes ?

– Sur le marché de Saint-Christol. Des fermières qui travaillaient dans la magnanerie de M. Destremx assuraient avoir réussi une belle production avec de nouvelles graines achetées à un fournisseur d'Anduze.

– Des idées tout juste bonnes à faire monter le prix de leur marchandise. Je les connais, moi, les grainiers !

L'idée, cependant, n'était point sotte et Maria non plus, elle se tourna vers Lucie, le visage amadoué et l'encouragea :

– Eh bien, renseignez-vous et achetez ce qu'il faut, à qui il faut. Il me tarde de sentir entre mes doigts cette bonne vieille filoselle qui tant occupait mes soirées à confectionner des couettes et courtepointes.

Les bavardages des magnanarelles de Saint-Christol n'étaient pas des parlottes en l'air. Il se trouvait en la bonne ville d'Anduze un marchand facturier dénommé Charles Bourbon qui se désespérait de voir son négoce péricliter faute de marchandise à acheter et à revendre.

Acquis lui aussi à la présomption que la faute résultait des graines contaminées, il conçut le projet d'aller acquérir une semence pure, exempte de tout vice, de toute maladie, une graine qui n'aurait connu d'autre air que celui de son berceau : le Caucase.

Le nerf de la guerre, celui de l'expédition plus justement, lui fut fourni par deux hommes fortunés, habitants de la Vallée Borgne. MM. Vissac et Gal de Saint-André-de-Valborgne lui mirent le marché dans les mains.

– Voilà trente mille francs pour couvrir les frais de votre voyage, de votre séjour, pour l'achat de graines et leur acheminement. Topez là pour la confiance, Bourbon !

Charles topa et les deux mécènes – guidés par l'intérêt – l'accompagnèrent jusqu'à la Montagnarde, la diligence des hautes vallées du Gardon, qui devait le déposer à Nîmes, première et plus facile étape de son périple qui ne manqua pas de péripéties.

Diligence, bateau, fourgon à quatre roues, chevauchées à cru, rien n'effraya Charles Bourbon car sa détermination était celle d'un homme d'affaires devant réussir sa mission.

« Ça passe ou ça casse ! » avait-il coutume de dire à l'aube de chacun des trois cent quarante jours que dura l'expédition.

Il parvint enfin à Nouka, à six jours de marche de Tiflis en Géorgie, et là son expérience commerciale le servit merveilleusement pour faire l'acquisition, à meilleur prix, de six cents kilogrammes de graines qu'il fallut soigneusement emballer, conditionner pour voyager par terre et par tous les temps jusqu'à l'embarquement dans les cales d'un navire qui vida sa cargaison sans encombre à Marseille.

Mission pleinement réussie. La graine fut vendue au prix de quatre cent cinquante francs du kilo. Sept cents pour cent de bénéfice ! MM. Vissac et Gal se frottaient les mains : Charles Bourbon était un associé fiable !

Le printemps rieur qui avait instillé une sève bienfaisante à Maria se révéla, en réalité, humide et tempéré.

– Bon pour le blé ! se réjouissait Tiennot.

– Détestable pour la vigne ! répondait Étienne en écho.

Nocif pour Maria dont les chevilles enflées accroissaient la fatigue récurrente.

– Ce n'était pas une si bonne idée que d'investir quatorze francs de graines chez ce M. Bourbon qui est décidément un arnaqueur, se lamentait Lucie qui avait dû mettre la main dans son pécule.

– Ne regrettez rien, chère Lucie, la réconfortait son beau-père. Les magnans ont l'air en pleine forme et mon épouse vous saura gré de lui donner cette joie à laquelle elle ne croyait plus.

Bien que trop affaiblie pour monter à la magnanerie, Maria interrogeait quotidiennement sa fille et sa bru.

– Où en sont-ils ? À la troisième mue ?

– Ils sont magnifiques, mère.

– Ont-ils cessé de manger ? Cherchent-ils la bruyère ?

Un matin, Lucie descendit dans la salle avec des airs de mystère, ce qui interpella la perspicace Maria.

– Que se passe-t-il, Lucie ? Un coup de froid ?

– J'ai un cadeau pour vous, mère !

Ce disant, elle déposait dans la main tremblante de Maria un doux cocon vaporeux que la malade caressa avec une infinie délicatesse.

– Lucie, vous avez redonné vie à notre magnanerie ! Venez que je vous embrasse.

C'était la première fois qu'elle le faisait avec sincérité.

Pour une réussite, ce fut une belle réussite ! Pas moins de cinquante-cinq kilos de cocons neigeux que les mains de femmes arrachèrent délicatement à leurs branches de bruyère sous le regard humide de Maria dont les mains, posées sur le tablier blanc, tremblaient d'une émotion retrouvée.

L'été et son cortège de travaux des champs occupait Étienne, son fils et sa fille. Lucie restait auprès de Maria qui réclamait sa présence de façon détournée.

– Il vaut mieux que vous restiez à la maison, vos enfants ont besoin de leur mère. Voyez-vous, Lucie, moi je n'ai eu que peu de temps à donner aux miens. Je le regrette.

Qui aurait reconnu l'altière Marie-Antoinette Palade dans cette femme habitée de regrets et livrée aux mains de sa bru qui lui faisait sa toilette, l'installait dans des draps propres, lui faisait boire un bouillon ? La journée de Maria était jalonnée de nombreux et courts sommes ; Lucie demandait alors à ses fils de ne pas troubler le repos de grand-mère.

– Grand-mère est malade. Je crois bien qu'elle va mourir.

Cette pensée trottait dans la tête de François, il lisait tant d'inquiétude sur le visage des adultes ! Jules demanda distraitement :

– C'est quoi, la maladie de grand-mère Maria ?

– Elle a de la peine à respirer.

– Comme toi, François ! Alors, toi aussi, tu vas mourir ?

François n'avait plus envie de jouer, la réflexion de son petit frère lui faisait l'effet d'une douche glacée. Il essaya pourtant de se réconforter.

« Grand-mère est vieille. À son âge, il est normal de mourir. Moi, je n'ai que treize ans… »

Cette nuit-là, François s'étouffa jusqu'au bleuissement des lèvres et des extrémités digitales. Sa respiration sifflait, le courbait en deux et son front se couvrait d'une sueur froide. Affolée, Henriette appela Lucie et toutes deux le frictionnèrent, l'éventèrent jusqu'aux premières lueurs du jour qui l'apaisèrent dans un lénifiant sommeil.

Jules, qu'on croyait endormi, se dressa sur son lit et demanda :

– Il est mort, François ?

La main de Lucie s'abattit sur la joue du gamin.

– Tiens, ça t'apprendra à dire des bêtises !

L'enfant fragile se remit de cette crise, comme des précédentes, sans que l'on songeât à consulter un médecin.

À peine finissait-on les vendanges – une année bien modeste –, et déjà les châtaigniers offraient au regard attentif leurs bogues prêtes à se fendre d'un éclatant sourire pour livrer au regard les fruits bruns et luisants.

Fidèle à son rendez-vous pérenne, l'automne s'annonça dans une bourrasque échevelée qui agitait les arbres et secouait les tuiles sur le toit.

En avance sur le calendrier rationnel des hommes, l'hiver de Maria était arrivé. Depuis plusieurs jours, une profonde anémie s'était emparée d'elle et, si sa respiration bruyante et saccadée était souffrance pour son entourage, elle semblait hors de ce corps pantelant. Calée contre un monticule d'oreillers qui lui conféraient une posture assise, ses belles et longues mains blanches étalées sur le revers du drap, elle somnolait ou faisait semblant. C'était tellement plus facile que de croiser le regard désespéré d'Étienne, celui larmoyant de sa fille, de son fils, de sa bru.

Avec cette dernière, les mots venaient plus aisément.

– Mon Étienne aura besoin de vous après mon départ. Ne l'abandonnez pas, Lucie. Je vous en prie, donnez-lui tout ce que je n'ai pas su lui offrir, la patience, la sollicitude, la compréhension.

– Ne parlez pas ainsi. M. Étienne vous aime tant !

– C'est bien cela notre ciment, l'amour ! Ah oui, je l'ai aimé, mon Étienne !

Est-ce donc le regard lumineux de son époux, ses yeux emplis d'amour qu'elle emporta comme viatique pour son ultime voyage ? À moins que ce ne soit l'étreinte sauvage de Kaspar Kopper ? Ou bien la petite bouche de Jean-Baptiste suçant son sein tout neuf, la nuit de sa naissance ? À voir la sérénité de son visage ivoirin, c'était certainement un magnifique bagage dont elle se saisit pour franchir la frontière d'une autre vie. Elle incarnait l'image de l'apaisement retrouvé, et l'assurance de cette paix intérieure émanant de cet être si cher réconforta Étienne.

Les années qui lui restaient à vivre étaient porteuses de cette quiétude qui lui avait fait tant défaut sa vie durant.

VIII

Victorin Canonge dit « Lavigne »

Le Cévenol a le sobriquet facile qui, rarement flatteur, exacerbe plus qu'il ne comble l'intéressé, la plupart du temps, consentant tant il est vrai que l'on tolère plus facilement ses propres imperfections que celles d'un quidam.

Victorin Canonge ne faisait pas exception à la règle et répondait volontiers au surnom de « Lavigne » dont on l'avait fort judicieusement affublé.

Certains pourraient voir, dans ce qualificatif imagé, une allusion aux ceps noueux et nombreux dont il serait propriétaire au décès de son père, ce ne serait pas faux. D'autres, songer que l'on faisait référence au métier qu'il exerçait et ce ne serait que justice, viticulteur il était, une fonction héréditaire qu'il prenait garde de ne pas renier, bichonnant sa vigne comme un cocher étrille ses chevaux.

Or la vraie raison de ce nom d'emprunt sous lequel tout un village le connaissait était certes liée à la vigne et surtout au raisin, plus précisément à son jus fermenté qu'il prisait sans modération, disons même avec outrance. Premier consommateur de la production familiale, il ne cachait pas ce mauvais penchant.

Cette néfaste habitude venait-elle du père qui initia le fils, ou bien du jeune homme qui entraîna son géniteur, sans coup férir, dans cette détestable habitude ? Seule Cécile Canonge, leur épouse et mère, témoin de leur déchéance, aurait pu témoigner en son âme et conscience, les deux hommes se refusant à s'arroger la gloire ou la honte d'un tel comportement. Las, la pauvre femme, lasse de leurs querelles de poivrots, de leurs sinistres beuveries à huis clos et de leurs violences d'après boire, avait quitté son monde de misère avant d'atteindre sa cinquantième année.

Plus encore livrés à eux-mêmes depuis le départ de la malheureuse qui leur renvoyait l'image repoussante de leur déchéance, les deux hommes s'enfermaient dans leur maison dès le milieu de la journée et s'enivraient jusqu'à perdre connaissance, buvant à même la cruche lorsque trop de verres sales s'entassaient dans l'évier.

Comme par miracle, au petit matin, père et fils arpentaient leurs vignes, fontaine de leur perdition, binaient, sarclaient, épampraient, désherbaient avec frénésie jusqu'à ce que leur gosier desséché réclamât son comptant de boisson.

– Hé ! Lavigne ! La récolte sera bonne ?

– Plût à l'Éternel de protéger la récolte !

Encore un trait de caractère de Victorin Canonge que de mêler Dieu à ses vœux coupables ! Le coquin ne manquait jamais le culte. Peut-être y cherchait-il une sorte d'absolution.

Les voisins, moqueurs et envieux, s'extasiaient devant les terres soigneusement labourées, la vigne taillée à temps, traitée de même et les grains fermes dessous leur pruine.

Physiquement, Victorin Canonge portait avantageusement ses vingt-huit printemps ; une belle taille, des épaules carrées, des bras musclés, il ne manquait pas d'allure au culte, le dimanche matin, sanglé dans un costume de velours noir sur une chemise blanche. Sa voix de baryton le désignait pour entonner les chants puissants, les psaumes martiaux et le temple de Boisset tremblait dans ses vieux murs quand il enflait son torse et que sortait, comme d'un coffre de résonance, l'hymne glorieux :

« À toi la gloire, ô ressuscité
À toi la victoire pour l'éternité. »

Et avec ça, beau parleur, le bougre !

À la sortie du temple, tenant son chapeau à la main, il s'inclina, un peu trop ostensiblement à son goût, devant une jeune fille toute menue dans ses vêtements de deuil et toute rosissante d'être ainsi le point de mire.

Sa robe d'escot laissait deviner une cheville fine sous d'épais bas noirs et le petit plissé blanc qui bordait l'encolure de sa guimpe faisait ressortir la joliesse de son visage rond au teint mat éclairé de beaux yeux gris. De sa coiffe en percale noire au bavolet de dentelle empesée croulait une longue chevelure brune qui lui tombait jusqu'aux reins.

– La jolie demoiselle a-t-elle quelqu'un pour la raccompagner ? s'enquit l'audacieux Victorin.

C'était bien la première fois qu'un jeune homme adressait la parole à Henriette, la première fois aussi qu'elle se rendait seule, à Boisset, pour assister au culte. Son père, encore ébranlé par la mort de sa femme, préférait la solitude de ses champs et Lucie restait au chevet de François qu'une nouvelle crise laissait délicat.

Henriette baissa la tête pour dissimuler sa gêne et balbutia :

– Je n'ai besoin de personne, monsieur, je connais mon chemin.

– Je n'en doute pas, demoiselle ; cependant, si mignonne et toute seule, c'est là un grand malheur !

Il allait vite en besogne, le fougueux Victorin, scrupuleusement sobre le jour du Seigneur ! Henriette, elle, avait de la repartie.

– Le malheur, monsieur, serait que mon père me surprenne à parler avec un inconnu.

– Victorin Canonge, pour vous servir. Voilà, je ne suis plus un inconnu.

– Le nom ne fait rien à l'affaire. Je ne vous connais point !

Sur cette fin de non-recevoir, Henriette prit la direction du mas de la Tour de Billot… Victorin sur ses talons, qui faisait la conversation sans attendre une hypothétique réponse.

Arrivée en vue du mas, elle s'entendit cependant émettre une audacieuse question :

– Nous reverrons-nous, monsieur… Canonge ?

Plusieurs rencontres soigneusement orchestrées par Victorin, mais que la naïve Henriette persistait à croire fortuites, permirent aux deux jeunes gens de tisser des liens et d'ébaucher franchement des projets d'avenir. Fleurirent alors rumeurs et ragots dans le village.

– Je l'ai vu, de mes yeux vu ! Lavigne court la prétentaine avec la fille d'Étienne Teissier. Pas sûr qu'il soit agréé, ce boit-sans-soif !

– Hier, ils se baisotaient le museau sans vergogne près du ruisseau de Carriol où la mijaurée prétextait ramasser des asperges sauvages !

Clouant le bec aux mauvaises langues, l'amoureux vigneron rétorquait à la cantonade :

– C'est pour la bonne cause que je courtise l'Henriette. Moi, je veux la marier !

Et pour cela, le garçon s'était acheté une conduite. Fuyant l'atmosphère avinée de la maison paternelle, il travaillait de soleil à soleil, prenait soin de ses vêtements et arrivait à ses rendez-vous galants propre et le cheveu lissé, l'haleine fraîche, le cœur chaud… et le geste audacieux.

Au début, Henriette rougissait sous le regard enflammé qui s'appuyait sur les formes appétissantes de son corps de vingt ans ; elle feignait l'irritation quand ses propos cajoleurs dépassaient le stade de la bienséance et qu'il faisait assaut de galanterie, de plus en plus poussée, puis s'abandonnait dans ses bras qui promettaient l'extase.

– Vous ne me forcerez pas, Victorin ?

– L'Éternel m'en préserve !

Il n'en devenait pas moins fou de désir, lui enserrait la taille de ses deux mains et posait ses lèvres chaudes et brûlantes de passion dans le cou de la jeune fille.

– Arrêtez, je vous en prie !

– J'ai faim de toi, Henriette. Je veux que tu sois mienne.

– Je le serai un jour. Laissez-moi partir, Victorin.

– Je te veux à moi, tout à moi, tout de suite.

Une bouche avide se plaqua sur ses lèvres, une main habile dégrafa son corsage tandis que l'autre, impertinente et fébrile, soulevait son jupon, fouillait sans retenue son linge de corps.

– Arrêtez ! Pitié ! Si mon père...

– Il sera mis devant le fait accompli. On gagnera du temps. Ce soir, tu es à moi, je le veux !

Renversée, dénudée, possédée mais offerte, Henriette subit l'assaut brutal de Victorin Canonge, s'efforçant de tout son être, mais en vain, de trouver dans cette violence charnelle une parcelle d'amour, une once de respect.

Son air chiffonné trahissait sa déconvenue, son front semblait porter la marque de la honte ; Victorin fit mine de s'en émouvoir. Glissant un doigt sous son menton, il lui fit relever la tête pour saisir goulûment ses lèvres.

– C'est toujours mieux la deuxième fois... pour les filles. Reviens demain, tu ne seras pas déçue !

Les joues en feu et le cœur chaviré, le jupon taché et la coiffe de guingois, Henriette n'avait pas fière allure en rentrant au mas ; elle grimpa prestement à la chambre pour se rajuster et refréner les battements de son cœur. Elle ne se reconnaissait plus dans le miroir qui lui renvoyait l'image d'une pécheresse.

« Ce que j'ai fait est très mal, je ne dois plus rencontrer Victorin », se promit-elle.

Le lendemain, à l'heure convenue, elle courait au-devant de son galant, plus soucieuse de ne pas le décevoir que d'aller vers son propre désir. Se savoir belle, désirable et par là même aimée, suffisait à un bonheur qu'elle croyait, naïve enfant, être éternel.

Tout s'effondra un beau matin. Défaits, épars, moirés de reflets d'airain, les longs cheveux d'Henriette s'étalaient sur ses épaules comme une cape de deuil dont elle se serait drapée. Sur son visage, affreusement pâle, quoique constellé de tavelures rougeâtres dues aux efforts qu'elle venait de fournir, des larmes intarissables s'écoulaient de ses yeux agrandis par le désarroi qui s'emparait d'elle.

Un nouveau spasme la plia en deux et, dans un hoquet bruyant, elle vomit un peu de bile amère et aurait chancelé si Lucie, alertée par les gémissements qu'elle ne pouvait réprimer, n'avait fait irruption dans la chambre. Il leur suffit d'échanger un regard pour que Lucie comprenne la situation et qu'Henriette devine qu'elle avait une alliée. La preuve : sa belle-sœur lui ouvrait les bras !

– Ne pleure pas, non, ne pleure pas, Henriette. Il n'y a rien de terrible dans ce qu'il t'arrive...

– Au contraire, Lucie, c'est affreux ! Oh oui, affreux !

– Ne parle pas ainsi. Attendre un enfant, ce n'est pas un malheur, mais une grande joie qui nous est donnée...

– Pas dans mon cas, Lucie ! Je suis fille et j'ai fauté. Que va dire mon père ?

– Le mieux, c'est d'aller lui parler. Allons-y tout de suite.

Un peu de colère, passablement de honte et beaucoup de peine ! Étienne Teissier était effondré. Confronté à la situation de sa fille, il comprenait maintenant, pour les vivre à son tour, les affres de son beau-père Jean Palade.

« La vie n'est-elle qu'un éternel recommencement ? se disait-il en se prenant la tête à deux mains. Hier la mère, aujourd'hui la fille. Toujours la même faute ! »

Il y avait cependant une variante à la situation d'Henriette par rapport à celle qu'avait connue Maria : Victorin Canonge était prêt à réparer sa faute.

Bien que déçu par l'attitude légère de sa fille et dépité par son choix hautement critiquable, Étienne consentit à recevoir Victorin et accéda à sa demande.

– Je te donne ma fille, Victorin, mais n'en fais pas une *trimarde*[1] sinon tu auras affaire à moi.

– Elle sera comme une reine dans la maison de mon père, vous pouvez en être assuré, père Teissier.

Était-il sincère ? Était-il sournois ?

À la veille de son mariage, de confus sentiments troublaient le cœur d'Henriette. Fébrile à l'aube d'une nouvelle vie et pleine d'espoir à l'idée d'être mère, un profond émoi l'étreignait à l'idée de quitter la maison paternelle, d'y abandonner ses souvenirs, surtout d'y laisser un père qu'elle avait profondément déçu.

La générosité d'Étienne déclencha chez elle un torrent de larmes. Désireux de doter sa fille, il avait fait consigner, par écrit chez un notaire, la valeur des biens dont il la nantissait.

... Une grande armoire quatre-vingts francs, une autre armoire vieille vingt francs, une table de cuisine quinze francs, un pétrin vingt francs, six chaises dix francs, ustensiles de cuisine pour une somme de vingt francs.

Tel fut son « bagage » que comptabilisa maître Gontier, notaire à Anduze.

1. *Ici pris dans le sens d'esclave au travail.*

Le futur époux, lui, n'avait que des « espérances », comme l'avait fait noter sur le contrat le père Canonge qui réfutait toute communauté de biens : *Canonge père concède à son fils la somme de trois cents francs, qu'il lui versera quand bon lui semblera...*

* *
*

Assurément, quand vint pour François le grand jour de sa première rentrée à l'école, son grand-père fut le plus heureux. Quand il s'avéra qu'il s'appliquait de belle façon à rattraper son retard, à combler ses absences répétées pour raison de maladie, la jubilation d'Étienne fut à son comble. Lui qui avait été, dans sa jeunesse, privé de la longue scolarité qu'il envisageait savourait le bonheur du prolongement de ses rêves à travers son petit-fils.

– Il ira loin, le petit, prophétisait-il en jetant un coup d'œil sur le carnet de notes que le gamin lui glissait sous le nez, attendant son verdict.

– Vous avez vu, grand-père ? « Élève appliqué » a écrit le maître. Pour sûr que je m'applique ! Tant pis si les autres se moquent de moi.

– Laisse-les dire, François. Ce sont des envieux.

Depuis 1842, le village de Bagard avait sa maison d'école. Opiniâtres, le maire et son conseil municipal tenaient à ouvrir les portes du savoir au plus grand nombre et, pour cela, avaient fait préemption sur une petite bâtisse située au cœur du village, au grand dam de ceux qui, depuis longtemps, convoitaient ce bien à l'abandon.

L'ancienne cuisine, convertie en salle de classe, la resserre seulement éclairée d'une lucarne dévolue en alcôve, on ne peut pas dire que l'instituteur nommé à Bagard soit logé dans un palace. Il s'en contentait cependant et, seul maître à bord de ce minuscule vaisseau, entendait en faire l'antre du français correctement orthographié et des chiffres rigoureusement additionnés.

Y étaient accueillis les enfants dès l'âge de six ans pour sept années d'apprentissage assidu. Peu d'enfants terminaient cette scolarité. Plus rares encore étaient ceux qui la poursuivaient au-delà.

Pour être dans la réalité, la majorité des élèves qui fréquentaient l'école communale avait entre neuf et onze ans, que M. Allier, leur instituteur, répartissait en quatre cours, l'apprentissage de la lecture et de l'écriture, la maîtrise des règles de grammaire et celles de calcul, la consolidation de ces bases enrichie de matières telles l'histoire, la géographie, les leçons de choses et la préparation au certificat, division qui comptait, bon an mal an, deux ou trois candidats, beaucoup de parents ne jugeant pas utile la connaissance des fleuves et rivières de France, ni ses montagnes, ni ses départements.

Dans sa grande générosité, la commune ravitaillait l'école en bois de chauffage et en bougies, avantages en nature qui s'ajoutaient à la somme annuelle de six cents francs que percevait l'instituteur et sur laquelle il devait non seulement vivre, mais de plus acheter les fournitures scolaires.

C'est dire que ces dernières étaient réduites à la plus simple expression : une ardoise, souvent un morceau d'ardoise si on avait la malchance de la casser en cours d'année, de la craie qu'on usait jusqu'au bout des doigts qui grinçaient sur le tableau noir et un cahier de compositions. Le livre du maître, lui, circulait d'un élève à l'autre avec d'infinies précautions et une condition préalable :

– J'exige que vous arriviez en classe avec les mains propres ! serinait M. Allier, sorte de long héron perché sur son estrade.

L'inspection débutait dans la cour.

– Montrez vos mains !

On en voyait alors qui se défilaient du rang et couraient jusqu'à la fontaine, le seul moyen pour éviter la *ginguèla*[1] que ne manquait pas d'assener avec vigueur l'instituteur.

Exigeant et rigoriste. Un portrait un peu réducteur du maître d'école dont s'était doté Bagard. À son actif, on pourrait ajouter consciencieux et tout aussi économe de l'argent public comme du sien propre. Le bois et les chandelles, qui ne lui étaient pas comptés, faisaient l'objet d'un usage modéré, quand bien même, pour cela, il devait grelotter les soirs et nuits de grand froid.

Quant aux émoluments de Louis Allier, une fois payées sa frugale nourriture et la femme du facteur qui lui lavait son linge et le ravaudait soigneusement, il se retrouvait pauvre comme Job si bien qu'une décision du conseil municipal tomba à point nommé pour oxygéner ses finances.

Pour l'annoncer à la population, le garde champêtre joua des baguettes et de la voix :

– Par décision municipale, M. Allier, le maître d'école, se voit confier la mise en place d'une cantine scolaire approvisionnée par les familles dont les enfants prendront le repas sur place, cela afin de soulager les élèves de fastidieux trajets, particulièrement l'hiver où la nuit tombe tôt.

Certes, M. Allier était bien l'instigateur de cette nouveauté et en serait le bénéficiaire ; toutefois, scrupuleux jusqu'au bout, il n'avait pas assisté au vote à main levée afin de ne pas influencer la décision finale. Voilà qui allait lui permettre de manger à sa faim et de « rembourrer » son grand corps efflanqué posé sur de longues jambes, ce qui lui donnait l'air d'un fragile échassier. Et ce n'était pas Lucie, la généreuse mère de François et de Jules, qui aurait oublié de verser son écot.

Le cadet avait retrouvé son frère sur les bancs de l'école et, comme son aîné, donnait des promesses de bonne mémoire

1. *Occitan : baguette.*

et de facilités à énoncer le résultat d'une opération, rejoignant ainsi François dans les louanges de son grand-père.

– Tu m'as l'air bien éveillé pour tes neuf ans, mon droulet ! Toi et ton frère, vous êtes ma fierté.

Lucie, moins sensible aux résultats scolaires de ses fils qu'à leur alimentation, se souciait de fournir régulièrement les provisions.

– François, mon grand, n'oublie pas le panier de pommes de terre pour porter à M. Allier, et toi, Jules, voilà deux douzaines d'œufs, prends garde de ne pas les choquer en route.

Levé aux premières lueurs du jour, Louis Allier nettoyait la salle de classe, allumait la cheminée et mettait la soupe à cuire en fonction des éléments envoyés par les familles. Pommes de terre et légumes au printemps, gruau ou pois cassés en hiver, et toujours des tronçons de lard que chacun mangerait sur une tranche de pain. La soupe du maître avait, pour ses élèves, un goût de récréation.

Chacun des demi-pensionnaires apportait son pain et l'on pouvait alors juger de l'aisance ou de la gêne des familles selon que le pain était noir et les tranches parcimonieuses ou qu'il s'agissait de larges tartines graissées de saindoux.

Rangement, ménage ponctuaient la fin du repas et, chacun son tour, les enfants rendaient la salle de classe à sa fonction première. Ce qui n'était pas du goût de Jules. François, de bonne composition, ne rechignait pas à la tâche.

Il passa brillamment, bien qu'avec deux années de retard, les épreuves alambiquées du fameux certificat avec, qu'on l'excuse du peu, cinq points d'avance sur le propre neveu de l'instituteur, le jeune Gustave Allier. Devant son ardeur à étudier et sa faible résistance aux durs travaux de la terre, son père s'accommoda du sacrifice financier que représentaient des études qui lui ouvriraient les portes d'un métier plus adapté à sa santé.

– Il te faudra coudre un trousseau pour notre pensionnaire, Lucie. Voici la liste que demande le collège où va aller notre fils. Tu es fière, hein, ma Lucie ?

– Je suis surtout inquiète à l'idée de le savoir loin de moi.

– Il rentrera tous les samedis, tout de même !

C'était sa façon à Tiennot de dissimuler ses propres appréhensions. Un qui jubilait dans son coin, c'était bien Étienne ! Il est vrai que le vieil homme prenait les joies comme elles se présentaient, les appréciant à leur juste valeur.

Ainsi, à la naissance de Ferdinand, le fils d'Henriette, s'était-il bouché les oreilles aux médisances pour mieux savourer le bonheur d'être une nouvelle fois grand-père.

Les mauvaises langues, elles, s'étaient déchaînées.

– L'Henriette, elle a fait Pâques avant les Rameaux ! pouvait-on entendre glousser au lavoir ou bien à la fontaine.

– Bah ! Il faut bien que jeunesse se passe !

* *
*

Dans la vie de Victorin Canonge, la tempérance dura... ce que vivent les roses, l'espace d'un instant, celui d'une saison, et encore... Et les lendemains enchanteurs qu'Henriette était en droit d'attendre furent en réalité des jours de grisaille et des nuits de profonde angoisse.

En fin de journée, Lavigne père et fils devenaient exigeants, querelleurs et grossiers. Henriette n'avait de répit qu'au coucher des deux ivrognes, elle en profitait pour coudre à la bougie et préparer une layette décente pour l'enfant, travaux qu'elle se résignait à faire en catimini.

– Femme futile ! Tu perds ton temps à des bêtises, range ta laine et tes aiguilles, il y a mieux à faire dans cette maison. Ma parole, il faut tout te dire ! s'irritait l'énergumène.

À d'autres moments, il s'en prenait à l'enfant à naître, le rendant responsable d'une situation que, disait-il, on lui avait imposée. Et de rabrouer de plus belle sa malheureuse épouse.

– Quel besoin tu avais de tomber enceinte, *bédigasse*[1] ? Si tu te voyais avec ta bedaine et tes yeux cernés !

Le pire fut quand, semblant s'amadouer, il tenta de l'entraîner, malgré son état, dans sa délétère dépendance.

– Viens t'asseoir près de moi, ma belle, et bois à mon verre, tu liras mes pensées, ricanait-il, grivois.

Devant les nets refus de la jeune femme, il tempêtait :

– Crois-tu agréable pour un époux de voir sa moitié pleurnicher à longueur de journée ? Le vin te dériderait.

Henriette avait encore ses illusions et attendait patiemment la naissance du bébé qui, pensait-elle, transformerait Victorin. Elle n'avait comme exemple, la pauvrette, que son frère Tiennot béat devant ses deux garçons. Alors, pour éviter toute remarque désobligeante et esquiver ses désirs sexuels d'ivrogne luxurieux qu'elle subissait avec un sentiment d'avilissement, elle reculait le moment d'aller au lit, ne rejoignant son époux que lorsqu'il ronflait à faire s'écrouler les murs de la maison.

La naissance de Ferdinand, qui donna du bonheur à Étienne, fut reçue par Henriette comme un cadeau du ciel. Tournant résolument le dos aux médisances, la famille Teissier redressa les épaules en entrant dans le temple tout neuf de Bagard pour le baptême du petit.

Inaugurée pour les fêtes de Pâques et plantée fièrement au milieu d'un océan de vignes, la bâtisse rectangulaire, surmontée d'un clocher et saluée par les rameaux légers d'un majestueux pin d'Alep, planté à son abord, faisait la fierté des huguenots bagardois.

---

1. Occitan : nigaude.

Père et fils Canonge, en apparence sevrés de leur triste défaut, portant costume noir et visage rasé de frais, Henriette encore pâlotte mais tendrement maternelle avec son bébé dans les bras, tout donnait l'image d'une famille heureuse. Étienne était rassuré. Aussi adressa-t-il une pensée émue à sa défunte épouse.

« Sois sereine, Maria, tout va bien pour notre Henriette. »

Plus perspicace, Lucie ne s'en laissait pas conter par cette image tronquée de bonheur conjugal.

– Ta sœur n'est pas heureuse, souffla-t-elle à son époux.

– Elle t'a fait des confidences ? s'étonna Tiennot.

– Son visage parle pour elle.

– Un peu de fatigue, c'est normal après un enfantement. Tu te laisses trop facilement abuser, ma pauvre Lucie.

Comme pour répondre aux questions informulées que se posaient son frère et sa belle-sœur, Henriette s'approcha d'eux. Sa voix chevrotante et son regard humide confortèrent Lucie dans ses pressentiments.

– Ce n'est pas un hasard si je vous ai choisie, Lucie, comme marraine, et toi mon frère comme parrain. Avec vous à ses côtés pour le guider dans sa vie, mon petit Ferdinand sera bien chanceux. Merci d'avoir accepté.

– C'est une joie et un honneur que tu nous fais, Henriette.

– Bien vrai, petite sœur. Nous te remercions de nous avoir choisis.

Tous trois s'embrassèrent avec émotion, puis la jeune maman ajouta en étouffant un sanglot :

– Vous me promettez, tous les deux, de l'aimer comme votre fils... s'il m'arrivait quelque chose...

IX

Et Louis Pasteur vint en Cévennes

– MONSIEUR PASTEUR ARRIVE ! Il est attendu en gare d'Alais ! Les magnaneries cévenoles sont sauvées !

Dans toute la ville, ce n'était qu'un cri qui ne tarda pas à gagner les campagnes et chacun se plaisait à relayer la bonne nouvelle, à ajouter son grain de sel, à mettre un peu imprudemment la charrue devant les bœufs. Les enfants, surtout, allaient vite en besogne et ajoutaient force détails.

– On dit qu'il n'a pu résister à l'appel pressant de Jean-Baptiste Dumas, son ancien professeur.

– Et qu'il veut bien s'installer, pour un temps, au pays de l'arbre d'or, comme il nomme nos Cévennes !

– Même qu'il n'y aura que du beau monde pour l'accueillir sur le quai de la gare !

Certes, Louis Pasteur répondait à l'appel désespéré de Jean-Baptiste Dumas, son ancien professeur de chimie, enfant du pays, déconfit devant la navrante période que connaissait la sériciculture cévenole, productrice essentielle de la soie française.

Brillant aréopage, composé entre autres de MM. Jean-Baptiste Dumas, alors sénateur de région, et de La Chadenède, président du comice agricole, que celui qui se pressait en gare d'Alais.

Eh oui, Louis Pasteur empruntait ce 7 juin 1865 la ligne qui devait le mener de Paris, la grande capitale, à Alais, la petite capitale des Cévennes. Et chacun de congratuler l'homme généreux qui se penchait sur le drame des vers malades, sur la pébrine synonyme de malchance. Jean-Baptiste Dumas en tête qui s'inclinait devant son ancien élève, promu directeur et administrateur des études scientifiques de l'École normale supérieure.

– Soyez remercié, monsieur le directeur, d'avoir répondu à mon pressant appel. Nos espoirs sont en vous.

À quoi, modeste, Pasteur répondit :

– C'est me faire trop d'honneur que d'anticiper le résultat de mes recherches. Mais c'est une joie de vous revoir, monsieur le professeur. Vous me paraissez gaillard...

– Gaillard, mais soucieux ! Inquiet pour mes pauvres Cévennes qui voient leur industrie naguère florissante se déliter au fil des ans. Nous vous avons installé un laboratoire dans le domaine où vous allez loger. Demandez-nous tout ce dont vous avez besoin.

Pour ce premier séjour, malheureusement interrompu au bout de cinq mois par le décès de sa plus jeune fille, Louis Pasteur jouissait d'un bel appartement dans l'enceinte même du domaine de Gisquet, un havre de fraîcheur dans la touffeur des étés cévenols, doté d'un parc richement arboré et propice à la méditation dans laquelle se complaisait le savant, après de longues heures à observer les objets du délit.

Ses recherches devaient durer cinq longues années au cours desquelles il revenait en Cévennes, drainant dans son sillage des élèves appliqués qui, tous, planchaient sur le problème. La solution viendrait, qui n'aurait d'autre remède que la stricte sélection des graines de vers à soie.

* *
*

– C'est une affaire, Lucie ! Une sacrée bonne affaire à ne pas manquer. Père connaît ces terres, leur rendement et il ne cesse de me répéter : « Si tu as l'argent, fils, n'hésite pas, c'est une bonne occasion pour agrandir avantageusement ton domaine. Moi, je peux t'avancer cent francs. »

Comme d'autres sont, à l'approche de la quarantaine, titillés par le démon de midi, Tiennot l'était par celui de l'expansion. Celle de son domaine, cela s'entend. Il s'en expliquait, évoquant ses deux fils et ce frère parti en mission, mais qu'il faudrait un jour rétablir dans ses droits.

– On n'a jamais assez de terres quand il s'agit de doter ses enfants. Qui nous dit qu'un jour Jeandré ne reviendra pas avec femme et enfants ?

Pour l'heure, l'objet de sa convoitise n'était autre qu'une propriété à vocation agricole, jouxtant la sienne et dont la vente par licitation, en l'état, n'avait pas abouti. La mise à prix globale de sept mille francs mettant en fuite les potentiels acheteurs, l'étude notariale de maître Duffès décida alors de vendre par morcellement, car il était urgent de couvrir les dettes des vendeurs. L'idée n'était pas mauvaise, la vente séparée d'une maison aux allures de manoir et ses huit pièces de terres se révéla plus fructueuse.

Le choix de Tiennot s'était porté sur une terre à céréales de quarante-sept ares, la Grand-Terre, complantée de mûriers et prolongée jusqu'au ruisseau du Carriol d'un carré de pâture où paîtraient allégrement deux douzaines de moutons.

– Si tu le peux, achète aussi la Clauzette, lui conseilla son père qui avait, sa vie durant, lorgné sur ces trente ares de vigne de clinton, un cépage qui s'accommodait du terrain schisteux de la plaine cévenole.

Il ajouta, sentencieux :

– Ne jamais mettre tous ses œufs dans le même panier, fiston ; ça a toujours été ma devise.

Tiennot se garda bien de contredire son père ; il racla ses fonds de tiroir, Lucie ouvrit largement sa bourse – sa corde sensible, l'avenir de ses enfants, vibrait avec intensité – et, pour quatre cents francs, leur domaine se trouva agrandi.

– Te voilà pourvu en terres et en travail, mon fils, se réjouissait Étienne. J'espère pouvoir t'aider encore longtemps, du moins jusqu'à ce que ton fils cadet prenne la relève. Un bon petit, ton Jules, et qui part pour être plus costaud que son frère. J'espère qu'à son tour il te donnera de beaux petits-enfants. Moi, je ne serai plus là pour voir perdurer notre belle famille.

– Je vous en prie, père, ne parlez pas ainsi. Vous êtes fort comme un roc, robuste et plus endurant que moi ! Quand vous attaquez une rangée à la bêche, j'ai du mal à vous suivre.

– Tss tss tss ! Je suis sur le déclin, fils, il faut être lucide. À ce propos, Tiennot, à ma mort il faudra que tu fasses leur droit à ton frère et à ta sœur.

– Je le ferai, père, soyez sans crainte à ce sujet. Nous partagerons vos biens avec Jeandré et Henriette, notre mère aussi tenait à un partage équitable.

L'évocation de Maria plongea le père et le fils dans un long moment de silence pendant lequel les souvenirs affluaient. Maria la fière, Maria la belle, Maria la tourmentée… la vie de Marie-Antoinette défilait devant les yeux de ceux qui l'avaient aimée inconditionnellement.

« Suis-je donc au seuil de la mort pour revoir ainsi mon passé ? » se demandait Étienne.

Sa foi intrinsèque lui faisait ajouter aussitôt : « Je suis prêt, mon Dieu, si tu juges bon de m'appeler. »

De toute sa vie, jamais le travail n'avait fait reculer la courageuse Lucie. Qu'elle soit enfant en charge de son père, orpheline à poser ses collets ou jeune mariée sous la férule d'une belle-mère rarement satisfaite, elle n'avait guère eu le temps de souffler. Le tournant que prenait sa vie, en ce printemps 1867 qui voyait l'agrandissement du domaine, n'était pas fait pour la laisser oisive. Oh que non !

Son beau-père et son époux aux champs, ses deux fils à l'école et, depuis la veille, en charge de son neveu et filleul, l'espiègle Ferdinand, elle ne savait plus où donner de la tête.

Le gamin venait souvent au mas de la Tour de Billot et, hier, sa mère nouvellement accouchée d'une petite Avelina était arrivée en coup de vent, comme à son habitude, pour solliciter le concours de Lucie.

– La petite ne fait pas ses nuits et réveille son frère. Du coup, Ferdinand manque de sommeil ; il est grognon et mange peu, il m'inquiète. Si vous êtes d'accord, Lucie, j'aimerais qu'il reste quelques jours chez vous.

Fébrile et d'ordinaire peu loquace, elle avait débité d'un bloc sa longue tirade bien préparée et passa la porte sans attendre la réponse qu'elle savait positive.

Lucie avait compris le projet d'Henriette, il s'agissait d'éloigner le gamin, spectateur maintenant à même de porter un jugement sur les soirées avinées de Lavigne et de son père. La profonde confiance d'Henriette confondait Lucie qui s'empressait de remercier la pauvrette :

– C'est nous qui te remercions de nous laisser notre filleul ; en semaine, la maison nous paraît tellement vide sans les garçons ! De plus, c'est une joie pour ton père de faire sauter Ferdinand sur ses genoux. Il est si mignon !

Mignon mais espiègle au possible, Ferdinand n'était pas à un âge où l'on pouvait le laisser sans surveillance, encore moins lui confier un quelconque travail. C'est ce que se disait Étienne tout en songeant à sa propre enfance. Il n'était guère plus âgé que son petit-fils quand il gardait le troupeau de moutons et de chèvres rétives. Autres temps, autres mœurs !

Submergée de travail, Lucie soliloquait :

– Je n'en puis plus ! Quand Jules rentrera du collège, je l'enverrai préparer les claies dans la magnanerie. Je suis trop fourbue pour entreprendre cette corvée.

Ferdinand l'avait entendue et pointait sa petite frimousse malicieuse pour ramener sa marraine à la réalité.

– Jules, il voudra pas ! Il dit qu'il aime pas les vers à soie.

Lucie était sidérée. Un bambin de quatre ans lui faisait toucher du doigt une vérité qu'elle repoussait de toutes ses forces : les travaux de la ferme lassaient le jeune indolent.

– Eh bé, que ça lui plaise ou non, il le fera !

– Tonton Tiennot va le gronder ? demanda le gamin, étonné. Pourtant, tonton, il gronde jamais.

– Pour une fois, il haussera le ton, il est temps que ton cousin prenne sa part des tâches qui nous submergent. Après tout, c'est pour lui aussi qu'on travaille. Ah, si seulement François avait une meilleure santé ! C'est un *volonteux*, lui !

En cet instant où sa mère pensait à lui, François était en rhétorique – l'équivalent de la classe de première – et s'escrimait sur une version latine qui sanctionnerait son passage en classe supérieure. L'enjeu était de taille.

Les études lui plaisaient et convenaient à son caractère calme et réfléchi ; l'ambiance de la pension, au contraire, lui pesait, ajoutait à son tempérament anxieux. C'est un fait récurrent, les bons élèves, tout comme ceux qui ne rentrent pas dans le moule formaté du potache lambda, sont les proies privilégiées de leurs camarades plus délurés. Ainsi, François ne pouvait faire exception à la règle, conjuguant frêle constitution, frilosité et essoufflement avec une légère blésité dont se gaussait toute la classe au point que les interrogations orales étaient devenues la bête noire du jeune étudiant.

– Tu n'as pas trop chaud, Teissier, avec deux tours de cachenez ? On n'est plus au mois de « zanvier » !

– Tu pleures, Teissier ? Si on ne peut plus « galézer »...

Les quolibets poursuivaient François jusque dans les couloirs du pensionnat et les crises d'asthme du jeune homme, renforcées par le stress, lui faisaient passer des nuits blanches, happant un souffle d'air pour soulager ses bronches dilatées.

Les vacances scolaires correspondaient à des périodes d'amélioration, ce qui confortait Lucie dans le bien-fondé des sacrifices financiers que le ménage s'imposait pour l'avenir de leur fils.

– Si tu savais, mon François, combien j'étais réticente à te laisser partir en pension. Aujourd'hui, je m'en réjouis, tu as forci et tu auras un bon métier.

Devant l'enthousiasme maternel, les bribes de confidences mouraient sur les lèvres de François.

Ce jour de mai 1867, le cours de chimie prenait des allures d'épreuve de nerfs. Planté devant le tableau noir, François tentait d'expliquer et d'appliquer le théorème d'Archimède.

– Sachant que tout corps « plonzé »...

L'hilarité générale lui fit perdre totalement ses moyens. Une respiration sifflante comme un soufflet de forge nécessita son envoi à l'infirmerie.

– Laroque et Bastide, accompagnez votre camarade !

Le couloir n'en finissait pas, la cour de même qu'il fallut traverser en diagonale et faire plusieurs haltes, le jeune Teissier manquant s'évanouir à plusieurs reprises. Son visage rouge, congestionné, affola ses deux comparses qui le menèrent jusqu'à un point d'eau et bassinèrent abondamment son visage d'eau fraîche. Visage... mais aussi cou, torse, épaules. François grelottait.

– Qu'avez-vous, mon garçon ? demanda l'infirmier.

François battait des bras, ouvrait la bouche, était pris d'une panique... communicative.

– Calmez-vous, je vous en prie ! conseillait l'infirmier complètement affolé.

François cherchait en vain son souffle.

– Un médecin ! Il faut un médecin ! Allez chercher M. le directeur !

Nouvelle cavalcade dans les couloirs. Le cas était sérieux.

Ce jour-là, Lucie cueillait les premières feuilles des mûriers avec l'aide maladroite du petit Ferdinand.

Ce jour-là, Tiennot et son père étaient dans les vignes pour l'indispensable labour de printemps et ils se réjouissaient d'une saine feuillaison.

– On a soufré au bon moment, n'est-ce pas, père ? Un achat rentable que cette Torpille.

– Pour sûr ! Si elle nous met à l'abri de l'oïdium...

Oui, c'est ce jour-là que le malheur jeta à nouveau son dévolu sur cette paisible et laborieuse famille, en la personne de François dont le cœur épuisé par l'effort des poumons ne résista pas à cette crise particulièrement violente. Et ce bien que tout fût mis en œuvre pour sauver le jeune homme !

Le médecin requis exigea une ambulance et fit transporter le jeune étudiant dans la toute récente maison de santé créée par le pasteur Bonnefon. Ventilation assistée, incision de la trachée-artère et tentative d'intubation, tout fut pratiqué à bon escient, vu l'urgence de la situation, mais l'adolescent perdit connaissance, revint à lui pour une ultime tentative d'aspirer une goulée d'air qui se dérobait inexorablement à lui.

Ce jour-là, Lucie perdit son fils aîné et son cœur explosa. Le cri déchirant, celui d'une mère blessée, qui sortit du tréfonds de ses entrailles, résonna longtemps aux oreilles de son époux, en écho à son chagrin muet et tout aussi profond.

« Tu vas mourir, François ? » avait demandé un jour l'innocent petit Jules.

– Mon frère, mon François m'a quitté ! se lamentait-il aujourd'hui, démuni devant l'irréversibilité du destin.

Oui, ce jour-là marqua une nouvelle fois la famille Teissier au fer rouge. Leur peine était égale à l'amour qu'ils avaient donné, sa courte vie durant, à cet enfant qui laissait un lumineux passage dans leur existence.

* *
*

– M. Pasteur a trouvé ! Les magnaneries sont sauvées ! La pébrine aux latrines !

Une expression que scandait volontiers la foule en guise de slogan imagé.

– La pébrine aux latrines !

La liesse était générale et, au-delà de la reconnaissance que les Cévenols voueraient désormais à Louis Pasteur, preuve était faite de leur attachement à cette production devenue industrie, plus de cinq fois centenaire.

Il avait fallu cinq ans de persévérantes recherches, d'études appliquées, de résultats croisés ; cinq années d'enthousiasme et de périodes de découragement, de doutes et de harcèlements, de fréquents séjours en Cévennes et de longues périodes de silence parisien pour toucher à l'aboutissement de ce qui ressemblait à un impossible défi.

Au final, et malgré les deuils familiaux et son accident cérébral qui avaient rendu pénible son séjour alaisien, le savant s'était épris de la Cévenne qui le lui rendait bien.

Restaient les Cévenols ! Comment faire entrer dans la tête de ces cabochards sceptiques la quintessence même des conclusions de Louis Pasteur ?

– Nous allons installer des microscopes dans une salle de la mairie et nous ouvrirons les portes au public, décida Pasteur. Rien n'est plus néfaste que l'incompréhension. *A contrario*, rien n'est plus parlant qu'une preuve visuelle.

– Des curieux se targuant de savoir et qui n'entraveront rien à vos « preuves visuelles », maître !

– Je serai présent le temps qu'il faudra et j'expliquerai l'origine héréditaire de la maladie qui est dans la graine.

Il le fit, en effet, ne ménageant pas ses patientes explications, accompagnant chacun d'un microscope à l'autre.

– Sur cette première plaque de verre sont posées des graines portant la maladie de la pébrine, sur celle-ci d'autres graines portant la flacherie. Passons, si vous le voulez, au deuxième microscope.

Obéissante, la foule se déplaçait et Louis Pasteur expliquait qu'on avait sous les yeux et maintes fois grossies des graines présentant les deux pathologies superposées.

– Nous voilà, mes amis, devant la dernière étape. Sous l'œil magique de ce troisième microscope, nous avons mis des œufs sains, méthodiquement sélectionnés et qui arriveront, je vous l'assure, sans encombre au cocon.

Grâce à l'observation de Louis Pasteur, la méthode de sélection fut adoptée et l'industrie de la soie sauvée... pour un temps seulement car se profilait à l'horizon l'ouverture du canal de Suez. L'Extrême-Orient, dès lors aux portes de l'Europe, faciliterait la concurrence grâce à l'importation des fibres textiles orientales, dangereuses rivales de la soie cévenole. Mais qui s'en souciait en ce jour où la gloire retombait sur Louis Pasteur et où l'espoir renaissait en Cévennes ? Ne songeait-on pas, plutôt, à ériger une statue, signe concret de reconnaissance éternelle ?

* *
*

– Papé Étienne, chantez-moi la lune de l'ami Pierrot !

Papé Étienne ! Le temps de Maria était bien révolu qui n'aurait pas toléré ce manquement irrespectueux. Étienne se gardait bien de reprendre Ferdinand qui égayait sa vieillesse.

À soixante-dix ans passés, il excellait dans l'art d'être grand-père, qu'il s'agisse d'apprendre des comptines à Ferdinand ou de faire sauter Avelina sur ses genoux.

– Allez-vous laisser quelque répit à votre grand-père ? les gourmandait gentiment Lucie pour qui la présence de son neveu et de sa nièce étaient de vrais moments de bonheur.

Henriette avait-elle deviné son besoin d'enfant, encore plus fort depuis la mort de François ? Ou bien s'arrangeait-elle pour soustraire le plus possible ses enfants à l'atmosphère irrespirable de violence et de débauche verbale dues à l'abus de vin, élixir indispensable à son époux et à son beau-père ? Toujours est-il que les deux enfants passaient plus de temps à la Tour de Billot qu'au mas Canonge.

Henriette taisait son malheur ; elle n'aurait su, d'ailleurs, l'expliquer, ne reconnaissant pas dans l'homme avachi, repoussant et méchant le fringant chanteur de psaumes du temple de Boisset qui l'avait séduite.

Ah, il pouvait être fier, son Lavigne d'époux ! Il ne démentait pas son serment d'ivrogne quand il avait promis à Étienne Teissier que sa fille serait traitée en reine dans la maison Canonge. Une reine en hardes et en sabots fendus, aux yeux tristes qui évitaient le regard de son père, se défilant à ses questions.

– Tout va bien, ma fille ? demandait-il avec empathie.

– Très bien, mon père ! mentait-elle avec aplomb.

Tous deux se contentaient de cet échange superficiel. Aller au fond des choses eût été, pour l'un comme pour l'autre, beaucoup trop douloureux.

L'hiver 1867-68 s'annonça précocement avec de fortes gelées pour fêter la Sainte-Catherine, puis devint humide et brumeux, à l'instar des âmes chagrines. Les jours courts de décembre s'amenuisaient encore avec le brouillard qui enveloppait, sans distinction, villes et villages. Pendant toute la récolte des olives, l'humidité rouilla les épaules, rendit les échelons des *cavalets*[1] glissants au point qu'il fallut les enrouler de chiffons pour ne pas riper.

Jusqu'au porc, charcuté à la fin du mois de janvier, dont les saucisses et saucissons peinaient à sécher et qu'on dut suspendre, quinze jours durant, sous le manteau de la cheminée. Un vrai temps de chien ! Il fallut attendre la Chandeleur pour voir réapparaître enfin le soleil qu'on croyait irrémédiablement perdu. Et avec lui, une saine *cisampa*, ce vent du Nord si décoiffant qui venait à point nommé pour assécher les terres détrempées.

Étienne Teissier réchauffait ses vieux os au soleil généreux de mai et arpentait la vigne parée de larges feuilles luisantes, brandies fièrement par des serments nerveux. Son pied appréciait la terre meuble, aux mottes soigneusement brisées, sa main épamprait çà et là un gourmand stérile, son regard caressait l'océan de verdure qui ondulait sous la brise légère.

– Le travail ne manquera pas pour la vendange, les comportes se rempliront aisément, et ce sera justice : Tiennot n'a pas plaint sa peine.

Courbant l'échine pour apprécier l'abondance des *rapugnes*[2] vertes et guillerettes, l'œil toujours acéré d'Étienne scruta plus intensément une feuille. Un insecte bizarre s'y lovait paresseusement.

– Trop tôt pour que ce soit la pyrale ! murmura le vieil homme.

Prenant du bout des doigts l'insecte aptère, il l'observa longuement tout en commentant son inspection.

– Peut-être le conchylis. Il faut que je le montre à Tiennot.

C'était sans compter sur une attaque d'apoplexie qui le foudroya et le cloua au sol alors qu'il s'en retournait au mas. Il s'affala sur cette terre tant aimée que ses mains labouraient

---

1. Petite échelle pyramidale destinée à la cueillette des olives.
2. Occitan : grappes en formation.

dans un effort désespéré pour se relever. La violente douleur qui lui vrillait la poitrine, l'enserrait dans un étau et frappait dans ses tempes qui bourdonnaient. Il voulut appeler, crut le faire alors qu'aucun son ne sortait de sa gorge. Résigné, sentant venue sa dernière heure, Étienne Teissier laissa son corps rouler sur le dos, épouser pleinement cette terre qu'il avait abreuvée de sa sueur et qui, juste retour, allait accueillir sa mortelle dépouille.

Il l'avait dit un jour : il était prêt ! Prêt à rejoindre un monde où tant d'amour l'attendait. Il allait retrouver ses chers parents, Tiennou et Isabeau, si pétris d'amour ; celui de Maria, entier, tendre et violent à la fois, enrobé de sa beauté éternelle. Et ses enfants trop tôt enlevés à son affection.

« Attendez-moi, j'arrive ! » crut-il lancer vers le ciel d'azur.

Il ferma les yeux, préférant cheminer vers des visages familiers, abandonnant sans regret tout ce qui, quelques instants plus tôt, le retenait sur terre.

Sans peur et presque sans souffrance, Étienne Teissier, troisième du nom, quitta le monde des vivants.

X

Le charivari

Fuir. Courir à perdre haleine. Échapper à cet homme qui, une nouvelle fois, a porté la main sur elle avec une telle violence qu'elle a perdu connaissance l'espace d'un instant. Pressant Ferdinand tout engourdi de sommeil et serrant contre elle Avelina pleurnichant, Henriette a un but précis. Au diable sa fierté mal placée ! Elle va se réfugier chez son frère, au mas de la Tour de Billot.

– Tiennot et Lucie nous protégeront.

Elle n'en doute pas, l'espère de tout son être, à bout de forces et à bout de courage. Le regard méchant de Victorin aiguise sa course, il la poursuit, la terrorise. Elle bute sur les pierres du chemin, chute et se relève. Le mas, enfin, découpe sa massive silhouette dans la nuit étoilée. Tout est silence. Elle n'a pas le cœur à réveiller son frère ni sa belle-sœur et se faufile dans l'écurie.

– Nous allons dormir sur la paille, comme le mulet de Tonton Tiennot, dit-elle en affermissant sa voix pour rassurer ses enfants.

– On va dormir avec *Testudas* ? s'étonne Ferdinand.

Sans réponse, l'enfant s'allonge sur la paille et, richesse de l'enfance, s'endort aussitôt. Henriette fredonne pour calmer

Avelina qui succombe à son tour. La jeune femme déroule le fil de ces dernières heures.

Jusqu'à ce soir, elle seule avait fait les frais du mauvais homme qu'est son époux. Il l'épie, il l'espionne, la bouscule et la frappe. Et elle subit tout, sans un mot, sans un cri.

« Tant que s'abattent sur moi sa vindicte et ses coups, mes enfants sont à l'abri de ses instincts dominateurs », se répète-t-elle sans cesse, pour se donner force et courage.

Or, ce soir et pour une broutille, il a assené une gifle magistrale à son fils. Ferdinand a roulé au sol, son père l'a relevé d'un coup de pied aux fesses et l'a expédié au lit, le privant de repas.

Après le souper, pris dans un climat oppressant, Victorin et son père, fêtant certainement une belle vendange, s'adonnèrent sans modération à leur passion favorite.

Les croyant fin saouls, Henriette apporta un bol de soupe à son garçonnet quand une grêle de coups s'abattit sur elle, la laissant assommée, pantelante. Il fallut attendre que la brute avinée soit enfin endormie pour mettre à exécution son projet de fuite qu'elle avait muri en quelques heures.

– Tiennot, tu n'as rien entendu ? demanda Lucie tirée brutalement de son premier sommeil.

– Non. Quoi ? grogna son époux émergeant péniblement des limbes bienfaisants.

– Du bruit. Ça vient de l'écurie.

– Testudas ! Serait-il malade ?

Effectivement, en tendant l'oreille, on pouvait imaginer le mulet raclant des sabots sur le sol.

– Pourvu qu'il n'ait pas pris un coup de froid après une bonne suée. Je vais descendre et le frictionner à l'alcool.

C'était bien Testudas qui jouait des pattes et de la croupe, quémandant la caresse de ses nouveaux compagnons, que Tiennot distingua à la faible lueur de son quinquet. Triste spectacle que ces petits endormis sur la paille comme des va-nu-pieds et sa sœur en larmes, le visage tuméfié, les épaules affaissées de honte et de sanglots.

– Henriette ! Mais que fais-tu là ? Et avec tes gosses ?

– Je t'en supplie, Tiennot, protège-nous ! Victorin est un violent, j'ai peur pour Ferdinand.

– Et toi ? C'est lui qui t'a fait ça ? dit Tiennot, la rage au ventre, en désignant la tempe gonflée, la joue bouffie et l'œil fermé de sa sœur.

Henriette baissait la tête. C'était un aveu.

– Vous n'allez pas rester là. Prends ta fille, Henriette, et montons à la chambre, Lucie va vous préparer un lit.

En même temps, Tiennot emportait Ferdinand, léger petit bout d'homme endormi. Dans ce changement de lieu, au milieu des chuchotements, les enfants s'étaient réveillés. Lucie retrouvait ses instincts de mère poule.

– Je vais leur faire chauffer un peu de lait, ça les rendormira. Et toi, pauvre petite, laisse-moi le temps de chercher des fleurs d'arnica, j'en ai toujours dans une boîte. Il suffit de les infuser et d'en faire des compresses que tu appliqueras sur ton visage.

– Pardonnez-moi, Lucie, de vous déranger dans votre repos, de venir troubler votre vie...

– Tu es ici chez toi, Henriette. Personne ne te chassera, personne ne te fera partir d'ici si tu ne le souhaites pas.

Henriette pleurait maintenant de reconnaissance. Elle avait pris la bonne décision. Chez Tiennot et Lucie, dans la maison de son enfance, tous trois étaient hors de danger.

Leur repos, qu'ils espéraient réparateur, fut écourté par les appels impérieux du garde champêtre qui, aux premières lueurs du jour, tambourinait à la porte du mas.

– Teissier ! Ohé Teissier ! Ta sœur est là ?

– En quoi cela te concerne, Martin ? demanda Tiennot sans ouvrir ses volets.

– C'est le maire qui m'envoie. Le vieux Canonge dit que sa bru doit rentrer au plus tôt.

De la pièce voisine, on entendit un cri désespéré.

– Jamais ! Plus jamais ! gémissait Henriette.

– Pourtant il le faut, madame Canonge. Votre mari est mort cette nuit et votre beau-père vous fait mander.

Victorin ! Mort ! Que s'était-il donc passé ?

Le vieux Canonge éploré raconta le drame à sa bru qui, répondant à sa requête, avait couru au domicile conjugal, accompagnée de son frère.

– Je dormais profondément lorsqu'un bruit sourd comme un roulement de tonnerre m'a tiré du sommeil. Il faisait noir, j'ai allumé une bougie et découvert le corps de mon fils au bas de l'escalier, une flaque de sang s'élargissait sous sa nuque, brunissait le sol. Victorin était sans vie.

Le vieil homme pleurait comme une femmelette. Prise de pitié, Henriette lui posa une main sur l'épaule.

– J'ai appelé, petite. Je t'ai cherchée dans toute la maison.

Le vieux Canonge leva les yeux sur sa bru. Le visage tuméfié d'Henriette se passait d'explication. Il baissa à nouveau la tête, seul avec son chagrin, avec peut-être ses remords.

Personne n'émit un doute sur l'accident de Victorin Canonge, on le connaissait comme le loup blanc ! Lavigne titubant, les jambes lourdes et la tête brouillée d'effluves méphitiques, Lavigne en quête de boisson dans sa chaumière obscure, Lavigne chutant lourdement dans les marches de bois et se rompant les os : chronique d'une fin somme toute logique.

Henriette, drapée de voiles noirs, assista aux obsèques de son époux auprès de son beau-père et dans les larmes qu'elle versait certains crurent voir un chagrin de veuve éplorée, l'honneur était sauf… celui des Teissier et celui de Canonge.

Lucie et Tiennot n'ignoraient rien de l'ambiguïté des larmes d'Henriette ; la jeune femme pleurait, certes, sur sa jeunesse perdue, mais aussi sur sa liberté retrouvée.

* *
*

Un matin de juillet 1870, les cloches de l'église de Bagard égrenèrent un son répété et prolongé, de fort mauvais augure. La population, sur ses gardes, en supputait la raison.

– À coup sûr, un incendie dans une grange.

– Ou plutôt un feu de broussaille qui a mal tourné ?

– Et s'il s'agissait d'un feu de forêt. Il n'y aurait rien d'étonnant avec cette maudite sécheresse !

Or, au loin, le même son, répercuté par les clochers de village, bouleversait la quiétude des habitants. Le tocsin ! Son nom, à lui seul, est lugubre, son timbre lancinant, terrible l'image qu'il véhicule.

– La France est en guerre ! Nous sommes en guerre !

Alors, la foule se pressait devant les mairies en brandissant un poing vengeur et en vociférant :

– On va le leur faire manger, leur casque à pointe, aux Prussiens !

Depuis 1866, le chancelier Bismarck cherchait délibérément un prétexte pour entrer en guerre contre la France ; il n'avait qu'à se baisser pour en trouver à la pelle.

Les ambitions de l'impératrice Eugénie qui intriguait pour assurer à son fils une accession glorieuse au trône de son père ; l'épopée mexicaine dans laquelle Napoléon III s'était fourvoyé ; l'affaire de la succession d'Espagne, pleine de rebondissements ; le bellicisme des partisans italiens entraînés par Garibaldi… Entre autres ! On le voit, les raisons ne manquaient pas.

Mettant toute sa haine de la France dans une dépêche au caractère sec et méprisant, envoyée d'Ems, Bismarck provoqua la réaction attendue. Jamais cataclysme n'avait été déclenché sous un prétexte aussi futile !

Partout, en France, on réquisitionna. Hommes et bêtes. Ce n'est pas sans un pincement au cœur que Tiennot voyait partir son compagnon de travail. À son âge, il n'était pas inquiété par la mobilisation, il se consola en se disant qu'il participait ainsi à l'effort de guerre.

Flattant la croupe de l'animal qu'on amenait à la longe, il se voulut rassurant :

– Sois brave, ma bête. La guerre ne durera pas.

Et dans la bouche de Tiennot, ce n'était pas de l'utopie. Le maréchal Lebœuf, sûr de lui, ne répétait-il pas à qui voulait l'entendre :

– Nos soldats sont prêts, archiprêts. Si la guerre devait durer un an, il ne leur manquerait pas un bouton de guêtre !

Pas un mot, en revanche, sur les vieux Chassepot de l'armée française ni sur les obsolètes Lefaucheux. Silence total sur le terrible canon Krupp et le fusil Dreyse de l'ennemi. Complet mutisme sur le nombre des hommes engagés : neuf cent mille Français contre un million deux cent mille hommes de la coalition prusso-allemande.

Il ne fut pas possible de vérifier l'assertion du maréchal Lebœuf : au bout d'un mois, Napoléon III capitulait à Sedan et le 2 septembre les troupes allemandes défilaient, victorieuses, dans Paris vaincu !

Loin cependant de Paris où l'on fut contraint de manger chats, chiens et rats pour ne pas mourir de faim, les campagnes connurent une dure période de privations. Chez Tiennot et Lucie, comme partout ailleurs.

Le domaine abondamment pourvu en matériel agricole manquait d'animaux de trait. Non seulement Testudas n'était pas revenu de sa morne équipée, mais les bêtes d'attelage étaient rares, donc chères.

Tiennot trimait dans ses vignes, dans ses champs, de soleil à soleil, et l'aide précieuse qu'il attendait de son fils tardait à se manifester. Jules ne faisait pas montre de bonne volonté. C'était le moins que l'on pouvait dire !

Le jeune homme était parvenu laborieusement jusqu'au brevet élémentaire auquel ses professeurs avaient refusé unanimement de le présenter. Seuls les élèves assurés de réussir se voyaient octroyer ce blanc-seing, un gage de bonne réputation pour le collège municipal.

« Pas assez d'assiduité au travail. Manque de volonté. »

Avec ce genre d'appréciation, le sort de Jules était jeté.

– Tu as assez traîné sur les bancs de l'école, mon garçon. L'ouvrage, ce n'est pas ce qui manque au mas.

Il n'y avait rien à ajouter à la décision de Tiennot, pas même que Jules jonglait aisément avec les chiffres. C'est pourtant ce qu'avança Lucie, toujours à défendre son rejeton.

– Hélas, les comptes du domaine seront vite faits ! Alors, maintenant, il apprendra à jongler avec la fourche, la bêche et le sécateur ! rétorqua le père.

Jules voulut affirmer sa bonne volonté.

– Vous pouvez compter sur moi, père. J'irai vendre notre vin à Alais, dans les cafés et les restaurants.

– Avant de le vendre, il faudra rentrer la récolte. J'espère que cette année tu te mettras vaillamment à la vendange.

Jules était comme ça et en toutes occasions. Il proposait à son père de trouver des clients pour le vin, pour l'huile, pour le blé et même pour les cocons. Quant à tenir toute une journée dans les champs, c'était une autre affaire.

– Je n'en peux plus, père. Je rentre au mas.

– Jules, ressaisis-toi ! On dirait une mauviette...

– Je n'ai pas l'habitude, père, mais ça viendra...

Il abandonnait alors ses outils et laissait son père finir le travail et méditer sur les méfaits d'une enfance trop choyée.

« Nous l'avons trop coconné, trop gâté, le bougre ! »

En se disant cela, il pensait à Lucie qui n'était pas étrangère au comportement nonchalant de leur fils. Il ne pouvait cependant lui faire grief, c'était une si bonne épouse, une mère si dévouée, une femme toute générosité et toute tendresse. Son caractère aimant n'empêchait pas Lucie d'apprécier la situation et de s'en sentir responsable, mais, s'interdisant tout reproche au seul enfant qu'il lui restait, elle prenait sa place dans les champs au côté de Tiennot, servant à ce dernier une naïve excuse.

– Jules aide Ferdinand à apprendre ses tables de multiplication. Il a bien de la chance, notre neveu, d'avoir un cousin si patient !

– Et Jules a beaucoup de chance d'avoir une mère aussi dévouée, aussi obligeante ! Ma pauvre Lucie, tu...

– Une fois en passant, Tiennot...

– Trop souvent, Lucie ! Trop souvent, hélas ! Nous ne serons pas toujours à son service.

Les yeux de Lucie s'embuaient et Tiennot, cessant tout reproche, reprenait sa pioche. Jusqu'au soir, ils travaillaient tous deux en harmonie pour nourrir toute la famille.

Un temps ébranlée par les événements douloureux qu'elle voulait effacer de sa mémoire, Henriette recommençait à sourire, retrouvait goût à la vie pour ses enfants qui s'épanouissaient au mas de la Tour de Billot. Elle prenait en charge tous les travaux de la maison, s'occupait de la basse-cour et des chèvres, soulageait du mieux qu'elle pouvait la vaillante Lucie, tant sa reconnaissance était grande de la place qu'on lui faisait au sein de la famille.

Ferdinand avait huit ans quand elle se décida à l'envoyer à l'école communale dont M. Allier, fidèle timonier à bord de sa studieuse flottille, tenait fermement le gouvernail. Tout empli de fierté quand il en menait un au bout d'une brillante scolarité, il se retranchait modestement derrière le travail fourni par son élève.

– C'est à votre fils que revient tout le mérite, disait-il aux parents qui le remerciaient, je n'ai fait que lui montrer la voie.

La vendange de 1872, sans être dramatique, n'avait pas été à la hauteur du labeur fourni ni du résultat escompté. Pourtant, un été sec et chaud qu'aucun orage de grêle n'était venu troubler laissait entrevoir une honorable récolte. Ce ne fut pas le cas.

L'année suivante, la taille révéla une présence que bon nombre de viticulteurs redoutaient et qui allait mettre en déroute le vignoble languedocien : celle du phylloxéra ! Les ravages furent considérables, les pertes terribles, l'avenir des plus sombres. Chacun y allait de sa méthode infaillible.

– Il faut noyer la vigne. On tuera la bête.

– On dit aussi qu'il faut déposer la peau séchée d'un crapaud, ça fait fuir cet immonde puceron.

– Un pissat de porc !

Les enchères montaient… dans l'absurde.

– Père, il paraît que le sulfure de carbone… avança Jules qui partageait, enfin, les soucis paternels.

– Il paraît, oui ! Il paraît aussi que c'est cher, ce sulfure, et personne n'en garantit l'efficacité ! Enfin, heureusement, la Clauzette n'est pas touchée. Mon père avait raison quand il faisait confiance aux plants de clinton, c'est robuste comme un Cévenol !

La mort dans l'âme, Tiennot dut se résoudre à arracher une bonne partie de son vignoble, des ceps de carignan, bons producteurs qu'Étienne avait plantés en 1827.

– Qu'allez-vous mettre à la place, père ?

– Qu'allons-nous mettre, tu veux dire ? Ce n'est pas un travail pour ta mère, tu vas m'aider, Jules, à planter ces isabelles, des plants américains résistant au phylloxéra.

Jules Teissier n'avait pas d'autre issue que de retrousser ses manches !

* *
*

– Teissier Jules, né le 20 août 1853 !

– Présent, mon capitaine !

– Bon pour le service ! Quel numéro avez-vous tiré ?

– Le numéro 23, mon capitaine !

– Le 23 correspond à cinq ans. Circulez ! Au suivant !

Jules se croyait dans un mauvais rêve. Ce n'était pas possible, il allait se réveiller, il lui suffisait d'ouvrir les yeux. Ce qu'il fit.

Autour de lui, c'était la pagaille, une cacophonie de rires, d'interpellations et de soupirs désabusés. Les plus joyeux se tapaient bruyamment sur l'épaule avant de partir en goguette. Les autres, malchanceux comme Jules, trop fiers pour se lamenter, restaient les bras ballants, hébétés. Cinq interminables années d'armée ! C'était proprement inhumain.

Jules sortit de la caserne et le soleil éblouissant qui inondait le plan de Brie, la place principale d'Anduze, lui fit cligner des yeux. À moins qu'il ne prît pleinement conscience de ce qu'il lui arrivait. Déjà, un groupe de conscrits, arborant fièrement la cocarde tricolore achetée à un opportuniste marchand ambulant, déboulait sur la place et envahissait la terrasse du *Café du Luxembourg*. Les libations allaient commencer alors que pour Jules et quelques comparses le cauchemar continuait.

La petite poignée de déçus se mit à discuter, à gesticuler, à s'énerver en vain contre le sort contraire, lorsqu'un homme d'une trentaine d'années, modestement vêtu mais propre et rasé de frais, entra dans la conversation.

– Seriez-vous en peine d'un remplaçant, messieurs ?

– Tu te fous de nous ? Le remplacement est supprimé depuis six ans ! s'énerva un conscrit.

– Mais rétabli par la toute récente loi Niel. Je me suis renseigné, je cherche un remplacement.

– Tu prends combien ?

– Faut voir, ça se discute.

Pour la grande majorité, trop pauvres, il leur parut inutile de poursuivre cette conversation. Resté seul avec l'homme, Jules reprenait espoir.

– Voulez-vous m'accompagner jusqu'à la ferme de mes parents ? Nous discuterons.

Les deux hommes passèrent à gué le Gardon et, chemin faisant, l'homme se présentait.

– Je m'appelle Georges Fustier, je suis sans travail. Prendre un remplacement est ma dernière chance pour assurer une vieillesse paisible à ma mère.

Jules eut le temps d'apprendre que des querelles familiales avaient éloigné arbitrairement Georges Fustier d'une succession à laquelle il prétendait. Tout s'était déroulé en son absence, lui aussi en avait pris pour cinq ans.

– Cinq années de plus ou de moins, ce n'est pas une affaire. Je pense surtout à ma pauvre mère que mes frères ont jetée à la rue sans vergogne. Moi, je ne veux pas qu'elle finisse ses jours en mendiante.

Jules, on s'en doute, n'eut aucune peine à convaincre ses parents, sa mère surtout qui promit d'aller voir son notaire pour retirer cent francs.

– Cinquante francs pour vous, monsieur Fustier, et autant pour votre mère, ça vous va ?

Georges Fustier balançait. Le mas de la Tour de Billot lui paraissait immense.

– Vous n'avez pas une pièce pour loger ma mère ? demanda-t-il, sans faire cas de l'argent qu'on lui proposait.

– Je regrette, répondit Tiennot, mais nous sommes six à vivre sous ce toit et...

– Attendez ! coupa Lucie. J'ai un mazet à Boujac, ce n'est pas grand, une seule pièce, mais en bon état. Il y a aussi un jardinet.

– Il faut voir mais j'ai idée que ça fera l'affaire.

Jules se frottait les mains, tout allait dans son sens. Une semaine s'était à peine écoulée que, déjà, il jubilait.

– Alors, l'affaire est entendue, monsieur Fustier ? Votre mère se plaira à Boujac ? C'est promis, je la visiterai chaque mois pour m'assurer que tout va bien et je lui apporterai des provisions. Et pour l'argent ?

– Donnez les cinquante francs à ma mère, et les cinquante autres à mon retour, ça me paraît honnête.

Ainsi, grâce à la générosité de sa mère, Jules fut exempté et la veuve Fustier n'eut jamais à se plaindre d'un seul manquement de Lucie Teissier... encore que la vieille ne lui ouvrît jamais sa porte ni ne la remerciât de ses largesses.

La mère de Georges avait rancune tenace.

– Les Teissier m'ont volé mon fils ! disait-elle pour expliquer son attitude.

Elle n'était pas la seule à décrier les parents de Jules. On ne manquait pas de ricaner à son sujet dans les chaumières.

– Jules Teissier n'est pas loin de se persuader qu'il est né avec une cuillère d'argent dans la bouche !

* *
*

Pour un charivari, ce fut un sacré charivari ! Les murs du mas de la Tour de Billot en résonnent encore !

Fidèle à la tradition et malgré le froid vif de ce mois de décembre 1874, la jeunesse du village de Bagard et des mas environnants voulut, par cette réjouissance bruyante, acclamer la jeune veuve qui convolait en secondes noces avec M. l'instituteur. Henriette, ragaillardie et pleine d'assurance, sortait de la mairie au bras d'un Louis Allier presque bedonnant grâce à la cantine scolaire.

– Vive la mariée !

– Longue et belle vie aux jeunes époux !

Ces acclamations, de mise en cet instant, seraient remplacées, le soir venu, par d'autres autrement triviales et subjectives. Ainsi se voulait le charivari des veuves.

Pour la circonstance, sobre et élégante dans une robe de velours bleu nuit, enveloppée d'un long châle à franges, Henriette avait eu recours à Lucie pour ordonner au mieux sa somptueuse chevelure. Lissés en bandeaux stricts et rassemblés en un lourd chignon sur sa nuque, ses cheveux étaient pris dans une capote bordée d'un plissé qui encadrait son visage et se nouait par une ganse sous le menton.

Pour égayer cette sombre toilette, Lucie piqua quelques roses de Noël dans la boutonnière de son corsage, trois fleurettes blanches et discrètes qui donnèrent à l'ensemble un petit air mutin.

Ferdinand était impressionné, il ne reconnaissait pas sa mère dans cette jeune femme élégante et qu'il jugeait un peu distante. Un sentiment dérangeant s'insinuait dans leur relation mère-fils et qui avait nom jalousie. Au mépris de la toilette qu'il chiffonnait, il se jeta en pleurs dans ses bras.

– Alors c'est vrai, maman ? Vous allez nous abandonner, Avelina et moi ?

– Qui t'a mis cette idée en tête ?

– Vous n'allez pas aller vivre avec M. Allier quand il sera votre mari ?

– Que dirais-tu si, à l'inverse, M. Allier venait vivre avec nous ? Ton oncle nous fait une petite place au mas.

– Vous dites vrai, maman ?

– Eh oui, gros bêta ! Te voilà rassuré ?

Ferdinand ne répondit pas. M. Allier frappait à la porte. La barbe bien taillée et légèrement grisonnante, il portait avec une certaine distinction une lévite noire sur un pantalon rayé. Il prit la main de sa future épouse et la porta galamment à ses lèvres. C'en était trop pour Ferdinand : sa mère avec l'instituteur ! Il prit la poudre d'escampette.

– Ne vous tourmentez pas pour Ferdinand, c'est une réaction normale pour un enfant de son âge que de perdre tous ses moyens devant le maître d'école. Quand, de plus, celui-ci s'apprête à devenir son beau-père, il a de quoi être effaré, ne pensez-vous pas ?

– Il n'a pas eu une petite enfance heureuse, vous savez, allégua Henriette pour excuser l'attitude de son fils.

– Je ne le sais que trop, ma chère promise. Vous-même n'avez pas eu le bonheur auquel vous aspiriez.

– Je n'y veux plus penser, Louis.

– Je vous ferai tout oublier !

Envoûté par la jeune veuve au charme mélancolique qui se faisait discrète en accompagnant son enfant à l'école, Louis Allier avait fait une cour délicate et pleine de retenue à Henriette, encouragé par la finaude Lucie qui multipliait les invitations au maître de Ferdinand. Tiennot ne manqua de s'en étonner, à quoi sa femme répondit :

– Tu ne vois donc pas qu'il est amoureux de ta sœur ? Pourtant, ça crève les yeux !

– Et elle ?

– Comme on dit, « chat échaudé craint l'eau froide ». Henriette est sur la réserve et je la comprends. Il faut l'aider à y voir clair dans les intentions de M. Allier.

– Et toi, tu fais l'entremetteuse, sacrée Lucie !

Elle n'eut pas besoin de forcer le trait, Henriette était prête pour démarrer une nouvelle vie. Louis se déclara enfin et fut agréé. Tous deux savaient le prix du bonheur !

Le premier mariage d'Henriette Teissier s'était fait dans la discrétion, le second méritait d'être fêté dignement.

– Depuis le temps que je vous promets une brouillade, quelle meilleure occasion ? Cette année, les rabasses seront pour nous ! décréta Lucie qui voulait régaler les invités.

On avait adjoint une autre table à celle, pourtant grande, de la cuisine du mas. Il fallait bien ça pour caser les invités : la parentèle du marié et la fratrie d'Henriette... qui se résumait à Jean-Baptiste, sa femme et leurs enfants et à Tiennot, Lucie et Jules. Pas moins de quinze personnes, en comptant les enfants, savouraient les belles omelettes, copieusement fourrées de lamelles noires, fermes, presque craquantes sous la dent et qui exhalaient, en bouche, le parfum suave et puissant des tant prisés diamants noirs.

Lucie servait le dessert et Tiennot débouchait une bouteille quand une silhouette se profila derrière la vitre embuée.

– De la visite ? s'étonna Tiennot en allant ouvrir la porte.

Il se sentit saisi, empoigné, étreint par des bras osseux mais musclés qui le serraient à l'étouffer. L'embrassade n'en finissait pas, les regards enfin s'accrochèrent.

Tiennot était près du but, ces yeux gris ne lui étaient pas inconnus. L'homme de belle taille, émacié, aux sourcils broussailleux, esquissa un sourire au milieu de sa longue barbe noire striée de fils blancs.

– Jeandré ! Mon frère ! Mon petit frère !

Jeandré passait de l'un à l'autre, embrassait longuement ceux qu'il reconnaissait, tendait de mettre un nom sur des visages inconnus ; des larmes de bonheur sillonnaient son visage buriné ; son cœur se réchauffait au sein de sa famille.

Le bonheur venait d'entrer dans la maison alors que la nuit d'hiver, précoce, tombait sur la plaine bagardoise. Les enfants d'Étienne et de Maria étaient enfin réunis au mas de la Tour de Billot. Quel heureux présage en ce jour de noces !

Sur le chemin qui venait du village, une troupe joyeuse s'avançait, brandissant des lampions, entonnant des chansons. Le charivari en l'honneur des *novis*[1] pouvait commencer !

1. *Occitan : nouveaux mariés.*

Troisième partie

PAULINE

I

Une accorte lingère

PAULINE SE HISSA sur la pointe de ses bottines noires et se pencha au-dessus du parapet. Sous le pont Vieux coulait une onde noire et, comme un fragile esquif emporté par le courant, sa charlotte de percale blanche dérivait au fil de l'eau. Un vent furieux et plaisantin la lui avait arrachée.

Les bras encombrés de deux paniers à linge, elle n'avait pu retenir l'aérienne coiffe pourtant bien enfoncée sur sa charmante tête. Rouge de colère, elle frappa le sol d'un coup de talon rageur et impuissant puis, résignée, elle reprit sa marche alerte tout en se réconfortant.

« Il vaut mieux, à tout perdre, que ce soit mon bonnet plutôt qu'une chemise d'un « petit monsieur », se dit-elle.

Comme à l'accoutumée, elle avait apporté beaucoup de soin à ranger les chemises, plastrons, cols et cravates propres, repassés, empesés qu'elle avait recouverts d'une percale pour les protéger des innombrables poussières de charbon qui voletaient, insidieuses, dans le ciel de la cité minière.

Passé le pont, elle entra dans la ville et remonta d'un pas allègre la rue d'Avéjan où s'engouffraient des bourrasques de vent, emportant dans leur furie les feuilles de platane qui jonchaient la rue.

« Je dois être arrivée avant la ruée des élèves », songeait-elle, courbée vers l'avant pour donner moins de prise au vent.

Parvenue tout en haut de la rue, elle bifurqua sur la gauche, empruntant la rue qui menait au collège. Un long et haut mur d'enceinte corsetait cet établissement où elle était employée comme lingère.

Édifiés en 1730 à la demande de Mgr d'Avéjan qui y installa une école-séminaire, les lieux étaient riches d'un passé aussi disparate que prestigieux. Les enfants des nouveaux convertis issus de bonnes et nobles familles égarées dans leur foi y étaient en quelque sorte rééduqués. Plus qu'un savoir général, cet établissement leur dispensait une instruction religieuse qui, aux yeux de l'éminent prélat, leur avait fait défaut. De 1786 à 1794, à la requête du marquis de Castries, coseigneur d'Alais, Mgr de Beausset en fit une école de marine avant qu'une souscription en actions, proposée dès le concordat aux notables de la ville, ne permît la création d'un collège municipal en 1804.

Cet établissement scolaire, passé à la postérité par le biais du surveillant Daniel Eyssette, alias Alphonse Daudet, occupait sur plus de la moitié de sa longueur la partie gauche de la rue du Collège et accueillait en pension et demi-pension des garçons de onze à dix-neuf ans, en principe. Il n'était pas rare, cependant, que certains gaillards de vingt ans passés y usassent leur pantalon en vertu de l'aisance financière de leurs parents à qui l'obstination tenait lieu contentement.

Pauline Barral venait d'avoir quatorze ans lorsque, passant devant le collège, elle s'était avisée d'une annonce placardée sur la porte cochère. Suivant de l'index chacune des syllabes du texte calligraphié avec application, elle ânonna :

– Nous cherchons une lingère expérimentée…

Sans l'ombre d'une hésitation, l'adolescente avait frappé à la loge du portier. Ce dernier, méfiant, avait fait coulisser une trappe de bois ; son visage barbu s'était encadré dans cette lucarne tandis qu'il demandait d'un ton peu amène :

– Qu'est-ce que vous voulez ?

– Je viens pour l'annonce...

L'homme avait haussé les sourcils, surpris par la jeunesse de la prétendante, puis, jugeant que la gestion du personnel ne le concernait pas, il se montra plus engageant.

– Attendez, je viens vous ouvrir la porte et je vous conduirai chez M. l'économe.

– Merci, monsieur, vous êtes bien aimable.

Un long et majestueux corridor aboutissait à une porte qui s'ouvrait sur un minuscule bureau. Son étroitesse en était presque ridicule, surtout après avoir longé un si imposant couloir. En fait, l'économe s'était aménagé ce petit coin tranquille au sein même de la lingerie, assuré d'avoir chaud l'hiver dans cet antre du repassage. Il lui suffisait, en effet, de soulever une lourde tenture pour se trouver dans une pièce spacieuse, lumineuse et envahie de buée. Pas un espace de la pièce où ne soient entreposées là des piles de draps repassés, ici des corbeilles de linge qui attendaient le passage du fer ; dans un coin, sur une table, tout ce qui méritait une reprise, une couture, un ourlet. Devant cette table, une femme était penchée sur une taie d'oreiller qui avait perdu ses boutons.

Près d'un fourneau sur lequel chauffait tout un assortiment de fers à repasser, de tailles et de formes différentes, se trouvait la planche à repasser où s'affairait une jeune femme en sueur. Avant de plaquer le fer sur le linge, elle l'approchait de sa joue pour en apprécier la chaleur.

– Il nous faut une personne pour remplacer Mlle Catherine qui va nous quitter, ce n'est pas dans les habitudes de notre établissement de garder du personnel aussi peu... enfin... aussi dévergondé, expliqua l'économe en désignant du menton la jeune repasseuse.

Les yeux rougis et le ventre rond de ladite Catherine donnaient un sens aux paroles méprisantes de l'économe qui poursuivait :

– Serez-vous capable, mademoiselle, de faire ce travail ? Vous me paraissez bien jeune…

– Je viens d'avoir quatorze ans, monsieur ! coupa Pauline. Pour ce qui est du travail, vous pouvez me faire confiance. Ma mère est *bugadière*, elle m'a enseigné le métier.

– Ici, nous disons lavandière, mademoiselle, précisa le pédant en pinçant les lèvres qu'il avait minces.

Sans discrétion, il détaillait Pauline, supputait son potentiel à travailler vite et bien, à se tenir convenablement et surtout à sa place. Conforté sur ce dernier point, il l'invita à le suivre :

– Nous allons chez M. le principal. Faites la modeste, mademoiselle, si vous voulez être engagée.

Ils sortirent de la lingerie, suivis du regard délavé de Mlle Catherine et de celui, courroucé, de sa collègue, une certaine Mme Sidonie. L'air pitoyable de la future maman l'amena à prononcer des paroles d'apaisement, malheureusement dérisoires :

– Cette gamine, je la sens pas, elle tiendra pas le coup ! Quand tu auras mis ton gosse au monde et trouvé une bonne nourrice, reviens te présenter, ils te reprendront.

Un porche à franchir, une grande cour à traverser, un escalier de pierre avec sa rampe de fer forgé à gravir, encore un long couloir et enfin, derrière une lourde porte capitonnée, le saint du saint : le bureau de M. le principal.

Les boiseries sculptées et la tapisserie de velours vert, qui faisaient un écrin digne de la fonction de l'homme austère qui trônait derrière son bureau ministre, impressionnèrent la jeune Pauline. Elle observait un maintien réservé, proche de la timidité – ce qui ne lui ressemblait guère – mais n'avait pas les yeux assez grands pour s'imprégner de l'atmosphère cossue de la pièce, renforcée par les meubles d'acajou dont elle était largement pourvue.

Impressionnant aussi le principal en chemise blanche, col de Celluloïd et costume noir dont le large revers s'ornait d'une petite palme d'argent ! Sans qu'une expression favorable ou non ne transparaisse sur son visage, il écoutait l'économe qui lui présentait la jeune postulante à la fonction de lingère.

– Cette jeune personne me semble pleine de bonne volonté. Nous pourrions la prendre à l'essai...

– Quand pouvez-vous commencer, jeune fille ? demanda abruptement le principal.

– Dès demain matin, répondit Pauline sans se démonter.

– Un conseil, mademoiselle, pas de familiarités avec nos élèves ! Notre établissement n'est pas un lieu de rencontre, encore moins de débauche.

Rompue dès son plus jeune âge aux travaux d'entretien du linge dans toutes ses étapes, Pauline fut confirmée dans son embauche et, quatre ans plus tard, c'est elle qui supervisait la lingerie et formait repasseuses et cousettes sans, pour autant, abandonner le petit commerce parallèle qu'elle pratiquait avec les jeunes gens de première et de terminale et qui échappait au contrôle de l'économe grâce à la discrète complicité de M. Viala, le portier.

Les pensionnaires du collège municipal rentraient chez eux à chaque fin de trimestre, il y en avait même quelques-uns qui ne retrouvaient leur famille qu'aux grandes vacances. Les plus âgés ne s'en plaignaient pas, la ville d'Alais, vivante et animée, offrant un choix de distractions qui ne se refusent pas quand on a la chance de posséder une bourse bien garnie. D'un bout à l'autre de l'année, saison théâtrale, bals à la sous-préfecture, parties de campagne dans les guinguettes de la Prairie, déjeuners champêtres au château de Sauvages, l'ambiance festive de la cité cévenole ne se démentait pas et offrait aux potaches de quoi occuper joyeusement leur temps libre.

C'est auprès de cette jeunesse dorée que Pauline avait trouvé un marché lucratif dans ses compétences puisqu'il s'agissait de l'entretien de leurs toilettes de sortie. Il lui avait fallu, pour cela, apprivoiser le portier qui, dès lors que la jeune fille avançait sur sa table un paquet de tabac, fermait les yeux sur les corbeilles de linge qui transitaient par sa loge.

– Voilà de quoi pétuner, monsieur Viala ! lui disait-elle accompagnant son geste d'un malicieux sourire.

Sans un mot, Viala faisait main basse sur l'herbe à Nicot et Pauline déposait dans un coin son panier où gonflaient les chemises propres et empesées des « petits messieurs », puis prenait en échange les corbeilles de linge sale.

Hormis ses sempiternels paniers qu'elle avait sous les bras, rien ne laissait deviner la profession de la jeune fille. Pauline était l'élégance personnifiée, pour autant que le lui permettaient ses modestes émoluments. À l'allure vigoureuse de ses origines campagnardes, la jeune fille unissait des manières de la ville qu'elle observait dans la rue. Les pétillants yeux verts en parfaite harmonie avec sa chevelure et sa carnation de rousse flamboyante traquaient les effets de mode et s'exerçait, avec succès, à se les approprier.

– Vous avez donc couru, mademoiselle Pauline ? Vous êtes tout essoufflée, remarqua le concierge en la débarrassant.

– Il fait un vent terrible et, en franchissant le pont Vieux, une bourrasque a arraché ma charlotte qui est tombée dans le Gardon. À cette heure, elle doit être au pont de Cassagnole !

Avant de s'engouffrer dans le long corridor où s'insinuait une bise glaciale, elle lissa d'un geste gracieux les frisottis de cheveux roux qui s'échappaient de son chignon et murmura :

– Pourvu que je ne croise pas M. le principal !

La chance était avec elle, elle ne rencontra âme qui vive et pénétra, comme à son habitude, la première dans la lingerie. Elle plia soigneusement sa mante de lainage, troqua ses bottines contre des espadrilles de toile et enfila, sur sa jupe brune et son chemisier blanc, un enveloppant et inélégant sarrau gris, froncé à l'encolure et boutonné dans le dos.

L'image que lui renvoya la haute vitre qui donnait dans la cour lui arracha une moue désabusée.

– Quelle horreur ! Je ressemble à une montgolfière.

Prestement, elle compléta sa tenue de travail du tablier à bavette réglementaire dont elle serra étroitement les cordons autour de sa taille fine, ce qui lui rendit son sourire.

– Y a pas à dire, ça va mieux comme ça !

Une longue journée de travail commençait. Tout devait être organisé pour que les bugadières, dont elle entendait les sabots caqueter dans l'escalier, ne perdent pas une minute.

Avec célérité, elle tria le linge en plusieurs tas, dosa le savon et la cendre de bois, craqua une allumette dans le foyer du fourneau garni depuis la veille de papier et de petit bois. À l'aide d'un chiffon doux imbibé de vinaigre, elle nettoya la semelle des fers à repasser qu'elle reprenait ensuite, un à un, pour les frotter vigoureusement à la cire de bougie quand trois adolescentes emmitouflées firent leur entrée.

– Brrr, ce qu'il fait froid ! Oh, vous êtes déjà là, mademoiselle Pauline ?

– Comme d'habitude. Je ne traîne pas, moi ! Allez, petites, vite, au travail ! Ce n'est pas ce qu'il manque ! Tout doit être mis à bouillir avant midi. Prenez soin de frotter les chemises au col et aux poignets. Je veux du linge éclatant.

Les ouvrières retroussèrent leurs manches en réprimant des soupirs que Pauline n'aurait pas manqué de leur reprocher.

Toute la matinée défilèrent entre les mains de l'experte lingère des kilomètres de drap, traquant l'accroc, la franche déchirure, parfois l'inéluctable usure. Elle accompagnait ses découvertes d'une exclamation qu'elle ne pouvait retenir :

– Encore de l'ouvrage pour Mme Sidonie !

Parfois, elle interpellait une des lavandières d'un simple :

– Au pliage !

Et c'était à laquelle des trois serait la plus rapide pour sécher ses mains et courir aider Mlle Pauline.

Vingt minutes ! Elles n'avaient que vingt minutes pour gagner, à 11 heures et demie, les cuisines où convergeait tout le personnel subalterne et avaler rapidement une roborative soupe. Les incontournables légumes secs suivaient, qu'ils soient flageolets, lentilles ou pois chiches, accompagnés invariablement d'une saucisse d'herbes ou d'un morceau de boudin. À peine tout ce petit monde avait-il terminé son repas que la cloche sonnait, appelant au réfectoire, le premier service concernant les plus jeunes pensionnaires.

– Il y a toute une pile de ravaudage qui vous attend, madame Sidonie !

– Vous m'en voyez bien aise, mademoiselle Pauline ; comme je dis toujours, tant qu'il y aura des trous dans le linge, il y aura de la soupe dans les écuelles.

Pauline et la ravaudeuse avaient eu, toutes deux, une première année de coexistence difficile, la jeune fille usurpant, aux yeux de Mme Sidonie, la place de l'infortunée Catherine. Grâce à un patient travail de séduction de la part de Pauline et aux petites attentions dont elle l'entourait, elle avait eu raison de la méchante humeur de sa collègue à son égard.

– Un habile cordonnier que ton père ! Mes bottines sont solidement ressemelées. Il ne va pas me prendre trop cher ?

– Pour vous, c'est gratuit, madame Sidonie.

– Comment ça, gratuit ? Il faut bien que chacun vive !

– Bah, mon père se rattrapera sur quelque péquenot de sa clientèle ! Ni vu ni connu.

Une autre fois, c'était une paire de lacets en cuir dont elle lui faisait cadeau ; il n'en fallut pas plus pour conquérir la vieille femme.

Le soir venu, et avec lui les petites lunes jaunes des réverbères alaisiens, Pauline courut à la loge de M. Viala où quatre jeunes gens attendaient leur linge propre.

La distribution faite et le revenu de ces petits extras enfoui au fond de sa poche, ses paniers sous le bras, elle attendit que le concierge, avec son cliquetis coutumier, ouvrît le battant de la grande porte et la voilà dans la rue... ou plutôt dans les bras d'un jeune homme qui s'apprêtait à saisir le heurtoir ; ses corbeilles roulèrent sur le trottoir.

– Oh, je suis désolé, mademoiselle, je vous ai bousculée ! Laissez-moi vous aider à...

– Non, non, monsieur, laissez ! C'est ma faute, coupa vivement Pauline.

– Mais enfin, mademoiselle... insista la voix masculine.

Dans sa précipitation, la jeune fille crut avoir heurté un élève en goguette ; elle gardait présentes à sa mémoire les recommandations de M. le principal : « Pas de familiarités avec les élèves ! » Aussi repoussa-t-elle l'importun et se saisit-elle de ses corbeilles.

– Laissez, vous dis-je ! coupa-t-elle sèchement avant de s'enfuir en courant.

Jules Teissier, venu approvisionner en vin la table de M. le principal et de MM. les professeurs, obnubilé par la flamboyante chevelure et les yeux d'émeraude de la vive inconnue, regardait s'éloigner la silhouette chaloupant gracieusement qui disparut au bout de la rue. Une adorable apparition qu'il ne pourrait oublier : joli minois, taille petite mais bien prise, de la simplicité dans sa vêture quoique avec une touche de raffinement qu'il devinait sous la mante à gros carreaux.

– Quelle mouche la pique ? se dit-il, surpris par cette attitude farouche.

Puis s'adressant au portier :

– Qui est cette jolie personne, monsieur Viala ? Trop jeune pour être la mère d'un élève !

– Vous plaisantez ! C'est Mlle Pauline, notre lingère. Vous ne l'aviez jamais rencontrée ? Elle est chez nous depuis plusieurs années. Une sacrée travailleuse !

Tout en parlant, M. Viala avait ouvert les deux battants de la porte cochère et Jules fit entrer son attelage dans la cour du collège. Trois fûts de vin rouge, autant de blanc passèrent de la charrette à la cave et une bouteille de carthagène atterrit sur la table du concierge.

– Voilà pour vous, monsieur Viala, un petit remontant !

M. Viala se frottait les mains, son métier de concierge-portier comportait assurément certains avantages. Perché sur sa charrette, Jules Teissier s'apprêtait à franchir le porche, puis il se ravisa et demanda :

– Comment m'avez-vous dit que s'appelait votre mignonne lingère ? Paulette ?

– Pauline ! Pauline Barral. Elle vient tous les jours de Saint-Christol et à pied, la vaillante petite !

La porte se referma lourdement, les clés grincèrent dans la serrure. Jules ne pensait plus à ses tonneaux brinquebalants qui attendaient d'être livrés, il n'entendait pas son mulet qui hennissait d'impatience. Il ne se décidait pas à partir. Deux yeux verts, un peu trop pétulants, une chevelure de feu un peu trop exubérante, une silhouette beaucoup trop troublante : la délicieuse image s'animait pour son plaisir.

Bousculé dans son rêve éveillé par une violente bourrasque de vent et un tourbillon de feuilles mortes, il intima à son mulet l'ordre d'avancer tandis qu'il se lançait un défi :

– Je vous retrouverai, mademoiselle Barral !

II

Bélodi le cordonnier

PIERRE BÉLODI BARRAL, que tous les habitants d'Anduze avaient rebaptisé familièrement Bélodi, avait vu, dans son installation à Saint-Christol, la consécration de son rêve d'adolescent. Aussi avait-il quitté sans regret la « porte des Cévennes » quand s'était présenté un local et un espoir de clientèle potentiellement alléchante.

Alors, avec sa femme et sa fille, il commença une nouvelle vie loin de ces *crève-batchas*[1] aux sarcasmes faciles qui n'auraient pas manqué, à le voir dans son bel attelage, de le traiter de *pésoul revingut*[2]. Un nouveau riche, Bélodi ? Un ambitieux, tout au plus. Et si quelqu'un avait commencé au plus bas de l'échelle sociale, c'était bien lui.

Élevé par ses grands-parents dans un vieux mas perdu dans les contreforts des monts de Peyremale, il avait appris l'exploitation rationnelle du châtaignier, seule et unique ressource de la famille. C'est dire si, pour les Barral, l'arbre nourricier méritait son surnom d'arbre à pain.

1. Qui marchent dans les flaques d'eau. Sobriquet donné aux habitants d'Anduze.
2. Nouveau riche.

Après en avoir vendu les troncs pour être débités en planches, poutres et chevrons et réservé les feuilles et les branchages qui faisaient office de litière et même de fourrage pour le bétail, l'habile grand-père lui enseignait comment tirer profit des *bouscasses*, ces rejets sauvages qui ne manquaient pas de pousser au pied du fût et sur les charpentières. En novembre venait le temps d'affûter la serpette et de guetter le ciel.

– La semaine prochaine, nous irons couper les bouscasses, petit. On sera en lune vieille.

Refendues à l'herminette, dégrossies à la plane, puis chauffées dans les braises pour les rendre malléables, les jeunes pousses de châtaignier étaient alors tressées, entrecroisées, comme disait l'aïeul habilement *bridoulées*, et se transformaient en d'utiles corbeilles, paniers et autres cageots que la grand-mère allait vendre sur les marchés.

Ce travail occupait la famille durant tout l'hiver, les deux vieux et le petit jeunot, coude à coude devant la cheminée qui réchauffait les doigts gourds et donnait de luisantes couleurs aux pommettes de Bélodi. Le gamin rosissait plus encore quand sa gran, prétextant s'adjoindre, l'emmenait à Anduze.

– Demain, il faudrait que tu viennes avec moi au marché, Pierre. Toute seule, je n'y arriverai pas.

Sa face ronde tout illuminée, l'enfant ne pouvait alors cacher sa joie.

Le marché qui se tenait le jeudi à Anduze datait du XVe siècle et avait été accordé à la ville par Louis de Beaufort, seigneur des lieux. Ce jour-là, la pittoresque bourgade voyait déferler une foule hétéroclite que déversaient les collines et vallons environnants. Marchands, acheteurs et badauds, dans leurs habits du dimanche, jetaient une touche colorée qui envahissait les places et les rues de la ville aux toits rouges, lovée au pied de la croupe aride de la montagne Saint-Julien.

Pierre adorait Anduze qui était pour lui la plus belle des villes – il n'en connaissait pas d'autres. Elle représentait, à ses yeux, le seul lieu où l'on pouvait faire fortune, là où il s'établirait, où il deviendrait riche… plus tard. Son plan d'avenir était la résultante de longues observations qui l'avaient amené à cette déduction :

– Les plus riches, à coup sûr, sont les muletiers. Bon sang, que de richesse sur le dos de leurs bêtes !

Et de faire partager son rêve à l'aïeule édentée qui le tirait par la main, l'arrachant à sa contemplation.

– Quand je serai grand, je serai muletier. Ah, vous aurez alors une belle vie, ma gran !

– Allez, viens, songe-creux ! Ton grand-père nous attend.

À regret, il se laissait entraîner sans pour autant détacher son regard d'une *couble*[1] dont les bêtes, harnachées de cuir et de cuivre, décorées de pompons de laine multicolores, se frayaient un passage à grand renfort de grelots. Et le muletier alors ? Il avait fière allure dans son costume de cadis à gros cabochons de cuivre, chaussé de cuir que recouvraient en partie des guêtres à boutons, poinçon et taste-vin accrochés à son large ceinturon de cuir à boucle de métal qui luisait au soleil. Le petit Pierre prisait plus que tout la coiffure qui donnait un air martial à l'ensemble : un chapeau haut de forme, décoré d'une plume de coq et enfoncé sur la tête. Avec ça, une voix de stentor sortait de son coffre volumineux quand il invectivait sa couble et faisait claquer, au-dessus des échines, son long fouet qui cinglait l'air.

Pierre Bélodi Barral, lui, ne devint jamais un colosse imposant et sa voix ne retentit jamais dans les graves. Il n'en fit pas un handicap et poursuivit son rêve de gamin. Au décès de ses grands-parents, il dut quitter le mas et se fixa tout naturellement à Anduze où il ouvrit une échoppe de savetier. Le bois,

1. Occitan : caravane muletière composée en général de sept bêtes.

la plane, la gouge ou le polissoir, ça le connaissait. La rue Droite où il avait installé ses pénates résonnait de ses coups de marteau et de ses exclamations de plaisir quand il cloutait la bande de cuir finale à une paire de sabots.

– Et voilà le travail ! Passez la monnaie !

Il n'eut pas de mal à fidéliser une clientèle, car véloce et adroit il était ; le travail ne manquait pas… qui ne lui laissait pas entrevoir, de sitôt, un possible changement de statut. L'argent rentrait de si timide façon !

Sa vie s'enrichit pourtant lorsqu'il fit la connaissance d'une demoiselle Amat, Philippine de son prénom, une humble orpheline, bugadière de son état, qui faisait allégrement caqueter ses sabots sur les pavés de la rue Droite quand elle descendait ou remontait de la rivière.

Les auberges étaient légion dans la riante cité, où elle louait ses bras pour laver et repasser. Hostelleries et relais de poste lui confiaient draps, linge de table et de toilette que la consciencieuse jeune fille rendaient propres et bien apprêtés.

Travaillant à même la rue, sur son pas de porte, Bélodi n'eut aucune difficulté à lui faire une cour, sinon romantique, du moins fort pragmatique.

– Demoiselle ! Eh, demoiselle ! La bride de votre sabot est cassée. Donnez que je la répare ; pour vous, ce sera gratuit.

Comment dire non à une proposition si bien amenée ? Et qui fut suivie de mille autres !

– Les corbeilles, ça me connaît, c'est mon aïeul qui m'a appris à bridouler. J'en ai tant fait dans mon enfance que, pour sûr, elles ne tiendraient dans mon échoppe ! Ce sera un jeu pour moi que de rafistoler la vôtre.

Échange de bons procédés : Philippine lui accorda sa main et lui donna, ô joie ! une fille, faute d'un petit gars qui serait muletier. Car Bélodi n'avait pas abandonné son rêve qu'il n'avait de cesse de partager avec la petite Pauline Charlotte Marie, acquise sans réserve à l'utopie paternelle.

– Tu verras, Paulinette, quels beaux mulets nous aurons ! C'est toi qui leur accrocheras les pompons à leur harnais. Et aussi un plumet sur la tête du *viegi*[1] qui donnera la cadence.

Les yeux de la fillette brillaient à l'évocation du futur attelage qu'elle n'avait pas de peine à imaginer.

Au sein de ce besogneux foyer où la part du rêve alimentait les soirées, large place était faite au travail et à l'économie. Entre les coups de marteau du père et les coups de battoir de la mère, le sort de Pauline-Charlotte fut vite scellé : sa mère lui enseigna l'art du linge propre dès que la fillette fut en âge de soulever une lessiveuse. Un travail qui ne ménageait pas les mains, les bras, les épaules, ni le dos. Et que dire des genoux quand elles passaient des heures dans leur caisse de bois à frotter sur la planche, à griffer à la brosse et rincer à grands gestes balancés draps et nappes !

Raboter, creuser, clouter d'un côté ; laver, rincer, repasser de l'autre et se priver de tout pour amasser le capital indispensable au rêve paternel : telle était la vie de la famille Barral. Compter et recompter le pécule économisé était leur joie à chaque fin de mois, jusqu'au jour où Bélodi s'écria :

– Philippine ! Pauline ! Ça y est, nous pouvons acheter notre premier mulet… et peut-être une charrette !

– Il faut penser aussi au costume, mon Bélodi !

– Et au *trintrin*[2], papa, et aussi au fouet qui claque !

Dès lors, Bélodi pérora sur les places d'Anduze. Et tout le monde l'accusa d'afficher une vaniteuse suffisance alors que ce n'était qu'une exubérante satisfaction.

– Bélodi ? Un nouveau riche, quoi !

Il ne l'avait pourtant pas volé son modeste attelage, mais la réussite, ou ce qui lui ressemble, est un insidieux miroir

1. Mulet de tête.
2. Collier équipé de petits grelots.

déformant pour les oubliés de la vie. Et la jalousie a vite fait de s'installer là où la sympathie est de mise. C'en était plus que ne pouvait supporter le jovial muletier qui, déçu et meurtri, se prit à détester la ville phare de son horizon au point de ne penser qu'à s'installer ailleurs. Partir ? Mais où ?

– En tout cas, pas très loin d'ici, s'obstina Philippine. Il n'est pas question que je laisse tomber les aubergistes qui paient rubis sur l'ongle.

Deux événements précipitèrent leur départ.

Pauline avait accompagné son père qui livrait une charretée de bois chez un tonnelier alaisien du quartier des Prés Rasclaux. C'était une occasion – si rare – pour l'adolescente, facilement éblouie par les attractives vitrines et l'animation joyeuse de la cité cévenole, d'agrandir son horizon limité au bourg anduzien. Elle en revint non seulement fascinée par l'élégance des citoyens, mais en plus avec un contrat d'embauche au collège municipal.

– Lingère ! Tu te rends compte, papa ?

– Je ne sais pas si ta mère…

– Maman ? Je saurai la convaincre.

Leur conversation allait bon train sur le chemin du retour quand, en traversant le village de Saint-Christol, une pancarte placardée sur la façade d'une maison attira leur attention.

– Que lis-tu, fifille ? demanda Bélodi en plissant les yeux.

– Maison et dépendances à louer.

C'était le jour des affaires rondement menées. Restait à circonvenir Philippine.

– Tout le monde y trouve son compte. Saint-Christol est à égale distance d'Anduze et d'Alais, trancha Bélodi.

Un porche arrondi qui donnait dans une cour carrée, deux pièces au rez-de-chaussée facilement aménageables en entrepôt, deux chambres et une cuisine au premier étage et, sous le toit, une terrasse où il ferait bon sécher le linge par tous les temps, telle se présentait la maison que Pierre Bélodi Barral loua à Saint-Christol.

Bien située au carrefour des trois routes qui convergeaient sur la Pyramide, cet ancien relais de poste convenait au ménage qui s'y installa et la vie continua, qui voyait Philippine partir au petit jour à Anduze tandis que Pauline prenait la direction opposée et que le muletier allait où l'appelait le travail, parfois pour la journée, parfois il découchait, parfois, hélas ! il restait au bercail, n'ayant aucun transport de marchandises en vue.

L'inaction n'étant pas son fait, il installa, pour combler le vide de ces journées sans livraison, un atelier de cordonnerie. N'était-ce pas son premier métier ? Celui où il excellait ?

– Les sabots, disait-il à Philippine, m'ont permis d'acheter le premier mulet. Les galoches paieront le deuxième et les bottines peut-être le troisième.

Il était encore si loin des coubles admirées dans son enfance !

– Notre Pauline se fait un peu coquette, ne manquait-il pas de faire remarquer à son épouse lorsque leur fille étrennait un nouveau chapeau.

– C'est de son âge, le rabrouait Philippine. Elle ne fait de tort à personne, mais, rassure-toi, ta fille a le sens de l'économie. Sa cagnotte grossit, grossit…

Pauline, il est vrai, flattait son physique déjà fort attirant par quelque colifichet qu'elle dénichait et achetait à petit prix. Un faux camée de verroterie, une breloque suspendue à un petit galon de velours noir qu'elle mettait autour de son cou laiteux quand ce n'était pas une « semaine » façon argent, ces petits cercles au nombre de sept reliés par un anneau ovale.

Et dans l'armoire de sa chambre s'entassaient des chemises à bretelles brodées à son monogramme, de coquins pantalons fendus agrémentés de volants froncés aux chevilles, des mouchoirs de batiste et des cols de dentelle, des draps, des nappes, des serviettes...

– Tu vois bien qu'elle est raisonnable, notre Pauline, elle prépare son trousseau. Té, il ne fera pas rire !

Elle fit, un jour, une folie et rapporta, d'une boutique du boulevard des Capucins, une babiole aussi jolie qu'inutile qu'elle avait repérée dans l'alléchante vitrine. Il s'agissait d'une boîte en bois peint qui, grâce à un ingénieux mécanisme, produisait une musiquette quand on soulevait le couvercle. À l'intérieur, de petites cases capitonnées de velours incarnat se voulaient de douillets écrins.

– À quoi ça peut bien servir ? demanda son père, intrigué.

– Enfin, père, c'est un coffret à bijoux !

– Et pourquoi donc ? Tu n'en as point ! s'étonna Philippine.

– J'en aurai, maman, et de beaux !

Bélodi avait eu son rêve, sa fille avait le sien. Bon sang ne pouvait mentir !

* *
*

Légère et colorée, la France dansait.

La IIIe République était stable depuis plusieurs années et, malgré une élection discutable, le maréchal de Mac Mahon en était devenu le deuxième président.

La France dansait. Les derniers régiments d'occupation allemands venaient de quitter Verdun, la tentative de restauration monarchique avait échoué, le pays s'installait désormais dans la République. Bien que la vie fût toujours aussi rude, la France dansait parce que l'être humain est ainsi, pareil à une terre brûlée qui revit au printemps. Il fallait oublier la guerre ! Alors, on dansait de Lille à Marseille en passant par Paris, Paris où le très courtisé bal Mabille faisait tourbillonner grisettes et étudiants.

Les fêtes villageoises égayaient le pays et, si chaque région leur donnait un nom différent, la gaieté qui y régnait était partout la même. Les gens du Nord avaient leur ducasse, ceux du Lyonnais leur vogue et, à Bordeaux, c'était la frairie qui rassemblait danseurs et musiciens sur les places ombragées.

Les Cévennes ne faisaient pas exception à la règle et, qu'il s'agisse des fêtes votives ou de kermesses, tout était sujet à réjouissances, les plus prisées dans la région étant la Sainte-Barbe et la Sainte-Cécile. Mineurs et musiciens défilaient dans les rues, qui la lampe à la main, qui la trompette en bouche, et c'était alors un spectacle à ne pas manquer.

Loin de participer à ces divertissements populaires, Lucie Teissier se confinait dans le deuil de son fils aîné ; les petits bonheurs familiaux seuls lui convenaient. Au moral comme au physique, elle accusait aujourd'hui le poids des années laborieuses et des chagrins accumulés.

Tout juste âgée de cinquante-cinq ans, les épaules voûtées, le visage sillonné de rides et la chevelure prématurément blanchie, elle en paraissait vingt de plus et personne ne se serait étonné de la voir, tout le jour, assise dans le *cantou* à réchauffer ses vieux os et dévider des écheveaux de laine.

Il n'en était rien. Entraînée dans le sillon de son vaillant époux dont elle s'émerveillait de la bonne santé, elle se plaisait à œuvrer avec lui ; ils entretenaient tous deux la propriété familiale ; travaux des champs et agrandissement du bâti, ils avaient à cœur d'être de la lignée d'Étienne le bâtisseur et de respecter ses dernières volontés.

– Notre fils aura une belle propriété, souriait Lucie en embrassant, de la cour du mas, les terres qui descendaient jusqu'au ruisseau du Carriol.

– Je le verrais bien marier la fille Baconnier dont les terres jouxtent les nôtres. Là, oui, il serait bien inspiré, notre Jules !

– Pardi, l'Émilienne est fille unique ! Et pas fainéante, avec ça ! Elle aime la terre, avait commenté Lucie avec un éclair de malice dans le regard, ce qu'apprécia son époux.

Il retrouvait, à ces moments-là, la Lucie de ses vingt ans, volontaire et un peu railleuse.

D'un commun accord, ils avaient entrepris d'agrandir le mas dans sa partie nord en construisant, pour Henriette et son foyer, un logement indépendant dans le prolongement de l'écurie ; il se composait d'une vaste cuisine au plafond cintré en berceau qui reposait sur des poutres de châtaignier et d'un escalier extérieur qui permettait d'accéder à trois chambres en enfilade. La joie d'Henriette se lisait sur son visage et c'était plaisir de la voir enfin resplendissante. Louis Allier, son époux, n'était que reconnaissance envers son beau-frère, ce qui gênait Tiennot.

– Notre père y tenait, se défendait-il. Il voulait que tous ses enfants soient établis…

Il s'était tourné vers son cadet, Jean-André.

– D'ailleurs, nous avons prévu un logement pour toi, Jeandré. Laisse-nous pour cela rentrer un peu de sous…

– Ne te donne pas cette peine, Tiennot, répondit Jeandré avec une émotion qu'il essaya de diluer dans une grande explication de ses futurs projets.

– Vous ne repartez pas pour la Chine, Jeandré ?

– Non, ma chère Lucie ! C'est l'Afrique qui m'appelle.

– Mais tu reviendras, Jeandré, et alors on t'aménagera un logement dans le pailler, insista Tiennot.

– J'apprécie ta générosité, mon frère, mais n'en fais rien, j'ai choisi d'être missionnaire et ma vie n'est pas ici.

Jean-André s'en était allé, ragaillardi par son séjour en famille, le cœur regonflé et la musette bien garnie.

– Prenez ce tour de saucisse sèche, Jeandré, vous penserez à nous en y mordant dedans.

– Tu as bien une petite place, Jeandré, pour y loger ces pélardons ?

Le nouvel appartement de leur mère laissait Ferdinand et Avelina indifférents ; ils lui préféraient, et de beaucoup, la vieille cuisine enfumée et la longue table de ferme du logement de leurs parrain et marraine. Le garçonnet fuyait surtout son beau-père et instituteur, deux bonnes raisons de regarder avec un mauvais œil l'homme qui s'accaparait l'amour de sa mère. D'autant que l'outrecuidant personnage, avec un subtil mélange d'attention paternelle et de ferme sévérité, entendait participer à leur éducation !

Ferdinand entraînait sa sœur, plus que de raison, chez Lucie et Tiennot. Craignait-il cet homme par expérience ? Il y avait de cela, mais le don inné de Lucie à attirer les enfants dans son giron et la patience légendaire de Tiennot motivaient plus sûrement les deux petits.

Et Jules dans tout cela ? Bel homme moustachu, brun de poil et de peau, la démarche gourmée d'un petit dandy, il posait un regard ennuyé sur tout ce qui demandait un effort, préférant, à tout prendre, livrer la marchandise et encaisser.

– Il t'en a fallu du temps pour livrer quatre barriques ! lui faisait remarquer son père, irrité par son indolence.

À quoi il opposait toujours une bonne raison.

– Je bavardais avec d'autres paysans rencontrés au marché. Savez-vous, père, qu'ils sont de plus en plus nombreux à se réunir en syndicats boutiques ?

– À quoi ça leur sert ? demanda Tiennot pour la forme.

– À écouler leur production, pardi ! Et même à fabriquer leur vin en commun. Ce sont de véritables entreprises : toutes les étapes de la vinification sans parler de la gestion, de la commercialisation… Que de corvées qu'on s'éviterait !

En ce beau dimanche de printemps, vivant au rythme insouciant de la France, Jules Teissier se rendait au bal champêtre organisé par les conscrits de Saint-Christol. Il avait soigné sa mise, effilé en pointe ses moustaches de conquérant et lissé à la brillantine ses cheveux noirs séparés d'une raie médiane. Ses pieds chaussés de demi-bottes longuement lustrées à la graisse disparaissaient en partie sous la soutache de son pantalon.

Le dimanche était fait, à ses yeux, pour s'amuser, il comptait bien entraîner dans la danse de jolies Cévenoles. Gigue ou cotillon, il avait envie de se trémousser.

La piste de danse, en l'occurrence la place de la mairie, décorée de girandoles et de lanternes vénitiennes qui tremblotaient au-dessus des têtes, résonnait du crincrin de la vielle et des sons aigrelets de la cabrette alors que couraient, en criant, les enfants qu'on laissait exceptionnellement sans surveillance.

Assises sur un banc de bois, les mères vigilantes veillaient sur les premiers émois de leurs grandes filles, prisonnières de bras galants qui les faisaient virevolter.

Soudain, Jules la vit, silhouette gracieuse toute de vert vêtue, chaperonnée par Philippine dont la mine maussade trahissait son peu d'engouement pour les distractions futiles. Ses cheveux dénoués flamboyant au soleil, son jupon coquinement raccourci laissant entrevoir la dentelle d'un bas de pantalon, Pauline Barral attendait sans impatience celui qui s'inclinerait devant elle pour la faire danser.

De quoi mettre Jules en émoi, lui qui désespérait de retrouver la belle !

– Enfin je vous retrouve, mademoiselle Barral !

Pauline sursauta, fronça les sourcils et reconnut enfin le jeune homme du collège qu'elle avait malencontreusement bousculé. Avec aplomb, elle répondit :

– Je sais, je vous dois des excuses, monsieur. Encore que ma méprise…

– Votre méprise ?

– Heureusement, M. Viala le concierge a éclairé ma lanterne, je vous avais pris pour un étudiant.

– Ma foi, c'était plutôt flatteur ! répliqua Jules en lui décochant un sourire complice.

Puis, se tournant vers Philippine qu'il jugea être son chaperon, il s'inclina, retrouvant son sérieux :

– Puis-je, madame, faire une polka avec Mlle Barral ? Ce sera sa pénitence pour m'avoir tarabusté.

Sans ouvrir la bouche, Philippine eut un hochement de tête imperceptible qui pouvait passer pour un acquiescement ; Jules se saisit de la main de Pauline et l'entraîna au centre de la piste... alors que les musiciens jouaient les dernières notes.

Ils attendirent la reprise, mais le rythme les déconcerta. Dominé par l'accordéon qui s'était joint aux autres instruments, l'orchestre proposait une valse. Jules hésitait. Allait-il lâcher la main de la jolie lingère au risque de la voir lui échapper une nouvelle fois ? Et tout cela parce qu'il n'avait jamais valsé ?

De son bras gauche, il enserra sa taille et demanda :

– Connaissez-vous les pas de cette danse ?

Elle fit non de la tête et sa crinière rousse caressa la joue du jeune homme. Intrépide, il se lança, prétentieux en diable.

– Alors, laissez-vous guider, mademoiselle Barral.

Tâtonnant, embarrassés, leurs pieds se heurtaient, bougeaient avec maladresse. Valse hésitation ? Valse complice d'un amour naissant ? Un cercle se forma autour des deux danseurs. Ils étaient enfin en osmose avec la musique ! Qu'admiraient les badauds ? Le couple tournoyant, à l'endroit, à l'envers ? La belle paire qu'ils formaient ? Ils étaient faits l'un pour l'autre et ça crevait les yeux !

Tiennot pouvait dire adieu à l'agrandissement du domaine de la Tour de Billot avec les terres d'Émilienne Baconnier.

III

Impétueuse Pauline

LE BONHEUR ! Cet état indéfinissable et merveilleux que l'on construit par petites touches à la manière d'un tableau impressionniste ! Si fragile que l'on craint toujours de l'effaroucher en l'étreignant trop fort !

Ce bonheur, qu'Henriette et Louis apprivoisaient tout doucement, était là au creux de leurs mains, au fond des entrailles de la jeune femme. Mère, elle allait être mère pour la troisième fois ! Un enfant qui, pour l'instituteur, serait le premier. Il bâtissait déjà son avenir.

– Je lui apprendrai tout ce que je sais, projetait Louis Allier, sans la moindre flagornerie, et plus tard c'est lui qui me fera partager son savoir

– Laisse-lui le temps d'ouvrir les yeux sur le monde, le tempérait la jeune femme, sereinement comblée.

Parfois, elle imaginait qu'elle se détachait de son corps et qu'elle regardait sa petite famille.

– Sont-ils heureux, ces quatre-là ! se réjouissait-elle.

Elle réintégrait alors son enveloppe charnelle et, tout ce bonheur qu'elle avait vu, elle l'emprisonnait dans son cœur de peur d'en manquer un jour.

Le bonheur du couple, encore officieux, que formaient Jules et Pauline avait, lui, l'arrogance de leurs vingt ans. Impérieux et communicatif, il ne souffrait pas que quiconque se mît en travers de sa route. Aussi reçut-il l'agrément de leur famille respective quand vint l'heure des confidences.

De leur côté, Étienne et Lucie écoutèrent avec indulgence, comme ils l'avaient toujours fait, les explications de leur fils. Tout en tisonnant les braises de l'âtre, Jules confessait leur projet commun et, tout empli de la radieuse image de la belle Pauline, il devenait lyrique.

– Elle vous plaira, mère, c'est une vraie enjôleuse. Ses yeux sont la franchise même, si limpides et directs qu'ils vous atteignent l'âme. Et ses mains ! Douces comme la soie d'une brassée de cocons !

– Elle travaille dans une filature ? demanda Lucie, surprise et ravie que son fils s'intéresse enfin aux magnans.

– Pas du tout ! Elle est lingère au collège d'Alais, mais habite à Saint-Christol.

– Je dois connaître son père, alors ! intervint Tiennot. A-t-il ses propres terres ? À moins qu'il ne travaille pour...

– Ça m'étonnerait, père, il est originaire d'Anduze et, de plus, M. Barral n'est pas un paysan, il est muletier, après avoir exercé la profession de savetier...

– Bélodi ! Bélodi de la rue Droite ! C'est lui qui entretenait les galoches des pensionnaires de l'institut du prophète Samuel. Il doit avoir quelque dix années de plus que moi. Tu dis qu'il est devenu muletier ?

– Oui, il fait des charrois entre plaine et montagne et son épouse entretient le linge des hostelleries anduziennes.

– Maintenant que tu le dis, il nous parlait souvent, à nous gamins de l'institut, de la belle couble qu'il aurait et de la grande écurie qu'il lui faudrait pour loger ses mulets.

– Il se contente de trois bêtes qui, bien bâtées, ne rechignent pas dans les raidillons.

Loin de ces considérations matérielles, Lucie pensait déjà à la fille qui lui avait été refusée et qu'elle allait trouver dans cette bru qu'il lui tardait de connaître.

– Parle-moi de cette petite, Jules. Elle est jolie, ça je l'ai bien compris, et bien aimable, j'espère. Té, elle m'est déjà agréable, cette Pauline !

Les réactions différaient chez les Barral. La prudence, en toute occasion, animait Philippine tandis que son exubérant époux se gobait de fierté.

– Un domaine à Bagard, dis-tu, fifille ? Et il est fils unique, ton galant ?

– Toi, une fille qui ne se plaît qu'à la ville, tu vas aller t'encager à la campagne ? Tu ne t'y habitueras pas, Pauline, je te le dis. Tu n'es pas une fainéante, je le sais, mais le travail à la ferme n'est pas une sinécure…

– Il n'est pas question, maman, de quitter mon travail au collège, encore moins d'aller vivre au mas avec les parents de Jules… du moins, pas toute ma vie. Jules l'a bien compris et, comme moi, il souhaite que nous soyons indépendants… un jour… quand nous pourrons avoir notre propre maison.

Il fallait bien que les deux familles se rencontrent, on arrêta une date au mois d'octobre, dès que les vendanges seraient terminées. Le vin pressé, soutiré, commençait à fermenter dans les cuves ; ce sont les premiers effluves qui agressèrent la famille Barral quand leur attelage arriva au mas de la Tour de Billot.

– Voilà, me semble-t-il, un bon vin qui se prépare, fit remarquer Bélodi en serrant la main avenante que lui tendait Étienne Teissier.

Jules déposa un chaste baiser au creux du poignet que lui tendait Pauline, tandis que les deux mères restaient en retrait.

Lâchant la main de sa belle, Jules salua Philippine Barral et lui présenta sa mère. Les deux femmes se saluèrent avec une certaine timidité de la part de Lucie, beaucoup de froideur chez Philippine. Mais n'était-ce pas dans sa nature ?

Un premier contact « à la bonne franquette », il n'y avait rien de tel pour détendre l'atmosphère pincée et dérider hôtes et convives. Lucie avait rempli de châtaignes la grande poêle à trous et long manche que Tiennot mania avec dextérité, la faisant danser joyeusement sur les belles flammes jaunes de la cheminée ; elles bruissaient, fumaient un peu en signe de protestation, certaines fusaient comme des éclats de rire. Il s'interrompait à intervalles réguliers pour faire sauter habilement la poêlée, les châtaignes suaient, lâchaient leur fragrance de fruit suave à laquelle se mêlait celle de l'humus des sous-bois quand Tiennot les faisait monter jusqu'à plus de un mètre hors du récipient pour les réintégrer aussitôt, sans qu'aucune ne chût à côté.

Quand toutes se mirent à crépiter, à sautiller, excitées comme des puces, des bribes d'écorce tombant sur les braises qu'elles attisaient en nouvelles flammèches fugitives, Lucie déposa un torchon sur la table et dit :

– Je crois qu'elles sont à point, Tiennot. Tiens, vide ta poêle dans ce torchon.

Secouées énergiquement pour être grossièrement décortiquées, les châtaignes embaumaient la pièce d'une odeur de vanille sucrée qui faisait saliver. Les étalant sans façon sur la table, Lucie invita chacun à se servir.

– Mangez pendant qu'elles sont chaudes ! Moi, je vais chercher des verres et toi, Jules, tu vas nous déboucher une bouteille de piquette. Té, il n'y a rien de mieux pour faire glisser une bonne *afachada*[1].

Les langues se déliaient sous l'effet de la douceur du lieu, du vin léger et du dessert rustique. Après avoir parlé de tout et de rien, de la pluie qui menaçait, du phylloxéra dont chaque

1. Occitan : châtaignes grillées.

viticulteur traquait l'apparition, et du maudit train qui serait la ruine des muletiers, on en vint enfin au cœur du sujet : le mariage des ces enfants qui brûlaient d'impatience.

– Si on arrêtait la date du 18 décembre ?

– Dans deux mois ? Cela ne nous laisse que peu de temps pour préparer... avança Lucie.

– Mon trousseau est prêt ! objecta Pauline. Ma robe, j'en fais mon affaire.

La réponse abrupte de la jeune fille était révélatrice de son caractère impétueux ; elle laissa à sa future belle-mère un goût amer.

« Cette petite est une rouée qui embobeline son monde, se dit-elle. Et mon Jules, un grand naïf bien amoureux ! »

L'après-midi ne s'était pas écoulé sans l'irruption naturelle de Ferdinand et d'Avelina, toujours à l'affût de quelques gâteries qu'ils trouveraient chez leur tante Lucie. Sans façon, ils s'étaient assis à table, en hôtes habitués, et Lucie les avait gavés de châtaignes et de lait chaud, en les couvant d'un regard plein de tendresse.

Aussi, de son côté, Philippine se livrait-elle à quelques remarques acerbes qui faisaient mouche.

– Un fils unique, nous avais-tu dit ?

– Pourquoi vous mentirais-je ? Jules avait certes un frère aîné, mais il est mort à dix-sept ans. Un jeune homme de santé fragile, paraît-il.

– Et ces deux gamins qui s'installent à leur table comme en pays conquis ? Ils ne sont pas quantité négligeable et ta future belle-mère les couve d'un regard qui en dit long sur la place qu'ils ont en son cœur.

– Ce n'est pas dans le cœur de Mme Teissier que j'entends occuper la première place, mais dans celui de son fils. Pour le reste, je m'en accommoderai !

Lucie avait vu juste : Pauline-Charlotte Barral ne manquait pas d'aplomb et allait droit au but.

Ce jour-là, que les amoureux impatients attendaient comme une terre de délices promise, une brume glaciale permettait à peine de distinguer les toits du village. Il fallut attendre 11 heures pour qu'un timide soleil s'invitât, contre toute attente, et permît à la noce d'aller en cortège de la mairie au temple, peu éloignés l'un de l'autre, il est vrai.

Une heure plus tard, à la sortie de la cérémonie religieuse, il avait disparu, chassé par une bourrasque, pour laisser la place à une petite bruine qui rendait glissantes les dalles de pierre du parvis du temple de Saint-Christol.

Sa construction remontait à 1849. C'était une bâtisse trapue, bâtie sur un petit tertre auquel on accédait par une volée de marches et que surmontait un pignon qui soutenait une cloche. Son inauguration, sous un soleil de plomb, avait donné lieu à des festivités car il est toujours de bon ton de se congratuler devant le fruit de la persévérance.

Ce n'était pas le cas en ce jour de décembre où, par le mariage de leurs enfants, les familles Barral et Teissier s'unissaient. Lucie grelottait dans sa mante noire tandis que Philippine, raide et pincée, s'enveloppait frileusement dans une rotonde brune qui lui tombait jusqu'aux chevilles.

Insensible au froid piquant et au ciel gris, Pauline avança au bras d'un Bélodi superbe dans son impressionnant costume de muletier, lavé et repassé de frais.

Jules l'attendait, il lui tendit la main et l'on crut voir un couple tout droit sorti d'un catalogue de mode.

– Tu en as mis du temps, ma belle fiancée, mais ça valait la peine ! souffla-t-il, railleur, à son oreille.

– Alors, je te plais, mon Jules ?

Jules négligea de répondre, ses yeux parlaient pour lui.

Choisir la toilette idéale, celle d'un jour exceptionnel, qui fera partie de ses plus beaux souvenirs, n'avait pas été mince affaire pour la coquette Pauline. Passant et repassant deux fois par jour devant le magasin Micimili qui tenait boutique de mercerie-bonneterie-confection dans la Grand-Rue, chouchou des élégantes alaisiennes, elle avait un jour poussé la porte.

– Pourrais-je consulter un magazine pour toilettes de mariage ? demanda-t-elle en prenant un petit air mondain.

Une accorte vendeuse lui proposa un numéro de *La Mode illustrée* dans lequel elle trouva son bonheur. Mme Bréant-Castel, une styliste en vogue dans la sphère parisienne, y présentait une de ses créations au titre évocateur de « Mariage en Provence ». Pauline n'hésita pas.

– Je voudrais trois mètres de ce tissu matelassé, avait-elle demandé en pointant le doigt sur une cotonnade blanche surpiquée d'un fil orangé.

Repérant sur les rayonnages une pièce de basin, elle se la fit montrer, la plaça à côté de la cotonnade et, jugeant l'accord parfait, elle demanda :

– Deux mètres de basin, cela me suffira.

Elle avait coupé, taillé, bâti, essayé puis cousu une robe ajustée au buste et qui prenait de l'ampleur à la taille par un jeu de fronces harmonieusement réparties. La base, sorte de piquet marseillais appliqué sur une quarantaine de centimètres, donnait de la tenue à la toilette tout en dansant autour de la jeune fille à chacun de ses mouvements. Un long châle en pointe, de la même matière que la base, parachevait idéalement l'ensemble et n'était pas superflu en ce temps de décembre.

Ses cheveux relevés sur le haut de la tête et pris dans un ruché de batiste, à la façon des Arlésiennes, la grandissaient un peu, de même que les talons de ses bottines, l'œuvre de Bélodi sous les conseils de fifille.

– Je les voudrais en cuir très souple. Si tu avais du chevreau, papa...

– Dis donc, ma fille, redescends un peu sur terre ! la reprit Philippine. Le chevreau, c'est pour les nantis.

À son doigt brillait une alliance en or, un peu grande pour son annulaire fuselé.

– C'est le premier bijou que je t'offre, ma Pauline, tu en auras beaucoup d'autres, je te le promets !

Il avait été convenu que le repas aurait lieu au mas de la Tour de Billot et la préparation en revint à Lucie et Henriette qui s'activèrent pour recevoir dignement leurs convives.

L'ambiance que tous avaient à cœur de vouloir festive avait pour but de faire oublier, pour un temps, les dissensions qui n'avaient pas manqué de surgir quand les deux jeunes gens avaient exposé leur projet de vie.

– Notre intention est de nous installer à Saint-Christol dès que nous en aurons la possibilité.

Instigué par Pauline et approuvé par Jules qui le disait tout à trac à ses parents, le projet ne manquait pas d'ambition… ni de réprobation.

– Mais… mais… bêla Tiennot, tu n'y penses pas, Jules ? Ton travail est ici…

– Et le mien à Alais ! coupa Pauline. Il faut faire la part des choses, monsieur Teissier.

– Comment, Pauline, vous n'allez pas continuer à être lingère ? s'alarma Lucie.

– Pensez-vous, madame, que je doive en rougir ?

Là où Pauline voyait son honneur titillé, il n'y avait pourtant que l'espoir d'une vieille femme de poser un peu son fardeau. Décidément, ce ne serait pas, entre elles, l'entente cordiale !

Tiennot, lui, insista.

– Vous voulez habiter à Saint-Christol ? Chez les parents de Pauline ?

– Nous ferons construire une maison…

– C'est que ça coûte…

– J'ai des économies et si Jules, de son côté…

C'était dit. Ou presque. Mais sans ambiguïté. D'ailleurs, le contrat de mariage, lui, était clair et net :

... *Ladite Barral Pauline Charlotte Marie, la mariée, apporte en numéraire la somme de neuf cents francs, somme issue de ses gains et épargnes, sans aucune participation de ses père et mère...*

Les époux Teissier ne pouvaient être en reste ; Lucie liquida son placement, Étienne ajouta son écot et Jules put annoncer *une somme de trois cents francs disponible immédiatement pour servir à la construction d'une maison d'habitation...* ce qui s'ajoutait à ses espérances de fils unique.

Le soir venu, dans le décor spartiate de la chambre de Jules – qui devenait leur chambre en attendant la maison de leurs rêves –, Pauline frissonna. De peur ? De froid ?

Son regard hardi démentait la première hypothèse, sa moue donnait du poids à la seconde.

– Une chambre aussi froide, je ne m'y ferai jamais ! Dans notre maison, il y aura une cheminée dans chaque pièce.

– Tout ce que tu veux, ma Pauline. Mais aujourd'hui, je te le promets, tu n'auras pas froid. Laisse-moi te réchauffer à ma façon.

Délicatement, il fit tomber la belle robe provençale et porta sa belle en chemise de percale et pantalon fendu jusqu'au lit parfumé de lavande sur lequel il la déposa avant de se glisser contre elle, tous deux frémissant de désir.

Le gros édredon de plume tomba au cours de la nuit, mais ni l'un ni l'autre n'y prirent garde : ils brûlaient d'une passion jamais assouvie.

* *
*

Henriette, désolée, cherchait des explications au sort contraire qui s'acharnait sur elle, et par conséquent sur son Louis tellement déçu. Avait-elle présagé de ses forces en voulant participer à la cueillette des olives ? Était-ce le mariage de son neveu Jules qui lui avait procuré un surcroît de surmenage ?

Peu importait, en fait, la cause ; seul le résultat comptait et sa grossesse interrompue par une fausse couche au cours du cinquième mois avait mis sa vie en danger. Heureusement, un mois après, elle avait passé le cap d'une mauvaise infection, mais son moral, lui, n'était pas au beau fixe. En cachette de son époux, elle pleurait à gros sanglots, puis se composait une mine sereine avant qu'il ne rentre de l'école.

Elle déployait alors des trésors de tendresse pour le voir sourire à nouveau.

– Tu verras, Louis, notre union sera couronnée par la naissance d'un enfant. Je serai bientôt grosse à nouveau, pour ta plus grande joie.

* *
*

Pour huit cents francs, une jolie maison de village s'élèverait bientôt dans la rue principale de Saint-Christol, près de la Pyramide. Trop lentement au goût de Pauline qui surveillait les travaux.

Elle l'avait voulue assez grande pour accueillir deux ménages – le sien et celui de ses parents qui avaient mis, quoique modestement, la main à la poche –, le rez-de-chaussée étant réservé à la double activité de son père.

– Le jardin donne sur le foirail, papa. Il suffira d'ouvrir une brèche pour accéder à l'écurie de vos mulets.

– Bien pensé, fifille ! Ma cordonnerie, par contre, doit être en façade, comme les magasins.

– Elle le sera. Regardez !

Elle désignait, dans l'espace, une pièce carrée de belle dimension et son double en vis-à-vis.

– Et entre les deux, la montée d'escalier qui mènera au premier étage où seront nos appartements.

Deux pièces réservées aux Barral, quatre à Pauline et Jules, sans parler d'un second étage qui pourrait, un jour, être aménagé, le jeune couple avait de quoi éclater de fierté... et d'impatience. Aussi, la jeune femme titillait-elle son maçon :

– Quand pensez-vous avoir terminé, monsieur Bordarier ?

– Ça dépendra, madame Teissier ! répondait évasivement le maçon.

Auprès de ses beaux-parents non plus, elle ne cachait pas sa hâte de quitter le mas de la Tour de Billot.

– Ça me fait un sacré bout de chemin pour aller à Alais ! Si encore Jules venait me chercher à mi-trajet...

– Le mieux serait que vous abandonniez ce travail.

– Vous n'y pensez pas, madame !

Pauline n'arrivait à lui donner du mère. Avait-elle seulement essayé ? C'eût été moins froid et conventionnel que le madame qui était proprement glacial. Malgré ses gestes tendres qu'elle s'obligeait à réprimer, malgré sa voix aux accents chauds et rauques qu'elle voulait apaisante, Lucie se heurtait, avec sa bru, à un silence maussade.

Pour un oui, pour un non, la jeune femme s'enfermait dans des bouderies inexplicables ; elle pouvait passer une soirée entière dans un total mutisme, sinon des mimiques de connivence qu'elle échangeait avec son Jules. Lucie ne pouvait que se désoler en silence de ses phrases sèches et teintées de colère à peine contenue. Elle désespérait d'atteindre, un jour, le cœur de Pauline.

« Mon fils est heureux, c'est ce qui compte ! » se consolait-elle avec abnégation.

Il était heureux, à l'évidence ! Encore que son impétueuse épouse ne se privât pas de l'apostropher par quelques reproches bien sentis.

– Tu aurais pu venir me chercher avec la jardinière ! Au moins, j'aurais économisé mes jambes et mes bottines !

Penaud et en constante adoration inconditionnelle de la belle rousse qui partageait ses nuits, Jules n'avait de cesse de la dérider, de faire naître sur son visage fermé l'éblouissant sourire qui la transformait tout entière.

– Pardonne-moi, ma Pauline, j'étais dans la vigne avec mon père. Pour me faire pardonner, demain, je serai devant la porte du collège avec la jardinière.

Volte-face de la belle ! Ses yeux verts caressaient la facile victoire. Sa bouche vermeille s'étirait dans un lumineux sourire empreint de magnanimité.

Jules s'empressait d'ajouter :

– Et je ne viendrai pas les mains vides !

Là, c'était l'extase ! Les mutines éphélides qui parsemaient ses joues s'enflammaient tel un brasier, rosissaient de plaisir.

Avec la sagesse que confèrent les ans et son infinie confiance en l'être humain, Lucie attendait des jours meilleurs… pour elle… pour tous.

« Un enfant ! Un enfant arrange beaucoup de choses… »

Un vœu pieux qui fut exaucé.

Sans prendre garde aux mines réjouies de ses beaux-parents, Pauline précisa sans complaisance :

– J'espère qu'il naîtra dans notre maison si le maçon est de parole. Ce sera plus sain qu'ici !

D'une phrase, elle balaya leur joie toute neuve en affichant le mépris qu'elle portait au vieux mas de la Tour de Billot !

IV

Les diamants noirs

– C'EST POUR MOI, JULES ?

Pauline regardait avec une avide curiosité le petit paquet que Jules tenait à la main. Elle avait posé la question pour la forme, sachant pertinemment que son époux honorerait sa promesse de la veille. Jules se voulut câlin en lui répondant :

– Ne t'avais-je pas promis une surprise, hier, pour me faire pardonner ?

Elle esquissa un sourire de fillette taquine. Tout cela était oublié, la nuit passée aux jeux de l'amour en était la preuve. Or le cadeau était là qu'il lui brûlait de découvrir.

– Ouvre donc ! Tu trépignes d'impatience.

Les doigts fins et fébriles dénouèrent le ruban de bolduc, arrachèrent le papier fantaisie, une petite boîte de velours gris apparut qui portait une inscription en lettres dorées : *Joaillerie Mon Bijou de Paris.* Il n'y avait pas de doute : un bracelet ? Ou une bague ? La jeune femme rosissait de plaisir.

– C'est un cadeau qui te demandera un petit sacrifice, précisa Jules qui s'était composé une mine pince-sans-rire.

Pauline fronça les sourcils. Qu'allait-il lui demander ? Tout de même pas de quitter son travail ? De là à soupçonner qu'il était sous l'influence de sa mère…

Mais la tentation était trop forte. Au diable le sacrifice ! S'il le fallait, elle composerait. Et même lui dirait tout de go qu'un cadeau avec une contrepartie cela s'appelait du chantage. Elle ouvrit donc l'écrin et les mille feux présentés sur un lit de coton rose pâle firent briller ses yeux.

– Des diamants noirs ! s'exclama-t-elle, oubliant toute idée de chantage. J'en ai toujours rêvé.

– Des saphirs seulement, ma chérie ; des pendants d'oreilles en saphir d'un bleu si foncé qu'on les croirait noirs.

– Non, non, je t'assure. Ce sont des diamants, des diamants noirs comme je les aime !

Jules préféra ne pas insister. L'ignorance obstinée de sa jeune épouse avait quelque chose de puérilement touchant, surtout quand elle ajouta, arrondissant sa bouche pulpeuse et ses yeux brillant de mille feux :

– Mes oreilles !

– Quoi donc, tes oreilles ?

– Elles ne sont pas percées !

– Alors tu as deviné le petit sacrifice auquel je faisais allusion. Mais rassure-toi, ma belle rousse, le bijoutier m'a affirmé que ce n'était pas douloureux.

– Qu'importe si ça l'était ! Pour être belle, il faut souffrir.

Arrivée au mas, elle alla déposer son trésor dans le coffret en bois peint qui remplirait enfin sa fonction et glissa ensuite le coffret à bijoux dans l'armoire, derrière une pile de draps.

Les « diamants noirs » de Pauline furent les premières folies de Jules qui n'en resta malheureusement pas là. En toute occasion, il l'abreuvait de petites et grandes attentions, ponctuées de cadeaux. De menus cadeaux et d'autres plus conséquents. La vie auprès de lui aurait ressemblé à une fête permanente s'il n'y avait pas eu un malaise sous-jacent.

* *
*

Il ne passait jour sans que Tiennot ne s'ouvrît à Lucie de ses soucis financiers. Pourtant, les moissons avaient été bonnes et le blé amené au moulin dépassait les espérances.

– Il faut que je revoie les comptes avec Jules. Jamais l'argent n'a été aussi difficile à engranger, ça me désole !

Dès que son fils était sur la sellette, Lucie volait à son secours. Une fois de plus, elle trouva la parade :

– Les meuniers sont des coquins qui lanternent pour payer. Une fois le grain au moulin, le paysan peut attendre !

Une autre fois, Tiennot revint à la charge :

– Nous sommes à la fin août, l'argent frais presse pour embaucher les vendangeurs et les filateurs n'ont pas encore réglé la livraison de cocons.

– Une belle éducation, pourtant ! se rengorgea Lucie qui n'avait pas plaint sa peine.

– Il faut que je demande à Jules de les relancer. Après tout, c'est lui qui a voulu prendre en charge la gestion du domaine. Et ma foi, il est temps de taper du poing sur la table pour se faire respecter de tous ces *rampelins*[1].

Plus que deux mois pour arriver à son terme, et la maison de Saint-Christol était loin d'être achevée. C'est dire si Pauline devenait irritable. La chaleur orageuse, chargée d'électricité, n'était pas pour calmer sa colère légitime, sa grossesse bien avancée lui donnant quelques privilèges.

– Jules, il faut me conduire au collège, demain, avec la jardinière. Je ne peux pas faire tout ce trajet avec cette touffeur. Si au moins il faisait orage !

– Rien de plus simple, ma Pauline. Demain, tu n'as pas oublié, c'est la foire de la Saint-Barthélemy et je me promettais de monter à Alais. Je partirai plus tôt, tout simplement.

---

1. Occitan : coquins dans le sens de roublards.

Pauline, apaisée, ne faisait plus la moue. Tiennot et Lucie n'avaient pipé mot. Jules se tourna vers sa mère.

– Avez-vous besoin de quelque ustensile que j'aurais plaisir à vous acheter, mère ?

Sans attendre de réponse, il se tourna vers son père.

– Et vous, père, viendrez-vous à la foire ?

– Pour aller « foirer », mon gars, il faut avoir des sous, et des sous, on n'en a plus ! Oui, tout va mal, Jules, il faut revoir les comptes.

Voilà, c'était dit ! Et sans préméditation. La foire avait été le détonateur et Tiennot déballa son inquiétude, parla d'aller secouer les mauvais payeurs. Son ire n'avait pas de limite et Jules sentait le sol se dérober sous lui.

Surpris de la virulence de son père, il pâlissait, rougissait, peinait à répondre au feu roulant des questions paternelles, n'arrivait plus à ordonner ses idées, commençait une phrase et ne la finissait pas. Au plus fort de son courage, il ne trouva que la fuite !

– Si vous le voulez bien, père, nous reparlerons de tout cela à tête reposée. Pour ce soir, j'avoue que je suis fourbu.

Il se leva de table et tendit une main à Pauline. D'ordinaire, elle ne se faisait pas prier pour le suivre, aussi fut-il surpris quand, ignorant la main tendue, elle le regarda droit dans les yeux et s'étonna :

– Demain ! Pourquoi demain ? Les comptes, quels qu'ils soient, ne méritent pas d'être négligés !

– Est-ce les négliger que les étudier au grand jour et non sous la lampe à huile avec laquelle nous ne verrions goutte ? répliqua Jules piqué au vif.

Et il gravit l'escalier qui montait à leur chambre.

Si Pauline n'avait que peu d'instruction et se contentait d'à-peu-près comme dans la science des gemmes, elle possédait une finesse de jugement, un sens aigu d'une certaine logique et surtout prisait plus que tout la franchise.

Les largesses de Jules, son côté « grand seigneur », son allure fringante et sa joie de vivre ne manquaient de lui poser question quand elle comparait son époux à ses beaux-parents. Tiennot, infatigable travailleur, ne possédait que deux chemises dont sa femme retournait le col et les poignets quand ils étaient trop élimés ; Lucie et son éternelle robe d'escot sans aucune fantaisie. On aurait pu croire que Jules n'était pas leur fils !

Au premier temps de son mariage, Pauline portait sur ses beaux-parents un jugement sans concession :

« Faut-il qu'ils soient pingres, ces deux-là, pour vivre aussi chichement ! »

Au fil des mois, sa réflexion évoluait et, sans trouver de bonnes raisons à leur humble train de vie, il lui arrivait de s'interroger sur la prodigalité de Jules. Ce soir-là, un pan de rideau se déchira. Ses yeux verts, enfin décillés, étaient allés de Jules à Tiennot et de Tiennot à Jules, alternativement agacés, tendres, furieux, et finalement pleins d'empathie pour le vieil homme désemparé.

Les soucis de son beau-père trouvaient en elle une oreille attentive et provoquaient une prise de conscience effarante :

« Jules dépense sans compter ! Et à l'insu de son père ! »

Cette évidence la mit dans un tel état de fébrilité, de colère contenue et aussi de déception qu'il lui semblait indispensable d'avoir une franche conversation avec son époux. Rouge d'excitation, elle monta à leur chambre et laissa échapper un soupir d'impuissance : Jules dormait du sommeil du juste !

Le sien eut beaucoup de peine à venir. À peine avait-elle trouvé une position qui convenait à son ventre maintenant bien rond et à ses reins souvent douloureux qu'elle devait en changer, dérangée par des crampes et des douleurs diffuses. Son tourment n'était pas seulement physique, la révélation subodorée ajoutait à son mal-être. La fatigue l'emporta enfin dans un lourd sommeil, bienfaisante source d'oubli temporaire. Il fut de courte durée.

– Jules ! Jules ! Réveille-toi, Jules ! Oh mon Dieu que je souffre ! criait Pauline en gigotant dans le lit.

Réveillé en sursaut, son mari était perdu.

– Qu'est-ce qu'il se passe ? Mais quelle heure est-il ?

Pressé par Pauline, il alluma une lampe à huile et, s'extirpant du lit, resta tétanisé, les draps étaient rouges du sang que perdait la jeune femme.

Ce fut alors, dans la maisonnée, un vrai branle-bas de combat. Lucie vint au chevet de sa bru tandis que Tiennot partait chercher la matrone. Jules, lui, papillonnait en se lamentant :

– Maman, faites quelque chose, ma Pauline va mourir !

– Tais-toi donc, nigaud ! Tu veux l'effrayer ? Tiens, rends-toi utile, ravive le feu et mets de l'eau à chauffer.

C'était peut-être la première fois qu'elle parlait aussi sèchement à son fils. Elle se radoucit au chevet de Pauline.

– Calmez-vous, ma fille, et respirez lentement, sans vous agiter. Votre enfant s'annonce avec un peu d'avance.

– C'est bien ce qui m'afflige ! gémit la parturiente.

– Allons, allons, ne vous tracassez pas, tout va bien se passer. Voulez-vous que Jules aille chercher votre mère ?

– Non, non, ce n'est pas la peine.

Tout bien réfléchi, Pauline se disait qu'elle ne trouverait pas auprès de Philippine la délicate attention dont Lucie l'entourait sans se forcer. Elle-même souhaitait sa présence, un désir spontané qu'elle exprimait dans une prière.

– Madame... mère, ne me quittez pas... s'il vous plaît.

– Je ne te quitte pas, petite, sois tranquille.

Le tutoiement était venu tout naturellement, compagnon favori de l'empathie que Lucie éprouvait pour toute personne en désarroi ou en souffrance.

Un hennissement, des bruits de charrette sur la pierraille du chemin, un pas lourd et malgré tout alerte, autant d'indices qui annonçaient l'arrivée de la grosse Judith. Une porte poussée à la volée et voilà la matrone envahissant la chambre de son embonpoint et de son franc-parler.

– Qu'est-ce qu'elle nous fait, la lingère ? lança-t-elle en posant sur le lit un sac en tapisserie.

Crispée par une contraction, Pauline n'eut pas le goût de la repartie ; sa belle-mère plaida sa cause.

– Elle n'y est pour rien, pauvrette, c'est son enfant...

– Qui est pressé de partager la misère du monde ? Il avait bien le temps ! Voyons voir où vous en êtes, jeune madame.

Par chance, et tout le village le savait, sa brusquerie n'était que verbale et pas une jeune accouchée n'aurait désavoué la délicatesse et la précision de ses gestes en cours d'examen, sa rapidité d'action en cas de situations particulières. Celle de Pauline Teissier ne manqua pas de l'alerter : il n'y avait pas une minute à perdre si l'on voulait sauver la mère et peut-être l'enfant.

– Eh bé, il va falloir le déloger, cet enfantelet ! Foi de Judith, il ne faut pas traîner.

La main de Pauline serrait à la briser celle de Lucie qui la lui abandonnait bien volontiers ; sa tête roulait sur l'oreiller dans un vain mouvement de refus de la souffrance qui la tenaillait. Sans se lasser, sa belle-mère bassinait le front de sa bru d'une serviette mouillée tandis qu'en silence la grosse Judith œuvrait entre les jambes de la jeune femme.

Un gémissement et puis plus rien. Plus rien du tout. Même Judith ne pipe mot, elle tient dans ses mains un enfant sans vie. Lucie se précipite sur elle, s'empare du petit paquet de chair et l'enroule dans un linge. Elle le plaque contre sa poitrine et lui tapote le dos pour stimuler ses petits poumons. Rien n'y fait, hélas, et l'enfant – une petite fille – n'ouvre pas les yeux.

– Où est mon enfant ? appelle faiblement Pauline.

Personne n'ose lui répondre, ce qui la plonge dans une angoisse indescriptible.

– Je ne l'entends pas crier. Que se passe-t-il ? Je veux mon enfant !

Seule une mère déjà touchée dans sa chair est à même de la comprendre. Lucie excelle dans ce rôle. Elle s'avance près du lit, prend les mains de sa bru ; les mots sont superflus. Toutes deux pleurent des larmes silencieuses. Jamais bonheur ne rapproche si pleinement deux femmes comme sait le faire le malheur de perdre son enfant.

* *
*

La nuit tragique de l'enfantement prématuré de Pauline relégua, on s'en doute, l'examen approfondi des comptes de la propriété aux calendes grecques. Il fallut bien, pourtant, s'y résoudre et tous en sortirent meurtris.

Seul responsable à l'évidence, Jules ne put longtemps nier ses dépenses inconsidérées, ni ses placements hasardeux, ni surtout sa négligence à informer son père. Ni sa naïveté. Car la véritable cause était là : Jules n'était pas une crapule mais prêtait une oreille complaisante aux nombreuses sirènes qui lui dessinaient une vie facile. Sous son air bravache se cachait en fait un être crédule, acquis aux beaux parleurs.

Son père et sa mère, navrés de tout ce gâchis, baissaient la tête, accablés, et Pauline, non moins désolée de l'insouciance de son époux, cherchait désespérément une solution au désastre financier du mas de la Tour de Billot.

Et, désireux de passer aux aveux complets, Jules, pas méchant homme pour deux sous, confesse à Pauline :

– Pauline, je dois t'avouer que M. Bordarier, notre maçon, n'y est pour rien dans les retards qu'ont pris les travaux ; je n'ai plus de quoi payer les matériaux...

Au regard que lui lança sa femme, il crut son ménage brisé et se mit à sangloter comme un enfant. Contre toute attente, une main fine se posa sur son épaule et la voix douce et ferme de Pauline lui redonna une bouffée d'espoir.

– Je ne vois qu'une solution à nos problèmes, il faut revendre mes diamants noirs. Le bijoutier te les reprendra, dis, Jules, je ne les ai pas encore étrennés ?

– Non, petite, tu dois garder tes bijoux, intervint Lucie. Mon garçon les a achetés parce qu'il t'aime et veut te parer. Tu ne peux t'en séparer, nous trouverons une autre solution.

– Il n'y a qu'une solution : mettre en vente la Clauzette !

Les trois têtes s'étaient tournées vers Tiennot, trois paires d'yeux le dévisageaient, incrédules. La Clauzette ! Une terre dont il ne cessait de louer le bon rapport !

– Une vigne de si bon rendement, père ! s'indigna Jules.

– On en tirera le meilleur prix ! Ça renflouera un peu nos finances et vous, vous pourrez terminer votre maison. Il n'y a pas de temps à perdre...

– Vous allez confier la vente à notre notaire ?

– Ce ne sera pas la peine, il y en a plus d'un qui lorgne notre Clauzette. Ce sera au plus offrant.

– Je vous rembourserai, monsieur Teissier, vous pouvez me croire, je suis de parole. Tout l'argent que me rapporte l'entretien du linge des « petits messieurs », je le mettrai de côté pour éponger les dettes de Jules. Vous n'aurez pas à rougir d'avoir une simple lingère sous votre toit.

La détermination de Pauline, aussi ouvertement affichée que son caractère impétueux, amena un sourire admiratif sur le visage de Tiennot.

– Elle a du cran, notre petite bru ! confia-t-il le soir même à Lucie. Notre fils a besoin d'une femme de sa trempe.

Tiraillée entre son inconditionnel amour maternel et sa colère à cause d'un domaine qu'il fallait amputer, Lucie partageait le sentiment de son époux.

– Brave petite, elle mérite notre admiration. Pour sûr qu'elle l'aime, notre insouciant gredin !

Entre regrets affichés et promesses de rédemption, Jules regardait son épouse de toute autre façon. Sans se départir de l'amour-passion qu'elle lui inspirait, il ne pouvait s'empêcher de la parer d'une aura admirative. Elle venait de perdre son premier espoir de maternité et c'est elle qui consolait son époux en lui assurant que bientôt ils seraient comblés. Elle avait vu fondre, comme neige au soleil, l'argent destiné à leur maison et voilà qu'avec sérénité elle relevait bravement la tête, retroussait ses manches et parlait de rembourser sa belle-famille.

Et tout cela par amour pour lui !

* *
*

Toute gorgée des pluies de printemps, la terre ne pouvait plus rien absorber. De même que les caniveaux qui, saturés, débordaient sur les chemins, le ruisseau qui bordait l'oliveraie, en contrebas du mas, roulait ses eaux sur les galets polis et grondait en plongeant dans un gour.

À sec dès le mois de juin et jusqu'aux pluies d'automne – est-ce pour cette raison qu'il n'avait pas de nom ? –, il lui arrivait, lors d'orages torrentiels ou de longues périodes bien arrosées, de se laisser aller à de violentes colères. Il sortait alors de son lit, inondait les terres inférieures, sautait allégrement le petit pont de pierre et le malmenait si souvent qu'il ne se passait pas année où Tiennot consolidât ses piles, rafistolât son arche, s'astreignît à son empierrement.

On était en mars 1876, il était turbulent et ses eaux grises et écumeuses n'avaient rien d'engageant, grossies de la neige fondue qui descendait des montagnes.

Il en fallait plus pour décourager Henriette et Pauline qui avaient de grands baquets de lessive à rincer. La sage Lucie les avait pourtant mises en garde, couvant de son bon regard le ventre des deux jeunes femmes. Henriette était proche de son terme et se réjouissait de mener à bien cette nouvelle grossesse. Pauline, elle, en était à ses tout premiers mois.

– Vous allez vous glacer jusqu'aux os et, avec ce vent, c'est bon pour attraper des engelures, mes pauvrettes !

– Vous passez votre vie à vous soucier des autres, belle-sœur. Que diable, nous ne sommes pas des femmelettes !

– Pour ça, non ! renchérit Pauline. On en a vu d'autres.

Elles avaient installé avec précaution leur caisse de bois, avaient calé leur planche pour frotter et battre le linge et, le battoir d'une main, elles tenaient de l'autre une baguette pour empêcher les pièces de linge d'être emportées subitement par un courant furieux. Elles étaient là depuis une dizaine de minutes quand une grimace de sa tante alerta Pauline.

– Vous approchez votre terme, ma tante ? Ce n'est peut-être pas très prudent d'agiter trop énergiquement vos bras.

– Je crois que ça ne va pas tarder, en effet, et c'est tant mieux ! Je ne sens plus mes reins depuis quelques jours.

Avelina, venue les rejoindre, s'empressa auprès de sa mère.

– Je vais vous aider, maman. Regardez, j'ai de la force !

Ce disant, elle sortait avec peine un drap du panier et le jetait à l'eau en retenant un coin. Il ne fallut pas trois secondes pour que le drap, trop lourd, ne parte à la dérive et entraîne la fillette dont les sabots ripèrent sur la rive boueuse. Pour autant, elle ne lâchait pas le drap et filait droit vers le gour sous les yeux effarés des deux femmes qui criaient d'une seule voix :

– Avelina ! Avelina !

Après le double cri, il y eut un plouf effrayant, celui d'une mère qui, sans réfléchir, sans hésiter, se jette dans l'eau glacée pour porter secours à sa fille. La scène surréaliste se déroulait sous les yeux effarés de Pauline qui fixaient Avelina, léger fardeau de laine rouge ballotté par le puissant courant, englouti dans un tourbillon, alors que sa mère battait désespérément des bras pour maintenir sa tête hors de l'eau.

Pauline criait, appelait au secours et il lui semblait que sa voix se perdait dans la cime des peupliers qui bordaient la Grande Terre. Elle courait sur la berge, tendait une main secourable en appelant Henriette qui ne voyait rien.

– Agrippez-vous, ma tante ! Je vous en prie, agrippez-vous ! hurlait-elle au paroxysme de la terreur à l'idée qu'Henriette puisse disparaître à son tour dans le gour glacé.

Henriette faisait la sourde oreille, ou bien n'entendait rien, l'eau écumeuse bourdonnant autour de sa tête, paralysant insidieusement ses membres inférieurs, uniquement tendue vers son enfant qu'elle voyait se dérober, rouler, puis disparaître.

Avisant une pierre qui lui sembla plus stable, Pauline y hasarda un pied, s'arc-bouta et se saisit d'une masse sombre qu'elle avait à portée de main. Elle tira vers elle de toutes ses forces ce qu'elle reconnut pour la longue natte d'Henriette. Alors qu'elle allait pouvoir s'emparer d'un bras inerte, la pierre céda sous son pied et elle fut happée à son tour.

– Pauline ! Tu es sauvée, ma chérie ! Ouvre les yeux !

– Oui, il faut te réveiller, petite, et boire ce bouillon bien chaud, il va te revigorer !

Pauline sent qu'on l'assoit dans le lit, une vapeur chaude lui fait comprendre qu'on avance un bol fumant de sa bouche. Elle n'ouvre pas les yeux mais accepte le contact de la faïence sur ses lèvres tremblantes. Elle boit. Le liquide lui brûle la bouche. Qu'importe ! Elle déglutit, c'est bon ! Alors, tout afflue à sa mémoire : le froid qui l'enveloppe, l'eau qui pénètre dans ses oreilles, dans son nez. La respiration lui manque, un lent engourdissement la saisit... et puis ses poumons semblent éclater sous l'effet de l'air qui les envahit, elle reprend son souffle, des couvertures diffusent une bienfaisante chaleur et des mots ouatés la ramènent à la vie.

– Pauline, ouvre les yeux !

Elle obéit et il en est fini de son état de béatitude. Elle revoit toute la scène et crie :

– Henriette ! Avelina ! Sont-elles sauves !

Jules et Lucie tardent à lui répondre ; elle veut se lever, mais une imperceptible douleur la paralyse.

– Tu as mal ? s'inquiète Jules.

– Non, répond-elle.

Puis elle éclate en sanglots. Elle sait, elle l'a compris, le drame est là à nouveau, l'enfant qu'elle portait... Non, elle refuse cette réalité ! D'un geste brusque, elle repousse le drap, la couverture... et retombe sur son oreiller, un filet de sang a rougi le drap blanc, elle pleure jusqu'à l'épuisement. Le sommeil la terrasse.

– Laissons-la dormir, Jules, propose Lucie. Le sommeil, c'est un peu l'oubli.

Lucie sort de la chambre et va à l'appartement d'Henriette ; elle quitte sa belle-fille meurtrie pour assister sa belle-sœur mourante. La jeune femme n'est pas seule. La vieille Judith est là, appelée de toute urgence, Louis Allier l'aide de son mieux. Elle n'a pas eu assez d'autorité pour chasser le malheureux homme.

– J'aurai tout vu, grommelle-t-elle, dans ma garce de vie ! Mais, bon Dieu, jamais une pareille besogne !

Sa tâche est on ne peut plus ingrate, sa mission surhumaine, il s'agit de faire enfanter une mourante ! Henriette se meurt et Louis son époux espère encore. Il essaie d'insérer un peu d'alcool entre ses lèvres exsangues pour réchauffer l'intérieur de son corps et harcèle Judith.

– Faites vite, Judith, ma femme s'épuise.

Il n'a pas vu que le souffle léger qui soulevait faiblement la poitrine d'Henriette a cessé en même temps que Judith retirait de son corps une petite fille sans vie.

– Maudit ! grince-t-elle entre ses dents. Ce mas est maudit !

Deux petits cercueils blancs voisinent celui d'Henriette. Louis Allier est anéanti, son bonheur tout neuf balayé, son avenir laminé : il enterre sa chère épouse et son enfant mort-né, sa petite belle-fille qu'il aimait comme sienne.

Près de lui, se tient un jeune garçon désemparé : Ferdinand. L'enfant a besoin d'une main pour y glisser la sienne qui tremble comme une feuille, mais celles de Louis restent désespérément croisées derrière son dos. L'homme accablé n'a rien vu de cette quête d'affection.

Alors, Ferdinand fait un pas de côté, se serre contre Lucie qui l'entoure d'un bras. Elle se penche vers lui, l'embrasse au front. À travers ses larmes, l'enfant sourit, il n'est plus seul, d'autant que Tiennot lui a saisi l'autre main. Avec eux, il ne risque rien.

Pauline et Jules pleurent leur tante, leurs cousines, ils pleurent aussi ce nouvel espoir perdu, mais la sève de la jeunesse est d'une telle force qu'elle les pousse à penser à l'avenir, à demain. D'ailleurs, leur maison de Saint-Christol ne vient-elle pas d'être terminée ? Il faut dire que la Clauzette s'est bien vendue !

Oui, il est temps de penser à demain.

V

Le mas maudit

« LE MAS MAUDIT ! » Cette épithète lancée par la grosse Judith au soir du drame fit le tour du village. Sournoisement, elle réveillait de vieux souvenirs, aiguisait les langues, donnait des frissons. À la fontaine-lavoir de la place de l'église, lieu de rassemblement des ménagères, les chuchotements allaient bon train.

– Il vous souvient des trois enfants d'Étienne et de sa fière Maria ? Tous trois emportés par le choléra !

– Pour sûr que je m'en rappelle, même que j'étais encore fille à cette époque ! Pftt, partis tous les trois en moins d'une semaine, avec la servante par-dessus le marché. Si c'est pas l'œuvre du malin, ça ?

Les paysannes frémissaient à l'idée d'une puissance maléfique chez leurs voisins, en leur commune. Il se trouvait même quelque barbon chenu qui avait en mémoire la mort tragique d'un gamin en 1808.

– Il habitait au mas de la Tour de Billot, ma mère me l'a raconté. Mort piétiné, rendez-vous compte, par un détachement de cavalerie, affirmait le vieillard égrotant.

– Il s'appelait comment ?

– Eh bé Teissier, pardi ! Son père louait à fermage. Ah ! quand le diable se loge dans une maison, on peut dire qu'elle est maudite pour plusieurs générations.

Lucie n'était pas loin de prêter une oreille complaisante à la voix populaire qui désignait leur mas maudit. Surtout quand le vieux Canonge les interpella, au sortir du culte :

– Je voudrais vous parler, monsieur et madame Teissier, c'est important.

Comment refuser une écoute à cet homme visiblement accablé ? Étienne l'invita à les suivre jusqu'au mas. Et maintenant, le vieux Canonge était là, dans leur cuisine, attablé devant un verre de vin que Tiennot lui avait servi en toute convivialité, mais auquel le vieillard ne touchait pas.

Lucie avait pris le petit Ferdinand sur ses genoux et l'entourait de ses bras possessifs. Pressée d'en finir avec une conversation qui se perdait dans des banalités, elle alla droit au but en profitant d'un temps mort pour prendre la parole :

– Vous n'allez pas nous enlever le petit, monsieur Canonge ?

Elle savait pertinemment qu'il en avait le droit ; grand-père du gamin et seul parent direct, il était devenu son tuteur et un mot de lui pouvait les priver de l'affection du gosse. Or elle n'avait pu maîtriser les sanglots qui rendaient sa voix plus rauque encore qu'à son naturel.

Elle fut surprise du voile de tristesse et de honte qui troubla le regard du père de Lavigne. C'est qu'il avait bien changé, le père Canonge, depuis la mort accidentelle de son ivrogne de fils ! Vieilli par les ans, le vin et le malheur, il faisait penser à une momie parcheminée.

Par pitié, par respect et aussi par devoir, Henriette avait eu à cœur de lui amener les enfants, une paire d'heures, chaque dimanche. Selon la saison, le grand-père, illuminé par leur présence, préparait un panier de cerises, de figues, de raisins, de châtaignes ou de pommes. L'hiver le trouvant dépourvu de tous ces fruits gourmands, il glissait dans leur poche des petites barres de nougat noir, dur et croquant qu'il se procurait à la foire de la Saint-Antoine.

– Faites attention à vos quenottes, mes droulets ! leur recommandait-il. Croquez avec précaution sinon vous serez comme moi.

Il riait alors, et les enfants regardaient, effarés, les deux ou trois canines noires et branlantes qui déparaient la bouche du vieil homme.

– Encore des douceurs ? Vous les gâtez trop ! reprochait Henriette en venant récupérer ses enfants.

Négligeant de répondre à sa bru, il embrassait les petits et leur donnait rendez-vous pour le dimanche suivant.

– À la semaine prochaine, mes *poulidets*[1] !

– À dimanche, grand-père !

La jeune mère s'étonnait chaque fois des changements notoires chez le père de son défunt mari. Le vieil ivrogne s'était transformé en un aïeul sobre, respectueux envers elle et affectueux avec Ferdinand et Avelina. Désormais, le vieux Canonge travaillait ses vignes avec acharnement, vivait en totale tempérance en attendant le « jour des poulidets ».

Si le remariage d'Henriette avait ravivé son chagrin, il l'avait tu et secrètement prié pour que la visite des enfants ne soit pas remise en question. Ce dont Henriette s'était acquittée consciencieusement. La mort tragique de la jeune femme et celle de la petite Avelina allaient-elles tout remettre en question ?

– C'est au sujet de Ferdinand, n'est-ce pas ? réitéra Lucie en serrant contre elle son filleul.

– Rassurez-vous, madame Teissier, je n'ai pas la prétention d'élever le petit aussi bien que vous le faites. Je me le répète chaque jour avec la même conviction : il est mieux avec vous

1. *Joliets.*

qu'en la compagnie d'un vieux birbe usé. Sa mère aurait souhaité qu'il restât chez vous.

Un soupir. Un sanglot. Chacun exhalait sa peine comme il le pouvait. Ferdinand, lui, sentait une boule de pleurs qui montait si fort dans sa gorge. Les larmes jaillirent, impertinentes mais libératrices, qui le précipitèrent, tout secoué de sanglots, dans les bras de son grand-père.

– Je pourrais venir vous voir, grand-père, même s'il n'y a plus Avelina ?

Le garçonnet avait remarqué la légère préférence, que le vieux Canonge n'exprimait pas, pour sa petite-fille qu'il couvait d'un regard admiratif.

– C'est ce que je viens demander, mon petit, le rassura Canonge. Pouvoir profiter de toi... de temps en temps... si vous le voulez bien, madame Teissier ? Et vous aussi, monsieur Étienne ? Ces enfants étaient mon rayon de soleil dans ma solitude de vieil ermite.

Il fixait le couple Teissier, intensément, quêtant un regard amène. Il ne fut pas déçu quand Tiennot l'assura de leur assentiment.

– Ferdinand a besoin vous, monsieur Canonge. Il mérite d'être doublement aimé puisque, tour à tour, son père et sa mère lui ont été enlevés.

Lucie caressa la tête de l'enfant :

– Tu as de la chance, mon garçon, ton grand-père est un fort brave homme.

Ferdinand avait mis, en confiance, la main dans celle de son grand-père qui traçait leurs rencontres futures :

– Je te ferai découvrir les terres qui t'appartiendront un jour. Maintenant, c'est pour toi que je les travaille, tu sais.

Non, le mas de la Tour de Billot n'était pas maudit ! L'amitié retrouvée avec le vieux Canonge, n'était-ce pas une page tournée ?

* *
*

La maison de Jules et de Pauline était enfin terminée. Bâclée certes dans ses finitions – et pour cause, les moyens financiers manquaient – mais solide de construction. Elle promettait d'être là pour des siècles. Aussi, la joie présidait-elle à l'installation du jeune couple.

– Ma maison ! Enfin !

Un plaisir qui faisait oublier toutes les lessives et tous les repassages qu'elle avait dû réaliser. Fermant les yeux sur la tristesse de sa belle-mère, elle avait emballé ses affaires et celles de son époux pour un déménagement qui ne nécessiterait pas plus d'une charretée.

– Tu vas me manquer, ma fille, et notre Jules aussi, ne put s'empêcher de soupirer Lucie à haute voix.

– Vous le verrez chaque jour, votre fils ! lança l'insouciante.

Elle ajouta une petite pointe acérée comme s'en octroie souvent la jeunesse, assurée de faire mouche :

– Et puis, vous avez Ferdinand !

Les passes d'armes verbales n'étaient plus de mise au mas de la Tour de Billot, Lucie en avait décidé ainsi. Les malheurs rendent tellement plus tolérant. Aussi, répondit-elle sans acrimonie à la remarque de sa bru :

– Deux vieux *pancels*[1], voilà ce que nous sommes pour ce pauvre gamin ; en échange, il est notre bâton de vieillesse.

Un sentiment de jalousie se frayait-il un chemin dans le cœur de Pauline, déçue dans ses espoirs de maternité ? De là à se laisser rattraper secrètement par les rumeurs de malédiction du mas, il n'y avait qu'un pas et la pourtant pragmatique et résolument moderne jeune femme ne doutait pas que son

1. *Tuteurs de jardin.*

avenir était ailleurs que dans cette ferme. Donner un fils à Jules : tout son corps et toute son âme tendaient vers ce but.

« Notre enfant naîtra à Saint-Christol ! » s'était-elle donné comme but.

Désormais installée dans ses murs où elle espérait que ce projet se concrétiserait dans les meilleurs délais, elle appréciait de n'avoir guère plus de cinq kilomètres qui la séparaient de son travail.

Parce qu'il n'était pas habitué, comme son épouse, à couvrir quotidiennement de longues distances et parce que son mulet faisait bon ménage avec ceux de Bélodi, Jules partait chaque matin et rentrait chaque soir du mas avec la jardinière. Grâce à la générosité de sa mère, il ne revenait jamais à vide.

– Ma mère t'envoie ce beau saucisson, et aussi des pommes de terre arrachées ce matin.

Semblable discours le lendemain, seuls les produits variaient.

– Regarde, Pauline. Maman connaît tes goûts, elle t'a choisi ses pélardons les plus bleus, comme tu les aimes. Et voilà de beaux œufs frais pour nous préparer une bonne omelette.

Pauline appréciait du bout des lèvres. C'était bien de sa belle-mère d'en faire toujours trop !

« Si elle croit me donner mauvaise conscience… » se disait-elle.

Comme elle était loin des intentions de Lucie ! Lucie au cœur d'or, qui se dévouait pour sa famille, pensait à tous et à chacun sans rien demander en retour. Lucie qui trouvait sa raison de vivre dans le bonheur des autres ! Son fils chéri et sa belle-fille avaient réalisé leur rêve d'avoir une maison de village : elle s'en réjouissait. Leur petit protégé, Ferdinand, trouvait son bonheur en se partageant « entre ses deux maisons » : elle s'en réjouissait.

Le jeudi et le dimanche, elle le regardait partir d'un pas décidé et l'accompagnait d'un regard bienveillant. L'enfant comme le vieillard avaient besoin l'un de l'autre et Lucie n'y trouvait rien à redire. C'était comme une résurrection, pour le père Canonge, que d'évoquer avec Ferdinand le fils et père qu'ils avaient perdu et que le vieil homme dépeignait en termes flatteurs.

« Un enfant, se disait-il à juste titre, doit éprouver un sentiment de fierté envers son père. Il est des mensonges pieux et pour lesquels je m'arrangerai avec l'Éternel. »

* *
*

Tenaces, les rumeurs devinrent, pour le village, un sujet de conversation quand une piteuse récolte fit vaciller le domaine de la Tour de Billot. Une rumeur où la mauvaise foi dominait, car n'en était-il pas chez Étienne Teissier comme chez bon nombre de viticulteurs touchés par cette calamité implacable qu'était le phylloxéra ?

– Qui se serait douté que... ?

– Quand le diable jette son dévolu, on ne sait jamais où ça s'arrête. Après les gens, les récoltes !

– Je vous le dis, il a bien fait de la vendre sa Clauzette ; à coup sûr, elle aussi aurait été ensorcelée.

Eh oui ! Après les deuils, les mauvaises récoltes, il n'en fallait pas plus pour que le bruit méchant, destructeur et si vite répandu ne révèle à tous que la récolte 1878 était un désastre. Tiennot et Jules se trouvèrent fort dépourvus devant ce ratage et le peu de bénéfice qui en résulta ; ils ne purent enrayer la débâcle financière inévitable qui réduisit à peu de chose un domaine somme toute honorable.

On hypothéqua de-ci, on vendit les moutons de-là, on nettoya les cuves pour les assainir, tout cela pour se rendre à l'évidence : la propriété, réduite de moitié, ne fournissait pas du travail pour deux hommes, moins encore des revenus pour faire vivre deux familles.

Tiennot, la mort dans l'âme, proposa une solution :

– Il te faut trouver un emploi ailleurs, Jules, du moins jusqu'à ce que je prenne ma retraite.

– Facile à dire, père. Par les temps qui courent...

– Tu sais lire, écrire, compter mieux que quiconque, trouve-toi une place de comptable.

– Comme vous y allez, père ! Il me faudrait fournir d'autres diplômes qu'un certificat d'études pour prétendre à cet emploi qui, soit dit en passant, ne rapporte guère.

– Quand tout va mal, il faut savoir modérer ses prétentions, fils !

Le père se souvint tout à coup :

– Tu m'avais parlé, un jour, de ces « syndicats boutiques ». Où en est cette nouvelle forme de commerce ? Ce serait peut-être le moment de s'y intéresser, non ?

– Holà, quelle mémoire ! Vous voulez adhérer, père ?

– Fichtre non ! C'est à toi que je pense ; la gestion, la vente, ce sont des domaines qui te plaisent, je crois.

– Ma foi, de ce que j'en sais... c'est pour ainsi dire au point mort. Le phylloxéra est passé par là.

– Rien à attendre alors de ce côté ? conclut Tiennot dans un soupir.

Au moins aussi soucieuse de l'avenir de la propriété que son époux, Lucie avait cependant une bonne raison de sourire à la vie : lors d'un repas dominical, Pauline avait annoncé une nouvelle espérance et, toujours crâneuse pour conjurer le mauvais sort, elle avait ajouté :

– Cette fois-ci, tout se passera bien, j'en suis sûre. Au mois de mai, vous aurez un petit-fils, monsieur Teissier !

* *
*

Personne ne pouvait ignorer l'imminence d'un heureux événement tant il y avait d'effervescence dans la maison de Saint-Christol.

Alors que tout le village s'adonnait à un repos dominical bien mérité, Philippine embuait la cuisine de toute l'eau qu'elle mettait à chauffer, l'encombrait de linges, serviettes, sans compter une abondante layette qui n'allait pas tarder à être utilisée. Son visage fermé, comme à son ordinaire, n'exprimait ni joie ni angoisse. D'apparence, on aurait dit qu'elle prenait la vie comme elle se présentait.

– J'ai appris à ne pas fantasmer, déclarait-elle souvent à son *idéious*[1] de mari, ainsi on n'est jamais déçu.

Pour réaliste que soit son analyse, elle en disait long comme le bras sur une philosophie de la résignation qu'elle tenait pour devise.

Bélodi, lui, était parti à la recherche de l'accoucheuse et Jules, plus encore que Pauline, s'impatientait de ne pas le voir revenir.

– Mais qu'est-ce qu'il fiche, bon sang ! Et si l'enfant arrive... comment allons-nous faire ?

– Nous aviserons, l'apaisa Pauline du bout des lèvres.

De la cuisine, Philippine ajouta son grain de sel :

– Avant qu'il arrive, le droulet, on aura le temps d'assommer un âne à coups de bonnet. C'est que ça vient pas en claquant des doigts, un gosse !

Un qui désespérait de trouver la matrone, c'était bien notre fringant Bélodi. Quand il avait frappé au volet de Mme Richard, c'est son mari qui avait montré son nez en disant :

– Dame, une nuit de pleine lune ! Sait-on jamais où on va la trouver, « elles » accouchent toutes en même temps, ces bonnes femmes !

---

1. *Rêveur.*

Il avait bougrement raison, le père Richard ! Guidé par une lune ronde, d'une froide blancheur qui planait au-dessus des toits, inondant la terre d'une clarté blafarde et angoissante, Bélodi allait son chemin, tête basse. Depuis plus d'une heure que sa quête avait commencé, impossible de mettre la main sur Mme Richard.

– Elle a juré de me faire tourner en bourrique ! ronchonnait-il en poussant son mulet un peu plus loin.

Du mas Rouge, on l'avait envoyé à Ribautelle et de là il avait eu comme réponse :

– La mère Richard ? Elle vient de partir au mas Cauvy, il paraît que ça presse.

– Mais ça presse partout ! s'était écrié Bélodi.

Et fouette cocher, en route pour le mas Cauvy !

– Mme Richard ? Oui, elle est venue mais repartie aussitôt après avoir examiné ma femme, on l'appelait ailleurs.

– Ailleurs ? Mais où ça ?

– Au village. La Nancy la réclamait à grands cris.

– La Nancy ? Nancy Valmalle, notre voisine ?

Le muletier amena enfin la mère Richard, après qu'elle eut accouché Nancy Valmalle d'une petite fille.

Par la fenêtre de la cuisine laissée ouverte, car on suffoquait, montait la puissante fragrance d'un chèvrefeuille qui avait pris racine par hasard contre la bâtisse. Dérangée par l'odeur, la matrone fronça le nez et alla fermer la fenêtre.

– Ça me chatouille les narines ! fournit-elle comme excuse, et puis, pas besoin que toute la rue profite des gémissements de cette jeune madame un peu douillette...

Pauline, qui s'agitait dans son lit, grimaçant à chaque contraction, fut piquée au vif. Douillette, elle ? Mme Richard allait apprendre à la connaître !

– Eh bé, tu ne paies pas de mine, toi ! s'exclama-t-elle quand, au petit matin, dans un ultime effort silencieux, Pauline accoucha d'un magnifique poupon.

Puis, les soins au nourrisson et à la parturiente terminés, elle passa la porte en marmonnant, avec son franc-parler :

– Elles m'ont ratatinée, ces *fumelles* ! Cinq naissances dans une seule nuit.

Cinq naissances, en effet, pour une commune de mille trois cents âmes, le climat était bon !

Marceau Teissier venait de voir le jour aux premières lueurs du 3 juin 1879 alors qu'à deux maisons plus loin Jeanne Valmalle, arrivée la veille, l'avait coiffé au poteau. Les deux familles ne se connaissaient pas, ou peu. Désormais, elles allaient être proches, les liens du lait prenant, pour certains, autant d'importance que ceux du sang.

– C'est de l'*aiguette*[1] que tu lui donnes à ton fils ! Té, il ne crie pas pour rien, le pauvret, tu l'affames.

Soucieuse de ses accouchées, la mère Richard faisait sa « tournée » et tenait sa revanche : prendre Pauline en défaut ! Et en défaut d'affamer son fils ! Et d'enfoncer le clou avec un rictus jubilatoire :

– C'est pas la Nancy qui fait jeûner sa *drôlo* ! Le lait lui coule des tétons comme d'une source.

– Comment faire ? demanda Pauline, domptée. C'est rapport à ce que je mange ?

– C'est comme ça, tu n'y es pour rien, se radoucit la matrone qui voyait perler des larmes au bord des cils de la jeune maman.

Puis elle ajouta :

– Si tu en as les moyens, il faut prendre une nourrice. Ton gosse a faim. Tu veux que j'aille en toucher mot à la Nancy ?

Pauline s'était ressaisie. Si elle avait les moyens ? Mais pour qui la prenait-on ? Pour son fils, elle travaillerait deux fois plus s'il le fallait.

---

1. Occitan : eau.

– Ne vous donnez pas cette peine, madame Richard. Je vais m'en occuper moi-même, j'espère que nous ferons affaire avec Mme Valmalle et qu'elle ne lésera pas mon fils au profit de sa fille.

Nancy Valmalle, une bonne nourrice ? Cela coulait de source, au sens propre comme au sens figuré ! Son corsage tendu par une poitrine opulente en disait long sur sa propension à prendre un enfant en nourrice sans léser sa fillette. De plus, elle ajoutait à son sein généreux un cœur d'or qui lui fit tendre les bras vers le poupard affamé que Pauline serrait contre elle.

– Voyons voir, madame Teissier, s'il veut bien de ma *tétasse.* Les petits, faut point les forcer.

Les gestes délicats de Nancy étaient en totale opposition à ses rustres paroles. Et Marceau ne fit pas cas de ce qu'il entendait, totalement obnubilé par le nourrissant breuvage distillé sans restriction. Il voulait bien la tétasse de Nancy.

Ravalant son dépit, Pauline ramena chez elle un bébé repu et une entente tacite. Nancy ne vendait pas son lait, elle le donnait.

« Je vous revaudrai ce bienfait, madame Valmalle, se promettait Pauline, supputant le partage égalitaire qu'elle ferait de tous les produits de la terre cultivés à la Tour de Billot, pourvu que mon Marceau en retire bonne santé. »

De fait, il en retira une santé florissante dans une carcasse solide qui le faisait ressembler à une force de la nature. Le petit Marceau partagea avec Jeanne le sein prodigue de Nancy ; en résulta un attachement réciproque et profond qui les unit à jamais. Frère et sœur de lait, à l'âge adulte ils se disaient toujours « cousins à la mode de Bretagne ».

VI

La ferme Adhémar

L'AIR BRÛLAIT LA CAMPAGNE environnante ; les insectes crissaient dans l'herbe et, d'arbre en arbre, les stridulations des cigales se répondaient dans une entêtante conversation à bâtons rompus. Les roues de la carriole soulevaient une poussière blanchâtre qui prenait à la gorge et saupoudrait les vêtements. Le piaillement des oiseaux ajoutait un côté sauvage à ce chemin de garrigue écrasé de soleil.

– Encore un petit effort, Marquise, nous ne sommes plus très loin, le village est en vue. Regarde, tout là-haut !

Surgissant après un âpre virage, un paysage vallonné étala devant les yeux une mer de vignoble, océan de verdure suivi, en dégradé, de l'ocre éblouissante des maisons et d'une ondulation de toitures rouges serrées autour d'un bâtiment religieux qui les dominait. Temple ou église ?

Tapis au flanc de la colline hérissée de cyprès odorants, des mas apparaissaient çà et là, dans un débordement de vignes et de vergers. La rudesse de la montée obligea Marquise à se mettre au pas, elle qui avait trottiné allégrement jusqu'ici. Elle renâcla pour la forme et Jules crut bon de l'encourager à nouveau tout en lui flattant l'encolure.

– Tu es fourbue, brave bête ! Pense à la fontaine qui ne doit pas manquer au centre du village. Nous prendrons le temps de nous abreuver, toi et moi.

La mule frétilla des oreilles. Jules lui répondit :

– Évidemment qu'il y a une fontaine à Saint-Maurice-de-Cazevieille ! Et même plusieurs, je parie.

Dopée par les encouragements de son maître, Marquise attaqua la montée en donnant un sérieux coup de collier pour enfin s'arrêter devant la fontaine dont le gazouillement invitait à la halte. Elle but alors longuement. Jules tendit la main, recueillit le frais liquide qui chanta dans son gosier asséché.

Ce typique village de la plaine alaisienne, haut perché sur sa verte colline, semblait figé dans le temps et les vestiges d'un glorieux passé, comme cette tour carrée qui projetait son ombre sur le village.

Poursuivant son dialogue unilatéral avec sa mule qui n'en finissait pas de se désaltérer, Jules supputait :

– Tu as bien cinq lieues dans les pattes, ma pauvre vieille ! Pourtant, il faudra bien t'habituer à ce trajet, nous rentrerons à Saint-Christol une fois par semaine.

Se sentant observé, il se retourna. Un homme venait à lui.

– Un voyageur qui cherche son chemin ? demanda ce dernier, méfiant.

On pouvait le penser en jetant un coup d'œil au contenu de la carriole, à savoir une malle de voyage et, sur le siège, une grande sacoche de maroquin noir.

– Peut-être un voyageur de commerce en quête de clientèle ? poursuivit le curieux avec une moue dubitative.

Jules toucha du doigt son chapeau de paille, un geste qu'il voulait de politesse, et crut bon d'expliquer avec plus de pompe que n'en méritait la fonction qu'il allait exercer :

– Administrateur de domaine, mon brave. Je suis attendu chez M. Adhémar.

– À la Ferme ? *Boun Diou !* Fallait pas monter jusqu'ici !

– Tout ce chemin pour rien ? demanda Jules qui perdait un peu de sa superbe.

– Non, pas tout à fait. Prenez le raccourci du Portalet.

L'homme, fort obligeant, s'aida du geste pour désigner l'étroite rue des Remparts qu'il fallait emprunter afin d'arriver à la grille de fer clôturant le parc de la Ferme.

– Il vous suffira de suivre l'allée cavalière, la bâtisse est tout au bout.

– Mille mercis, monsieur. Allons, Marquise, en route, nous avons assez traîné.

Cette fois-ci, il souleva carrément son chapeau, l'urbanité du bonhomme valait bien ça.

La Ferme, annoncée par l'homme du village, avait plutôt l'allure d'une gentilhommière comme il s'en trouve plus facilement en Uzégeois qu'en Cévennes.

Ceinte à l'est, au sud et à l'ouest de boqueteaux aux essences variées que dominaient des pins cembro centenaires, la bâtisse ressemblait à une belle endormie dans un corset de fraîcheur. À l'opposé, sa façade écarquillait les yeux sur une plaine dégagée qui dominait des terres en étages.

À mi-hauteur de ces faïsses, sur une large langue de terre, s'alignaient les toitures en décalé des communs : logement des ouvriers agricoles, remises, hangars, étables, écuries. Là vivait en perpétuelle effervescence tout un petit monde affairé qui assurait le bon fonctionnement de la Ferme.

Jules fut accueilli par un homme de grand âge, au crâne dégarni, dont la voix ferme interrompit sa contemplation.

– Monsieur Teissier, je suppose ? Je vous attendais, mon neveu m'avait averti de votre arrivée.

Bien qu'il ne chevauchât plus à travers bois et chemins depuis plusieurs années, M. Adhémar portait un pantalon de cheval à liseré de velours noir pris dans de hautes guêtres de cuir fermées par des boucles. Un gilet, taillé dans un imprimé provençal, abritait dans son gousset une montre reliée à la troisième boutonnière par une double chaîne d'or. Il s'appuyait sur une canne au pommeau de nacre, alors qu'on l'aurait dit solide comme un roc.

Le chapeau à la main et bien qu'intimidé, Jules détaillait, en douce, le gentilhomme ; il admirait sa prestance, appréciait son allure aristocratique.

– C'est en effet, grâce à l'intervention de M. Gaston, que je suis là aujourd'hui, monsieur.

– Suivez-moi jusqu'à mon bureau, voulez-vous ? Nous serons plus à l'aise pour parler affaires.

Jules suivit M. Adhémar dans un large corridor resté frais grâce à l'épaisseur des murs du bâtiment et au soin que prenait le personnel pour le maintenir, aux heures chaudes du jour, dans une pénombre rafraîchissante.

Au passage, M. Adhémar héla une servante :

– Portez-nous, je vous prie, une carafe de vin frais.

Pendant tout le temps que dura l'entrevue, Jules ne parla guère, tout ouïe aux explications du propriétaire de la Ferme, un domaine qui n'avait pas fini de l'épater.

S'étalaient devant ses yeux ébahis des relevés cadastraux, des plans de parcelles, des listes chiffrées, des fardes empilées, des factures, des bordereaux de salaire, ce qu'autrefois on appelait dans chaque domaine les livres de raison et qui étaient devenus, l'Ancien Régime révolu, des livres de gestion.

Et dire qu'il allait devoir jongler avec tout cela ! Il avait de quoi être un peu effrayé, de douter même de ses capacités mais, bien décidé à relever le défi – avait-il d'ailleurs le choix maintenant qu'il était père de famille ? –, il emmagasinait les conseils et intervenait à bon escient. Enfin… si M. Adhémar l'agréait…

– Le soleil doit être moins ardent, dit celui-ci en consultant sa montre. Nous allons pouvoir faire un tour du domaine. Dès demain, mon cher, je vous en laisse les rênes.

Jules Teissier exultait, M. Adhémar le confirmait dans cet emploi : il était désormais régisseur de la Ferme à Saint-Maurice-de-Cazevieille.

* *
*

Ce n'était pas sans un déchirement de tout son être que Tiennot Teissier avait lancé cette ultime solution à son fils. Ni même sans une certaine humiliation qu'il avait frappé à diverses portes pour s'enquérir d'un emploi pour Jules.

Mais le fait était là ; après leur conversation, ils avaient pris cette décision en commun et chacun de son côté s'était mis en chasse pour un travail de régisseur. Ce qui convenait le mieux à Jules... et à Pauline, la jeune lingère refusant catégoriquement de travailler dans une ferme.

C'est vers le propriétaire du domaine de Chirac, un certain M. Adhémar, à Bagard, que Tiennot s'était tourné. L'homme, au courant de leurs déboires, s'était d'ailleurs porté acquéreur de la Clauzette.

– Dans sa généreuse enchère, se plaisait-il à dire, M. Gaston nous a tirés du pétrin.

Ce qui n'était pas du goût de Jules qui le reprenait :

– Dites plutôt, père, qu'il a fait une affaire sur notre dos !

Pauvre Tiennot qui ne s'était pas encore remis d'avoir cédé cette bonne vigne ! Il ne songeait pas une seule fois à cette terre vendue par nécessité sans une pensée de revanche.

« Des temps meilleurs viendront et je la rachèterai, la Clauzette ! » se promettait-il

En attendant, elle appartenait maintenant au propriétaire du domaine de Chirac qui prêtait une oreille attentive à la démarche de Tiennot.

– Une fonction de régisseur serait dans les capacités de mon Jules. Si vous aviez besoin...

Gaston d'Adhémar l'avait écouté poliment, puis avait décliné son offre et, enfin, promis d'en parler autour de lui.

Il ne s'était pas écoulé un mois pour qu'on le voie arriver à la Tour de Billot, fièrement campé sur un cheval entier.

– Votre fils est là, madame Teissier ? J'ai quelque chose à lui proposer.

À Jules et à Tiennot, il avait expliqué :

– Mon oncle de Saint-Maurice-de-Cazevieille est âgé et mal portant, il cherche une personne de confiance pour le suppléer dans les affaires de sa ferme.

– Une... ferme ? s'étonna Jules du bout des lèvres.

– C'est le nom de son domaine. On l'appelle la Ferme bien qu'elle ait plus l'allure d'un castelet que d'un mas. Voulez-vous que je fasse les entremetteurs ?

– Si c'est un effet de votre bonté... murmura Tiennot sous le regard gêné de son fils.

– Mon oncle est un homme retors, mais juste. Il saura apprécier les compétences de M. Jules.

Tiennot posa son regard sur son fils. Jules se troubla. Il en disait long, ce regard à la fois sévère et plein de mansuétude ! Il exprimait tous les espoirs d'un père en l'intégrité de son fils. Puis, il se confondit en remerciements et raccompagna son hôte, tout en courbettes comme devant un monarque.

– Ce n'est tout de même pas le Grand Moghol ! reprocha Jules, humilié par l'attitude trop déférente de son père.

– Peut-être notre sauveur ! rétorqua Tiennot, irrité.

* *
*

La Ferme et ses terres laissèrent Jules pantois et quelque peu envieux.

« Au prix où se vend le vin, cette année, père n'aurait plus de soucis d'argent », se disait-il à réaliser, chaque jour, le nombre de pièces de vigne du domaine Adhémar.

Il est vrai que le cru 1880 venait d'atteindre trente-deux francs à l'hecto. Quant à l'enlèvement de la récolte, M. Adhémar voyait d'un très bon œil l'extension du réseau ferroviaire et la création de la compagnie du Paris-Lyon-Méditerranée.

– Pensez donc, assurait-il à son régisseur, une ligne de chemin de fer qui passerait à proximité et nous ouvrirait la voie de la vallée du Rhône ! Voilà qui viderait aisément nos cuves et nos barriques tout en approvisionnant le pays du nord au sud, dans les meilleurs délais.

« Et qui remplirait ses poches d'argent frais ! » ajoutait mentalement Jules que tout cet argent brassé faisait rêver.

Chaque jour aussi, Jules devait se colleter à une somme de travail et de responsabilités auxquels il n'était pas habitué. Dans un premier temps, M. Adhémar s'installait près de lui et ils épluchaient ensemble les registres qui demandaient une tenue pointilleuse.

– Tout, absolument tout doit être noté, Teissier. Même ce qui peut vous paraître dérisoire. Vous savez, mon cher, que les petits ruisseaux font les grandes rivières. Et par déduction que les dépenses qui paraissent broutilles finissent par creuser d'énormes déficits.

S'il avait pu lui rire au nez, Jules l'aurait fait volontiers. Quel pingre que cet homme-là ! Il n'y avait qu'à voir les chiches salaires qu'il versait à ses ouvriers, Jules était écœuré.

« Ils triment du matin au soir, songeait-il, et ne gagnent pas plus que ma Pauline au collège municipal ! »

Que croyait-il, cet incorrigible utopiste ? Que le travail de lingère était une sinécure ? Que le maître de la Ferme ne faisait pas le droit de ses ouvriers ? Que M. Adhémar serait toujours à lui tenir la main ?

Bien vite vint le temps où le maître du domaine le laissa seul avec des monceaux de papiers, factures et autres documents à classer par farde et c'est tout juste si Jules trouvait le temps de prendre son repas de midi. Heureusement pour lui, sa fonction ne consistait pas à tracer le travail des ouvriers ; cela relevait d'un intransigeant maître-valet qui connaissait le travail de la terre, les besoins des saisons, le rythme immuable des tâches bien définies que requéraient la vigne, les oliviers, pour ne citer qu'eux.

Six familles d'ouvriers vivaient à demeure dans les communs, travaillaient les terres, entretenaient le parc, les femmes assurant, à la Ferme, ménage, cuisine et lavage.

Du laboureur à l'aide-cuisinière, en passant par le jardinier et sans oublier le maître de chai, c'était autant de salaires à la quinzaine que Jules comptabilisait, préparait et consignait dans ses livres de comptes. Car, n'en déplaise au nouveau régisseur, M. Adhémar ne différait jamais le paiement de ses employés ni de ses factures.

Avec la satisfaction du travail accompli et l'impatience de retrouver Pauline et son petit Marceau, Jules attelait Marquise, le samedi vers 7 heures du soir. Tous deux caracolaient vers Saint-Christol, joyeux de rentrer au bercail. L'écume aux naseaux, la mule ramenait un père et un mari pressé de savourer un dimanche de quiétude dans son foyer.

Une belle journée s'annonçait qu'il comptait mettre à profit pour cajoler sa femme et jouer avec son fils... si tant est que Pauline n'ait pas accumulé des lessives pour ses « petits messieurs ».

« Quelle obstinée, ma Pauline ! se disait-il. Pas moyen de lui faire abandonner son emploi de lingère, pas plus que ses petits extras pour les pensionnaires. »

En effet, il arrivait souvent, si le temps le permettait, que Jules emmène sa femme au Gardon et, pendant qu'elle s'échinait sur les chemises des « petits messieurs », il surveillait Marceau qui courait sur les galets polis.

Il admirait secrètement cette aptitude au travail que développait son épouse et qui ne s'émoussait pas un instant. Pas plus haute que trois pommes, d'allure frêle, sa silhouette d'éternelle adolescente cachait une farouche volonté et une détermination que son époux était loin d'avoir.

– Quand on veut, on peut ! se plaisait-elle à répondre, plagiant en cela sa mère, quand Jules s'effrayait des piles de lavage et de repassage qu'elle accumulait.

Certains dimanches où la jeune lingère était moins occupée ou que le temps n'autorisait pas une sortie au bord de l'eau, tous trois allaient à Bagard et, ce jour-là, les yeux de Lucie reflétaient toute la joie de les avoir à sa table. Elle soignait son repas et n'hésitait pas à saigner une belle poule ou estourbir un lapin quand elle n'achetait pas à Anduze, où elle allait vendre ses légumes, de la viande pour pot-au-feu.

– Avec ce bon *bouilli,* mes petits vont se lécher les doigts ! se réjouissait-elle ouvertement devant Tiennot qui hochait la tête d'un air entendu.

Moelleux, goûteux, aromatisé. Somptueux. Un poème, le bouilli de Lucie ! Elle imaginait déjà les mines de ses chers invités.

– Mon petit Marceau va se régaler avec la moelle que je lui ferai sur des tartines. Et le bouillon que je verserai sur de belles tranches de pain, ma foi, je crois bien que mon Jules n'en mange pas d'aussi bons à la table de M. Adhémar.

Toute la journée, à les voir joyeux et bien portants, elle emmagasinait dans son cœur des bonheurs simples qui lui permettaient de vivre dans l'attente de leur prochaine visite.

Pour tout jeune qu'il soit, Marceau savait reconnaître cet amour vrai, profond et sans détour que distillait cette grand-mère tendresse ; il lui tendait ses petits bras potelés pour descendre de la carriole et poussait des cris de joie à elle seule destinés et qu'elle traduisait à son avantage.

– Bien vrai, mon tout beau, tu es content de venir chez grand-maman Lucie ?

Le dimanche passait vite, que ce soit à Bagard ou sur les berges du Gardon à laver et sécher le linge, étendu sur les pierres tiédies. De bon matin, Jules attelait Marquise, chargeait sur sa charrette la caisse en bois où s'agenouillait la lingère et l'indispensable battoir, les corbeilles à linge et les lessiveuses encore chaudes du linge longuement bouilli.

– N'oublie pas le panier de pique-nique ! lui recommandait Pauline occupée à préparer le petit Marceau qu'elle habillait d'un mignon costume de marin.

La jeune femme avait préparé un repas froid qu'il ferait bon manger à l'ombre de la *vigère*[1]. Jules y ajoutait une bouteille de vin et les voilà tous trois partis vers une courbe du Gardon, au pied de la colline de Montèze, un coin qu'elle affectionnait particulièrement pour la pureté de l'eau qui courait plus vivement. Alors que Jules surveillait son fils qui prenait plaisir à courir sur les galets et jeter maladroitement des pierres dans l'eau pour rire des remous qu'il provoquait, il ne pouvait s'empêcher de lorgner du côté de Pauline, absorbée par sa lessive.

Sa toilette estivale – un léger canezou blanc et une jupe bleue retroussée jusqu'aux genoux – titillait son œil gourmand ; la vision de ses bras menus qui s'agitaient vivement, le teint laiteux de son visage et de son cou piquetés de coquines taches de son, apanage des rousses, jusqu'aux fins mollets qui ressemblaient à deux fuseaux d'albâtre recevant la caresse de l'eau, tout cela avivait le désir qu'il avait d'elle. Il lui jetait une œillade affidée, oubliant de surveiller Marceau l'intrépide.

1. Occitan : osier et autres branchages des bords de rivière.

Elle sentait son regard appuyé sur elle, se retournait et le gratifiait d'un lumineux sourire, tout en recommandant :

– Prends garde, Jules, le petit va mouiller ses galoches !

Jusque dans ses reproches, elle était aguichante. Sa grâce, son énergie, sa beauté sans artifices : tout en la gracieuse jeune femme l'émerveillait.

« Dès demain, se promettait-il, je demanderai une avance sur mes gages à M. Adhémar. Une petite chaîne dont son cou est dépourvu siéra à ma Pauline. Il y a longtemps que je n'ai pas récompensé sa beauté à sa juste valeur ! »

VII

La foire de la Madeleine

TOUS, DES VENDEURS AUX ACHETEURS, en passant par les badauds sans qui ce genre d'animation manquerait de truculence, tous donc s'accordaient à dire que la foire de la Madeleine à Beaucaire avait été morose.

Les uns comme les autres avaient-ils été rebutés par une chaleur orageuse qui persistait depuis la Saint-Jean ? C'était une hypothèse car la nature comme les hommes attendaient tout en les redoutant ces orages d'été où tout passe ou tout casse. D'une bienfaisante et régulière pluie qui parfumait l'atmosphère, on n'était pas loin d'un déluge de grêle qui semait la terreur, les fruits déjà bien formés n'y résistant pas.

À la clôture des quatre jours que durait cette foire, le désappointement s'exprimait sans détour.

– Si c'est pas malheureux ! Une foire de cette importance nous avait habitués à de meilleurs résultats. Tout ça pour quelques gouttes qu'on attend encore ! se plaignait un forain.

– Le temps ! Il a toujours bon dos. La raison est ailleurs. On ne m'enlèvera pas de l'idée que si le gouvernement de Gambetta...

– Y a pas de sous, voilà la cause de la mévente, tout va à vau-l'eau et la foire aussi.

– Bien dit ! Il faut se rendre à l'évidence, la foire de Beaucaire, comme tant d'autres, tombe en décrépitude !

Encore que pour une aïeule de trois cents ans, la foire de Beaucaire avait encore de beaux restes ! Instaurée par édit royal au XVIe siècle, elle n'avait connu, à ses débuts, qu'un succès régional avant de devenir, une centaine d'années plus tard, un grand carrefour du commerce européen, rivalisant avec les Sauvagines de Châlons-sur-Marne, les Flamandes de Bruges ou encore celles de Leipzig ou de Gênes.

Durant une semaine, du 21 au 28 juillet, la cité voisine de Tarascon ressemblait à un immense entrepôt. Incontournables sur ce marché de grande renommée, les draps, laines, soieries, toiles, épices, bovins, ovins et chevaux régnaient incontestablement en maître, par le nombre et par l'attrait dont ils jouissaient auprès du client.

À partir du XVIIIe siècle, comme les minutes des manufacturiers en font état, la foire mit en exergue des marchandises plus exotiques. Café d'Amérique, bois de campêche, coton de Jérusalem, rhubarbe de Moscovie se déversaient sur le port, allégeant les ventres lourds des brigantins d'Alep, des tartanes tyrrhéniennes, des balancelles espagnoles et des voiliers hollandais.

Dans un classement institué depuis des lustres, les marchandises s'étalaient depuis le pré jusqu'aux quais du Rhône, en passant par la placette qu'on aurait pu rebaptiser pour l'occasion « Au bonheur des dames » pour la profusion de lingeries, soieries et dentelles qu'on pouvait y trouver.

Le monde paysan se bousculait au Grand Coin où cordages et selleries étaient vendus au poids dans une débauche de harangues qui couvraient les conversations.

– Le vrai, le beau, le cuir, c'est celui de Cordoue ! Peu cher et résistant.

Lui répondait en écho, car la concurrence était rude, un homme en djellaba :

– Le meilleur est le cuir marocain ! Sur ma vie, c'est chez moi que vous le trouverez !

– Les plus beaux chanvres de Marseille ! Achetez le chanvre marseillais !

Les meilleurs emplacements, du moins les plus demandés par les forains malgré l'envol du prix de plaçage, restaient, à n'en pas douter, le lieu dit la Banquette, au bord du Rhône. Commerçants de gros et demi-gros, courtiers, représentants de commerce y accueillaient une clientèle de nantis, au portefeuille épais comme un matelas et retors en affaires, discutant sur tout, sur le prix, sur le poids, sur la qualité pourvu qu'il en résulte un rabais substantiel.

Et voilà que la fin du XIXe siècle annonçait le déclin de cette entité notoire. Deux vieillards assis sous le porche des « maisons couvertes », immeubles bourgeois de la ville, en faisaient la triste constatation.

– J'en ai fourni, des planches, pour monter les cabanes des forains et délimiter les emplacements ! La foire, c'était une manne pour les métiers du bois.

Son compagnon de vieillesse, un ancien capitaine de marine, acquiesçait aux souvenirs du charpentier.

– Et mes barcasses ! Que de marchandises elles ont transporté ! Des bonnes et des mauvaises. Dans le métier, il ne fallait pas être regardant.

Les deux nostalgiques pouvaient élucubrer à leur guise, l'évocation des fastes passés de la foire de la Madeleine ne redorerait pas le blason de Beaucaire.

Qu'importe ! Conduit par Jules dont il avait souhaité la présence, M. Adhémar, toujours très attendu dans le milieu des producteurs de vin, n'avait pas failli à ce rendez-vous de la profession. C'était pour lui un marché assuré que de vendre une partie de sa récolte sur pied. Pour en avoir fait l'expérience, il ne regrettait pas cette formule qui lui avait permis de traverser de mauvaises périodes en ayant la tête hors de l'eau. Les affaires faites, et rondement, il souhaitait se rafraîchir et se délasser à la terrasse de son café habituel, celui des Fontêtes, qui offrait un patio ombragé. Il donna quartier libre à son régisseur.

– Vous viendrez me retrouver ici, Teissier, dans une heure. Cela suffira pour que nous soyons rentrés avant la nuit. Allez, mon cher, et prenez du bon temps !

Un peu froissé de ne pas être invité à s'asseoir avec son employeur, Jules n'appréciait que modérément cette invitation à « prendre du bon temps ». Que croyait-il, cet opulent gentilhomme ? Que Jules n'était pas un mari sérieux ? Il le quitta néanmoins en lui lançant :

– À tout à l'heure, monsieur !

Jules se laissa porter par la foule assez compacte et se retrouva au cœur de ville, sur le parvis de Notre-Dame-des-Pommiers, l'église paroissiale de Beaucaire, qui ressemblait en ce jour, à s'y méprendre, à l'image biblique du temple de Jérusalem et ses marchands.

Le premier bonimenteur qui retint son attention était un marchand de jouets, un bonhomme à l'air jovial, fort en voix qui dominait tout une basse-cour en bois peint de couleurs vives, étalée à ses pieds. À y bien regarder, poules et canards n'étaient pas seuls, les voisinaient des épées de bois et autres armes factices du plus bel effet. Il n'en fallait pas plus pour que Jules se plante devant l'étalage, fouillant du regard le jouet qui conviendrait le mieux pour amuser Marceau.

Son choix se porta sur une brette écussonnée d'armoiries imaginaires, bien trop grande pour le bambin. Il n'en démordait pas : cela plairait au petit.

– Marceau fera un parfait d'Artagnan, se disait-il et il partit avec l'épée sous le bras.

Perdu dans la perspective du rire joyeux de son gamin, Jules arriva sans le vouloir dans la rue des Joailliers et fut apostrophé par un homme sanglé dans un habit noir et portant chapeau haut de forme.

– Mais c'est mon client alaisien !

Surpris, il considéra l'outrecuidant qui gesticulait devant un coffre de cuir clouté de pointes dorées en guise d'étal. L'homme crut bon de lui rafraîchir la mémoire.

– Mon Bijou de Paris ! Vous vous souvenez ?

– Les saphirs de Pauline ! C'est vous ?

– Pour vous servir, cher monsieur ! J'espère que votre épouse à apprécié les saphirs. Une très belle affaire, en vérité !

– Qu'elle s'obstine à appeler ses diamants noirs !

– Ah, les femmes ! Elles n'ont que ce mot à la bouche : des diamants ! Alors qu'il y a tant de parures aussi belles. Tenez, cher monsieur, regardez cette croix, celle que portent les femmes des Cévennes.

Le commerçant physionomiste était un habile rusé qui flairait la proie facile comme un limier débusque le gibier. Avec subtilité et persuasion, il entrait dans le jeu de la flatterie et ponctuait toutes ses phrases d'un « c'est une très belle affaire, en vérité ! ». Il n'en fallait pas plus pour que Jules fût appâté et prêtât une oreille séduite. Il balançait pourtant, mis en garde par la voix de la sagesse.

Or, fort de son expérience, le camelot redoutait une trop longue réflexion. Il prisait les achats instinctifs ; aussi, fidèle à sa technique après avoir ferré, il tentait de ramener le poisson.

– Votre épouse doit être une sacrée connaisseuse. Brune, blonde, je la verrais plutôt...

– Rousse ! Superbement rousse ! coupa le naïf.

– Vous m'ôtez le mot de la bouche, et quelle est la pierre précieuse qui sied le mieux aux rousses ? Le saphir ! Et avec ses saphirs, je veux dire ses diamants noirs, il lui faut de l'or, de l'or pur. Cette croix, comment l'appelez-vous ?

– Huguenote. C'est une croix huguenote qu'arborent les femmes et filles de la religion réformée.

– Eh bien, cette croix huguenote sera parfaite au cou de votre belle et, pour vous, je la cède à un dixième de sa valeur.

À ce stade-là d'une manœuvre bien engagée, l'homme avait pris un ton confidentiel et parlait à l'oreille de Jules qui prit un air dubitatif.

– Prix de foire et d'ami ! insista le vendeur en ajoutant : Une bonne affaire, en vérité !

Le poisson, en l'occurrence Jules, était bien harponné qui s'entendit proposer :

– M'attendriez-vous quelques minutes ? Une course à faire et je suis votre homme !

L'homme grimaça, dépité.

« Neuf chances sur dix que je ne le revoie plus ! » se dit-il.

Pour une fois, il allait devoir réviser son jugement.

Quoique avec un petit temps d'hésitation et une certaine réticence, M. Adhémar consentit une avance sur salaire à son régisseur. Il sortit lentement deux billets de son portefeuille, Jules s'en empara prestement.

– Ne tardez pas, Teissier, nous avons de la route à faire !

– J'arrive, monsieur Adhémar ! cria Jules en filant.

L'air réjoui et persuadé de réaliser « la bonne affaire, en vérité », il retrouva le roublard camelot, tout ébaubi.

– Dimanche, ma petite femme rosira de plaisir, jubila-t-il.

– Elle serait bien ingrate si elle n'appréciait pas ce bijou à sa juste valeur.

Il ne s'était pas trompé, l'amoureux Jules. Sa Pauline rougit carrément en découvrant, sous une boule de coton rose, le pendentif doré et sa colombe dont le premier exemplaire était l'œuvre d'un orfèvre nîmois qui la créa de toutes pièces au XVIIe siècle. Sans voix, elle ne pouvait détacher son regard du coffret Mon Bijou de Paris et, après avoir posé ses lèvres sur celles de son époux, elle alla remiser son trésor avec ses

« diamants noirs » pour le jour où elle se déciderait d'en faire étalage et, *primo*, de se faire percer les oreilles.

Le petit Marceau, plus attiré par le bijou brillant de sa mère que par sa brette qui l'embarrassait, appréciait en jeune connaisseur :

– Beau. Pour maman. Beau.

C'était beau, indéniablement. Du moins, Pauline se laissait-elle éblouir par la brillance du métal. Une sourde angoisse, cependant, la titillait. Désireuse, en toutes circonstances, de situations nettes, elle s'ouvrit de ses appréhensions en toute franchise.

– Crois-tu que ce soit raisonnable, Jules ? Une telle dépense !

– Une bonne affaire, au contraire ! Me croiras-tu, ma toute belle, si je te dis que j'ai fait tomber le prix à dix pour cent de sa valeur ?

– Est-ce possible, Jules ? insista-t-elle encore.

– Je t'avoue que ça n'a pas été facile. C'est qu'il ne lâchait pas le morceau, le gominé ! Mais j'ai observé comment s'y prenait M. Adhémar pour faire plier les plus matois et le bijoutier n'a pas résisté longtemps !

Comme il mentait bien, Jules ! Et tout cela par amour et aussi parce qu'il était un peu idéious comme le reconnaissait volontiers sa mère :

– Mon Jules, c'est un rêvasseur !

Pauline se laissa-t-elle abuser par les paroles convaincues et rassurantes de son époux ? En apparence seulement, car elle dormit mal, d'un sommeil agité, troublé même quand d'horribles cauchemars lui arrachèrent quelques plaintes. Elle y voyait deux hommes compassés, des huissiers en redingote noire, le monocle vissé à l'œil et le geste péremptoire qui frappaient à sa porte. Elle fut morose tout le dimanche, empesant et repassant plus que jamais tandis que Marceau jouait à ses pieds. Dans l'appartement voisin, Jules tapait le carton avec son beau-père qui avait invité deux comparses.

* *
*

À Bagard, Étienne et Lucie travaillaient vaillamment pour maintenir à flot le domaine de la Tour de Billot... ou ce qu'il en restait. Le jeune Ferdinand était d'une aide précieuse.

Le fils de cette malheureuse Henriette n'avait pas montré de formidables dispositions pour étudier et, bien que son beau-père, toujours instituteur à Bagard, s'occupât plus particulièrement de lui, force était d'admettre que le petit-fils Canonge, après avoir été un piètre élève, ferait un bon paysan.

D'autant plus que côtoyer quotidiennement Louis Allier était, pour l'adolescent comme pour le maître, une source de souffrance et de souvenirs douloureux. Aussi, Ferdinand se rendait-il utile tant chez son oncle au mas de la Tour de Billot où il vivait qu'à la propriété de son grand-père.

– Demain, si vous n'avez pas besoin de moi, parrain, j'irai chez grand-père Canonge ; je l'ai vu peiner à tailler la vigne, ce n'est plus guère de son âge.

– Va, mon garçon. Ici, le travail laisse un peu de répit, et puis il est de ton devoir de donner un coup de main à ton papé. Pour les moissons, en revanche, j'aurai besoin de toi.

– Pas de souci, mon oncle. À ce moment-là, j'en aurai fini avec la taille.

C'est tout guilleret qu'il partit, le lendemain matin, chargé comme une bourrique. Des draps pour faire son lit, du linge de rechange, ses sabots de viticulteur et une grande corbeille de victuailles : Lucie pensait à tout.

– Un homme seul n'a ni le goût ni le temps de cuisiner. J'ai fait une fricassée de porc qui vous tiendra bien trois jours. Et voilà des pélardons frais, comme tu les aimes, mon grand.

N'oublie pas de me rapporter les *escudélons*[1] et passe le bonjour à M. Canonge.

– Je n'y manquerai pas, ma tante. Merci pour tout. Ah, si je ne vous avais pas...

* *
*

Depuis le départ de son fils pour Saint-Maurice-de-Cazevieille, Tiennot ne tendait que vers un but : remettre en ses mains un domaine viable, sain et de bon rapport.

Pour cela, il ne ménageait pas ses efforts quotidiens, épaulé par son épouse à qui il n'était pas besoin d'apprendre l'économie. Prête à tout pour son fils, pour son neveu, pour Marceau son petit-fils, elle se refusait toute dépense personnelle, relevant chaque jour le défi d'avoir une maison correctement entretenue, une table honnête et une piécette de plus dans son bas de laine qui n'était pas près d'être reconstitué.

Sa bru, fidèle à son engagement, apportait tous les mois et sans coup férir son salaire de lingère, se contentant de faire tourner sa maison avec le fruit de ses extras.

La première fois, Tiennot fut gêné et tenta de refuser, mais l'insistance outrée de sa belle-fille l'en dissuada.

– Une promesse est une promesse, monsieur Teissier. Il a été convenu que je vous rembourse, dans la mesure de mes moyens, les dépenses inconsidérées de mon époux.

On aurait dit une reine outragée, sa lèvre inférieure tremblait et son teint laiteux se colorait sous le coup d'une forte émotion. Tiennot n'insista pas, prit l'argent et le rangea dans une boîte métallique. Chaque mois, il faisait le même geste, chaque mois, il se faisait la même promesse :

1. *Faisselles.*

« Un jour, l'argent de ma bru servira à racheter la Clauzette. Ce sera un bon jour ! »

Il en rêvait de cette terre vendue par la contrainte alors qu'elle produisait le meilleur de sa récolte. Les deux grandes vignes qu'il lui restait, replantées après les ravages du phylloxéra en cépage isabelle pour l'une, en carignan pour l'autre, commençaient à produire, sans excès certes, mais surtout sans défaut.

Lucie menait à bien, chaque année, une modeste éducation de vers à soie qui la laissait épuisée.

– Grosse besogne et petit gain, ma pauvre femme, la plaignait son époux, compatissant.

Mais elle ne se plaignait pas, promettait de recommencer l'an prochain tout en s'excusant du faible rapport :

– Que veux-tu ? La concurrence est rude.

Et puis elle ajoutait avec nostalgie :

– C'est aussi en mémoire de ta mère que je perpétue cette tradition. Le mas sans ses vers à soie, c'est même pas pensable. Et tous ces mûriers, en bordure du chemin...

À cette évocation, l'image de sa mère s'imposait à Tiennot. Maria au regard fier, à l'âme torturée et en même temps si digne, si humble devant la maladie !

– Je me souviendrai toujours de sa joie quand tu as déposé dans ses mains les cocons duveteux. Elle qui ronchonnait pour un oui, pour un non, pour le coup elle était restée muette de reconnaissance.

– Une sacrée grande dame, ta mère, mais quel foutu caractère ! Elle m'en a fait voir de toutes les couleurs. J'espère ne pas reproduire cette attitude avec notre petite bru.

– Toi, ma Lucie ? Mais tu es l'indulgence même ! La bonté, la gentillesse, la discrétion, tu es... parfaite. Je te vois faire avec Pauline, tu as toujours peur de la froisser, de lui causer de la peine.

– Étienne ! Je te trouve bien sévère envers cette petite, le gourmanda Lucie. Elle nous a donné un si beau petit-fils et nous en donnera d'autres, et puis c'est une travailleuse. Tu en connais, toi, des jeunes femmes qui se donnent tant de peine pour faire bouillir la marmite ?

– Oui, toi ! Et en plus, tu es modeste, économe et débordante d'amour.

– Tu dis des bêtises, mon pauvre homme et…

Elle fut interrompue par le roulement pressé des roues d'une charrette sur le chemin pierreux.

– Nous avons de la visite, à cette heure ? Qui peut bien venir à cette heure… ?

Ils sortirent ensemble dans la cour alors que Ferdinand, tout bouleversé, sautait de son attelage.

– Mon oncle ! Ma tante ! Pouvez-vous venir chez grand-père Canonge ? Il est au plus mal et j'ai fait demander un médecin d'urgence.

Le jeune homme était pâle, sa voix était brisée de sanglots péniblement contenus.

– Où est-il ? demanda Tiennot.

– Il a été pris de malaise dans la vigne, mais je l'ai ramené au mas. Il a l'air tout malingre, mais je peux vous dire qu'il pesait son faix, tout abandonné à mes bras !

– Mon Dieu, pauvre Canonge ! Et tu l'as laissé tout seul, dis, Ferdinand ? s'inquiéta Lucie.

– Non, Gaston Pic, notre voisin, et son épouse sont restés avec lui à ma demande, le temps que je vienne vous chercher.

– Allons, allons vite, mon petit !

Le train d'enfer qu'il imposa à son mulet permit tout juste à Ferdinand de recueillir les dernières paroles du père Canonge. Le vieillard avait repris connaissance, mais arrivait au terme d'une vie chaotique. Il saisit la main de Ferdinand avec une force surprenante pour un moribond, s'y agrippa et, le souffle court, il balbutia :

– Mon petit... mon brave petit... comme je regrette...

– Taisez-vous, grand-père, vous vous épuisez. Le docteur ne va pas tarder.

– Non, non, c'est inutile. Il faut que tu saches, Ferdinand, tout est à toi. Tu vas continuer, dis ?

La main sillonnée de tortueuses veines violines intensifiait sa pression tandis que de l'autre il désignait le buffet.

– Calmez-vous, grand-père, je vous en prie. Il faut que je continue quoi ?

– La propriété, petit, elle est à toi. Là, dans le tiroir... les papiers... tout est en règle.

Une ombre grise se posa sur les yeux du vieil homme. Lucie et Tiennot échangèrent un regard entendu et désolé tandis que Ferdinand fixait intensément son grand-père.

– Encore un mot, petit, murmura le mourant, le plus important.

– Chut, grand-père, vous vous épuisez...

– Pardon, Ferdinand, pardon pour moi... pardon pour mon fils... nous n'avons pas été...

Ce fut tout. Au même instant, le médecin entrait.

– Le cœur ! C'était le cœur ! Il n'y avait rien à faire !

Ainsi se dédouanait-il de n'être pas arrivé à temps.

Totalement effondré, Ferdinand se laissait bercer par la compatissante Lucie, comme au temps de ses chagrins d'enfant. Aujourd'hui, c'était une blessure d'homme qu'elle avait à panser, un homme de tout juste vingt et un ans et à qui la vie, jusqu'à ce jour, n'avait pas fait de cadeaux.

Son oncle et sa tante, parrain et marraine par le choix prémonitoire de la malheureuse Henriette, s'étaient trouvés sur son chemin en toute occasion, ils ne failliraient pas pour soutenir leur solide et courageux filleul.

Un filleul courageux, mais qui ne put dissimuler son chagrin lors de l'enterrement du grand-père Canonge. Son cœur d'enfant n'avait pas déserté son corps d'homme, il se laissa aller à pleurer sans retenue.

Jules et Pauline avaient distrait une demi-journée à leur travail pour soutenir leur cousin dans cette nouvelle épreuve. Lucie faisait pitié, elle prenait tant à cœur la peine des autres. Pauline s'approcha d'elle pour murmurer à son oreille. La jeune femme avait longuement hésité, ce n'était pas le lieu ni le jour pour parler de cela. Elle se ravisa. Redonner le sourire à sa belle-mère tenait à si peu de chose.

– Un vieillard s'en va, mère, une jeune vie se prépare...

Lucie leva vers elle un regard délavé et interrogateur.

– J'attends un autre enfant, grand-mère Lucie ! Une fille, j'espère !

Lucie ne dit rien. Elle serra sa bru contre sa poitrine. Le bonheur était là, dans le rythme des saisons, dans le renouvellement des générations, dans la ronde de la vie, tour à tour accablante et généreuse.

Leur étreinte, qu'elles prolongèrent plus que de coutume, faillit s'éterniser. Dans le châle de grossière laine grise que portait Lucie s'était malencontreusement accroché une croix huguenote, brillante et dorée, qui pendait au cou de Pauline.

Lucie eut un frisson.

VIII

Le hobereau de Saint-Maurice

LE GRINCEMENT DES ROUES de charrette, allant et venant dans l'enceinte de la tonnellerie, ajouté aux coups répétés des maillets et aux frottements réguliers des jabloirs, tout cela laissait imaginer le dynamisme de l'entreprise Guiraudet.

Elle s'était implantée dans le quartier du Cap Rasclaux, en dehors du centre-ville. Située près du Moulin Neuf, cette enclave artisanale s'abritait au pied de la colline de Brésis, étalant entre le pont Vieux et celui de Rochebelle une tuilerie, une filature, une tonnellerie et, depuis 1847, l'abattoir municipal y était installé, remplaçant le nauséabond égorgeoir public de la rue du Barry. Autant d'activités qui en faisaient, on s'en doute, un quartier bourdonnant et animé.

Un bémol, cependant, à l'apparence paisible des lieux : les caprices du Gardon ; il n'était pas rare que les artisans installés subissent les crues de cette rivière capricieuse.

Jacques Guiraudet, maître tonnelier, se refusait à jouir d'une retraite qu'il jugeait trop prématurée en dépit de ses quatre-vingt-cinq ans bien sonnés. Premier levé de sa maisonnée, il se dirigeait vers l'atelier, voulant être le premier à fouler le sol de terre battue, à humer les odeurs du bois, à s'assurer que la matière première ne ferait pas défaut.

Combien de fois avait-il seriné à son fils, et successeur, la condition essentielle d'une affaire rentable ?

– Tu vois, Pierre, le stock c'est primordial. Les ouvriers sont là pour faire du rendement, pas pour attendre, le nez au vent, que leur patron les approvisionne.

Pierre Guiraudet hochait la tête avec lassitude, il avait tant de fois entendu ce discours ! Le vieux se mettait-il à radoter ?

Avant de franchir le seuil de l'atelier, il embrassait du regard ce bâtiment qui résumait toute sa vie... enfin... la part dont il voulait se souvenir, celle de la réussite. Les mains derrière le dos, il pénétrait dans l'atelier encore silencieux, comme dans le saint des saints. Là, il comptabilisait les tonneaux prêts à recevoir le cerclage, appréciait d'un air connaisseur les douelles de chêne, les feuillards de châtaignier, les cerceaux de fer et, surtout, s'assurait que la veille tous les outils avaient été rangés.

– Une place pour chaque chose, chaque chose à sa place !

Encore une de ses rengaines frappées au coin de la sagesse.

Après le matériel, l'entretien des lieux faisait partie de sa minutieuse inspection.

– Sacré Justin ! Un jour sur deux, il omet de balayer ! enrageait-il en poussant du pied des copeaux tire-bouchonnés, oubliés sous un escabeau par un arpète étourdi.

En avait-il pris, d'épiques colères, maître Jacques, vouant aux gémonies ces apprentis tête en l'air. Avec l'âge, cependant, il refrénait ses élans et se faisait une raison.

– Après tout, c'est mon fils qui est le patron, maintenant. À lui de voir comment il veut mener sa barque.

En même temps que le soleil montait derrière le mont Bouquet, le quartier s'animait. Sandales légères et bavardages soutenus des fileuses, galoches cloutées des verriers et bruits caoutchouteux des bottes, celles que portaient les « tueurs » se rendant à l'abattoir. Peu à peu, le va-et-vient des charrettes et haquets couvrait tous ces sons, le Cap Rasclaux s'éveillait au travail, l'activité allait bon train.

M. Adhémar, qu'accompagnait son régisseur, Jules Teissier, venait passer commande et Pierre Guiraudet, connaissant le bonhomme, s'appliquait à le satisfaire, tout à l'écoute de son client.

Pendant leur discussion, Jules contemplait les fûts en voie de finition ; les douves de chêne dégageaient le parfum dominant de la violette sauvage mêlé aux senteurs de sous-bois, subtiles et insolites. Il se laissait pénétrer de cet air ambiant et pensait au vin de son père se bonifiant dans ces barriques neuves au toucher satiné, s'en appropriant toutes les fragrances, de la suave vanille Bourbon à la nervosité du genêt vert.

« Le vin de la Tour de Billot ! »

Hélas ! La maigre production de Tiennot vieillissait, bon an, mal an, dans des tonneaux rugueux où il se gorgeait du rude tanin des bois vieillis.

M. Adhémar le tira brutalement de ses divagations.

– Voyez avec maître Pierre, Teissier, et réglez une avance pour arrêter la commande. Je vous attends dehors.

Jules se rendait régulièrement chez ses parents, avec Pauline et le petit Marceau, bientôt avec un autre enfant, et il en revenait chagriné – quand ce n'était pas irrité – de mille petits détails qui n'échappaient pas à son œil critique. La vie étriquée qui était le quotidien de ses parents, à mille lieues de son idéal de vie, lui tirait quelques grimaces de mépris.

Force était de se rendre à l'évidence : un fossé se creusait, éloignant de plus en plus le père et le fils.

Il n'avait certes pas entièrement tort. Le « mas maudit » des années passées était devenu le « mas du silence » que brisait trop rarement le petit Marceau. Où était donc la ferme vivante, craquant de trop de monde, véritable ruche ouvrière où s'entassaient dans des pièces exiguës hommes, femmes et enfants qui s'activaient du matin jusqu'au soir ?

Le mas, agrandi pour y loger Henriette et son nouveau foyer, attendait sans espoir d'accueillir les jeunes générations qui feraient battre à nouveau son cœur et ses murs de pierre. Le corps de ferme, bien entretenu, brillait au soleil des Cévennes et la cour, ombragée par un tilleul, sommeillait dans la torpeur estivale, s'endormait frileusement pendant les longues nuits d'hiver et s'éveillait en même temps que la glycine qui fleurissait au printemps.

Un matin, tout semblable aux autres en apparence, Tiennot se planta dans la cour pour regarder sa maison. Un quidam dans l'ignorance l'aurait pris pour un farfelu. Qu'y avait-il à admirer ? Des travaux récents ? Un embellissement était-il la cause de sa béatitude ?

Rien de tout cela, mais autre chose de plus grande importance : la veille, il était passé devant notaire pour lever l'hypothèque qui grevait sa maison, la maison de son père, celle qui serait à son fils, puis à son petit-fils.

L'hypothèque. L'avait-il haï, ce mot aussi effrayant que son orthographe ! Combien en avait-il eu honte ! À force d'économie et de ténacité, grâce aussi à l'apport mensuel de Pauline, il pouvait relever la tête et contempler sa maison qui respirait maintenant librement, comme ses propriétaires.

Quatre années d'efforts quotidiens s'étaient avérées nécessaires pour se libérer de cette dette qui pesait lourdement sur ses épaules d'honnête homme. En totale osmose avec son époux, Lucie avait rejoint Tiennot et tous deux se sentaient légers.

– Tu vois, Lucie, nous sommes parvenus à surmonter cette mauvaise passe.

– Ça n'a pas été sans mal, mon pauvre homme. Tout ce travail que tu as fourni !

– Parce que toi, tu te tournais les pouces ? plaisanta Tiennot pour ne pas sombrer dans la mélancolie.

– Notre fils te devra une fière chandelle. Mis à part la Clauzette, le domaine de ton père lui reviendra intact.

Ah, cette fameuse Clauzette ! Il n'aurait pas assez de toute sa vie pour la regretter, ce pauvre Tiennot. En attendant, la réflexion de Lucie le laissait dubitatif.

« Jules ? S'imagine-t-il seulement tout ce que nous a coûté sa gestion désinvolte ? Enfin, la leçon a porté ses fruits, M. Adhémar est satisfait de son travail. »

* *
*

Quand son travail de régisseur lui laissait quelques heures de loisirs, Jules Teissier partageait ceux de M. Adhémar. Cela ne s'était pas fait en un jour, mais au fil des ans une relation, autre que celle de patron et employé, avait vu le jour entre les deux hommes. Dans leur cas, on ne saurait considérer que leurs rapports étaient basés sur l'amitié, mais plutôt sur l'estime. Cela suffisait à combler notre Jules ; quant au propriétaire du domaine de la Ferme, il trouvait quelque satisfaction à jouer le rôle de Pygmalion.

M. Adhémar était un homme cultivé, sensible à l'art sous toutes ses formes, avec une prédilection pour la peinture. Tout était à faire, dans ce domaine, pour l'initiation de son régisseur ; cette expression artistique ne franchissait pas le seuil des maisons paysannes.

Quelques tableaux signés ornaient le salon de la Ferme et le bureau de M. Adhémar qui n'avaient de valeur que l'intérêt que leur portait son propriétaire. En revanche, il possédait une importante collection de catalogues, d'ouvrages classés par école qu'il complétait au gré des mouvements picturaux en vogue et de ses coups de cœur. Il avait en Jules un élève attentif, pertinent… et terriblement crédule.

– Feuilletez ce catalogue, Teissier ! Une insulte au classicisme, clament les détracteurs de ces merveilles de délicatesse. Je vous fiche mon billet qu'ils feront leur chemin, ces « refusés » !

– Comment le feraient-ils s'ils sont refusés ? fit remarquer naïvement Jules.

– Le « salon des refusés », c'est le nom qu'ont choisi les Couture, Manet, Monet et autres Cézanne dont les portes du salon officiel de 1863 leur restèrent odieusement fermées.

Les goûts de son patron avaient, dans ce domaine, peu d'influence sur ceux de Jules qui passait de meilleurs moments avec les clairs-obscurs de Rembrandt et la légèreté gracieuse de Fragonard.

Un autre délassement, plus physique celui-là, avait de tout temps agrémenté la vie de M. Adhémar : comme tout gentilhomme campagnard, il pratiquait la chasse, un plaisir qui procédait autant de sa préparation que de sa pratique. C'est-à-dire qu'il soignait sa mise, une tenue élégamment décontractée, il aimait et entretenait ses armes pour la volupté tactile de les manipuler et celle visuelle de les voir rutiler. Et il tenait par-dessus tout à préparer ses cartouches et à dresser son chien.

De là à inoculer le virus à son régisseur, il n'y avait qu'un pas que l'un et l'autre franchirent tout naturellement.

– Êtes-vous un lève-tôt, Teissier ? demanda-t-il, un jour, abruptement.

– Quand il le faut, monsieur, je n'y rechigne pas… répondit Jules, sans conviction.

– Une partie de chasse, cela vous tente-t-il ? Pas une battue, non ! Une paire d'heures à chasser le garenne dans le bois des Sorbes, rien que vous et moi.

– C'est que, monsieur, je n'ai pas de fusil ! objecta Jules.

– Qu'à cela ne tienne, mon bon. Je vous prêterai mon Lefaucheux, il date un peu certes, mais pour un débutant son maniement est aisé.

Jules était pris entre deux feux. Il jubilait intérieurement, présageant qu'il s'en fallait peu pour qu'il devienne le commensal de son patron. D'autre part, un atavisme sournois, dont il se croyait affranchi mais qui ressurgissait à la première occasion, retenait Jules encore inféodé aux divisions sociales.

La jubilation l'emporta, doublée de la satisfaction du service rendu, comme le suggéra habilement la toujours discrète Mme Adhémar. Interceptant par hasard la conversation des deux hommes, la femme digne à l'élégance sobre, au visage sans beauté mais non sans bonté, Jeanne-Aimée d'Adhémar insista auprès du régisseur.

– Je vous en prie, monsieur Jules, acceptez l'offre de mon époux. Il n'est pas prudent à son âge de chasser seul.

– Eh bien soit ! crâna le futur hobereau. C'est bien pour vous complaire, madame.

– Vous avez toute ma reconnaissance, monsieur Teissier.

Le râtelier où M. Adhémar rangeait son attirail de chasseur laissa Jules coi d'admiration ; il y avait l'antique fusil à piston avec lequel son patron avait fait ses premiers essais de Nemrod et celui dit de Pottet, à percussion centrale, mais ils avaient fait leur temps et aucun n'égalait le Gastinne Renette fabriqué sur mesure que le gentilhomme s'était offert pour son cinquantième anniversaire.

– On n'est jamais si bien servi que par soi-même, dit-il en guise d'explication. Il ne m'a pas déçu, j'ai tué avec lui plus de gibier que nous n'en pouvions manger.

– Alors, vous le vendiez ! conclut naïvement Jules qui se souvenait des récits sur son braconnier de grand-père.

– Le vendre ? Vous n'y pensez pas ! Mes ouvriers s'en sont pourléché, plus d'une fois, les doigts.

Voilà qui avait un bon goût de paternalisme !

Il se saisit de sa dernière acquisition et la brandit avec fierté, tout en expliquant :

– C'est une carabine Buffalo, tout droit sortie des ateliers de M. Mimard à Saint-Étienne !

Ce qui n'eut pas l'heur d'éclairer la lanterne de Jules. M. Adhémar crut bon d'expliquer.

Une manufacture avait vu le jour, à l'instigation de ce précurseur qui s'associa avec Pierre Blanchon pour créer une manufacture de vente par correspondance – Manufrance – où chacun pouvait trouver son bonheur.

– J'aime les gens qui innovent et l'idée de M. Mimard m'a tout simplement épaté. Regardez, Teissier, il suffit de consulter ce tarif-album actualisé annuellement, vous n'avez que l'embarras du choix.

Le fourniment de M. Adhémar ne manqua pas d'intéresser Jules. Sertisseurs, bourres, amorces, calibreuses, il y avait là de quoi fignoler ses cartouches, premier plaisir du chasseur avant celui de la chasse.

Au lieu de deux, ce furent trois heures que Jules dut distraire à son emploi du temps assez copieux, mais sa joie était totale, leur gibecière était pleine.

– C'est ma femme qui sera ravie de déguster cette poule faisane… si vous me permettez d'en disposer, monsieur ?

– Je vous le demande, mon cher !

Tout cela avait, hélas, un puissant goût de « revenez-y » que ne manqua pas d'éprouver Jules. En coiffant la casquette de chasseur, il lui semblait endosser le costume tout entier, et la qualité qui allait avec, d'un seigneur nanti, alors qu'il ne serait jamais, pour le petit peuple de paysans dont il était issu, qu'un campagnard besogneux.

– Pourriez-vous me prêter votre tarif-album, monsieur Adhémar ? Je voudrais commander un fusil.

– Nous ferons une commande groupée, j'ai besoin de petit matériel. Ah, vous voilà mordu, mon bon Teissier !

Jules arriva un soir à Saint-Christol, brandissant d'une main un garenne occis et de l'autre... un fusil automatique, une création des frères Saint-Clair, vendue par Manufrance.

Le toucher froid de l'acier meurtri du canon fit frissonner Pauline. Plus douce était la crosse de bois, sculptée, et la bretelle de cuir sillonnée de grosses coutures sellier. Un sentiment inavoué et déjà ressenti s'infiltra dans le cœur de la jeune femme. Elle se désolait en silence de tant d'insouciance de la part de son époux, tout en lui trouvant des excuses, surtout quand il se plaignait de migraines.

« Toute la journée à aligner des chiffres, établir des factures, compter et recompter pour ne pas se tromper, il n'a pas un travail facile, mon Jules ! »

Elle ne put, cependant, retenir une phrase pleine de sous-entendus :

– Un objet si bien fignolé, ça doit en représenter des heures de repassage !

Des heures de repassage ! L'ingénue Pauline était loin du compte. De plus, elle était dans la totale ignorance des avances sur salaire que Jules accumulait. Lui, sur son petit nuage, avait hâte de montrer sa carabine à son père. Il fut un peu déçu du peu d'enthousiasme que montra Tiennot dont les réticences rejoignaient celles de sa bru. Qu'avait-il besoin, cet insoucieux, de cette fantaisie ?

Il n'y eut que Lucie, toute indulgence et grand cœur, pour s'émerveiller de la joie de son fils. Les mêmes sentiments troublaient l'âme de Pauline. Il était si heureux, son Jules, avec son beau jouet. Et puis, elle aimait tant voir sa bouche s'étirer sur un irrésistible sourire, ses yeux briller d'une joie sans partage. Elle n'allait pas, par des reproches et des bouderies, assombrir cette parenthèse de bonheur dans leur vie laborieuse, briser cette atmosphère idyllique en se répandant en critiques et en soupçons.

« Mon Jules a la tête sur les épaules. Il faut bien qu'il soit honnête et scrupuleux pour avoir la confiance de M. Adhémar », se persuadait-elle quand le doute s'insinuait trop fortement.

* *
*

Depuis une semaine, Pauline se terrait derrière les volets fermés de sa maison pour se protéger de la canicule qui sévissait depuis plus d'un mois. Elle discernait, entre les lames des persiennes, comme un brouillard de chaleur qui enveloppait la rue, montait à l'assaut des façades de maison, réchauffant les pierres qui se gorgeaient d'un feu qu'elles rejetaient toute la nuit. Il ne s'arrêtait pas là, pénétrant dans les narines et faisant haleter.

Côté cour, ce n'était guère mieux ; sur les branches des arbres, les cigales obsédantes stridulaient avec obstination, dopées par le soleil accablant et le calme des lieux.

– Au diable ces insectes ! Je ne les supporte plus ! s'irrita-t-elle, trimbalant d'une pièce à l'autre son ventre rond.

– Tu es bien nerveuse, ma fille. Tu ne gagneras rien à l'agiter ainsi. Qu'est-ce qui te préoccupe : l'arrivée de ton enfant ou l'absence de ton homme ? demanda Philippine.

– Les deux, pardi ! Jules tarde à venir et je sens que l'heure approche. Pourtant, il m'avait promis…

– Pfft ! Enfantillages que tout ça ! C'est toi qui le fais le gosse, pas lui.

Fidèle à son état d'esprit naturel, Philippine la rabat-joie n'avait pas sa pareille pour saper le moral des plus aguerris. En vieillissant, elle était plus que jamais un oiseau de mauvais augure. Faisant fi de la mine déconfite de sa fille, elle poursuivait son soliloque :

– Une bonne *ramade*[1] serait la bienvenue, elle remettrait les esprits en place. C'est pas chrétien, une chaleur pareille.

Lors de leur dernier dimanche à Bagard, Pauline avait proposé de laisser Marceau à ses beaux-parents ; son terme était proche, l'enfant serait mieux à la campagne.

Elle avait demandé pour la forme :

– Pouvons-nous vous laisser Marceau ? Je préférerais le savoir chez vous quand le moment d'accoucher sera venu, ce qui ne saurait tarder.

La joie de Lucie et de Tiennot se passait de commentaires.

– Tant que tu voudras, ma fille ! Prends ton temps pour tes relevailles, nous nous occuperons bien du petit, promit Lucie.

– Pour peu que vous tardiez à mettre votre enfant au monde, Marceau pourra tenir sa rangée aux vendanges, plaisanta le grand-père avec un grand sourire.

– Étienne, tu n'y penses pas ! s'était insurgée Lucie. Un petit mignon qui a tout juste six ans !

– Ma pauvre Lucie, à son âge je le faisais bien !

Marceau rabibocha les deux antagonistes de façade :

– Moi je veux bien vous aider à cueillir les raisins, grand-père, et même faire tourner la roue du pressoir.

– Mais tu es encore trop petit, mon droulet !

– Je monterai sur une chaise, grand-mère ! Et je rentrerai du bois pour votre cheminée.

Les grands-parents souriaient à une si bonne volonté à laquelle leur fils ne les avait pas habitués. Sollicitude touchante de la part d'un jeune enfant.

La vitalité de Marceau, ses bavardages incessants, la joie qui se lisait dans ses yeux bleus quand il courait au milieu des poules, des chèvres et des cochons présageaient la fin d'un long endormissement du mas de la Tour de Billot.

1. *Violente averse.*

Depuis le début de la semaine, Pauline n'était pas retournée au collège, laissant pour quelque temps sa place à une petite orpheline, présentée par l'école Notre-Dame comme une adolescente de bonne moralité.

– Vous croyez que je m'en sortirai, madame Pauline ? avait demandé la gamine.

– Je ne te laisserais pas si j'en doutais, Marcelle. Tu as tout bien assimilé et, de plus, ce sont les grandes vacances. Il ne reste plus guère de pensionnaires au collège. En revanche, tu t'appliques deux fois plus sur le linge de M. le proviseur et de sa famille.

On était le vendredi 14 août 1885 et Pauline, qui avait rangé son armoire avec frénésie sous l'œil réprobateur de sa mère, se sentait épuisée de fatigue et de chaleur. Elle se mit en tête de se baigner et, bien que Philippine trouvât cette idée farfelue, elle sortit des serviettes de toilette, une chemise de toile et un jupon de percale.

– Dès que père sera rentré, je lui dirai de monter le grand baquet en zinc...

Sa phrase resta en suspens. Alors que le ciel décidément trop bleu se zébrait d'un éclair annonciateur d'orage, une douleur semblable à la violence d'un coup d'épée coupa net son élan. Statue pétrifiée, elle sentit un liquide tiède couler sur ses pieds nus. Son appel était prière.

– Jules ! Jules ! Viens vite ! J'ai besoin de toi.

Déjà Philippine s'élançait dans l'escalier pour ramener la mère Richard. Chance ! On n'était pas en pleine lune !

Le cri que poussa Marguerite en naissant interrompit le lancinant concert des cigales excitées. L'enfant, rousse comme sa mère, aux joues rondes et aux yeux à peine fendus, pesait environ huit livres d'après l'estimation jamais prise en faute de Mme Richard.

Pauline sourit à sa petite fille... puis pleura toutes les larmes de son corps.

– Jules n'est pas venu, il m'avait pourtant promis, sanglotait-elle devant sa mère irritée par son attitude puérile.

– Cesse de pleurer comme une gamine ! Tu as une fille bien portante. Ton Jules, s'il n'est pas là ce soir, il sera là demain. La belle affaire ! Té, essaie plutôt de nourrir ta petite. Regarde, elle cherche le sein.

– Vous savez bien que mon lait ne vaut rien. Nous lui donnerons la bouteille... comme ça, je pourrai reprendre mon travail au plus vite.

Et ses larmes de couler, intarissables.

– Enfantillages ! s'obstinait Philippine.

Jules n'attendit pas la foire du 24 août pour réaliser « la bonne affaire, en vérité » et courir chez l'habile marchand de bijoux ; il avait à se faire pardonner sa défection que Pauline ne manqua pas de lui faire reproche.

Mais que pouvait-il faire alors que son patron lui demandait de l'accompagner à la chasse ?

Cette fois, le coffret Mon Bijou de Paris recelait une bague, un délicat anneau d'or surmonté d'une pierre d'un bleu translucide. Et ce n'était pas le seul cadeau dont il gratifiait son ardente épouse. Les leçons, en matière de peinture, de son patron avaient développé chez le régisseur un goût inexpliqué pour les tableaux qui mettaient en valeur les personnages dans un halo flou aux tendances impressionnistes. Le paysagiste normand Jean-François Millet avait sa préférence.

D'une certaine façon, Jules retrouvait son univers dans ces œuvres de terroir et d'enfance où s'exprimaient l'humilité de l'être humain et la dignité du travail de la terre. Un hommage inconscient à ses parents, en quelque sorte. Une copie du célèbre *Angélus,* sorti un quart de siècle plus tôt des ateliers de Barbizon, prit place dans leur chambre, sur le faux marbre de la cheminée.

« Tout le monde ne peut se targuer de posséder un Millet ! » rêvassait-il, le soir en se couchant, persuadé d'avoir l'œuvre du maître.

Loin de succomber au charme du tableau qu'elle jugeait un peu mélancolique, Pauline lui aurait préféré deux belles corbeilles à linge neuves, les siennes ayant fait leur temps.

Marceau coulait des jours heureux chez ses grands-parents et ne manifestait aucune envie de quitter Bagard.

– Il faut bien que tu fasses la connaissance de ta petite sœur, mon droulet. Après, tu pourras rester avec nous jusqu'à la rentrée des classes, si tes parents sont d'accord.

À cette condition, il voulait bien aller voir à quoi ressemblait cette Marguerite dont on lui rebattait les oreilles.

Étienne, tout ému, remercia sa bru pour ce joli prénom qui bouleversait de lointains souvenirs.

– C'était le prénom de ma petite sœur, celle qui est morte du choléra. C'était en 1837, j'en ai un net souvenir, pensez, trois enfants fauchés dans leur jeune âge. Comment avez-vous su ? Oui, comment avez-vous su, Pauline ?

– J'aime ces fleurs, tout simplement.

Avec Pauline, il n'y avait pas d'épanchements possibles, elle ne s'embarrassait pas d'artifices, fussent-ils œuvres pies.

IX

Le lycée Jean-Baptiste-Dumas

TROIS JOURS DE FÊTE ! Pas moins ! Les Alaisiens n'en finissaient pas de se réjouir, de défiler et d'applaudir aux passages et aux discours des personnalités qui flattaient leur ville de leur présence honorifique.

Trois journées de réjouissances avaient été organisées pour inaugurer, célébrer, commémorer. En fait, il fallait bien ça, ne rendait-on pas hommage à trois noms illustres dont la vie avait un lien avec la ville ? Les organisateurs avaient opté pour les 19, 20 et 21 octobre.

– Les vendanges seront terminées, avait avancé l'un d'eux qui comptait bien drainer vers cette manifestation le plus de monde possible.

– De plus, l'arrière-saison nous réserve toujours un ciel lumineux qui ravira tous ces Parisiens débarquant en province, renchérit un autre.

Il se trouva bien sûr quelque fâcheux, ou quelque sage, pour dénoncer des dépenses inconsidérées.

– Trois jours ! Est-ce bien utile ?

Était-ce bien raisonnable, en vérité ? Certes, il y avait trois hommes à honorer, mais encore ? Une rue à débaptiser... et à rebaptiser, pardi ! Et l'inauguration d'un magnifique bâtiment. Un bâtiment ? Quel bâtiment ? Une autre filature ?

Oh que non ! Ces belles bâtisses largement vitrées n'avaient guère le vent en poupe, cette dernière décennie, et les filateurs, frileux, n'avaient plus la folie des grandeurs.

« Pourvu qu'on se maintienne à flot ! », était une de leurs ardentes prières.

Alors quoi ? Un lycée ! Un superbe lycée de garçons, fleuron de la ville en pleine évolution culturelle. Toute flagornerie mise à part, il valait le coup d'œil, ce lycée construit sur l'emplacement de la vieille auberge du *Lion d'Or* qu'on avait rasée, sans états d'âme.

Sa construction avait débuté en 1885, elle était en pierre de taille et formait un quadrilatère, organisé autour de plusieurs cours intérieures. L'un des angles, celui qui donnait sur la place, était coupé pour y insérer l'entrée principale en forme de hall en rotonde surmonté d'une coupole et d'un campanile, le tout dans un style classique, d'une grande pureté et d'une belle élégance.

Les architectes avaient vu grand, mais ce n'était pas utopiste ; le collège municipal explosait de trop d'élèves et le lycée, doublé d'une école pratique, se devait d'absorber ces candidats au savoir, toujours plus nombreux.

Soucieux du déplacement concomitant d'un ministre de la République et d'un recteur d'académie dont il fallait, de plus, jongler avec les emplois du temps, le regroupement inaugural s'imposait, qu'on étala sur trois jours et qui débuta par les honneurs rendus à M. Pasteur, un devoir que les édiles avaient en projet depuis longtemps et qui trouvait sa place, enfin, dans les festivités alaisiennes de cette année 1889. Le collège supprimé, remplacé par le lycée, le nom de la rue, éponyme, devenait incongru. On décida de la rebaptiser rue Pasteur.

Le discours du maire, M. Espérandieu, suivi du geste ample et théâtral qui dévoila le nouveau nom de la rue, suscita applaudissements et commentaires.

– C'était bien la moindre des choses ! Depuis le temps qu'on devait lui rendre hommage, à ce grand homme ! Pensez donc, il est venu chez nous pour nous débarrasser de cette méchante pébrine, il fallait le faire, non ?

– À mon avis, c'est une trop petite rue pour un si grand service rendu à notre industrie du ver à soie.

Petite, c'est-à-dire courte, on pouvait le lui reprocher, étroite il est vrai, mais ne partait-elle pas de la place de l'Étoile pour arriver à la mairie, le cœur administratif de la ville ? Et en lieu et place du collège municipal, n'y allait-il pas avoir une garnison ? La caserne Toiras qui allait abriter le 40e régiment de ligne ? Qu'on se rassure, Louis Pasteur était bien honoré, et pas seulement en paroles, par des messieurs en redingote, barbe grise et chapeau noir.

Le clou de la fête, qui clôtura cette première journée, fut un charmant défilé de jeunettes, toutes fileuses cévenoles, habillées de vaporeuses robes blanches et portant un diadème dans les cheveux dénoués. Elles ne faisaient que précéder un char où avait pris place la reine de beauté en costume cévenol, jupon clair, châle d'impression cachemire, et sur la tête une guirlande de cocons qui lui dévorait en partie le visage.

Nouvelle journée, nouveau personnage. Bien de chez nous, celui-là, qu'une souscription publique avait permis de fondre le buste dans du bronze.

Il s'agissait du marquis de Lafare-Alais, poète et précurseur du Félibrige, épris de la savoureuse langue d'oc, peintre à l'œil épris de sa Cévenne natale, doté de mille dons… et d'autant de défauts, qui faisaient du châtelain de Lacoste l'enfant chéri de la ville d'Alais.

– Un peu de place, s'il vous plaît ! Je ne vois rien !

Il fallait beaucoup plus que ces bousculades bruyantes pour perturber Léonce Destremx qui poursuivait son allocution franco-occitane.

– Vos *Castagnadas*, monsieur le marquis, ont touché le cœur de vos lecteurs.

Assis au premier rang, bien installés sous les frondaisons à peine jaunissantes du jardin du Bosquet, Mme Léontine Goirand, MM. Mistral, Roumanille, Arnavieille se laissaient bercer par les envolées lyriques et laudatives du président de la Société scientifique et littéraire.

« Seul M. Daudet, sans doute trop jeune à l'époque, ne sut trouver le charme indicible de celle qu'il dénomma par dérision Sarlande », avait voulu fustiger M. Destremx, mais son discours, longuement épluché par les autorités compétentes, avait été censuré.

Prévoyant, M. Léonce avait largement diffusé les copies de son discours qui circulaient sous le manteau.

Le soir venu, l'*Hôtel-restaurant Challier*, qui avait pignon sur la place de la République, servit un repas de cent couverts aux saveurs cévenoles, bien sûr !

Dernier jour, et pas le moindre ! Le matin du 21, couronnement de ces festivités, les préparatifs de dernière minute procuraient de l'ouvrage aux employés municipaux. Nettoyage des rues souillées de crottin, pose de banderoles aux vives couleurs, installation de tribunes d'où partiraient les incontournables discours, rien n'était laissé au hasard. Car, n'en déplaise à ses détracteurs, le Cévenol a le sens de l'hospitalité sincère, généreuse… et parfois tapageuse !

Des préparatifs, non moins fébriles, avaient mis Pauline et sa maisonnée sur le pied de guerre, dès le lever du jour. Lingère au collège, elle était devenue lingère en chef au lycée et devait être présente, comme tout le personnel, à 10 heures précises dans la troisième cour de l'établissement. La tenue, robe grise à col rond, tablier et coiffe blanche, avait fait l'objet de tous ses soins – elle devait donner l'exemple – de même que celle de Marceau.

Le garçonnet s'était révélé un excellent élève à l'école primaire de Saint-Christol au point que, le maître lui trouvant des dispositions pour les études, cela n'avait pas été difficile de convaincre les parents, prêts à tous les sacrifices.

Ainsi donc, à tout juste dix ans, il était entré en première année au tout nouveau lycée d'Alais, Jules ne rechignant pas à payer la cotisation d'externat qui s'élevait à cent francs par mois. Pauline, de son côté, se prévalant de son ancienneté et menant une campagne de persuasion déterminée s'était débrouillée pour obtenir un astucieux passe-droit ; afin d'économiser le prix d'une demi-pension, trop élevé pour les revenus du ménage, Marceau partageait le repas avec sa mère, au réfectoire des employées.

– Faites venir votre fils au réfectoire dans la plus grande discrétion, madame Pauline ! avait capitulé l'économe. Vous allez faire des envieux.

Pauline avait réprimé un haussement d'épaules qui aurait pu passer pour de l'irrespect alors qu'il s'agissait d'un reflexe à l'égard des envieux cités.

« On envie toujours les avantages, se disait-elle, jamais les inconvénients ! »

Néanmoins, elle se confondit en remerciements et si Marceau eut l'occasion, au cours de sa scolarité, de se faire remarquer favorablement en cours de mathématiques comme en cours de français, il se fit discret au milieu du personnel subalterne, avalant comme lui un rapide et sommaire repas où le potage tenait lieu d'entrée et de plat principal.

Marceau ne s'en plaignit jamais et en garda toute sa vie un agréable souvenir.

– Savez-vous, maman, que la soupe du lycée est aussi bonne que celle de grand-mère Lucie et même que la vôtre ? disait-il, sans intention de vexer sa mère.

À quoi elle répondait :

– Je suis bien aise qu'elle te convienne. Pour nous, tu sais, c'est une sacrée économie.

Marceau portait l'uniforme noir, seulement éclairé d'un col blanc, rond et empesé, bien plaqué sur sa veste. En classe, il enfilait une blouse noire, boutonnée sur le côté gauche. Pour la présentation des élèves, en ce jour d'inauguration, la blouse restait au vestiaire et les jeunes gens portaient la cape noire qui battait les mollets et complétait leur tenue. Rien ne manquait à l'uniforme impeccable, jusqu'aux galoches bien cirées que grand-père Bélodi lui astiquait tous les soirs, après une rituelle inspection. Manquait-il un clou, un œillet ? Les lacets étaient-ils suffisamment enduits de poix pour leur donner de la résistance ?

Le garçonnet, grand et bien charpenté, ouvrait sur le monde un regard vif, plein d'intelligence et de gentillesse, d'un bleu azur qui lui venait, comme le lui assurait son grand-père Tiennot, de son arrière-grand-mère Isabeau.

– Et tes cheveux si bruns, ajoutait-il plein de fierté, tu les tiens de mon père. Quant à ton air sérieux, décidé, sévère sans méchanceté, je dirais qu'il a là l'empreinte d'un ancêtre, Estienne, fermier à Montmoirac dont mon père se souvenait avec une certaine émotion et en parlait avec respect.

– En somme, trancha un jour Pauline sans ménagement, d'après vous, Marceau n'aurait rien des Barral !

Lucie fit les gros yeux à Tiennot qui se tint coi.

– Pressons ! Pressons ! La patache vous attend et Coquette piaffe d'impatience ! annonça Jules.

L'approche de la quarantaine n'avait pas émoussé, en lui, le plaisir des réjouissances, ni celui d'une certaine insouciance, heureusement tempérée par son épouse dont le sérieux n'était plus à démontrer. Or il n'avait pu résister à solliciter un jour de congé pour participer, en tant que spectateur, à l'inauguration du lycée de son fils.

– Vous retiendrez cette journée sur mes gages, monsieur.

M. Adhémar avait eu une moue expressive que Jules avait feint d'ignorer ; pourtant, elle en disait long !

« Votre paie ne pèsera pas bien lourd, ce mois-ci, Teissier. Et les précédentes n'étaient pas très reluisantes ! »

Plusieurs changements s'étaient produits depuis la naissance de Marguerite. Les reproches de Pauline pour son absence lors de l'accouchement motivèrent sa décision de rentrer tous les soirs de Saint-Maurice-de-Cazevieille.

– Marceau peut avoir besoin de moi, le soir, pour ses devoirs et je ne veux manquer pour rien au monde les premiers pas de Marguerite.

Le ton était convaincant, Pauline avait acquiescé tout en s'inquiétant :

– Ça va t'occasionner une fatigue supplémentaire, tu as déjà de si violentes migraines...

– Le jeu vaut la chandelle, ma belle rousse. Je serai toutes les nuits dans ton lit et non dans une chambre solitaire.

Jules partait tôt et rentrait tard, mais ne se plaignait pas. Sa mule, en revanche, accusait l'épuisement d'une vieille bête de trait. Marquise s'arrêta un soir sur le bord du chemin, replia lentement ses pattes sous son corps las comme pour les remercier de tant de vaillance, puis elle fixa son maître de ses gros yeux noirs qui semblaient lui dire :

– Tu l'as bien compris, nous deux, c'est fini.

Pas méchant ni violent pour deux sous, Jules ne prit pas le fouet comme l'auraient fait tant d'autres ; il se pencha pour caresser le chanfrein de Marquise et lui parler à l'oreille :

– Brave et fidèle bête, tu as bien mérité le repos. Souffle un peu, Marquise, et nous repartirons... si tu le peux.

Elle ne le put, hennit en guise d'au revoir et ferma les yeux.

Jules pleura sa fidèle Marquise… Pas très longtemps, à vrai dire. Une jeune bête, d'un beau gris souris et à l'échine soulignée d'un trait brun, répondant au nom de Coquette trouva sa place près du vieux mulet de Bélodi, un Bélodi qui passait plus de temps à sa cordonnerie que sur les chemins ferrés. L'âge rattrapait le muletier anduzien.

La charrette qu'il empruntait à son père lui parut trop lourde pour la jeune Coquette. Il la lui rendit en expliquant :

– Marquise s'est épuisée à tirer la carriole, je ne vais pas faire la même erreur avec Coquette.

– Comment feras-tu ? s'étonna son père.

– Grâce à M. Adhémar qui est en affaire avec un charron de Ners, j'ai fait l'acquisition d'une patache campagnarde, il n'y a pas plus léger !

Le nouvel attelage de son fils éblouit les yeux de Lucie et fit froncer les sourcils de Tiennot.

« C'est donc qu'on gagne plus à travailler pour un patron que pour son propre compte ? » se demandait-il, ne sachant s'il devait s'en réjouir ou bien s'en tourmenter.

D'autant que ses voisins n'avaient pas manqué d'enfoncer le clou et se permettaient des remarques appuyées.

– Eh bé, Teissier, il fait bon être régisseur chez les riches !

– Parce que tu crois qu'on gagne des cents et des mille ? se défendait Tiennot.

– On y apprend, en tout cas, à faire comme eux : la chasse, la patache…

Ah, la patache de Jules ! Elle en faisait saliver plus d'un. Ce n'était pourtant qu'une sorte de plateau monté sur deux roues, sans suspension, sans confort. Ouverte par-devant et par-derrière, ses deux côtés étaient en paille tressée et l'unique siège, une banquette à deux places, était constitué d'une simple paillasse de crin.

Rien d'extraordinaire donc, dans cette patache campagnarde, mélange de jardinière et de charrette, si Pauline n'avait eu la fameuse idée de l'améliorer en confectionnant quatre volumineux coussins recouverts d'une cretonne d'ameublement du même vert que les rayons et le moyeu de ses roues.

C'est donc dans cet attelage que toute la famille, ou presque, avait pris place. Jules voulait à tout prix que Marguerite soit de la fête, mais Pauline ne l'entendait pas de cette oreille.

– Elle sera bien mieux de rester ici avec ma mère plutôt que d'être bousculée par la foule.

– Et si je la juchais sur mes épaules ? Hein, fillette ?

Inutile d'insister, Pauline n'était pas d'humeur malgré l'air désolé de son époux et la mine chagrine d'une Marguerite facilement boudeuse.

Une foule indolente, résignée dans l'attente, s'agglutinait le long du parcours des officiels. C'est dire que de la place de la Mairie jusqu'à la place du lycée était noire de monde.

À 10 heures précises, les portes de la mairie s'ouvrirent pour livrer passage à trois personnages compassés qui ouvraient le cortège, marchant tous les trois de front, il y avait M. le maire, M. Faye, ministre de l'Agriculture, et M. Chancel, le recteur d'académie.

Suivaient, sans ordre de préséance, les sénateurs, préfets, sous-préfets, certains membres de la prestigieuse Académie française et quelques sommités du Félibrige.

En même temps, les grilles de la première cour du lycée s'étaient ouvertes, libérant professeurs, répétiteurs et principaux qui, dans leur meilleur costume, allaient s'aligner sous la coupole du hall d'entrée.

Le long du parcours, les gardes forestiers réquisitionnés formaient une haie d'honneur alors que la fanfare municipale précédait le cortège inaugural. Une fois franchie l'entrée principale trop exiguë pour contenir tout ce monde, les officiels se retrouvèrent dans la première cour devant un parterre d'élégance. Mères, épouses ou sœurs des enseignants et des élèves offraient, dans leur toilette neuve et leur chapeau fleuri, le plus chatoyant des bouquets.

– Ce n'est pas sans éprouver une profonde émotion que j'évoque devant vous un ancien élève du collège municipal, devenu un savant et chercheur émérite, fondateur de l'École centrale, bref un homme hors du commun.

Ainsi commença le discours de M. Faye qui, coûte que coûte, ménageait pour le public un suspense passablement éventé, le nom de l'homme dont le lycée porterait le nom courait sur beaucoup de lèvres. La fin du discours leva enfin le voile.

– L'homme que notre ville reconnaissante honore aujourd'hui, l'être d'exception qui n'est hélas plus là aujourd'hui, la ville qui l'a vu naître ne lui devait pas moins qu'un lycée. Je déclare en ce jour officiellement inauguré le lycée Jean-Baptiste-Dumas !

Un tonnerre d'applaudissements faillit escamoter les dernières syllabes prononcées par le ministre. En un instant, le lycée tout entier, ses cours, ses promenoirs couverts, ses préaux et ses classes furent envahis par une foule curieuse et bien décidée à témoigner.

– J'y étais. Je l'ai vue !

Des années plus tard, on pouvait entendre ces phrases affirmées avec fierté et conviction.

La salle du Casino de l'évêché, requise pour le banquet final qui marquerait la clôture des festivités, se parait d'une décoration florale où abondait la couleur verte – le lierre et le laurier y dominant –, clin d'œil à l'Académie française qui honorait la ville de sa présence.

Peu sensibles à tous ces feuillages, les édiles le furent assurément davantage au menu pantagruélique concocté par le restaurateur Vaucher et qui laissait rêveur alors que, pendant ce temps, au réfectoire du lycée, Marceau se délectait de l'incontournable potage aux légumes.

– C'est vraiment une bonne soupe que nous avons, et plus particulièrement aujourd'hui, n'est-ce pas, maman ?

– Ne te gave pas de soupe, Marceau, il y a un dessert en ce jour de fête.

Arriva, en effet, une grosse corbeille de raisins muscats, luisant d'avoir été tripotés, une fin de marché certainement, l'économe était rompu à ce type d'achat à bas prix.

Les raisins déflorés chiffonnèrent le jeune garçon.

– Les raisins de grand-père Étienne sont bien plus présentables. Quand je lui succéderai, je prendrai soin de ces grains délicats.

– Qu'est-ce que tu racontes ? C'est ton grand-père qui te met de telles idées en tête ? Toi, un paysan, alors que tes professeurs ne tarissent pas d'éloges ?

Une mauvaise surprise les attendait à leur retour : Marguerite était assise dans l'escalier, secouée de petits sanglots.

– Encore à bouder, Marguerite ? Tu n'es pas raisonnable ! la réprimanda sa mère.

C'était plus qu'une ordinaire bouderie dont elle était coutumière. Le visage en larmes, la fillette expliqua :

– C'est grand-mère Philippine qui ne veut pas que j'entre dans sa chambre.

– Ah ça, mais ta mère en prend à son aise ! s'offusqua Jules en cajolant son petit trésor. Calme-toi, ma toute belle, une jolie fillette de quatre ans ne doit pas abîmer ses jolis yeux pour des broutilles !

Pauline n'écoutait pas. Ce n'était pas dans les habitudes de sa mère que de laisser l'enfant sans surveillance. Elle se précipita dans la chambre de sa mère.

– Ferme la porte ! dit une voix à peine audible. Les enfants n'ont pas besoin de voir la mort de près.

– La mort ? Que racontez-vous, mère ? Ce n'est pas un peu de froid sur les bronches...

– Tais-toi, tu racontes n'importe quoi. Moi, je sais. Prendre froid... c'est bon pour ceux qui ont le temps de se soigner. Nous autres, c'est à peine si on le prend pour mourir.

– Maman, je n'aime pas vous entendre parler comme ça !

– Calme-toi, ma fille, et viens près de moi. J'ai achevé mon chemin sur terre, c'est ainsi.

– Maman, je vous en prie ! supplia Pauline. Je vais chercher un médecin.

– Les docteurs, c'est pas eux qui ont la décision. C'est maintenant une affaire entre Dieu et moi.

Pauline capitula, ce n'était pas à son âge que sa mère allait changer ; Philippine avait toujours eu son franc-parler et n'avait jamais manqué de lucidité.

En l'espace de quelques jours, l'état de Philippine s'aggrava et son évidente résignation à l'issue fatale mettait sa famille à rude épreuve. Sereine et soumise au bon vouloir du Seigneur, Philippine ne s'alimentait plus que par bouillons et infusions, elle se ratatinait dans son lit, offrant prématurément l'image d'un corps momifié. Elle ne reprenait vie que pour refuser toute présence d'un médecin évoqué régulièrement par sa fille. Son visage, alors, s'animait, ses pommettes se coloraient de rouge et ses lèvres s'agitaient sur des refus réitérés.

Au terme de sa vie, au terme de ses peines, Philippine Barral, si avare de paroles tout au long de sa vie, tint un long discours à sa fille, une sorte de testament qu'elle débita d'un trait, au risque de s'épuiser.

– Tu as un mari et des enfants, ils doivent désormais occuper toutes tes pensées, alors ne perds pas de temps à pleurer sur moi, ma fille, je le veux ainsi. Promets-moi aussi de t'occuper de ton père ; mon pauvre Bélodi sera bien déboussolé après ma mort. Tu sais, Pauline, ton père c'est un rêvasseur, toujours à vivre dans les nuages. Té, il est comme ton Jules, un idéious, les deux font la paire. Attention, ma fille, la vie n'est pas toujours telle qu'on la voudrait ; parfois, elle nous réserve un méchant tour dans son sac.

Philippine partit, laissant un Bélodi désemparé et une Pauline triste et songeuse.

– Pourquoi ces derniers mots, maman, vous qui étiez une femme de bon sens ? Ils me font froid dans le dos…

De fait, elle frissonnait, se prenant d'inquiétude pour son père. Allait-il survivre à sa pessimiste épouse, lui le joyeux drille, l'insouciant Bélodi ?

X

La fin des illusions

Au bouleversement affectif qu'engendre la perte d'un être cher s'ajouta, pour Pauline et les siens, un souci de réorganisation de leur vie, à savoir la garde de Marguerite.

– Il n'est pas question que j'abandonne mon travail, expliquait-elle à son époux à grand renfort d'arguments. Non seulement ma paie fait bouillir la marmite mais, de plus, Marceau est nourri à midi ; ça nous ôte un sacré poids... surtout que M. Adhémar ne te fait pas des largesses. Plus tu travailles et moins...

– Les grands domaines ont aussi leurs soucis financiers, je suis bien placé pour le savoir, mais ce n'est qu'une mauvaise passe, Pauline, ça va s'arranger, assurait Jules.

Puis, il s'inquiétait de sa petite Marguerite.

– Nous ne pouvons laisser Marguerite à la seule garde de ton père, il n'est plus le même depuis la mort de ta mère.

Il l'adorait, sa rondelette Margot, le brave Jules. Et la coquine le lui rendait bien ! Il retrouvait dans les gestes lents de sa fille sa propre mollesse d'enfance, à l'origine des ires paternelles et des indulgences de Lucie.

– Si tu veux, nous pourrions demander à mes parents s'ils veulent bien s'en occuper ? suggéra-t-il sans réelle conviction.

– Et en faire une fille de la campagne ? Lui mettre des idées en tête comme à Marceau ? Tu n'y penses pas !

– Pour une paire d'années, le temps qu'elle aille à l'école, je crois vraiment que ce serait la meilleure solution.

Le raisonnement de Jules ne reposait pas seulement sur l'affectif – il les aimait tendrement ses parents malgré leurs points de vue divergents – mais une constatation : son beau-père n'était pas fiable ! Quand on le croyait dans son échoppe de bouif à réparer galoches et esclops, c'est alors qu'il parcourait la Cévenne avec son mulet et un petit chargement. Mais en tout lieu, son esprit voguait près de Philippine qu'il voyait en rêves éveillés, qu'il entendait parler de sa voix courte et rare. La séparation les avait soudés plus encore que leurs cinquante années d'un mariage basé sur la complémentarité et l'indissolubilité.

Une vie besogneuse et remplie de non-dits en avait fait un couple plus solide que ceux qui ne se fient qu'au vertige des sens. Eux, ils s'étaient aimés, pris et acceptés tels qu'ils étaient, pour le meilleur et pour le pire, acceptant leurs défauts sans reproches, leurs qualités sans forfanterie. Pour ce songe-creux de Bélodi, rien de mieux qu'une épouse ayant les deux pieds sur terre. N'était-ce pas ce qu'avait voulu léguer Philippine à sa fille ?

– Quel vide, mon Dieu, quel vide ! soupirait-il, errant dans la maison comme une âme en peine.

Comment, alors, ne pas s'inquiéter de sa réaction au départ de Marguerite pour Bagard ? C'est ce que redoutait Pauline qui, avec sagesse, s'était ralliée à la solution de son époux.

La fillette fut reçue à bras ouverts par Tiennot et Lucie, heureux de cette jeune présence et de se sentir utiles. Au cours de la journée, les distractions, nouvelles pour l'enfant, ne manquèrent pas ; suivant pas à pas grand-mère Lucie, elle donna tour à tour du grain aux poules, de l'herbe aux lapins. Tout en restant prudemment en retrait, elle assista au repas des deux nourrains qui menaient un bruit d'enfer en avalant goulûment leur repasse additionnée d'épluchures.

Mais le soir venu, elle se renfrogna, parla peu, mangea sans appétit, ce qui était rare chez elle jusqu'à ce que de grosses larmes lourdes de chagrin roulent, silencieuses, de ses petits yeux bridés.

– Qu'as-tu, mon enfant ? demanda Lucie, émue devant cette grande affliction.

Marguerite hésita un instant avant de hoqueter :

– Je veux ma maman !

Le barrage avait cédé, des sanglots la submergeaient tandis qu'un torrent de larmes inondait son visage poupin.

– Viens dans mes bras, ma droulette ! s'écria Lucie en soulevant la fillette et la serrant contre elle.

Elle berça longuement l'enfant, se revoyant des années en arrière avec François, puis Jules dans ses bras. Les comptines revinrent en mémoire qu'elle lui fredonna de la même voix rauque et chaude qui irritait tant sa belle-mère.

Marguerite s'endormit dans le doux bercement des bras de Lucie, sous le regard complice et tendre de Tiennot.

– J'ai plaisir à te retrouver berçant un enfant, ma Lucie.

– Un de mes grands regrets, Tiennot, de ne pas t'en avoir donné plus. Nous qui rêvions d'une grande maisonnée…

– On ne force pas le destin, Lucie, le nôtre était ainsi tracé. Profitons des bons moments qu'il donne, comme la joie de choyer cette droulette qui nous est confiée pour un temps.

– Tu crois qu'elle va s'ennuyer avec nous ? On pourrait l'inscrire à l'école de Bagard, elle s'y ferait des camarades…

– Ce n'est pas à nous de décider de ce genre de chose, Lucie, elle a un père et une mère, Dieu merci ! Et puis, elle est encore un peu jeunette. Allez, va coucher ton petit fardeau.

* *
*

Pierre Bélodi Barral était parti le matin même pour Florac. Il s'était levé aux aurores et, la charrette harnachée de barriques de vin destinées à des aubergistes, comptait bien revenir le soir même, ce dont il informa sa fille :

– Il se peut que je rentre tard, Pauline, ne t'inquiète pas.

– N'hésitez pas à faire une nuitée si la fatigue vous prend, père. On ne gagne rien à aller au-delà de ses forces.

Sage conseil que Bélodi se promit de... négliger.

« À mon âge, on dort mal à découcher. Je préfère mon lit, à tout prendre. »

Afin de rentabiliser ce déplacement, il avait chargé deux douzaines de fourches en bois de micocoulier fabriquées à Sauve qui trouveraient preneurs en Lozère. Au retour, il devait se rendre à l'évidence : de pareils charrois n'étaient plus de son âge. Il était fourbu mais, n'en déplaise à sa fille, il rentrerait ce soir à Saint-Christol. Parole de Bélodi !

Son mulet soufflait des naseaux dans la montée vers Saint-Laurent-de-Trèves, aussi, passé le col du Rey, il décida d'une halte pour récupérer. Alors que la bête suante se secouait avant de fourrer son museau dans le *mourail*[1] qu'il avait pris soin de remplir, Bélodi s'accorda un *pénéqué,* ces infimes méridiennes, entre délassement et sommeil, qui ont la faveur des gens du Midi.

Allongé dans un pré, le visage offert aux derniers rayons du soleil, il contemplait des écharpes de brume qui défilaient, poussées par le vent. Soudain, un nuage plus dense s'étoffa, se modela en lentes ondulations jusqu'à prendre la forme éthérée d'un corps de femme qui lui tendait la main, alors qu'une voix familière et suppliante l'appelait :

– Viens me rejoindre, Bélodiiii... articulait-elle sans bouger les lèvres.

1. *De l'occitan* mourre : *museau. Filet à grosses mailles que l'on garnissait de foin et que l'on accrochait au cou de l'animal pour qu'il puisse se nourrir tout en marchant.*

– Mais comment ? demanda-t-il, nullement surpris ni par la vision ni par la demande.

– Quand on veut, on peut !

Le nuage à nouveau s'agita, la silhouette nébuleuse se dissipa, rendant au ciel son uniformité azuréenne.

« Je n'ai pas la berlue, se dit Bélodi en se frottant les yeux. C'était bien Philippine qui m'appelait. »

Pour sûr, c'était même son expression favorite. Il resta un long moment assis dans l'herbe, plongé dans ses souvenirs. Un hennissement le sortit de sa stupeur, le soleil était passé derrière la montagne, le jour déclinait et dans peu de temps la nuit d'automne les envelopperait, estompant le paysage, de la cime des arbres au plus profond de la vallée. L'animal savait tout cela par instinct.

– Tu as raison, dit-il en lui flattant l'encolure, il est temps de reprendre la route.

Il se hissa, les reins encore douloureux, sur son siège et agita les rênes avec souplesse.

– En route pour Saint-Christol !

Sur le plateau qui domine la Vallée française, l'attelage allégé prenait de la vitesse, faisant crisser la pierraille du chemin, soulevant la poussière des bas-côtés. Laissant derrière lui le mont Lozère bleui par cette fin de jour, Bélodi traversa les villages de L'Hospitalet et du Pompidou sans rencontrer âme qui vive.

À partir du Pompidou, une crête abrupte, émergeant des maigres prairies qui rompent la monotonie des luxuriantes châtaigneraies, a de quoi surprendre le voyageur néophyte ; les muletiers, eux, prennent garde à la descente, la sachant traîtresse par temps sec comme sous l'orage.

Surpris par le train vif que le mulet imposait à son attelage, Bélodi tira sur les rênes un peu trop brusquement. La bête se cabra sous la surprise et la douleur du mors, dévia sur sa droite au point que les roues de la charrette ripèrent sur le sol pierreux. Éjecté, Bélodi roula sur les bogues de châtaignes ; d'un geste instinctif, il se protégea le visage, mais un roulement de tonnerre lui fit ouvrir les yeux : il sut que sa fin était venue et les referma, s'abandonnant à son destin.

La charrette endiablée, entraînant le mulet hennissant de terreur, roulait vers lui, explosant, se disloquant en percutant les arbres. Happé par son attelage, brisé par des roulades mortelles, broyé et fracassé, Bélodi était coincé au milieu des barriques vides, la poitrine écrasée et le crâne ouvert. La dégringolade mortelle achevée, le silence envahissait les lieux, le muletier ouvrit une dernière fois les yeux, fixa le ciel déjà sombre où se dessinait le nuage animé. La même voix souffla, avec satisfaction, à son oreille :

– Tu vois, Bélodi, quand on veut on peut !

Il ferma les yeux et exhala un dernier soupir.

Homme, bête et haquet furent retrouvés deux jours plus tard, deux jours durant lesquels Pauline imagina le pire. La vue du corps au visage étrangement paisible ne laissa plus de doute à la cruelle réalité.

La tristesse du jeune Marceau faisait peine à voir ; cet aïeul guilleret et fantasque avait marqué sa jeune vie et l'atelier vide, tout comme l'entrepôt et la cordonnerie ne résonnaient plus des bruits familiers de sa chère présence.

Son amie, sa confidente, sa jumelle de cœur et de lait, la gentille Jeanne usait de subterfuges de presque femme pour éclairer de gaieté les yeux bleus de Marceau.

– Marceau, je t'ai préparé une caillée que j'ai mise à rafraîchir dans le seau, au fond du puits. Viens m'aider à le remonter.

– Merci, Jeanne. Comment sais-tu que c'est mon dessert favori ?

– C'est mon petit doigt qui me l'a dit ! minaudait Jeanne.

Tous deux couraient alors au puits et Marceau oubliait, pour un instant d'amitié et de gourmandise, son premier gros chagrin d'adolescent.

* *
*

– Madame Pauline, M. le proviseur souhaite que vous passiez à son bureau !

– Entendu, monsieur l'intendant, j'irai dès que j'aurai terminé mon service.

– Toutes affaires cessantes, madame Pauline. M. le proviseur ne saurait attendre.

Pauline eut un léger frémissement, un pincement au cœur et une boule qui s'installa dans sa gorge, y faisant le Yo-Yo.

« Ce n'est pas moi qui suis en cause, mon travail c'est l'affaire de l'intendant. Ni même une de mes “filles” qui travaillent sous mes ordres, donc sous ceux de l'intendant. »

Loin de la rassurer, cette réflexion en amena une autre :

« C'est alors de Marceau qu'il s'agit ! Il ne serait plus toléré au réfectoire des employés ? Il ne donnerait pas satisfaction à ses professeurs ? »

Autant de questions qui la chiffonnaient, lui faisaient perdre son air conquérant. Tête basse et le cœur battant, elle frappa trois coups discrets à la porte du bureau directorial.

– Madame Teissier, entrez, je vous en prie. Je dois vous entretenir au sujet de votre fils.

Et voilà ! C'était Marceau ! Elle en aurait juré !

– Que lui reproche-t-on, monsieur le proviseur ?

– À lui, rien, madame ! C'est un très bon élève, ses professeurs le citent en exemple.

– Mais… mais alors… ?

– Il y a, madame, que la scolarité du jeune Marceau Teissier n'a pas été réglée depuis trois échéances, malgré les relances réglementaires. Et vous n'êtes pas sans savoir que, dans ces conditions…

La pâleur de Pauline était cadavérique. Sa tête, allant de droite et de gauche, niait cet état de fait comme une incongruité. Le proviseur crut bon de lui fournir des preuves.

– Je peux vous montrer les registres, madame, si vous ne me croyez pas sur parole. Ils sont à jour, je vous l'assure et plus certainement que les comptes de votre ménage.

Une turbine s'était mise en route dans le crâne douloureux de Pauline, elle luttait contre un malaise qui lui donnait la nausée. Elle devait se ressaisir, apporter une réponse cohérente à cet homme qui la jugeait de son regard sévère.

Les sourcils froncés, la bouche pincée quoique en partie dissimulée sous une épaisse barbe grise : tout indiquait le mécontentement de l'homme en redingote grise qui clouait la jeune femme au pilori.

– Il doit s'agir d'une erreur… avança Pauline dont la voix, mal assurée, chevrotait.

– Nullement, madame ! coupa le proviseur dont le mécontentement enflait. Trois termes échus et non réglés, je dirais même traités par le mépris, c'est le renvoi, vous m'entendez ? Le renvoi !

– Pardonnez-moi, monsieur le proviseur, je voulais dire, c'est une erreur de notre part, un oubli de mon mari…

– Un oubli qui aurait pu être réparé par nos relances !

– Demain matin, je vous réglerai, monsieur le proviseur, vous pouvez compter sur moi. Auriez-vous l'obligeance de me dire la somme exacte dont nous sommes redevables.

– Voyez par vous-même, madame, dit le proviseur en poussant un registre sous les yeux de la lingère.

Pauline sentit le sol se dérober sous ses pieds, mais déjà le proviseur lui montrait la porte.

– À demain donc, madame Teissier. Je compte sur vous.

La porte se referma et Pauline, décomposée, médusée, se retrouva seule devant un gouffre financier qu'elle était loin d'imaginer. En quelques secondes, son désarroi se mua en colère, une colère qui montait en houle, l'étouffait, faisait sourdre au bord de ses yeux verts électrisés de rage le picotement des premières larmes qu'elle ne pouvait retenir.

« Ah ça ! Mais Jules est un inconscient ! Un écervelé ! Compromettre ainsi les études de son fils, ça n'a pas de sens. Trois cents francs ! Nous avons trois cents francs de dette ! Quelle honte, mon Dieu, quelle honte !

Elle frémissait de la tête au pied : comment trouver cette somme pour demain ?

Le reste de la journée se passa dans un état second, elle n'arrivait pas à aligner deux pensées cohérentes, pressée, tout en la redoutant, d'avoir une explication avec son époux.

Jules s'embourba dans des explications oiseuses, rien en tout cas qui puisse l'excuser : l'oubli, un surcroît de travail, une rentrée d'argent qui tardait un peu…

Point par point, Pauline balayait ses excuses. Et les lettres de relance ? Et son salaire, ne tombait-il pas tous les mois ? Le travail ? N'en faisait-elle pas sa part ? Pour autant, avait-elle des dettes ? Rien ne convainquait Pauline.

À bout d'arguments, Jules finit pourtant par trouver ce qui, à ses yeux, semblait être le plus raisonnable.

– Marceau a seize ans, il est temps pour lui de quitter le lycée et de gagner sa vie…

Une furie ! Échevelée, rouge et bégayante, sa pétulante épouse s'enflamma comme un feu de broussaille, ses taches de rousseur avivées telles de petites flèches accusatrices.

– Ma… Marceau… qui… quitter le… le lycée avant d'avoir son baccalauréat ? Et par ta faute ? Jamais ! Jamais ! Même si pour cela je dois m'humilier, me traîner aux genoux du proviseur. La solution la plus raisonnable, dis-tu ? La plus égoïste, oui ! Et quand bien même, nous aurions toujours une dette de trois cents francs !

Elle avait beau crier et tempêter, Jules prenait un air marri et retournait comiquement ses poches pour montrer qu'elles étaient vides. Par chance, Marceau dormait, depuis la mort de Bélodi, dans la chambre de son grand-père ; une façon pour lui de compenser le grand vide que sa mort avait laissé dans son cœur d'adolescent.

Faisant fi de sa propre fatigue et de celle qui déformait le visage de Jules, Pauline prit une décision.

– Puisqu'il faut s'humilier, commençons dès ce soir !

– Que veux-tu dire, Pauline ? Je suis fatigué...

– Fatigué ? Moi, je suis épuisée, épuisée de tout ce désastre qui me mine.

– Tu exagères...

– Prends ton macfarlane et attelle Coquette, nous allons chez tes parents.

– À Bagard ? Mais pour quoi faire ?

– Pour demander à ton père de nous aider... une fois de plus ! J'en ai pas fini avec les chemises des « petits messieurs » !

Une nouvelle fois sur le banc des accusés, Jules ne pavoisait pas ; la mine grise d'enfant coupable, le regard absent, loin, si loin de ces considérations bassement matérielles, il écoutait tête baissée et les mains jointes pour contenir leur tremblement.

– Vous savez que je suis de parole, père, je vous rembourserai jusqu'au dernier sou, suppliait Pauline.

– Je le sais, ma fille, reste à savoir si nous avons en cet instant trois cents francs à te remettre.

– Tiennot, il y a l'argent des olives, le moulin nous a payés dans la semaine. Et puis, regarde dans le tiroir du buffet !

Lucie était inquiète ; non pour la dette, mais parce que son cœur de mère avait tressauté devant le visage agité de son fils.

Une fois les trois cents francs réunis et une reconnaissance de dette que Pauline insista pour leur signer, les deux vieux époux commentaient la soirée.

– Cette histoire a bouleversé notre fils à tel point qu'il va s'en rendre malade, se lamentait Lucie.

– Tu exagères, Lucie ! Crois-tu que notre bru n'aurait pas de raison de l'être ? Pour la fière et insoumise Pauline, toujours éprise d'indépendance, c'est un nouveau coup dur. Faut-il qu'elle l'aime, notre Jules, pour s'abaisser ainsi !

– C'est qu'elle ne veut pas faire de Marceau un paysan !

Comme elle était perspicace, Lucie, quand il s'agissait des autres et terriblement aveugle par amour pour son fils. Elle insista, cependant :

– Je te dis, Étienne, que Jules n'était pas dans un état normal. Ses yeux jaunes et ses mains qui tremblaient trahissaient autre chose que le regret de ses étourderies.

– Des étourderies, comme tu dis, que son épouse est prête à lui pardonner, elle l'aime tant, son Jules !

Oh certes, Pauline aimait Jules d'un amour profond et charnel qui lui permettait de passer outre ses manquements mais, aujourd'hui, son esprit bouillonnant de courroux n'appelait pas à l'indulgence, encore moins à l'empathie. Elle ne vit pas le mal-être de son époux.

– Crois-tu, l'admonestait-elle sur le chemin du retour, oui, crois-tu que ce fut une partie de plaisir pour moi que d'implorer tes parents ?

Sans réponse d'un Jules somnolent, elle poursuivit, emportée par son élan :

– Je les ai souvent méjugés et ce soir je leur dois une fière chandelle. C'est un geste généreux que je n'oublierai jamais !

Emportée toute la nuit dans un sommeil agité, peuplé de cauchemars auxquels se mêlaient les avertissements maternels,

Pauline ne prit pas garde à l'attitude de Jules, prostré, recroquevillé dans une position fœtale.

Au petit matin, en ouvrant les volets, elle fit entrer dans la chambre, en même temps que les premières lueurs du jour, une petite bise glacée. Rien d'étonnant en ce début d'hiver. Revigorée par cet air vivifiant, elle se dirigea vers le lit, bien décidée à secouer Jules qui dormait encore. Sa main s'arrêta au-dessus d'un visage grimaçant aux yeux révulsés et à la bouche entrouverte laissant échapper un amas de bave mousseuse.

– Jules ! Jules ! Que t'arrive-t-il ? appela-t-elle, pétrifiée, incapable de faire un geste.

Sans réponse de Jules, elle se décida à secouer doucement le corps inerte.

– Jules ! cria-t-elle à nouveau. Réponds-moi, je t'en prie !

Il respirait, sa poitrine se soulevait lentement et s'affaissait d'un coup, produisant un bouillonnement d'écume au bord de ses lèvres. L'appeler, le secouer n'y faisait rien ; aucun signe ne révélait une prise de conscience, même lente.

Un docteur ! Il fallait un docteur, et vite ! Elle alla réveiller Marceau, le pressa de s'habiller, d'atteler Coquette et de partir chercher un médecin.

– Ton père est très mal, il faut faire vite !

Marceau partit en courant et Pauline, désemparée, s'approcha du lit, se serra contre Jules afin de communiquer, à ce corps qu'elle sentait perdu, sa chaleur, sa vie. Elle redoutait qu'à tout moment ce fût son dernier souffle.

La présence de son épouse, sa douce tiédeur l'enveloppait tout entier et son regard révulsé s'éclaircit faiblement ; ses yeux cillèrent à la clarté de la chambre.

– Pauline, murmura-t-il, tout est de ma faute. Pardonne-moi. Je t'aime tant.

– Tais-toi, tais-toi, mon amour ! Oublie tout cela, ce n'est rien qu'un mauvais moment. Il faut vivre, pour moi, pour nous. J'ai besoin de toi, Jules.

Une main fiévreuse chercha à s'extirper des draps, une pauvre main maladroite et raide. Pauline la saisit, la garda dans les siennes et, par de douces pressions, tenta du lui communiquer un fluide d'amour vivifiant. Jules sembla mieux et s'endormit au moment où Marceau revenait de sa trotte menée tambour battant.

– Comment va mon père ? Puis-je lui parler ?

– Il vient de s'endormir. Tu le verras ce soir, à ton retour.

– Mais maman, je ne veux pas vous laisser seule avec papa, je veux rester avec vous.

– C'est impossible, mon fils. Tu as tes cours et, plus urgent encore, tu dois remettre cette enveloppe en main propre à M. le proviseur, puis tu iras trouver l'intendant et tu lui expliqueras les raisons de mon absence.

– Est-ce que je peux embrasser mon père avant de partir ?

– Légèrement alors, il ne faut pas le réveiller.

Accompagnant Marceau dans l'escalier, elle lui intima d'aller à pied.

– Il se peut que j'aie besoin de la patache pour les remèdes, lui donna-t-elle pour toute explication.

Après le départ de Marceau, Pauline s'était installée au chevet de son époux et fixait son visage émacié où s'installait insidieusement une barbe déjà drue, piquetée de poils blancs, ce qui faisait un troublant contraste avec sa moustache résolument noire.

Soudain, un raidissement s'empara du corps du malade alors qu'une vilaine grimace crispait son visage. Un flot d'écume, suivi d'un vomissement fait de sang et de nourriture, s'écoula sans effort de sa bouche toujours entrouverte. Après ce soubresaut et cet épanchement, le malade apaisé s'endormit tandis que Pauline retirait péniblement les draps souillés et en glissait d'autres.

Dans la matinée, la visite du médecin, fébrilement attendue par la jeune femme, fut aussi dispendieuse que vaine ; avec des mouvements d'épaules disant son impuissance, le docteur confirma les peurs de Pauline.

– Il n'y a plus rien à faire dans un cas comme celui de votre mari, madame. Une rupture d'anévrisme au niveau de l'aorte n'est ni prévisible ni curable.

Ce n'était pas ce qu'elle voulait entendre.

– Prescrivez des remèdes, monsieur, je me les procurerai...

– Hélas, madame ! Ni remèdes ni soins. Il faut attendre.

– Comment a-t-il pu attraper cela ?

– On n'attrape pas, madame, ce genre de pathologie. C'est un accident, un choc ou peut-être rien de tout cela. La science a encore des mystères à percer.

– Mais non, il n'a pas eu d'accident ni de choc...

– Je parle d'un traumatisme psychologique, d'une grande frayeur, mais je ne saurais être affirmatif. Cela peut provenir d'une faiblesse des artères qui n'auraient pas supporté un afflux sanguin.

Ce n'était pour Pauline que charabia. Son impuissance la désolait, l'impuissance médicale la révoltait, c'est pourtant avec courage qu'elle accompagna l'agonie de son cher époux qui dura toute la journée et la nuit suivante, entrecoupée de moments de vague lucidité.

C'est accroché à la main de son épouse et entouré de ses parents éplorés qu'au matin du 28 décembre 1895 Jules Teissier rendit à Dieu son âme d'éternel enfant.

Le cri déchirant de Pauline pétrifia les voisins. Des pleurs, des sanglots qui refusent ce cruel destin. Tout juste quarante ans et déjà veuve, Pauline Barral, épouse Teissier, voyait s'évanouir les délices d'un mariage d'amour et se profiler, avec effroi, le spectre de longues années de solitude.

Épilogue

Des rapaces ? Des charognards ? Pauline n'était pas loin de le penser, alors qu'il s'agissait tout simplement de créanciers, manquant de tact certes, mais légitimement désireux de rentrer dans leurs fonds. En effet, ils ne tardèrent pas, au lendemain des obsèques de Jules, à taper à la porte de sa veuve, le chapeau à la main, les condoléances aux lèvres… et la facture dans le maroquin.

– La mule que j'ai vendue à M. Teissier n'est pas entièrement payée. Votre époux m'avait assuré qu'il se libérerait au plus tôt… affirmait un maquignon d'Uzès.

– Excusez ma démarche, madame. Je suis charron à Ners, c'est moi qui ai vendu la patache campagnarde à ce pauvre monsieur. Deux traites n'ont pas été honorées…

– Toute ma sympathie, madame. J'ai eu l'occasion de rencontrer votre époux, un homme de goût, minaudait un encadreur aux allures de rosière. J'ai eu l'occasion d'admirer son *Angélus*, une pure merveille dont j'ai réalisé l'encadrement de bois doré à la feuille. À ce propos, M. Teissier m'avait promis un solde rapide et… les soucis, sans doute, font qu'il avait oublié…

Enfouie sous ses voiles noirs, protection dérisoire, Pauline faisait front à tous ces quémandeurs ; bravement, elle essayait de faire patienter la meute réunie pour la curée.

– L'employeur de mon époux doit me recevoir très bientôt. Dès que j'aurai perçu son dernier salaire et que j'aurai vendu quelques-uns de mes bijoux de grande valeur, je ferai face à mes obligations. Nous sommes d'honnêtes gens, n'en doutez pas.

Le sauvetage attendu ne fut pas au rendez-vous que lui avait fixé M. Adhémar. Le vieil homme éprouvait une peine non feinte. La détresse de sa veuve le mit dans l'embarras.

– Chère madame, vous me voyez navré de la situation que vous me narrez et dans laquelle vous vous trouvez.

Il ne savait comment poursuivre sans désespérer la pauvre femme. Il fallait pourtant que la situation soit nette.

– M. Jules me demandait beaucoup d'avances qui grevaient lourdement son salaire au final. Il me devait encore les deux tiers de son « Saint-Clair automatique », une arme de prix, je l'avoue, et une commande de cartouches reçue ces derniers jours. Je les prends à mon compte, cela va de soi. Pour le fusil, je ne vous mettrai pas le couteau sur la gorge, vous me paierez à votre rythme… à moins que vous ne vouliez que j'essaie de le vendre. Je connais des chasseurs…

Grand seigneur cependant, M. Adhémar régla le mois entier et expliqua son geste :

– Il faut que vous ayez de quoi vous retourner…

Enveloppée dans une longue cape noire, drapée de dignité autant que de tristesse, Pauline poussa la porte de la bijouterie Mon Bijou de Paris. Le cliquetis guilleret d'un carillon de porte, mis en mouvement par l'ouverture du battant, lui écorcha le cœur.

« Pardonne-moi, mon Jules, je n'ai pas d'autres recours. »

Le petit homme qui vint à elle, tout chenu sous un tambourin de satin noir enfoncé jusqu'aux sourcils, n'avait rien du fringant gominé dont Jules lui vantait le bagout facile.

– Que puis-je pour vous, ma petite dame ? demanda-t-il d'un ton condescendant qui déplut, d'emblée, à Pauline.

Elle ouvrit son réticule, sortit les boîtes que l'homme reconnut et les ouvrit une à une en commentant :

– Vous reconnaissez ces diamants noirs que mon mari a achetés chez vous ? Combien pouvez-vous m'en donner ?

– Ces objets ne viennent pas de chez moi, madame, dit l'homme en repoussant l'écrin.

– Comment, monsieur ? Oui, comment osez-vous me dire que cette boîte ne vient pas de chez vous ?

– La boîte, peut-être, mais pas son contenu, je suis formel. On peut mettre n'importe quoi dans n'importe quel écrin.

Se serait-elle trompée de boutique ? Elle insista :

– Il s'agit de raisonner ces diamants, non leur boîte.

Le bijoutier comprit qu'il avait affaire à une entêtée, il ficha une loupe dans son orbite, approcha les boucles d'oreilles et le verdict tomba.

– De vulgaires obsidiennes serties dans un alliage doré ! Du beau travail d'imitation mais qui n'abuserait pas un seul homme de métier.

– Mes diamants noirs, des obsidiennes ? s'indigna Pauline. Et cette croix en or ?

– Plaquée or ! Nuance !

Sous son voile noir, les yeux verts de Pauline lançaient des éclairs. Soudain, elle eut une idée.

– Voulez-vous appeler votre vendeur, je vous prie.

– Mon vendeur ? Je n'en ai pas et n'en ai jamais eu !

Furieuse, Pauline se saisit des écrins, les fourra dans son sac et sortit en disant :

– Vous n'y connaissez rien, monsieur.

Avait-elle encore quelque illusion en poussant la porte d'une autre bijouterie ? Si oui, elle s'ébranla sérieusement. Une deuxième, puis une troisième lui confirmèrent ce qu'elle redoutait sans vouloir se l'avouer : son mari avait été berné, floué, volé.

– De vulgaires imitations, madame, sans aucune valeur. Je suis désolé.

La patache campagnarde revendue à vil prix, Coquette récupérée, sans autre forme de procès, par le maquignon indélicat : Pauline avait perdu toute sa superbe quand elle se rendit à Bagard, demandée d'urgence par son beau-père.

Effondrée depuis la mort de son fils, le cœur déchiré d'une tumultueuse douleur, Lucie avait été victime d'une attaque qui la laissait partiellement paralysée, l'œil larmoyant et la bouche tordue.

Étienne, les bras ballants, hébété par tous ces malheurs qui s'enchaînaient, regardait sa femme et n'était pas loin de baisser les bras, brisé par le destin. C'est alors qu'il entendit comme un son divin, des paroles qui lui faisaient reprendre pied dans la vie.

– Si vous voulez bien de moi, père, je veux dire de nous, je pense que ma place est ici désormais, auprès de vous. Vous avez tant fait pour nous, c'est mon tour maintenant.

– Vous êtes la bienvenue, ma fille, et vos enfants sont ici chez eux. Cependant, pour les études de Marceau...

– Marceau sait aussi quel est son devoir. Il deviendra un homme un peu plus tôt que ses camarades, mais ne manquera pas de leçons de vie à vos côtés.

– Merci, ma fille.

Aucune allusion à Jules. Il ne faisait plus partie de leur nouvelle vie. Pas question, non plus, d'évoquer ses dépenses inconsidérées, ses placements hasardeux qui avaient bafoué toutes ses légitimes ambitions. Jules était inscrit à jamais dans les moments de bonheur, seulement dans ceux-là. Quand il entraînait Pauline dans une valse grisante à la fête votive, quand il appuyait sur le décolleté de son canezou blanc un regard gourmand.

Il faisait partie, désormais, des rêves roses de Pauline, qu'elle enfouissait dans la journée sous son oreiller pour les ressortir la nuit, rejoignant alors son cher époux dans une sarabande folle où le bonheur faisait briller ses yeux et posait des perles de rosée sur ses joues.

Le petit matin la trouvait en larmes et le cœur glacé, mais ensuite, plus vaillante que jamais, elle contemplait en souriant *l'Angélus* dans son cadre, rescapé de la débâcle financière grâce à la générosité de son beau-père. Alors qu'avec son aide elle vidait la maison de Saint-Christol, Tiennot avait surpris le regard humide et attendri qu'elle posait sur le tableau. Il était allé régler la facture de l'encadreur et lui avait dit, employant pour la première fois un chaleureux tutoiement :

– Tiens, petite, c'est un peu de notre cher disparu que tu auras dans ta chambre.

Après ce rituel matinal, elle essuyait ses larmes et, toute bravoure et énergie, elle se plongeait dans le travail de la ferme qu'elle avait jusque-là repoussé de toutes ses forces. Son inépuisable bonne volonté lui valait l'admiration de son beau-père.

Dans le tourbillon noir où l'emportait la mort de Jules, parmi tout ce à quoi elle était confrontée quotidiennement, ce qu'elle avait le plus fortement redouté, à savoir apprendre à Marceau qu'il n'irait plus au lycée, lui fut épargné. L'adolescent la devança. Il avait une stature d'homme, les épreuves de la vie lui en avaient donné la maturité.

– Ne vous fâchez pas, maman, mais j'ai pris une décision qui me semble la plus raisonnable. Je n'irai plus au lycée, c'est ma volonté que d'aider mon grand-père et je sais que mon père l'aurait voulu ainsi.

Il avait affermi sa voix, son regard trahissait l'énormité du sacrifice. Oh, il ne garderait pas que des souvenirs heureux de ses années de potache, certains de ses condisciples le traitant de cul-terreux, d'autres morguant le fils d'une lingère trop pauvre pour payer sa demi-pension. Ce qu'il n'oublierait jamais, en revanche, c'est que pour ses professeurs il était Marceau Teissier, premier prix de français, accessit en algèbre, l'égal des Espérandieu, des Malzac, des Gaussorgues, et cela lui plaisait bien.

Que répondre à ce fils, si responsable, au regard si franc, à la volonté inébranlable ?

– Tu as pris la bonne décision, Marceau, dit-elle tout simplement.

Il s'épancha encore, comme pour vider un abcès et ne plus jamais y faire allusion.

– Vous savez, maman, ce n'est pas un sacrifice, j'ai appris à aimer cette terre à travers le regard que grand-père porte sur elle. Comme lui, je la servirai, tout exigeante qu'elle soit car je la sais généreuse.

L'horizon s'éclaircissait d'une lueur qui avait nom le renouveau. Même s'il en était fini des beaux jours pour Pauline, restait une quiétude de vivre qui ne disait pas encore son nom, qui s'esquissait à peine. La maison de Saint-Christol avait été louée à un charron qui l'occupait tout entière. Avec les premiers loyers, la jeune femme remboursa M. Adhémar jusqu'au dernier sou. Pauline acceptait la pauvreté comme une défaite mais une défaite à la loyale, elle comptait bien ne rien devoir à personne.

– Quand j'en aurai fini avec M. Adhémar, père, les loyers seront pour vous, il est temps de penser à racheter cette Clauzette qui vous tient tant à cœur.

Il ne lui dit pas, brave homme, que l'argent donné pour payer la scolarité de Marceau était le premier terme prévu pour ce rachat. Il se contenta d'un sourire reconnaissant.

Préparer les repas, faire la toilette de Lucie immobile dans son lit, expédier Marguerite à l'école de Bagard où elle l'avait inscrite et donner tout le reste de sa journée au jardin potager, au bétail, tout ce qui la rebutait auparavant, sa vie était devenue une mécanique bien rodée. Et tant pis si sa détresse sentimentale s'apparentait à une douleur physique, pourvu que ses enfants n'en souffrent pas !

On était le 12 février 1896, jour qui impulsait la nouvelle vie de Marceau Teissier. Chez le notaire où l'avait conduit son grand-père, il avait apposé, au bas d'un document, son paraphe alambiqué et inimitable, ce qui faisait de lui le propriétaire d'une exploitation agricole sise à la Tour de Billot.

Son regard embrassait le domaine qui s'étendait devant lui : la Drulhomme ensemencée, craquelée par le gel ; la Combe-Delmas où paîtraient dès les beaux jours les chèvres et quelques moutons ; la Carrée, une vigne qui dressait fièrement ses sarments prêts à être taillés et qui se gorgeraient de sève aux premiers jours du printemps. Tournant la tête sur sa gauche, il contempla l'oliveraie.

« Nous eûmes une bonne récolte », songea-t-il, employant mentalement le passé simple, temps de conjugaison qu'il affectionnerait sa vie durant.

Une main noueuse, déformée par les rhumatismes et le travail, se posa sur son épaule.

– C'est vous, grand-père ? dit Marceau sans se retourner.

– C'est moi, petit, pour te servir maintenant.

– Pour me servir, vous qui avez tant donné ? Jamais ! Pour m'aider de vos conseils, ça oui, je le souhaite. J'ai besoin de vous, grand-père.

– Alors je serai toujours à tes côtés, Marceau, et un jour nous rachèterons la Clauzette.

Marceau sourit de la bouche et de son regard bleu azur qui regardait fixement vers l'avenir.

– La Clauzette et bien d'autres terres encore !

Puis il ajouta à mi-voix :

– Et pourquoi pas un petit diamant noir pour maman ? Un vrai pour lui rendre son si beau sourire.

Table des matières

Première partie : Maria

Deuxième partie : Lucie

Troisième partie : Pauline

Chez le même éditeur

Sagas familiales et destins singuliers sont au cœur des romans De Borée. Découvrez-les sans plus attendre.

ANGLADE Jean
Le Chien du seigneur
Les Fables

AUDIDIER Robert
Le Voyage de Pierre Angibaud
Les Sentiers de traverse
Les Trois Frères

AUDOUX Marguerite
Marie-Claire suivi de
L'Atelier de Marie-Claire

AUJOULAT Noël
Le Village perdu

BARDOT Thierry
Le Hameau des Tailles
Les Mauvaises Herbes
Les Méprises
Les Noces chagrines

BARRAL René
L'Enfant secret de la Borie
La Colère des drailles
Ombres et lumières de Costebelle

BÉLARD Paul
La Ferme aux écrevisses
Moissons d'enfance

BÉNÉ Robert
Clémence, une vie ailleurs
La Belle Marguerite
Le Trésor d'Alpaïde

BENOÎT Michel
Le Soleil de la vallée noire
Les Moissons de sang

BERTHÈS Colette
La Mémoire des chemins
Les Amants de Borde Rouge

BERTHOD Michel
Le Temps des hirondelles

BOBÈCHE Adrien
Au vent des brandes
La Fille de la meunière
Les Confitures du haut de l'armoire

BONTE Pierre
Bonjour la France *

BORMANN Christian
Les Coulées douces

BOUCHARDY Christian
La Trace mystérieuse
Le Fugitif de la Saint-Jean

BOUCHET Maurice
L'Inconnu de Roche-Rouge
La Fille du pertuis
La Font de l'Ours
Là où disparaît le torrent
Le Chêne foudroyé
Les Souliers ferrés

BOUDOU Josette
La Maison d'école
La Nuit des abeilles
La Ronde des saisons
Les Chemins de toile
Les Craies de couleur
Les Feux de Bois-Colombes
Marie, fille des montagnes

BOURRET Johan
La Diablesse
Quand les loups rôdent

BOUSSUGE Micheline
Le Bois de Bis

BRIAND Charles
Le Foulard de l'aviateur

BUICHE Jean-Pierre
Une petite âme

CANAUD Jacques
Le Temps des maquis

CAPPEAU Marie Nicole
Chantemerle
Désacœur
Un château de famille

CASTELAIN Anne-Marie
La Dentellière de la brume
La Promesse
Le Passant de l'été
Les Raisins du pardon

CHALAYER Maurice
La Terre de la discorde
La Tourmente
Le Secret de Jean
Les Promesses du haut pays

CHARMASSON Guy
La Basse Terre de Julia
La Main du maître
Noblesse de paille

COGNÉRAS François
Compagnon du rail
Les Enfants des hautes terres

COLLIN Yvon
L'Écorce amère

CORDOUAN Manuel
Les Amants d'Alger

CORNAILLE Didier
La Photo de classe

COSEM Michel
Justine et les loups
Le Bois des demoiselles

COSMOS Jean
La Dictée

CROIZIER Jean-Pierre
La Bonne Providence

DEBRIFFE Martial
Le Secret de la Villa Marianne
Le Serment de la Saint-Jean
Les Peyrie

DELAGE Alain
Les Secrets de Fontvives

DELOMME Martine
Un été d'ombre et de lumière

DESFORGES Jean-Louis
Pierre des montagnes

DUCLOZ Albert
Julie bon pain
Le Violon d'or
Les Jacinthes sauvages
Une étrange récolte

DUHAMEAU Jacques
Le Vent du Peyradoux

DUPORGE Bernard
La Cabane du berger

DUPUY Daniel
Fontcouverte
Le Mystère Fontbrune
Les Quatre Jeudis

ÉCOLE-BOIVIN Catherine
L'Enfant-Loup de Blanche

FABRE Jean-Luc
Le Colporteur des âmes
Les Semeurs d'espérance
Une neige de juillet

FAINDT Roger
Bleuvent

FRONTENAC Yvette
Éléonore
Les Années chantepleure
Les Années châtaignes

GALLOIS Christiane
La Clairière aux genêts
Nanou, les doigts pleins d'encre

GAMARRA Pierre
L'Empreinte de l'ours
Les Coqs de minuit suivi de
Rosalie Brousse

GAY Marie-Claude
Faustine et le bel amour
Le Vallon des sources

GIBERT Sylvie
Derrière les portes
Fleurs Bleues
La Grange au secret

GIMBERT Yveline
L'Ombre des Chênes
La Méprise
Le Crépuscule du loup
Le Retour de Rose

GLATT Gérard
Le Temps de l'oubli

GONZALÈS Daniel
La Demoiselle du port
Le Chemin des amandiers
Le Temps des cigales

GOURÉVITCH Jean-Paul
Villa Maldoror

JAILLER Isabelle
Louise, loin du pays

JEANJEAN Roland
L'Aven de la Dame noire

JUBIEN Aurélie
Un jour d'octobre

JUDENNE Roger
Le Silence des rives
Les Terres brunes
Louison la douce
Une vie de dimanche

LABORIE Christian
L'Appel des Drailles
L'Arbre d'or
Le Brouillard de l'aube
Le Saut-du-Loup
Le Secret des Terres Blanches
Les Bonheurs de Céline
Les Drailles oubliées
Les Hauts de Bellecoste
Les Sarments de la colère
Terres noires

LACOMBE Michel
La Bonne École
La Vagabonde de Saint-Ours
Les Brûlots de paille

LAFONTAINE Jacques
Les Jours de gloire

LAOUENAN Roger
Le Pain bleu
Le Repaire du papillon

LAVARENNE Michelle
La Belle Vie d'Anna
Le Rossignol des Tuilières

LEBERT Karine
Le Secret d'Emma
Les Mystères de Camille
Loin de Margaux
Nina et ses sœurs

LEDOUX Ivan
La Guerre des marrons

LEMAIRE Philippe
Gus
Compagnons de fortune
La Belle Absente
La Soureillade
Le Chemin de poussière

MALROUX Antonin
Le Soleil de Monédière

MÉRAUX Philippe
Le Chasse-pendule

MERCADIÉ Louis
L'Enfant du buron

MERCIER Louis
Les Contes de Jean-Pierre
en pays roannais

MOSCA Lyliane
La Dame de Champbrise
La Fille de la Buissonnière
Les Amants du moulin
Les Gens de Laborde

MOUCHEL Jean
La Bonne Fortune de Sébastien

NAVARRO Christine
L'Échappée belle
L'Éventail d'ivoire
La Chevelure d'ébène

PALET (DE) Marie
Amandine
Céline, une vie toute simple
Le Village retrouvé
Les Brumes du causse
Les Femmes de Cardabelle
Mademoiselle Fine
Sidonie des Bastides
Un chemin de rocailles

PECOU Raymond
Allée des Alyscamps

PÉRILHON Jean
Les Racines de mai

PICCINO Sylviane
Les Sabots de peine

PINCE Jacques
L'Ombre du chai
La Colline aux framboises
La Vengeance de Bogis
Le Dernier des Bourdignot
Les Blouses grises

PLAIT Annie
Les Longues Saisons

PLUCHARD Mireille
La Tresse d'or
Le Mas de la Sarrasine
Le Petit Bâtard
Les Diamants noirs

PUIJALON Bernadette
Des monts de tempête
L'Heure de l'alouette
Le Loup d'Orcival

RIBES Georges
Les Gens de la vallée

ROCHE Florence
Des monts de Résistance
L'Honneur des Bories
L'Héritage maudit
La Trahison des Combes
Le Dernier des Orsini
Les Hautes Terres

ROSSET Jean
La Limousine d'Hautecombe
Les Derniers Porteurs de terre

ROYER Roger
L'Envol du Choucas
L'Or de Justin
La Colline des Maures
La Colombière
La Dame de la Callune
Le Médecin de Maurevers

SABOURIN Pierre
La Terre des Coteaux
Le Boulanger de Saint-Laurent
Les Fiancés de Saint-Laurent

SAND George
François le Champi
Jean de la Roche
La Mare au diable
La Ville noire
Le Compagnon du Tour de France *
Le Compagnon du Tour de France **
Le Marquis de Villemer
Le Péché de monsieur Antoine *
Le Péché de monsieur Antoine **
Les Contes d'une grand-mère *
Les Contes d'une grand-mère **

SOYEZ Jean-Marc
Julia
La Ramandeuse

La Vigne à Saint-Romain
Les Galoches de Julia

TAMAIN Louis
L'Encre violette
L'Énigme de Fontary
Le Miroir aux alouettes
Le Renard
Le Temps de l'école
Médecin de campagne

TEMPÈRE Jean
Les Sirènes du lac

TESSIER Colette
Les Carnets noirs

THOULON-LANGUET Michèle
Maria du bout du monde

TOUATI Claude-Rose
et Lucien-Guy
La Ronde du destin

Le Cahier bleu
Les Ombres de la palombière
Une maison dans les herbes

VALADE Corine
Le Printemps d'Aurélien

VAISSIÈRE Marie-Louise
Les Carnets de Marie-Louise Vaissière
Marie, fille de cocagne

VÉDRINES Jean-Pierre
Marie des vignes
Soleil de femmes
Un jour d'orage

VERRIER Michel
La Ferme des Pitaval
La Maison au bout du chemin

VINCENT Claude
Les Roses de l'hiver

PEFC
PEFC/10-31-2008

Imprimé en U.E.
Dépôt légal : avril 2013
ISBN : 978-2-8129-0788-3
ISSN : 1769-1788